Dark Escort

Rhett

Die Autorin

USA-Today-Bestsellerautorin E. L. Todd lebt im sonnigen Kalifornien und hat bereits über einhundert Bücher veröffentlicht. Sie schreibt Liebesromane in verschiedenen Genres über Contemporary Romance, New Adult Romance bis Romantic Fantasy.

Die Reihe um den Escortservice ist allerdings die erste, die ins Deutsche übersetzt wurde.

Neben Büchern liebt E. L. Todd Kaffee, Eis und eigentlich alles mit viel Zucker.

E. L. Todd

Dark Escort
Rhett

Aus dem Englischen
von Anita Nirschl

Weltbild

Die englische Originalausgabe erschien 2015 unter dem Titel *Beautiful Entourage*.

Besuchen Sie uns im Internet:
www.weltbild.de

Genehmigte Lizenzausgabe für Weltbild GmbH & Co. KG,
Werner-von-Siemens-Straße 1, 86159 Augsburg

Übersetzung: Anita Nirschl
Umschlaggestaltung: Atelier Seidel - Verlagsgrafik, Teising
Umschlagmotiv: istockphoto/feedough
Satz: Datagroup int. SRL, Timisoara
Druck und Bindung: GGP Media GmbH, Pößneck
Printed in the EU
ISBN 978-3-95973-630-5

2020 2019 2018 2017
Die letzte Jahreszahl gibt die aktuelle Lizenzausgabe an.

Kapitel eins

Rhett

Der Frühling rückte näher, und allmählich taute New York City aus dem eisigen Griff des Winters auf. Mit jedem Tag schmolzen die Schneeflecken und wurden kleiner. Schließlich verschwanden sie völlig. Der einzige Grund, warum mir das überhaupt auffiel, war, weil ich den Winter hasste. Die beißende Kälte ging mir durch und durch und ließ meine Knochen steif werden. Meine gefrorenen Hände verkrampften sich, und es war unmöglich, mit meinen Freunden Basketball zu spielen. Wir konnten zwar die Halle im Fitnessstudio benutzen, aber die war natürlich ständig ausgebucht.

Ich warf einen Blick auf mein Handy, um nach der Uhrzeit zu sehen. Es war halb sechs, und Tyler war noch nicht da. Ich saß in einer Nische unserer üblichen Bar, mein Bier unberührt vor mir, eine dicke Schaumkrone obendrauf.

Ich hasste Schaum.

Wie immer, wenn ich nichts zu tun hatte, checkte ich E-Mails und SMS und fragte mich, ob ich gerade was verpasste. Herumzusitzen und nichts zu tun fiel mir schwer. Ich musste mich immer beschäftigen. Wenn ich nicht produktiv war, war das für mich pure Zeitverschwendung. Manche Leute behaupteten, ich hätte eine erstaunliche Arbeitsmoral. Aber die meisten dachten wahrscheinlich, dass ich kein Leben habe.

Endlich kam Tyler herein und entdeckte mich. Er trug ein langärmeliges graues Shirt und eine dicke schwarze Jacke darüber. Seine dunkle Jeans verschwand in schwarzen Stiefeln. Er bestellte ein Bier bei der Kellnerin hinter der Bar, die ihm ein interessiertes Lächeln schenkte. Dann setzte er sich zu mir an den Tisch. »Hey, Mann.«

Ich nickte ihm zu. »Wie geht's?«

Er hielt einen Finger hoch, während er in einem einzigen Zug sein Bier zur Hälfte austrank. Dann stellte er das Glas auf den Tisch. Direkt neben den Untersetzer. Er lächelte zufrieden. »Ich könnte mich ausschließlich von Bier ernähren. Ernsthaft.«

»Sonst nichts?«, ging ich darauf ein, um ihm den Gefallen zu tun. »Wasser ist verzichtbar?«

»In Bier ist doch Wasser, oder etwa nicht?«

»Stimmt.«

»Dann könnte ich es.«

»Essen ist auch ziemlich wichtig«, meinte ich. »Wäre schwierig, ohne Essen zu leben.«

»Dann lass mich das umformulieren.« Er nahm einen weiteren Schluck, bevor er fortfuhr. »Ich könnte von Bier leben und auf jede andere Flüssigkeit verzichten.«

»Dann wärst du ständig betrunken.«

Er zuckte die Schultern. »Betrunken bin ich sowieso besser zu ertragen.«

Gegen meinen Willen hoben sich meine Mundwinkel zu einem Lächeln. »Wie lief's gestern Abend?«

Er fuhr sich mit der Hand übers Gesicht. »Urgh ...«

»So schlimm?«, fragte ich mit einem Lachen.

»Das kann man sich echt kaum vorstellen.«

Ich nahm nun auch einen Schluck von meinem Bier. »Na, rück schon raus damit.«

»Okay, wir kommen also auf diese Hochzeit, und alles läuft wie geschmiert. Sie stellt mich als ihren Freund vor, und ich mache meinen Job und hab ständig den Arm um ihre Taille. Ihre Freundinnen mustern mich interessiert, und ich höre, wie sich ein paar von ihnen zuflüstern, wie süß sie mich finden.«

»Klingt so weit ganz gut ...«

Mahnend hob Tyler einen Finger. »Wart's ab.«

Erwartungsvoll schaue ich ihn an.

»Wir bringen die Zeremonie und das Essen hinter uns. Ich lerne ihre Eltern kennen, und sie mögen mich. Alles läuft großartig. Aber dann taucht ihr Ex auf.«

»Hatte sie dich nicht seinetwegen als Begleiter engagiert?«

»Richtig«, antwortete Tyler. »Offenbar hat er sie mit ihrer Freundin betrogen, und sie wollte ihm beweisen, dass sie über ihn hinweg ist.«

»Hat es funktioniert?«

»Der Kerl wollte mir sofort eine reinhauen.«

»Was?«, fragte ich ungläubig. »Ohne ein Wort zu sagen? Er hat dich einfach angegriffen? Was soll das denn?«

»Keine Ahnung, Mann.« Er trank sein Bier aus und gab der Barkeeperin ein Zeichen für ein weiteres. »Ich hab mich umgedreht, und da ging er schon auf mich los.«

»Und was hast du gemacht?«

»Was glaubst du denn?«, schnauzte er. »Ich hab ihn vermöbelt.« Er deutete auf sein Gesicht. »Ich kann mir das hier doch nicht ruinieren lassen. Damit verdiene ich meine Brötchen. Das versaut mir keiner.«

Ich nickte zustimmend. »Und dann?«

»Die Leute haben uns auseinandergezerrt, aber er war ziemlich übel zugerichtet. Sie haben einen Krankenwagen gerufen, weil er eine Gehirnerschütterung hatte. Mein Date hat sich mit Tränen in den Augen um ihn gekümmert. Lange Rede, kurzer Sinn, sie sind wieder zusammen.«

»Na, wenigstens hatte die Sache ein Happy End.« Ich grinste.

»Schätze, ja«, stimmte er zu. »Aber es war ein Fehler von ihr, ihn zurückzunehmen. Wer einmal fremdgeht, tut's immer wieder.«

»Das glaube ich nicht. Nicht immer.«

Ein sarkastisches Lachen umspielte seine Lippen. »Wenn ein Kerl nicht die Eier in der Hose hat, offen und ehrlich zu sagen, was er vorhat, dann wird er auch ganz allgemein nicht offen und ehrlich sein. Dann versteckt er sich lieber und vertuscht seine Fehler. Jedes Verhalten hat Auswirkungen auf die generelle Lebenseinstellung. Wenn jemand einmal gelogen hat, wird er auch bei anderen Gelegenheiten lügen. Wenn jemand einmal fremdgegangen ist, dann wird er keiner seiner Partnerinnen treu sein. Glaub mir, ich kenn mich damit aus.«

Ich vermutete, seine Philosophie hatte etwas mit dem schlimmen Ende seiner Beziehung vor einigen Jahren zu tun. »Ich bin ja ganz deiner Meinung. Aber ich glaube auch, dass manche Menschen sich ändern können. Es ist zwar selten, aber es kommt vor.«

»Hab ich noch nie erlebt«, sagte er kopfschüttelnd.

»Vielleicht musst du einfach nur genauer hinsehen.«

Die Barkeeperin brachte das zweite Bier. »Das Glas ist frisch aus dem Eisschrank.« Sie schenkte ihm ein neckisches Lächeln, und ich hätte schwören können, dass sie mit den Wimpern klimperte.

»Danke, Brooke«, sagte Tyler mit einem Lächeln. »Du kümmerst dich immer so aufmerksam um mich.«

Sie stand einen Augenblick lang da, als erwartete sie, dass etwas geschah. »Nun, lass mich wissen, wenn du noch was brauchst.«

»Mach ich«, antwortete er. »Danke!«

Als sie fort war, sah ich ihn an. »Sie steht auf dich.« Ich legte meinen Arm auf die Rückenlehne der Bank und schaute aus dem Fenster.

»Ich weiß.« Er nahm einen Schluck, dann stützte er die Ellbogen auf den Tisch.

»Kein Interesse?«

Er schüttelte den Kopf. »Nö.«

Tyler hielt sich bedeckt, was sein Privatleben anging. Falls es eine Frau gab, mit der er ausging, würde er es mir vermutlich nicht erzählen. Was kurios war, denn wir waren seit Jahren beste Freunde. Nach seiner letzten ernsthaften Beziehung war er nicht groß in der Dating-Szene unterwegs gewesen.

»Was gibt's bei dir Neues?«, fragte er.

»Eigentlich nichts.«

»Irgendwelche aus dem Ruder gelaufenen Escort-Dates?« Mit einem einzigen Zug leerte er auch sein zweites Bier zur Hälfte. Beim Trinken hatte ich noch nie mit ihm mithalten können.

»Nein, ich habe lange Zeit dieses Mädchen begleitet, damit ihre Familie ihr nicht ständig im Nacken sitzt, aber das ist jetzt beendet.«

»Warum?«, fragte er. »Brauchte sie dich nach den Feiertagen nicht mehr?«

»Nein. Sie hat den Vertrag verletzt.«

Er schüttelte leicht den Kopf und warf mir einen wissenden Blick zu. »Wenn ich für jede Vertragsverletzung ein Fünf-Cent-Stück bekommen hätte, könnte ich gut ohne diesen Job leben.«

Ich lachte leise. »Stimmt.«

»Also, was war es? Wollte sie dich küssen? Oder Sex?«

»Weder noch«, entgegnete ich. »Sie hat mir gesagt, dass sie in mich verliebt ist.«

Er seufzte genervt. »Und sie hat gehofft, dass du genauso empfindest?«

»Leider.«

»Das ist es, was ich nicht kapiere.« Er fing an, mit den Händen zu gestikulieren, wie immer, wenn er sich über etwas aufregte. »Alle Frauen denken, wir würden unsere Meinung ändern. Dass wir die Regeln aufstellen, nur um sie zu brechen. Es ist, als würden sie uns dadurch nur noch *mehr* wollen.«

»Es gibt Schlimmeres, als dass die Frauen uns wollen«, grinste ich.

»Aber wir führen hier ein Geschäft«, erwiderte er. »Es ist ein Austausch von Gütern. Wir spielen den perfekten Freund oder was auch immer wir für sie sein sollen, und sie bezahlen uns dafür. Dann gehen wir wieder getrennte Wege. Wir sind ein Begleitservice, kein Beziehungsservice.«

Ich war absolut und vollständig seiner Meinung. Aber ich

verstand auch, dass Gefühle kompliziert sein konnten. »Ich denke, sie gewöhnen sich an uns und wollen, dass unsere Dienste unbegrenzt weitergehen. Das ist alles.«

»Wie dem auch sei, es ist nervig.« Er trank sein zweites Bier aus. »Köstlich.«

Ich war immer noch bei meinem ersten. »Wenn ich dich nicht so gut kennen würde, würde ich sagen, du hast ein Alkoholproblem.«

»Das waren doch nur zwei Bier.«

»Soll das heißen, du bestellst dir kein drittes?«, fragte ich herausfordernd.

Gereizt, weil ich sein Verhalten so gut vorhersagen konnte, sah er mich aus schmalen Augen an. »Nein, werde ich nicht.«

Ich lachte. »Elender Lügner.«

»Wen kümmert's, wie viel Bier ich trinke?«

»Mich«, antwortete ich ehrlich. »Ich will nicht, dass du in den Rinnstein stolperst und vom Bus überfahren wirst.«

»Als ob dich das nicht freuen würde.« Er schaute aus dem Fenster.

»Ich muss zugeben, dass die Welt dann ein besserer Ort wäre, aber es würde mir trotzdem was ausmachen – ein bisschen zumindest.«

Er verdrehte die Augen. »Ach, halt die Klappe, Rhett. Ohne mich bist du doch aufgeschmissen.«

Das stimmte. Es war schön, jemanden zu haben, dem man alles anvertrauen konnte, ohne verurteilt zu werden. Er war mir gegenüber nicht ganz so offen, aber ich wusste, dass es nichts Persönliches war. Nicht jeder hatte Freunde, die wie Familie für einen waren. Ich gehörte zu den wenigen Glücklichen. »Das würde ich jetzt nicht sagen, aber ich würde dich doch schmerzlich vermissen.«

»Schon besser«, brummte er. »Hattest du eigentlich schon dieses Date?«

Ich hatte über gemeinsame Freunde ein Mädchen kennengelernt, und wir würden morgen miteinander ausgehen. »Noch nicht.«

»Sie ist ziemlich süß. Ich hoffe, du kommst zum Schuss.«

Ich zuckte die Schultern.

»Du wirkst nicht gerade begeistert.«

»Jedes Mal, wenn ich einer Frau sage, womit ich meinen Lebensunterhalt verdiene, wird sie komisch.«

Er stieß mit seinem leeren Glas mit mir an. »Wem sagst du das.«

»Ich bin schließlich kein Callboy«, beschwerte ich mich. »Es wird nicht einmal geküsst. Aber sobald ich das Wort Escort ausspreche, lodern Eifersucht und Wut in ihren Augen auf. Und das war's dann.«

»Lüg doch einfach«, schlug er vor. »Sag, du bist ... Taxifahrer oder so was.«

»Taxifahrer?«

»Weißt du nicht, was ein Taxifahrer ist?«, fragte er. »Die fahren in der Stadt rum und ...«

»Ich weiß, was ein Taxifahrer ist, Tyler.«

»Gut. Sag ihnen einfach, dass du das machst.«

»Ich bin sicher, da stehen die Frauen drauf ...«

»Oh, ich hab's!« Er schnippte mit den Fingern. »CIA-Agent. Darauf stehen die Weiber.«

Ich bedachte ihn mit einem ernsten Blick. »Sehe ich vielleicht aus wie ein CIA-Agent?«

Er legte den Kopf schief. »Woher soll ich das wissen? Ich hab noch nie einen gesehen.«

Ich trank mein Bier aus und ging nicht weiter darauf ein. »Hoffentlich springt wenigstens eine heiße Nummer dabei raus.«

»Durststrecke?«

»Eigentlich nicht«, antwortete ich. »Aber ich hoffe bei jedem Date, dass was geht.«

»Und wenn nicht?«

Ich überlegte. »Wenn sie mir gefällt, bitte ich sie um ein weiteres Date. Wenn nicht, dann war's das.«

»Weißt du, wir könnten zu einem richtigen Escort-Service werden und haufenweise Kohle dafür kassieren, dass wir die Frauen zum Orgasmus bringen.«

»Als bessere Callboys?«, fragte ich.

»Wir benutzen ohnehin nicht unsere richtigen Nachnamen, also was macht das schon?«

»Könntest du das wirklich beruflich tun?«, fragte ich. »Denn ich will eines Tages mal heiraten und Kinder haben. Ich würde mich ziemlich schämen, wenn ich damit meinen Lebensunterhalt verdienen würde. Das hier ist wenigstens mehr freundschaftlich als alles andere.«

Er grinste. »Die Kohle wäre der Hammer ...«

»Nein, danke. Ich verzichte.« Ich warf ihm einen bedeutsamen Blick zu. »Und ich weiß, du würdest dich auch schämen.«

»Vielleicht ... vielleicht auch nicht.« Er musterte die Bar und wandte sich dann wieder zu mir. »Also, wie schlimm fändest du es, wenn ich mir noch ein Bier bestelle?«

»Gar nicht«, antwortete ich ernst. »Wie immer.«

Wieder stieß er mit seinem leeren Glas gegen meines. »Ich wusste doch, dass du aus gutem Grund mein Freund bist.«

***

Ich saß an einem Tisch in der Nähe des Fensters und wartete auf mein Date. Ich hatte angeboten, sie abzuholen, aber sie hatte darauf bestanden, mich im Restaurant zu treffen. Ich stellte keine Fragen. Was immer die Lady wünschte, bekam sie auch.

Endlich trat sie durch die Eingangstür und suchte den überfüllten Raum nach mir ab. Das Kratzen von Silberbesteck auf Porzellan und das Gemurmel leiser Unterhaltungen war zu hören. Auf jedem Tisch standen schwach brennende Kerzen, und Kerzenleuchter an der Decke spendeten gedämpftes Licht.

Ich stand auf, damit sie mich sehen konnte. Ich trug Stoffhosen und ein Hemd, da ich zwar gepflegt, aber nicht übermäßig steif wirken wollte. Die Hände in den Hosentaschen, wartete ich darauf, dass sie mich bemerkte.

Als sie es tat, kam sie in meine Richtung, ein nettes Lächeln auf den Lippen. »Tut mir leid, dass ich mich verspätet habe.«

»Kein Problem.« Ich begrüßte sie mit einer Umarmung und schob ihr dann den Stuhl möglichst bequem hin. Ich kannte jede existierende Benimmregel, und ich wusste mich wie ein Gentleman zu benehmen. Das war schließlich mein Job. Es war mittlerweile meine zweite Natur.

»Danke!« Sie setzte sich und stellte ihre Handtasche auf

den Stuhl neben sich, während ich ihr gegenüber Platz nahm. »Ich habe eine Flasche Wein bestellt. Ich hoffe, du magst Rotwein.«

»Ich mag alles mit Alkohol«, sagte sie sofort.

»Dann werden wir gut miteinander auskommen.« Ich kannte Laura nicht besonders gut, gerade gut genug, um sie zu duzen. Aber sie schien cool zu sein. Und natürlich war sie hübsch.

Wir machten eine Weile Small Talk und unterhielten uns über Sport und Fernsehsendungen. Sie hatte als junges Mädchen Geige gespielt, aber damit aufgehört, als sie in die Highschool kam. Bald darauf übernahm Cheerleading die Hauptrolle in ihrem Leben. Und dann, auf dem College, hatte sie nichts anderes getan, als zu lernen. Ich erzählte ihr ein wenig über mich, ließ dabei allerdings die Tatsache aus, dass ich ein Escort war, und versuchte, mich an unverfängliche Themen zu halten.

Wie immer langweilte ich mich ziemlich. Laura war sehr nett und bildschön, aber ich spürte nicht diese gewisse Anziehungskraft, dieses erste Prickeln des Frischverliebt-Seins. Anscheinend konnte ich keine richtige Verbundenheit zu jemandem empfinden. Das war seltsam, denn eigentlich kam ich mit jedem, den ich traf, gut aus. Ich hatte keine Vorurteile und hielt mich nicht für etwas Besseres als andere. Aber ich empfand einfach nichts – Punkt.

Sie kam auf ihren Job zu sprechen, obwohl ich sie nicht danach gefragt hatte. Sie war Verkäuferin in einem Juwelierladen in SoHo. Wie es schien, machte ihr das Spaß. Sie kannte sich mit Diamanten aus und wie man ihre Qualität bestimmte. Es war ein Gebiet, über das ich nicht das Geringste wusste.

»Was machst du eigentlich beruflich?«, fragte sie. »Tyler hat es mir gar nicht gesagt.«

Zu lügen wäre der leichte Ausweg. Ich könnte mir etwas ausdenken, wir würden das Essen zu Ende bringen, und dann würde ich sie wahrscheinlich flachlegen. Sie war eindeutig interessiert, ihr Bein streifte unter dem Tisch immer wieder das meine, und sie schaute in meine blauen Augen, als fiele es ihr zu schwer, den Blick abzuwenden. »Ich bin ein Escort«, sagte ich schlicht, ohne lang um den heißen Brei herumzureden.

Sie starrte mich an, als hätte sie mich nicht verstanden. »Wie bitte?«

»Ich bin ein Escort«, wiederholte ich. Ich schämte mich nicht dafür, und es war mir egal, ob die Leute mich deshalb verurteilten.

»Du meinst ... du hast für Geld Sex mit Leuten?« In ihrer Stimme lag Verachtung. All ihr Interesse war völlig verschwunden.

»Nein, niemals«, entgegnete ich ruhig. »Die Leute engagieren mich hauptsächlich, damit sie so tun können, als hätten sie einen Freund. Dadurch halten sie sich die Familie vom Hals oder machen ihre Expartner eifersüchtig. Abgesehen von Händchenhalten und unschuldigen Berührungen gibt es kein Küssen oder etwas anderes Körperliches. Es ist sehr professionell.«

Sie nickte langsam. »Ich verstehe ...«

Jepp, ich hatte sie verloren.

Manche Frauen störten sich nicht daran und fanden es

interessant. Anderen dagegen, wie dieser hier, war die Vorstellung sofort zuwider. Das sah ich in ihren grünen Augen und an ihren steifen Schultern. »Ich mache das schon eine ganze Weile. Ich spiele nicht immer nur den Angebeteten von jemandem, auch Gesellschaft zu leisten gehört zum Service. Ich habe einen Kunden, mit dem ich mich einmal in der Woche zum Schachspielen im Park treffe. Ich mache verschiedene Dinge dieser Art.«

Wieder nickte sie. »Okay ...«

Sofort war ich gereizt, ließ es mir aber nicht anmerken. Womit ich meinen Lebensunterhalt verdiente, war nicht so ungewöhnlich. Es war nicht alltäglich, das gebe ich zu, aber es machte mich nicht zu einem schlechten Menschen. Wenn die Leute verstehen würden, was ich machte, dass ich anderen tatsächlich half, dann würden sie nicht so auf mich herabblicken.

Zum Glück waren wir mit dem Essen fertig, und die Mappe mit der Rechnung lag auf dem Tisch. Ich schob das Geld hinein, damit wir getrennt unserer Wege gehen konnten und einander nie wiederzusehen brauchten.

Laura blieb stumm, die Lippen fest zusammengekniffen.

Ihr gefiel der Rest von mir, meine Hobbys und meine Persönlichkeit. Aber all das war unbedeutend neben der Tatsache, wie ich mein Geld verdiente. Ich bemühte mich, es nicht als Beleidigung aufzufassen. Jeder Mensch war anders, und manche Leute konnten mit so etwas Ungewöhnlichem einfach nicht umgehen. »Nun, es war schön, dich kennenzulernen, Laura.« Ich stand auf, um sie zu umarmen.

Sie schnappte sich ihre Handtasche und drehte sich weg. Ohne sich für das Essen oder den Abend zu bedanken, ging sie hinaus. Sie schaute sich nicht einmal um. Das Letzte, was ich von ihr sah, war ihr blondes Haar, als sie zur Tür hinaus verschwand.

Kapitel zwei

Aspen

Seit ich zurückdenken kann, schenken Harper und ich uns Blumen zum Geburtstag. Wir legen sie gleich morgens vor die Tür, damit unser Geburtstag schon nach dem Aufwachen gut anfängt – ganz egal, wie alt wir uns fühlen.

Ich betrat den Blumenladen an der Ecke Fifth und Lankershim und begutachtete die Sträuße. Die meisten Menschen nehmen sich sehr viel Zeit, um die richtige Geburtstagskarte auszusuchen. Sie sind so versunken in ihrer Suche, dass leicht eine halbe Stunde vergehen kann, ohne dass sie merken, wie viel Zeit sie bereits verschwendet haben. So geht es mir, wenn ich Blumen für meine beste Freundin aussuche. Sie müssen perfekt sein.

Sie dürfen nicht die gleiche Farbe haben wie im Jahr zuvor, und es dürfen auch nicht die gleichen Blumen sein. Ich bezweifle, dass Harper es überhaupt bemerkt, da sie keine Blumenexpertin ist und nicht gerade das beste Gedächtnis hat, aber das macht keinen Unterschied. Mir ist es wichtig.

Langsam ging ich durch die Reihen und musterte die verschiedenen Sträuße und Gestecke. Vorzugsweise wollte ich ihr etwas in einer Vase besorgen, die sie dann gleich auf ihren Küchentisch stellen konnte. Sie bräuchte ihnen nicht einmal mehr Wasser zu geben.

Ich musterte gerade ein paar bordeauxrote Blütenblätter

als ich eine Stimme hörte, die meinen Körper in Alarmbereitschaft versetzte.

»Wir müssen unbedingt Lilien haben«, sagte die Frau. »Rosen sind kitschig und abgedroschen. Ich kann gar nicht mehr zählen, auf wie vielen Hochzeiten ich dieses Jahr schon war, wo man mit Rosen erschlagen wurde.« Sie hatte die Stimme eines Modepüppchens, das jedes Wort mit einer affektierten Geste aus dem Handgelenk unterstrich. Ohne sie anzusehen, wusste ich, dass sie ein Paar Dreihundert-Dollar-Schuhe trug und andere mit dem, was sie für ihre Handtasche bezahlt hatte, ihre monatliche Hypothekenrate zahlen könnten.

Ich befand mich im hinteren Teil des Ladens, war also praktisch eingesperrt. Falls ich mich bewegte, würde ich über die Blumengestecke hinweg zu sehen sein.

»Welche Blumen mag John denn?«, fragte ein anderes Mädchen. Es war Casey, ihre beste Freundin.

Ich hasste es, seinen Namen zu hören. Es war, als durchbohrte mich ein vergifteter Pfeil und spritzte sein tödliches Gift unter meine Haut. Mein Herz klopfte heftig, als die Erinnerungen durch mich hindurchströmten. Doch inzwischen lösten die Bilder vor meinem inneren Auge nichts als Bedauern aus.

»Oh, John ist das egal.« Ich konnte praktisch vor mir sehen, wie sie sich ihr blondes Haar über eine Schulter warf. »Er tut, was immer ich sage, ohne Fragen zu stellen.« Sie sagte das, als wäre es etwas, worauf man stolz sein konnte: dass ihr Mann entweder zu schwach oder zu dumm war, um sie infrage zu stellen. Ich war mir nicht sicher, warum ich überhaupt je mit John zusammen gewesen war. Mir war ein Mann mit Rückgrat lieber.

Ich musste von hier verschwinden. Ihre Stimme klang wie Fingernägel, die über eine Tafel kratzen. Bei jedem ihrer Worte brannten meine Augen. Wie konnte John den Klang ihrer Stimme nur ertragen? Ich nahm an, das spielte keine Rolle, weil er ihr vermutlich sowieso nur zuhörte, wenn sie mit dem Rücken auf einer Matratze lag und er sie vögelte.

»Würden Sie gern einen Blick auf unsere Gestecke werfen?«, fragte die Floristin.

Das darf doch nicht wahr sein! Was jetzt?

»Ja, machen wir das«, antwortete sie.

Am liebsten hätte ich die Flucht ergriffen. Wenn ich unbemerkt hätte hinausschlüpfen können, hätte ich es getan. Aber das schien nicht möglich zu sein.

Ich drehte den Kopf zur Seite und täuschte besonderes Interesse an einer Vase mit Rosen vor, da ich wusste, dass sie sie keines Blickes würdigen würde. Das schien mir eine sichere Möglichkeit zu sein, mein Gesicht zu verbergen.

»Die meisten davon sind hässlich«, murmelte sie Casey zu. Aber wenn ich es gehört hatte, dann auch die Floristin.

Ihre rücksichtslose Art verstärkte meine Selbstzweifel. Ich konnte so schlecht über sie reden, wie ich wollte, aber im Endeffekt hatte John sie mir vorgezogen. Also hatte ich anscheinend noch schlimmere Fehler. Allerdings wusste ich nicht, welche, denn er hatte es mir nie gesagt.

»Die hier sind okay«, sagte sie, als sie wenige Schritte von mir entfernt stehen blieb. »Was denkst du, Cass?«

Ich berührte leicht die Rose, als zöge ich sie ernsthaft in Erwägung.

»Kann ich Ihnen irgendwie helfen, Miss?«, wandte sich die Floristin an mich.

Verdammt, lassen Sie mich in Ruhe! »Nein, danke. Ich sehe mich nur um«, murmelte ich mit immer noch abgewandtem Gesicht.

»Wie bitte?«, fragte sie nach. Wahrscheinlich hatte sie mich nicht verstanden, da ich sie beim Sprechen nicht angesehen hatte.

»Ich komme zurecht«, sagte ich ein bisschen lauter.

»Also, oh mein Gott!« Als meine Erzfeindin die Worte aussprach, wusste ich genau, warum. »Casey, rate mal, wer hier ist?« Ihr Flüstern verwandelte sich in aufgeregtes Sticheln.

Sie hatte mich entdeckt. Und es gab nichts, was ich dagegen tun konnte.

»Hey, Aspen«, sagte sie begeistert, als wäre sie absolut hocherfreut, mich allein und in die Ecke gedrängt zu erwischen. »Kaufst du dir vielleicht gerade selber Blumen? Als kleines Trostpflaster gegen den Kummer?«

»Ich wette, sie lässt sie sich sogar selbst liefern«, fügte Casey hinzu. »Damit es so aussieht, als wären sie eine Überraschung von jemand anders.«

Ich war in meinem Leben ja schon einigen miesen Zicken begegnet, aber die beiden übertrafen alles. Ich drehte mich zu ihnen um und brachte ein aufgesetztes Lächeln zustande. »Ich kaufe Blumen für meine beste Freundin. Sie hat Geburtstag.« Diese Bitches konnten mich nicht einschüchtern, selbst wenn sie es darauf anlegten.

»Oh, wie reizend«, sagte Isabella mit einem falschen Lächeln. Ihr blondes Haar rahmte ihr Gesicht ein, und das hautenge Kleid, das sie trug, betonte ihren perfekten Körper. Jedes Mal, wenn ich sie sah, egal ob morgens oder spätabends, war sie wie ein Hollywoodstar gekleidet. »Wenigstens hast du jemanden, mit dem du Zeit verbringen kannst.«

»Ja, es ist schön, Freunde zu haben, die nicht sofort schlecht über einen reden, sobald man ihnen den Rücken zukehrt – nicht, dass du wissen könntest, wie das ist.«

»Na ja, John kannst du damit jedenfalls nicht meinen, denn der hat sich ständig über dich beschwert, als er dich mit mir betrogen hat«, sagte Isabella.

»Ooh!«, feixte Casey. »Das hat gesessen!«

Das war mies. Echt mies. Ich behielt eine stoische Miene bei und tat so, als hätte sie mich nicht gerade mit einem Tennisschläger ins Gesicht geschlagen. »Und bei seiner nächsten Geliebten wird er sich über dich beschweren, sobald er genug von dir hat.«

»Nun, ich bin nicht so schlecht im Bett wie du«, konterte Isabella. »Also wird er von mir nicht genug bekommen.«

Zu wissen, dass John unser Privatleben jedem unter die Nase rieb, der es hören wollte, schmerzte am meisten. Und die Tatsache, dass er sich über Momente, die ich intim und wunderschön fand, beklagt und was auch immer darüber gesagt hatte, reichte aus, um mir Tränen in die Augen zu treiben. Aber ich riss mich zusammen, da ich diesen Hexen diese Genugtuung nicht geben wollte. »Viel Spaß damit, die Blumen für deinen großen Tag auszusuchen. Aber merk dir auch gleich schon mal die, die du zu deiner Scheidung haben willst.« Gelassen ging ich davon, den Kopf hoch erhoben.

»Pass auf, dass dir beim Rausgehen die Tür nicht auf den fetten Hintern knallt.«

Ich blieb noch einmal kurz stehen. »Wenn du durchgepasst hast, dürfte ich kein Problem haben.« Ich schenkte ihr ein Lächeln, während sich ihr Gesicht vor Wut verzerrte. Sie machte den Mund auf, um etwas zu sagen, aber ich ging hinaus, bevor sie Gelegenheit bekam, noch hässlicher auszusehen, als sie ohnehin schon war.

***

Durch meine Position als stellvertretende Geschäftsführerin bei Refined Oil and Gas war ich stark eingespannt. Ich ging nicht besonders oft mittagessen, einfach weil ich nicht die Zeit dazu hatte, und Pausen waren etwas völlig Unbekanntes. Aber wenigstens verging so die Zeit schnell.

Ich kümmerte mich um sämtliche Finanzen, kontrollierte den Vertrieb und wendete Gerichtsprozesse ab. Ich war außerdem verantwortlich für die Forschung, und gegenwärtig arbeiteten wir an neuen Methoden sauberer Energie. Obwohl Öl außerordentlich profitabel war, würde die Firma langfristig nicht überleben, wenn sich das Klima wie abzusehen veränderte oder uns die Ressourcen ausgingen. Mein Boss war nicht immer mit mir einer Meinung, aber ich wusste, dass es die beste Entscheidung war.

Sein Widerstand gegen die Forschung hatte finanzielle Gründe. Es kostete eine Menge Geld, College-Studenten für das Forschungsprogramm zu rekrutieren. Wir fanden Wissenschaftler auf der ganzen Welt, besonders in Indien, und bezahlten ihnen einen Haufen Kohle, damit sie uns einen Haufen Kohle einbrachten.

Mein Boss war engstirnig, und in etwas zu investieren,

das erst nach seinen Lebzeiten Profit abwerfen würde, war nichts, was ihn interessierte. Es machte keinen Unterschied, dass er Kinder hatte oder etwas anderes, für das es sich zu arbeiten lohnte. Er war ein sehr egoistischer Mann.

Und er war mein Vater.

Meine Gegensprechanlage meldete sich. »Mr Lane möchte Sie in seinem Büro sehen.«

»Danke, Jane!« Ich verließ mein Büro und ging hinüber zu seiner Seite des Gebäudes. Sein Büro war so groß wie ein durchschnittliches Haus. Die Fenster reichten vom Boden bis zur Decke, und er hatte eine Indoorgolfanlage darin installieren lassen. Wann immer er über die Freisprechanlage telefonierte, schlug er den Golfball durch die Gegend.

Nachdem ich geklopft hatte, winkte er mich herein. Er saß an seinem Schreibtisch, sein Jackett über die Lehne seines Sessels gehängt. Hosenträger hielten seine Hose oben. Er war schon immer übergewichtig, seit ich mich erinnern konnte. Aber trotz meiner Ermutigungen hatte er sich nie die Mühe gemacht, auf sich zu achten oder ins Fitnessstudio zu gehen.

»Wie war dein Tag bisher, Dad?«

Er ignorierte meine Worte vollständig. »Warum erfahre ich erst jetzt von einer Zwei-Millionen-Dollar-Investition in das Forschungsprogramm?«

Wir hatten das bereits diskutiert – unzählige Male. Aber ich ließ mich nicht aus der Ruhe bringen. »Wir können nicht erwarten, dass unsere Wissenschaftler ohne das richtige Equipment etwas entdecken. Sie haben den Antrag schon mehrmals gestellt, weil ihre Laborgeräte und Instrumente nicht mehr auf dem neusten Stand sind.«

Er rieb sich die Schläfen und dann die Augen, wie immer, wenn er extrem genervt war oder kurz davor war zu schreien. »Aspen.« Seine Stimme hallte von den Wänden wider. »Ich habe dir dieses Geld für saubere Energien gegeben, und trotzdem haben sie noch nichts entdeckt. Sie kassieren nur ihre Schecks und treiben Unsinn.«

»Ich erkundige mich täglich nach dem Stand der Forschungen. Ich versichere dir, sie arbeiten hart. Die meisten von ihnen machen unbezahlte Überstunden.«

Er wischte meine Worte mit einer Handbewegung fort. »Das ist eine Verschwendung von Ressourcen, Aspen.«

»Nein, ist es nicht«, entgegnete ich ruhig.

»Öl ist das, woran Geld verdient wird.«

»Und Öl wird nicht immer da sein.« Ich merkte, dass ich allmählich gereizt klang.

»Das ist nicht mein Problem.«

Ich hatte diese Unterhaltung schon zu oft geführt, um es noch zählen zu können. »Bei allem Respekt, aber es *ist* dein Problem. Diese Firma wird in Zukunft nicht überleben können, ohne sich anzupassen und weiterzuentwickeln. Wir müssen uns mit der Welt verändern. Der Klimawandel ist das größte Problem, dem wir uns gegenübersehen.«

»Der Klimawandel ist Quatsch.« Er zündete sich eine Zigarre an und inhalierte.

Manchmal wollte ich am liebsten kündigen. Aber ich wusste, dass die Firma bald mir gehören würde, und dann würde ich mich nicht mehr mit ihm herumstreiten müssen. Ich konnte mehr Gelder in die Forschung stecken und dieses Unternehmen stärker machen. Aber solange er noch da war, war Geld alles, was ihn interessierte. »Zwei Millionen

Dollar kann man bei deinem Vermögen getrost vernachlässigen.«

»Aber ich habe bereits Millionen Dollar in dieses Programm gesteckt, ohne dass meine Investition Profit abwirft.«

»Weil solche Dinge Zeit brauchen«, antwortete ich ruhig.

Er stöhnte und rieb sich erneut die Schläfe. Er hatte besonders schlechte Laune.

»Dad, sie werden bald etwas entdecken, und dann werden die Menschen jeden Preis dafür zahlen, es zu bekommen. Vergiss das nicht.« Geld war die einzige Sprache, die er verstand.

»Das solltest du besser hoffen.« Er öffnete seine Schreibtischschublade und blätterte ein paar Papiere durch. Dann warf er eine Zeitung auf den Schreibtisch. »Hast du das schon gelesen?«

Ich warf einen Blick darauf, nahm die Zeitung jedoch nicht.

»Ich habe dich etwas gefragt, Aspen.« Mit kalten und unversöhnlichen Augen starrte er mich an. Ich konnte nicht das Geringste von mir selbst in ihm wiedererkennen. Es war, als wäre ich adoptiert, was ich manchmal sogar hoffte.

Er schob mir die Zeitung entgegen. »John und Isabellas Hochzeitsanzeige. Du solltest mal einen Blick drauf werfen.«

Ich behielt meine stoische Miene bei und tat so, als hätten seine Worte mich nicht zutiefst getroffen.

»Ist dir klar, wie beschämend das hier für mich ist?«

Ich sah ihm mit schmalen Augen ins Gesicht, aber ich explodierte nicht. Ich schrie nicht all die Dinge, die ich herausschreien wollte. Ich bewahrte Ruhe und tat so, als bedeuteten mir die Beleidigungen nichts. Es waren hohle Geschosse, die direkt durch mich hindurchgingen.

»Du verlobst dich mich John, und dann verlässt er dich wegen einer anderen? Und jetzt heiratet er sie auch noch?«

Ich hatte nichts darauf zu sagen. Es war nicht meine Schuld. Ich hatte keine Ahnung gehabt, dass John mich betrog. Wenn ich es gewusst hätte, wäre ich nicht bei ihm geblieben. Ich hätte seinen Heiratsantrag nicht angenommen.

»Noch dazu deine eigene Cousine?« Er ließ nicht locker. »Und jetzt weiß die ganze Welt davon und denkt, dass du einen Narren aus dir gemacht hast – dass ich ein Narr bin.« Er nahm die Zeitung und riss sie vor Wut in Fetzen. »Es ist demütigend.«

Mein Atem beschleunigte sich, aber ich zeigte keinerlei Emotion.

»Du wirst doch nicht etwa gleich losheulen.« Er bedachte mich mit einem angewiderten Blick. »Ich habe dir doch gesagt, dass du niemals in meiner Gegenwart weinen sollst.«

»Ich weine nicht.« Meine Stimme war leise, deshalb räusperte ich mich und sprach lauter. »Ich weine nicht.«

»Gut. Denn das nervt. Vielleicht ist John deshalb gegangen.«

Ich wandte den Blick ab und blieb stark.

Er schwieg lange Zeit und rieb sich die Schläfe, als kämpfte er gegen Kopfschmerzen. »Ich habe ... viel über dieses Fiasko nachgedacht.«

Ich hielt den Atem an.

»Ich halte es wirklich nicht für eine gute Idee, dass du das Gesicht dieser Firma bist. Du hast mir schon einmal Schande gemacht. Du wirst es wieder tun.«

Die Worte drangen wie Messer in meine Lungenflügel, und ich konnte nicht mehr atmen. Es war eine Todesdrohung, ein Versprechen, alles zu ruinieren, wofür ich gearbeitet hatte. Ich glaubte an diese Firma und wusste, dass sie die Welt verändern konnte. Und ich war die Person, die nötig war, um dieses Schiff zum Erfolg zu steuern. Wie konnte er mir das wegnehmen? »Ich bin mehr als qualifiziert –«

»Hier geht es nicht um deine Qualifikation. Du machst großartige Arbeit – hinter den Kulissen. Ich brauche jemanden, der Stärke repräsentiert. Du hattest seit über einem Jahr keinen Freund. Du arbeitest nur die ganze Zeit. Wenn das amerikanische Volk dich ansieht, dann sieht es keine starke Führungspersönlichkeit. Es sieht eine schwache Person, die es nicht einmal schafft, dass ein Mann ihr die Treue hält. Wie willst du es schaffen, dass dir eine Million Menschen die Treue halten?«

Seine Worte trafen mich genau da, wo es wehtat. Aber ich behielt einen ruhigen Tonfall. »Mein Privatleben hat nichts mit meiner Arbeitsmoral zu tun. Und was zwischen John und mir passiert ist, war nicht meine Schuld. Er war der verlogene Dreckskerl, nicht ich.«

»Image ist alles, Aspen. Wann begreifst du das endlich?« Seine Stimme war kalt. »Solange du nicht mein Vertrauen und dein positives Image zurückgewinnst, kann ich dir die Firma nicht übergeben, wenn ich in Ruhestand gehe. Du kannst deine Position auf unbeschränkte Zeit behalten, aber ich werde die Firma nicht in deine Hände geben. Es tut mir leid. Ich wünschte, die Sache läge anders.«

Das glaubte ich keine Sekunde lang. Ich wollte protestieren und schreien. Ich wollte seinen Schreibtisch umstoßen und aus dem Fenster werfen. Die Hände zu Fäusten geballt, konnte ich mich gerade noch davon abhalten, ihn anzuschreien. Ich holte tief Luft und brachte den Ärger in mir zum Schweigen, da ich wusste, dass Streiten mich nicht weiterbringen würde.

»Du kannst jetzt gehen, Aspen.« Er paffte einen weiteren Zug von seiner Zigarre und wandte sich dann wieder seinem Computer zu.

Ich stand einen Augenblick lang da und dachte an all die Dinge, die ich meinem Vater, meinem schlimmsten Kritiker sagen wollte. Aber jedes Gefühl und jede Emotion war sinnlos. Ich könnte aus vollem Halse schreien, und doch würde er niemals auf mich hören. Das hatte ich zwar schon lange geahnt, aber nie akzeptiert, dass es die Wahrheit war – bis jetzt.

Mein Vater interessierte sich nicht für mich – nicht im Geringsten.

***

»Tut mir so leid, dass ich spät dran bin.« Ich war zu spät im Restaurant angekommen, weil ich nach dem Nachhausekommen geweint hatte und dann eingeschlafen war. Ich hatte nicht einmal Zeit gehabt zu duschen, deshalb hatte ich nur schnell das Erstbeste übergeworfen, was ich gerade finden konnte. Ich hatte mir das Gesicht gewaschen, aber es kam mir so vor, als könnte nichts die Tränenspuren verschwinden lassen.

»Schon in Ordnung.« Harper hielt ihren Drink hoch. »Irgendein alter Knacker hat mir einen Mai Tai ausgegeben. Also war ich gut unterhalten.«

Ich zwang mich zu einem Kichern. »Wer sagt, dass man nicht auch alleine Spaß haben kann?«

»Wer hat was von allein gesagt?« Sie wedelte mit ihrem Glas vor mir. »Das hier war mein bester Freund, bis du aufgetaucht bist. Und wir hatten jede Menge Spaß.«

»Ich hoffe, ich störe euch nicht«, neckte ich sie.

»Ich bring euch beide schon unter einen Hut.« Sie stellte ihren Drink ab und wandte mir dann ihre ganze Aufmerksamkeit zu. »Danke für die Blumen. Sie waren wunderschön – wie immer.«

»Ich hoffe, sie haben dir einen guten Start in den Tag beschert.«

»Und ob«, antwortete sie. »Sie stehen jetzt auf meinem Küchentisch. Ich habe vielleicht keinen Mann, aber ich habe eine Freundin, die mich mehr liebt, als irgendein Mann es je könnte.«

»Darauf trinke ich.« Ich hielt ein unsichtbares Glas hoch und stieß damit gegen ihres. »Wo wir gerade von Liebe sprechen ...« Ich nahm die kleine Tüte neben mir und reichte sie ihr. »Alles Liebe zum Geburtstag.«

»Das wär doch nicht nötig gewesen«, wehrte sie ab. »Du hast mir doch schon Blumen geschenkt.«

»Halt die Klappe«, sagte ich lachend. »Tu nicht so, als würdest du es nicht wollen.«

»Du hast recht«, antwortete sie verschmitzt. Sie nahm das

Papier heraus und fand einen Bilderrahmen in der Tüte. »Ooh, das war, als wir bei David Letterman im Publikum waren.«

»Es ist ein gutes Foto«, sagte ich. »Du siehst unglaublich gut darauf aus.«

Sie betrachtete das Bild und lächelte. »Da bin ich schön gebräunt.«

Ich lachte, dann tippte ich gegen die Tüte. »Da ist noch was drin.«

Sie holte einen weiteren Bilderrahmen hervor, doch er war leer. Verwirrt starrte sie ihn einen Moment lang an, bevor sie die versteckten Eintrittskarten darin entdeckte. »Du hast Karten für Kevin Hart besorgt?«

»Jepp.«

»Oh mein Gott! Ich liebe ihn!« Sie kreischte so laut, dass alle im Restaurant es hörten.

»Ich weiß.« Wir hatten seine Comedy-Specials schon mindestens zwanzigmal auf Netflix angesehen.

»Er ist der lustigste Kerl auf diesem Planeten«, sagte sie. »Mit Abstand.«

»Und wir machen dort ein Foto und stecken es dann in diesen Bilderrahmen.«

»Ooh!« Ihr Augen strahlten vor Freude. »Das ist so lieb.«

»Ich wusste, es gefällt dir.«

Sie kam um den Tisch herum und umarmte mich. »Es gefällt mir nicht, ich liebe es!«

Ich erwiderte ihre herzliche Umarmung und fühlte mich besser, als ich mich den ganzen Tag gefühlt hatte. Es war schön, von jemandem umarmt zu werden, der mich liebte, jemandem, dem ich etwas bedeutete. Ich hatte eine Million

Probleme am Hals, aber ich behielt sie für mich, weil es ihr Geburtstag war. Ich würde ihr nicht mit meinen Problemen die Laune verderben.

Sie kehrte wieder auf ihre Seite des Tisches zurück. »Das schreit nach Fajitas!« Sie schnippte mit den Fingern wie eine Flamencotänzerin.

»Das hier ist ein italienisches Restaurant«, erwiderte ich und musste mir ein Lachen verkneifen.

»Ehrlich gesagt hatte ich schon ein *paar* Mai Tais. Das hatte ich vergessen zu erwähnen ...« Wieder schnippte sie mit den Fingern.

»Nun, wir können ja probieren, trotzdem welche zu bestellen.« Der Gedanke war lustig. Ich konnte mir vorstellen, was unser Kellner für ein Gesicht machen würde, wenn wir diese lächerliche Bestellung aufgaben. Der arme Kerl würde es bereuen, für unseren Tisch zuständig zu sein.

Sie nahm die Speisekarte und überflog die Auswahl. »Was ist das Fettigste, Kalorienhaltigste, das sie hier haben?«

Ich nahm meine eigene Speisekarte. »Die Lasagne sieht ziemlich mörderisch für die Taille aus.«

»Dann werde ich genau die nehmen.« Sie warf ihre Speisekarte auf den Tisch. »Ich habe Geburtstag, also darf ich heute reinhauen wie ein Schwein.«

»Wie stilvoll«, neckte ich.

»Als ob du nicht auch Lasagne bestellen würdest.« Sie warf mir einen bedeutsamen Blick zu und schlürfte dann ihren Mai Tai.

Ehrlich gesagt hatte sie recht. »Du kennst mich einfach zu gut.«

»Ich bin wie dein fester Freund. Ich lass dich nur nicht ran.«

»Leider«, sagte ich mit einem Kichern.

»Lad mich zum Essen ein, und ich denk drüber nach.« Sie zwinkerte mir zu.

»Blumen, Eintrittskarten und Essen ... Mann, du bist echt schwer ins Bett zu kriegen.«

»Jetzt weißt du, warum ich noch Single bin.«

Der Kellner kam an unseren Tisch und nahm unsere Bestellung auf.

»Zweimal die fettigste Lasagne, bitte.« Harper reichte ihm die Speisekarten.

Seine Mundwinkel hoben sich zu einem Lächeln. »Ich werde dem Koch Bescheid geben, dass er sie entsprechend zubereitet.«

»Falls es noch nicht reicht, kann er einfach Fett darübergießen«, sagte ich. »Es wird uns trotzdem schmecken.«

Er lachte nachsichtig. »Wird gemacht, Ladys. Irgendein besonderer Anlass?«

»Meine beste Freundin hat heute Geburtstag«, sagte ich. »Und sie sieht besser aus denn je.«

Mit einer Geste, die eindeutig sagte: »Ach, hör schon auf«, warf Harper sich das Haar über eine Schulter.

»Wenn das so ist, dann geht die nächste Runde auf mich«, sagte er. »Alles Gute zum Geburtstag!«

»Wow ... Danke!«, antwortete Harper.

Der Kellner ging davon, und Harper beugte sich vor, um seinen Hintern anzustarren, als hütete er die Geheimnisse des Universums. »Er hat einen hübschen Arsch.«

Ich lachte. »Na, dann mach dich an ihn ran.«

Sie zuckte die Schultern. »Ich würde heute Nacht ohnehin nur deprimiert sein, sobald ich heimkomme. Da kann ich mir genauso gut einen Kerl mit nach Hause nehmen, um mich abzulenken.«

»Hey, Moment mal.« Ich hob die Hand. »Da kaufe ich dir all diese hübschen Dinge und bekomme nichts dafür, aber er gibt dir einen einzigen Drink aus, und schon darf er dir an die Wäsche?«

»Hey.« Sie zeigte auf mich. »Leg du dir so einen Hintern zu, dann können wir drüber reden.«

Ein herzhaftes Kichern entschlüpfte meiner Kehle. »Du hast recht. Damit kann ich nicht mithalten.«

»Nicht, dass du nicht außerordentlich attraktiv wärst«, beschwichtigte sie mich. »Wenn ich ein Kerl wär, würd ich's mit dir treiben.«

Ich warf mir das Haar über die Schulter, genau wie sie es vorhin getan hatte, und bedachte sie mit demselben Gesichtsausdruck. »Ach, hör schon auf.«

Lachend schlug sie mit der Hand auf den Tisch. Dann nahm sie einen weiteren Schluck von ihrem Drink. »Also, wie war dein Tag? Es kommt mir so vor, als würden wir die ganze Zeit nur über mich reden.«

»Es ist schließlich dein Geburtstag. Da sollten wir über dich reden.«

»Stimmt«, antwortete sie. »Aber ich bin langweilig. Also, wie war dein Tag?«

Schlicht und einfach grauenhaft. »Gut.« Ich trank mein Wasser aus, damit ich etwas zu tun hatte.

»Nur gut?«, fragte sie. »Normalerweise wenn ich dich etwas frage, bist du gar nicht mehr zum Schweigen zu bringen.«

Der Nachteil, eine beste Freundin zu haben, ist, dass sie

einen so gut kennt. Harper konnte besser in mir lesen als ich selbst. Das war gefährlich, da ich ihr mit meinem Mist nicht den Geburtstag versauen wollte. Ich konnte bis morgen damit warten, meine Probleme bei ihr abzuladen. »Na ja, ich hab mir eine neue Topfpflanze für mein Büro besorgt. Die macht das Ganze wirklich gleich viel freundlicher.« Ich behielt eine ausdruckslose Miene bei und tat so, als wäre alles normal.

Ihre Augen verengten sich argwöhnisch.

Verdammt! »Zum Mittagessen hatte ich einen Salat. Ich weiß nicht, was mich da geritten hat, schließlich kann ich Salat aus gutem Grund nicht ausstehen, und die Salatblätter und das fettarme Dressing waren wirklich widerlich. Ich hätte lieber einen Burger nehmen sollen. Was hab ich mir nur dabei gedacht?«

Harper kaufte mir die Sache immer noch nicht ab. »Aspen, was ist passiert?«

Warum musste sie mich nur so verdammt gut kennen? »Schon in Ordnung, wirklich. Ich hatte einfach nur einen langen Tag.«

Sie beugte sich über den Tisch näher zu mir und musterte mein Gesicht, als wäre ich ein Gemälde in einer Kunstausstellung. »Hast du geweint?«

»Nein!«

»Aspen, du sagst mir besser gleich, was los ist, oder ich ziehe es dir aus der Nase.«

»Das kann bis morgen warten.«

Sie verdrehte die Augen. »Aspen, mein Geburtstag ist mir egal, und das weißt du. Der einzige Grund, warum ich ihn feiere, ist, weil du mich dazu zwingst. Wenn es nach mir ginge, würde ich bis Mitternacht allein in meiner Wohnung sitzen und mich betrinken.« Sie hatte diesen feurigen Ausdruck in den Augen, als wolle sie mich in Stücke reißen. »Und jetzt raus damit, Schwester!«

»Ehrlich, das kann warten«, beteuerte ich. »Wir haben gerade so viel Spaß.«

Sie warf mir diesen verärgerten Blick zu, mit dem sie mich sonst immer ansah, bevor sie einen Wutanfall bekam. »Zwing mich nicht dazu, eine Szene zu machen. Das werde ich nämlich tun.«

Seufzend verdrehte ich die Augen. »Na schön.«

Sie beugte sich vor und bereitete sich darauf vor, meine Geschichte zu hören.

Ich erzählte ihr alles, angefangen damit, dass ich dieser Hexe Isabella über den Weg gelaufen war, bis hin zu dem Streit mit meinem Vater. Als ich fertig war, stieß ich heftig den Atem aus.

»Oh mein Gott!« Harper schlug mit den Fäusten auf den Tisch. »Das war ja ein Tag aus der Hölle!«

»Hölle ist noch untertrieben.«

»Du hättest ihr das hübsche Näschen einschlagen sollen.«

Ich war eher von der friedliebenden Sorte. »Reine Zeitverschwendung. Außerdem glaube ich nicht, dass ich mich dadurch besser fühlen würde.«

»Was findet er nur an der? Die ist eine totale Schlampe.«

Isabella hatte erwähnt, dass John mich als furchtbar schlecht im Bett bezeichnet hatte. Zugegeben, ich bin kein abenteuerlustiger Typ, und John war mein erster Liebhaber gewesen, daher hatte ich nicht viel Erfahrung. Aber es schockierte mich, dass er mir das ankreidete. Es verletzte mich wirklich, obwohl es das nicht sollte, deshalb verschwieg ich es Harper. Ich schämte mich, weil ich wusste, dass John recht hatte. »Na ja, jeder hat eben so seine Vorlieben, oder nicht?«

»Aber noch wütender bin ich auf deinen Vater. Ich habe in meinem ganzen Leben noch nicht von so einem eiskalten Tyrannen gehört.«

Ich hob unsicher die Schultern, nicht sicher, was ich sagen sollte.

»Alles, was ihn interessiert, ist, wie sich das auf ihn auswirkt. Hat er dich je gefragt, wie du dich fühlst?« Sie schrie regelrecht. »Seine Tochter wurde wegen einer anderen abserviert, und alles, was ihn interessiert, ist sein Image. Es war nicht einmal deine Schuld. John war der Blödmann, nicht du.«

»Dad sieht das anders.«

»Und es hat absolut nichts mit deiner Arbeitsmoral zu tun. Das ist nicht fair!« Wieder schlug sie mit der Hand auf den Tisch. Sie war wütender darüber als ich.

»Er war noch nie ein emotionaler Mensch. Alles, was ihn interessiert, ist Geld, und dass ich öffentlich blamiert wurde, schadet offensichtlich irgendwie seinem Bankkonto.«

»Ich schlage ihn k. o.«, sagte sie ernst. »Ich haue ihm direkt vor den Medien eine rein, mal sehen, wie sich das auf sein Bankkonto auswirkt.«

Unwillkürlich schlüpfte mir ein Lachen über die Lippen. Die Vorstellung, wie Harper, ein eins fünfzig großes und keine fünfzig Kilo schweres Mädchen, meinen Vater verprügelt, war außerordentlich belustigend. »Ich würde eine Menge Geld zahlen, um das zu sehen.«

»Das würde diesem Tyrannen eine Lehre sein …« Sie schüttelte den Kopf, während Wut in ihren Augen loderte.

Der Kellner brachte die Teller. »Extra fettig, wie gewünscht.«

»Gut gemacht«, sagte ich. »Das gibt ein saftiges Trinkgeld.«

Harper sah ihren Teller an. »Da ist so viel Käse drauf, dass ich einen Monat lang Verstopfung haben werde, aber das ist mir egal.«

Ich gab mir Mühe, über ihre Unverblümtheit nicht zu lachen.

Der Kellner wirkte belustigt. Auf seinen Lippen lag ein leichtes Schmunzeln. »Vielleicht könnten wir das ausgleichen, indem wir morgen zusammen frühstücken gehen, mit viel Kaffee und Ballaststoffen.«

Ich mochte diesen Kerl. Er war witzig und weder arrogant noch ordinär.

»Mir gefällt der Gedanke«, antwortete Harper mit flirtendem Augenaufschlag.

»Um zehn hab ich Feierabend«, sagte er. »Hast du da schon was vor?«

»Nun ja, ich sollte eigentlich mit meiner Rakete ins Weltall fliegen, aber ich könnte umdisponieren«, erwiderte Harper.

»Das ist sehr großzügig von dir«, sagte er charmant.

»Oh, Moment mal!« Sie schlug sich mit der Hand gegen die Stirn. »Ich kann nicht. Ich bin heute Abend mit meiner Freundin unterwegs. Sie braucht mich. Wie wär's mit morgen?«

»Nein, nein.« Ich wischte ihre Worte fort. »Das ist schon in Ordnung, wirklich. Geh ruhig mit ihm aus.«

»Aber –«

»Sie wird um zehn so weit sein«, sagte ich zu dem Kellner.

Er lächelte. »Ich freue mich schon drauf, Harper.« Dann ging er davon.

Sie warf mir diesen gewissen Blick zu, den ich schon seit Jahren kannte. »Ich kann auch morgen mit ihm ausgehen.«

»Nein.« Da würde ich nicht nachgeben. »Du kannst ohnehin nichts tun. Mein Leben ist im Moment nicht gerade fantastisch, aber daran ist niemand schuld.«

»Eigentlich ist John daran schuld«, wandte sie wütend ein.

»Wie auch immer«, wischte ich es beiseite. »Ehrlich, ich will, dass du mit ihm ausgehst. Schließlich hat er einen hübschen Hintern und so. Betrachte ihn als ein zusätzliches Geschenk von mir.«

Ihre Lippen formten sich langsam zu einem Lächeln. »Bist du sicher?«

»Absolut«, sagte ich bestimmt.

»Okay.« Sie ließ das Thema fallen. »Kommen wir wieder darauf zurück, dass ich dir die Meinung sage. Warum kündigst du nicht einfach? Du hast einen Master in Betriebswirtschaft. Du könntest woanders arbeiten.«

Der Gedanke war mir schon viele, viele Male in den Sinn gekommen. »Das kann ich nicht. Diese Firma ist mir wichtig.«

»Warum?«

»Sie hat all die Ressourcen, um saubere und erneuerbare Energien zu erforschen. Wir könnten etwas Besseres als Solarenergie finden, das sich für alle Arten von Maschinen einsetzen lässt, egal ob Kernkraftwerke oder Busse. Der Klimawandel ist ein ernstes Problem, und die Firma meines

Vaters könnte gewaltige Veränderungen bewirken. Wenn wir etwas Besseres finden, können andere Unternehmen es uns gleichtun – überall auf der Welt. Hier geht es nicht um Macht oder Geld. Es geht um die Zukunft.«

Sie lächelte. »Wenn deine Augen so leuchten und deine Wangen glühen, dann weiß ich, dass du mit besonderer Leidenschaft bei der Sache bist.«

Es war mir ein wenig peinlich, dass ich so leicht zu durchschauen war, aber ich ging nicht weiter darauf ein. »Ich kann nicht einfach kündigen. Ich bin der einzige Grund, warum in der Firma überhaupt Forschung betrieben wird. Wenn ich gehe, wird mein Dad das Programm einstampfen und nach noch mehr Öl bohren. Da er am Ende seines Lebens steht, interessiert ihn nur der unmittelbare Profit. Die zukünftigen Generationen bedeuten ihm nichts. Ich kann nicht kündigen. Das steht nicht zur Debatte.«

Sie nahm ihr Glas und stieß mit mir an. »Es sind Menschen wie du, die mir den Glauben an die Menschheit wieder zurückgeben. Ich bin stolz auf dich.«

Ihre berührenden Worte ließen mich erröten. »Ich tue nur, was ich für richtig halte. Ich will eines Tages mal Kinder haben. Das hier geht sie etwas an. Und meine Enkel ... und meine Urenkel ... und die Wale, Eisbären und die Vögel Oregons. Es geht uns alle an.«

Sie stieß einen Seufzer aus. »Diese Unterhaltung wird gerade extrem deprimierend.«

Ich lachte, obwohl es nicht lustig war. »Das tut mir leid. Diese Wirkung habe ich manchmal ...«

»Nun, was wirst du jetzt tun?«, fragte sie. »Wie willst du ihn dazu bringen, seine Meinung zu ändern?«

Darüber hatte ich den ganzen Tag lang nachgedacht. »Ich werde mir einen perfekten Freund suchen, um wiedergutzumachen, was John getan hat. Wenn mein Dad sieht, dass ich eine stabile Beziehung mit einem erfolgreichen Mann haben kann, dann wird sich sein Bild von mir bessern, und er wird seine Meinung ändern.«

Sie nickte. »Das ergibt Sinn. Und wo willst du einen Freund finden? Online-Dating?«

Ich hatte ziemlich wenig Vertrauen in feste Beziehungen. Vielleicht hatte ich das, was John mir angetan hatte, noch nicht überwunden und war immer noch ein wenig verbittert deswegen, aber nichtsdestotrotz war ich noch nicht bereit für eine Beziehung. »Ich weiß es nicht. Ich bin im Moment noch nicht so weit, mich wieder auf eine Beziehung einzulassen, und ich möchte nicht die Zeit von irgendeinem Kerl verschwenden. Das wäre demjenigen gegenüber nicht fair.«

Sie schob sich einen Bissen Lasagne in den Mund und kaute eine volle Minute, weil er so groß war. Als sie ihn schließlich hinuntergeschluckt hatte, riss sie die Augen auf. »Ich habe eine perfekte Idee!«

»Was denn?«, fragte ich aufgeregt.

»Engagiere einen Escort.«

Alles an Energie, was ich hatte, verpuffte. »Einen Callboy? Harper, du hattest ja schon ziemlich verrückte Ideen, aber die hier ist wohl –«

»Nein.« Sie hob die Hand. »Eine Freundin von mir hat so einen Kerl engagiert, um sie zur Hochzeit ihrer Freundin zu begleiten, weil ihr Ex auch dort sein würde. Sie hat ihn nur dafür bezahlt, ihr Date zu spielen. Da gibt es keinen Sex oder irgend so was. Die bieten Sex nicht mal an. Die sind superprofessionell. Und offenbar war der Typ absolut heiß.«

Von so etwas hatte ich noch nie gehört.

»Engagiere einen Kerl, damit er eine Weile lang deinen Freund spielt. Sobald dein Dad von seinem hohen Ross herunterkommt und aufhört, sich wie ein stinkender Scheißhaufen zu benehmen –«

»Stinkender Scheißhaufen?«

Harper ignorierte die Unterbrechung. »– kannst du damit aufhören, ihn für seine Dienste zu bezahlen. Sobald die Firma offiziell dir gehört, kann dein Dad nichts mehr dagegen machen. Die Gefühle des Typen werden nicht verletzt, weil es rein geschäftlich ist, und du brauchst dich nicht mit einem richtigen Freund herumzuschlagen, da du noch nicht für einen bereit bist. Das ist perfekt, Alter!«

»Alter?«

»Hast du überhaupt zugehört, was ich gesagt habe?«, fragte sie.

»Hab ich.«

»Und was denkst du?«

Ich aß ein paar Bissen Lasagne, während ich über ihren Vorschlag nachdachte. »Ich weiß nicht ... Irgendeinen Typen dafür zu bezahlen, mein Freund zu sein, ist ein wenig ... armselig.«

»Du zwingst ihn ja nicht dazu, dein Freund zu sein«, argumentierte sie. »Er ist nur ein Strohmann. Das macht dich nicht armselig. Es ist ja nicht so, als würdest du tatsächlich Gefühle für den Kerl haben und ihn dafür bezahlen, damit du dich gut fühlst, so ist das überhaupt nicht. Die Leute machen das andauernd.«

»Ich weiß nicht …«

Sie holte ihr Handy hervor und fing an, eine SMS an jemanden zu tippen. »Ich frage sie, wie der Service hieß.«

»Sag ihr nicht, dass es für mich ist!«

»Mach ich schon nicht«, zischte sie. »Wenn sie fragt, sage ich, es ist für mich.« Sie legte ihr Handy weg und aß weiter.

Ich stocherte in meinem Essen herum, da ich nicht glauben konnte, dass ich das hier gerade tatsächlich in Erwägung zog.

Ihr Handy auf dem Tisch vibrierte, und sie stürzte sich darauf wie eine Schlange. Ihre Augen verengten sich, während sie die Nachricht las.

»Was schreibt sie?«

»Die Firma heißt Beautiful Entourage.« Ihre Augen waren auf den Bildschirm geheftet. »Sie schreibt, der Typ war jeden Penny wert und ein totaler Schnuckel. Sie würde es jederzeit wieder tun. Und sie glaubt, ihr Ex war eifersüchtig.« Sie hob den Blick und sah mich an. »Alter, tu es!«

»Seit wann nennst du mich Alter?«

»Aspen, tu es! Wie spaßig wäre es, überall, wo du hingehst, ein Sahneschnittchen dabeizuhaben?«

»Ein bisschen merkwürdig, ehrlich gesagt.«

»Ich wette, sein Hintern sieht fantastisch aus.«

Ich fühlte mich schuldig, als ich mich fragte, wie fantastisch er wohl aussah.

»Ich werde dich zwingen, es zu tun«, drohte sie. »Darauf kannst du dich verlassen.«

»Du willst doch nur sehen, wie heiß er ist.«

»Will ich gar nicht!« Sie gab sich unschuldig.

Ich bedachte sie mit einem Blick, der »Blödsinn« sagte.

»Okay, also schön. Vielleicht …«, gab sie zu.

»Du hast heute Abend ein Date mit einem Typen mit einem großartigen Hintern. Werd mir jetzt bloß nicht gierig.«

Sie zwirbelte spielerisch ihr Haar. »Stimmt …«

»Ich werde drüber nachdenken, okay?«

»Das will ich dir auch geraten haben«, sagte sie. »Und falls deine Antwort Nein lautet, werde ich sie einfach ändern. Also spar uns beiden Zeit und sag einfach Ja.«

Ich schob den Mai Tai näher zu ihr. »Trink aus und iss deine fettige Lasagne!«

Sie schenkte mir einen liebevollen Blick. »Du kennst mich so gut, beste Freundin.«

»Besser als du dich selbst.«

Kapitel drei

Rhett

Ich kam gerade nach Hause, als mein Telefon klingelte. Es war Mrs Robinson, die Frau, die gegenüber von Chase wohnte. Jedes Mal, wenn ich ihren Namen auf dem Display sah, hatte ich Angst davor, den Anruf anzunehmen. Ich zwang mich, ruhig zu bleiben, bevor ich ranging. »Was hat er jetzt wieder angestellt?«

»Sie sollten wirklich darüber nachdenken, ihn in eine Einrichtung für betreutes Wohnen zu geben.«

Das stand nicht zur Debatte. »Was ist passiert?«

»Er ist im Waschkeller, kauert in der Ecke und zittert unkontrolliert. Ich kann ihn nicht dazu bringen, sich zu bewegen oder irgendetwas zu tun. Sie müssen herkommen.«

Ich schluckte meinen Ärger hinunter. »Danke, dass Sie mich angerufen haben. Ich bin gleich da.« Ohne auf ihre Antwort zu warten, legte ich auf, zog meine Schuhe wieder an und verließ die Wohnung. Er wohnte nur ein paar Blocks von mir entfernt, weit genug weg, damit ich ein wenig Privatsphäre hatte, aber nah genug, um schnell bei ihm sein zu können, falls es nötig war.

Als ich das Gebäude betrat, ging ich gleich hinunter in den Keller, wo sich die Waschküche befand. Kaum hatte ich sie betreten, sah ich Chase in der Ecke sitzen. Er hatte die Knie an die Brust gezogen und die Arme schützend um den Kopf gelegt, als wollte er sich vor herabfallenden Felsbrocken schützen.

Mrs Robinson stand ein paar Schritte entfernt. »So ist er schon seit einer halben Stunde.«

»Ist er verletzt?«, fragte ich.

»Nein.«

Auf der Waschmaschine sah ich seinen Berg Wäsche liegen. Die Klamotten hatten es nicht einmal in die Trommel geschafft, bevor er ausgeflippt war. Chase hatte oft solche Anfälle, und manchmal wusste ich nicht, wie ich damit umgehen sollte. Ich gab mein Bestes, aber ich wusste, dass es nicht genug war.

»Rhett, bist du das?«, rief Chase unter seinen Armen hervor.

»Ja, ich bin's.« Ich trat neben ihn und berührte seinen Arm. »Hier ist nichts, wovor du Angst haben müsstest, Kumpel.«

»Die Schatten, sie sind hier.« Er erschauderte unter meiner Berührung.

»Chase, sie werden dir nichts tun.« Mein Bruder litt unter Sciaphobie, der krankhaften Angst vor Schatten. Manchmal war es zum Lachen, aber andere Male, wie jetzt, war es einfach nur traurig. »Die sind nur das Fehlen von Licht, nichts Körperliches.«

»Trotzdem tun sie mir was.«

»Sie tun dir nichts.« Ich behielt einen sanften Tonfall bei.

»Ich habe versucht, meine Wäsche zu waschen, als jemand das Licht eingeschaltet hat ... und dann sind sie hereingekommen.«

Mrs Robinson warf mir einen traurigen Blick zu. »Ihr Bruder braucht Hilfe, Rhett.«

»Ich gehe nicht in ein Krankenhaus«, sagte Chase heftig. »Ihr könnt mich nicht dazu zwingen.«

»Niemand bringt dich in ein Krankenhaus, Chase.« Das musste er hören, damit er ruhig blieb. Ich stand auf und schaltete das Licht aus. »Es sind keine Schatten mehr da, Chase. Du kannst dich jetzt entspannen.«

Durch das kleine Fenster dicht unter der Decke fiel schwaches Licht herein. Ich konnte Chase kaum erkennen und brauchte einen Augenblick, bis sich meine Augen an die Dunkelheit gewöhnt hatten.

»Bist du sicher?«, fragte er zögernd.

»Ich kann kaum die Hand vor Augen sehen.«

Er nahm die Arme herunter und sah sich um, dann stieß er einen Seufzer der Erleichterung aus und wandte sich zu mir. »Ich möchte zurück in meine Wohnung.«

»Klingt nach einer guten Idee.«

Er nahm sein Nachtsichtgerät und setzte es auf.

Mrs Robinson sah mich mit diesem Blick an, den sie mir immer zuwarf und der eindeutig sagte: »Das ist *nicht* normal.«

Ich ignorierte den Blick und schnappte mir seine Kleider, um sie in den Wäschekorb zu stecken.

Chase schlang sich eine Decke aus Alufolie um den Körper. »Okay, lass uns gehen.« Er hatte den Kopf verhüllt und hielt sich an meinem Arm fest, damit ich ihn führen konnte.

Zusammen gingen wir die Stockwerke hoch, bis wir seine Wohnung betraten, die mit fluoreszierenden Leuchtstreifen übersät war. Sie markierten den Fußboden und die Flure. Auf den Schränken befanden sich zahlreiche Nachtlichter, die genug Licht spendeten, um etwas zu sehen, ohne Schatten zu werfen. Schwarze Jalousien verdunkelten die Fenster.

Sobald Chase drin war, warf er die Decke ab. »Jetzt fühle ich mich besser ...«

Ich stellte den Wäschekorb auf die Arbeitsplatte in der Küche. »Was ist passiert, Mann?«

»Ich wollte gerade im Dunkeln meine Wäsche waschen, als diese Frau das Licht angemacht hat. Ich konnte meinen Lichtschutz nicht erreichen, und dann hat der Raum angefangen, sich zu drehen. Die Schatten waren kurz davor, mich zu kriegen, als du kamst.«

Ich hatte schon bei zahlreichen Gelegenheiten versucht, ihm klarzumachen, dass seine Angst absurd und unbegründet war. Aber keine noch so große Logik konnte sein Verhalten ändern. Als ich ihn in die Psychiatrie einweisen lassen wollte, hatte er sich umhergeworfen und um Hilfe geschrien. Es war so schmerzhaft mit anzusehen gewesen, dass ich ihn wieder mit nach Hause genommen und es nicht wieder versucht hatte. Er stellte weder eine Gefahr für sich selbst noch für andere dar, deshalb sah ich nicht ein, was es schaden konnte. »Ich werde deine Wäsche bei mir waschen und sie dir dann wieder zurückbringen.«

»Danke!« Er setzte sich auf die Couch und schaltete den Fernseher ein, als wäre alles völlig normal. »Willst du dir das Spiel ansehen?«

Ich schluckte meine Gereiztheit hinunter, da ich wusste, dass seine Krankheit echt war. »Klar.«

»Im Kühlschrank ist Bier.«

Ich nahm zwei heraus, dann setzte ich mich neben ihn. Er hatte zwar die Anschlüsse für Waschmaschine und Trockner in seiner Wohnung, aber ich hatte ihm die Geräte absichtlich nicht gekauft, damit er gezwungen war, nach unten zu gehen und sich dem Rest der Gesellschaft anzuschließen. Seine Einkäufe erledigte ich für ihn, zwang ihn aber, ein paar Besorgungen selbst zu erledigen. Nach Sonnenuntergang ging er hinaus, aber immer mit einem ängstlichen Gefühl. Um ihn dazu zu bringen, bei Tageslicht hinauszugehen, musste ich ihn jedes Mal erst überreden und ihm versprechen, dass ihn die Schatten nicht erwischen würden. Ich log sogar und behauptete, ich hätte ein Schattenschwert, das sie auf der Stelle besiegen würde, falls sie versuchten, uns etwas zu tun. Das funktionierte für gewöhnlich.

In jeder anderen Hinsicht war Chase völlig normal. Er mochte Sport, Filme und Musik. Er spielte Gitarre und liebte Frauen. Irgendwie hatte er sogar Verabredungen, die er meist online ausmachte. Wenn die Frauen in seine Wohnung kamen, hielten sie ihn einfach nur für äußerst exzentrisch. Er erwähnte seine Angst vor Schatten nie, und falls er es doch tat, fanden sie es wahrscheinlich liebenswert, weil er so charismatisch war. Er war ein gut aussehender Typ und hatte einen Fitnessraum in seiner Wohnung. Ich hatte immer Angst, dass er sich beim Gewichtestemmen in dem schwachen Licht verletzen könnte, doch das war noch nie geschehen.

»Also wirklich, wo haben die nur diese Schiedsrichter her?«, fragte er. »Aus der Blindenschule?«

Ich lachte und trank von meinem Bier.

Mein Bruder war ein sehr begabter Computerprogrammierer, wodurch er von zu Hause aus arbeiten konnte und seine Wohnung nicht zu verlassen brauchte. Aber er verdiente nicht viel Geld, weil keiner jemanden einstellen wollte, der sich weigerte, jemals ins Büro zu kommen. Also unterstützte ich ihn. Ich nahm ihm das nicht übel. Es war besser, als wenn wir zusammenwohnen würden. Ich weigerte mich, es dazu kommen zu lassen. Ich konnte nicht im Dunkeln leben.

»Ich denke, ich besorge dir eine Waschmaschine und einen Trockner«, sagte ich.

»Das brauchst du nicht«, erwiderte er sofort. »Ich gehe einfach nur mitten in der Nacht hinunter, wenn alle schlafen.«

Das war keine Art zu leben. »Es würde mir nichts ausmachen.«

»Du tust auch so schon genug für mich.« Er trank von seinem Bier und stellte es dann auf seinem Oberschenkel ab.

»Nun, ich mache es trotzdem.«

Er starrte eine Weile auf den Fernseher, bevor er sich zu mir umwandte. »Danke, Mann!«

»Okay.«

»Was gibt's Neues bei dir?«

»Eigentlich nichts.«

»Wie ist dein Date gelaufen?«, fragte er.

»Hat nicht funktioniert«, antwortete ich ausweichend. »Was ist mit dir?«

»Liz und ich haben letzte Woche Schluss gemacht.«

Seine Beziehungen hielten nie, aber ich hatte den Verdacht, dass Chase auch gar nicht auf etwas Ernstes aus war. Er schien mit seinem Leben als Single zufrieden zu sein, aber wie jeder andere hatte er gewisse Bedürfnisse. »Alles okay?«

»Es geht mir gut«, antwortete er. »Die Sache hatte sich überlebt. Sie kommt ab und zu für Sex vorbei und geht dann wieder.«

»Na, das ist ja praktisch«, sagte ich mit einem Glucksen.

»Für mich funktioniert's«, grinste er.

Während der nächsten Stunde schauten wir uns das Spiel an und vernichteten sein Bier. Nach einer Weile gewöhnte ich mich an die ungewöhnliche Beleuchtung in der Wohnung. Es war auf eigenartige Weise angenehm. Aber ich ertrug es nicht länger als ein paar Stunden am Stück. »Ich sollte gehen. Ich muss diese Wäsche erledigen.«

Chase stand auf, um mich zur Tür zu bringen. »Danke! Ich komme morgen Abend vorbei und hole sie ab.«

»Ich bringe sie dir vorbei«, erwiderte ich. »Mach dir keinen Stress deswegen.«

Ich nahm den Wäschekorb von der Küchenzeile, aber er hielt mich auf, um mich zu umarmen und mir auf den Rücken zu klopfen. »Danke, Bruder! Ich weiß wirklich nicht, was ich ohne dich tun würde.«

Ich erwiderte die Umarmung und hielt ihn fest. Andere Leute mochten Chase für einen Freak halten, aber das war er nicht. Er war nur anders. Darunter war er immer noch derselbe Mensch – unterhaltsam, loyal und witzig. »Kein Problem.«

»Wir sehen uns morgen«, sagte er. »Wollen wir uns dann wieder das Spiel ansehen?«

»Klar. Ich bringe Pizza mit.«

»Bring du nur die Wäsche«, widersprach er. »Ich bestelle die Pizza. Das ist das Mindeste, was ich tun kann.«

Ich nickte. »Hört sich gut an.«

Er öffnete die Tür und blieb dahinter stehen, um den erleuchteten Flur zu meiden. »Wir sehen uns.«

»Tschüs, Chase!«

Kapitel vier

Aspen

Ich konnte nicht glauben, dass ich das hier tatsächlich machte.

Nachdem ich lange hin und her überlegt hatte, musste ich einsehen, dass es die beste Lösung für mich war. Es würde mir helfen, die Firma zu bekommen, niemand würde darunter leiden außer meinem Bankkonto, und es war äußerst praktisch.

Beautiful Entourage war schwierig zu finden. Ich folgte den GPS-Koordinaten auf meinem Handy, fand mich jedoch vor einem chinesischen Restaurant wieder. Nachdem ich mehrmals überprüft hatte, ob ich vielleicht die falsche Adresse eingegeben hatte, rief ich dort an.

Eine Frau meldete sich. »Beautiful Entourage. Wir finden die perfekte Begleitung für Ihr besonderes Ereignis. Sie sprechen mit Danielle. Was kann ich für Sie tun?«

»Äh, hi!« Ich hatte nicht erwartet, dass die Person am anderen Ende der Leitung so förmlich sein würde. »Ich habe ein wenig Schwierigkeiten, Ihr Büro zu finden.«

Sie kicherte. »Vor dem chinesischen Restaurant?«

Wenigstens war ich nicht die Erste, die sich nicht zurechtfand. »Ja.«

»Wenn Sie sich nach rechts wenden, sehen Sie eine Treppe. Wir sind im ersten Stock. Wir sollten wohl wirklich ein Schild aufstellen oder so was.«

»Könnte nicht schaden«, stimmte ich ihr lachend zu.

»Kommen Sie rauf. Hier wartet schon eine Tasse Kaffee auf Sie.«

»Danke! Bis gleich!« Ich legte auf, dann stieg ich die Treppe hoch und betrat das Büro. Es hatte elegante Parkettböden und bodentiefe Fenster. Leise Jazzmusik spielte im Hintergrund, es gab einen Wasserspender und einen Tisch mit Kaffeeutensilien. Im Empfangsbereich standen zwei Ledersofas.

»Ich bin Danielle.« Eine Frau in einem Bleistiftrock kam mit ausgestreckter Hand auf mich zu. »Tut mir leid wegen der Odyssee, auf die wir Sie geschickt haben.«

Lachend schüttelte ich ihr die Hand. »Schon okay. Das hat zusätzliche Kalorien verbrannt.«

Sie musterte mich von oben bis unten. »Als ob Sie zusätzliche Kalorien verbrennen müssten.«

Ich wusste nicht, was ich auf das Kompliment erwidern sollte, also sah ich mich um. »Schön haben Sie es hier.«

»Das überrascht viele Leute. Ich glaube, sie erwarten eher so etwas wie ein Bordell.« Sie lachte und trat dann an ihren Schreibtisch. »Nehmen Sie doch bitte Platz. Wie hätten Sie gern Ihren Kaffee?«

»Schwarz, bitte.«

»Kommt sofort.«

Ich setzte mich und betrachtete ihren eleganten Schreibtisch. Die Oberfläche des Holzes war so glänzend, dass ich mein Spiegelbild darin sehen konnte. Abgesehen von einer Topfpflanze standen keine Bilderrahmen oder andere persönliche Dinge darauf, was ihren Arbeitsbereich leer, aber zugleich sehr stilvoll wirken ließ.

Sie stellte den Kaffee vor mich hin, dann legte sie ihre gefalteten Hände auf den Schreibtisch. »Wie war noch gleich Ihr Name?«

»Aspen.«

»Ein hübscher Name«, sagte sie. »Was kann ich für Sie tun, Aspen?«

Es war mir ein wenig peinlich, dass ich hier war. Hielt sie mich für eine Niete, die es selbst nicht schaffte, Verabredungen zu bekommen?

Danielle registrierte mein Unbehagen. »Wie ich merke, ist das Ihr erstes Mal.«

»Eine Freundin hat mir davon erzählt und mich ermutigt, es mal zu versuchen.«

»Nun, sagen Sie mir einfach erst einmal, was Sie brauchen, dann sehen wir weiter.«

Ich erzählte ihr von meinem Problem mit meinem Vater, ließ aber John aus, da das beschämend war. »Er möchte einfach, dass ich *angemessener* bin.«

Sie nickte. »Wir hatten schon ähnliche Fälle. Da sind Sie nicht die Erste.« Sie schenkte mir ein Lächeln und holte dann ein paar Papiere hervor. »Wir können Ihnen helfen.«

»Das ist gut.«

»Allerdings gibt es da ein paar Dinge, die ich klarstellen muss.« Sie wurde ernst. »Ich achte sehr gut auf meine Männer. Das hier ist keine Partnervermittlung oder Seitensprungagentur. Diese Männer agieren als Begleiter, nichts sonst. Wenn Sie auf der Suche nach etwas Romantischem sind, schlage ich vor, Sie versuchen es mit Online-Dating.«

»Ich verstehe.«

»Meine Männer haben strenge Regeln. Sollten Sie eine davon brechen, ist der Vertrag sofort nichtig. Sie bekommen keine Erstattung und dürfen unsere Dienste nicht wieder in Anspruch nehmen.«

Wow, die waren wirklich professionell! Damit hatte ich nicht gerechnet. »Wie lauten die Regeln?«

Sie reichte mir eine Liste. »Sie müssen jede davon abhaken, bevor Sie unten unterschreiben.« Dann fing sie an, die Regeln aufzuzählen. »Sie bezahlen Ihren Begleiter nicht für Sex. Wenn Sie Sex erwarten, fordern oder versuchen, ihn mit Drogen oder anderen Substanzen zu verführen, werden wir gerichtlich gegen Sie vorgehen.«

Ich riss die Augen auf. »Wie bei Vergewaltigung?«

»Auch Männer können vergewaltigt werden, Aspen.« Sie hatte einen todernsten Ausdruck in den Augen.

Das war verstörend. »Ich verstehe.« Ich hakte das Kästchen ab.

»Kein Küssen. Eine solche Vertragsverletzung hat ebenfalls die Beendigung des Dienstes zur Folge.«

Ich hakte das Kästchen ab.

»Die einzige erlaubte körperliche Zuwendung ist Händehalten, sein Arm um Ihre Taille und ein Kuss auf die Wange. Mehr nicht.«

»Okay.« Ich hakte das Kästchen ab.

Sie ging weiter die Liste durch. Es gab zahlreiche Regeln, zum Beispiel Rauchverbot während der Dauer des Dates und keine Unaufrichtigkeit. Dann kam sie zur letzten Regel. »Sollten Sie Gefühle für Ihren Begleiter entwickeln und diese zum Ausdruck bringen, hat das die Beendigung des Dienstes zur Folge.«

»Warum?«, fragte ich.

»Das wäre ein Interessenskonflikt«, antwortete sie. »Manche meiner Escorts pflegen Beziehungen mit Kunden, die über Jahre anhalten. Da können sich Gefühle entwickeln, und das macht die Sache natürlich kompliziert. Die Escorts wollen nicht in eine solche Situation gebracht werden, besonders da sie dadurch die Kunden verletzen. Das hier ist ein Geschäft, Aspen, und wir führen es als solches.«

Ich hakte das Kästchen ab, um zu zeigen, dass ich verstanden hatte.

»Zu guter Letzt, diese Männer haben das Recht, ihr Privatleben privat zu halten. Sie bekommen weder ihre richtige Telefonnummer noch ihre Adresse. Falls Sie versuchen sollten, sie zu stalken, hat das rechtliche Konsequenzen.«

Wie toll waren diese Typen eigentlich, dass sie Frauen dazu brachten, so durchzudrehen? Sie zu stalken und zu versuchen, sie zu vergewaltigen? Ich hatte tatsächlich Mitleid mit ihnen, obwohl ich keine Ahnung hatte, wer sie waren. »Nun, da brauchen Sie sich bei mir keine Sorgen zu machen. Ich respektiere jeden, ganz egal, wie gut er aussehen mag.«

Sie nickte. »Sie wirken auf mich nicht wie eine von der verrückten Sorte.« Sie schenkte mir ein breites Grinsen. »Da mache ich mir keine Sorgen.«

Ich unterschrieb die Liste und reichte sie ihr zurück.

»Also, was bevorzugen Sie?«

Ich zog eine Augenbraue hoch. »Wie meinen Sie das?«

»Blond? Dunkelhaarig? Groß? Sehr groß?«

»Äh ... Da habe ich keine Vorlieben. Ich bin sicher, sie sind alle ausgezeichnet.«

»Da sind Sie aber unkompliziert«, sagte sie. »Frauen können nämlich ziemlich wählerisch sein.«

Ich wollte einfach nur jemanden, der meinem Dad gefallen würde. Also war ich in dieser Hinsicht ziemlich pflegeleicht.

Sie schob mir über den Schreibtisch hinweg ein Blatt Papier zu. »Hier ist die Preisliste. Je mehr Verabredungen Sie buchen, desto günstiger wird jede Verabredung.«

Meine Augen wurden groß, als ich den Betrag sah. *Verdammt, diese Jungs machten ein Vermögen!*

Wieder las Danielle meine Gedanken. »Ich versichere Ihnen, sie sind jeden Penny wert. Ihre Familie wird sie lieben, Ihre Freundinnen werden neidisch und Ihr Ex absolut eifersüchtig sein. Meine Jungs sind alle wunderbar, jeder Einzelne von ihnen.«

Durch die Arbeit für meinen Vater verdiente ich ganz anständig, und ich hatte keine großen Ausgaben. Ich besaß kein Auto, und ich hatte keine Schwäche für teure Dinge wie Schuhe oder Handtaschen. Wenn mir das hier den Geschäftsführerposten in der Firma meines Vaters sicherte, dann war es den Preis wert. »Kann ich mit Kreditkarte bezahlen?«

»Natürlich.«

Ich reichte sie ihr, und sie nahm die Daten auf. »Sie haben fünf Verabredungen gebucht. Falls Sie mehr brauchen, sagen Sie mir einfach Bescheid.«

»Es wird immer derselbe sein, richtig?«

»Ja.«

»Aber wenn er auch noch andere Kundinnen hat, wie bekommt er seine Termine unter einen Hut?«

»Darum kümmere ich mich«, antwortete sie. »Machen Sie sich keine Sorgen. Sie werden ihn bekommen, wann immer Sie ihn brauchen. Aber Sie müssen uns drei Tage im Voraus Bescheid geben.«

»Das kriege ich hin«, sagte ich.

»Geben Sie mir nur einen Moment, damit ich die Auswahl treffe.« Sie tippte eine Weile auf ihrer Tastatur herum und machte sich Notizen auf ihrem Block.

Währenddessen schlürfte ich meinen Kaffee und schaute auf mein Handy.

Harper hatte mir gesimst. *Bist du schon dort?*

Hab schon bezahlt.

Yess! Ich konnte sie praktisch durch ihre SMS kreischen hören.

Danielle wandte sich mir zu. »Was halten Sie von Tattoos? Mögen Sie sie? Können Sie sie nicht ausstehen?«

»Das ist mir egal«, antwortete ich. »Solange man sie unter seinen Kleidern nicht sehen kann.«

»Okay.« Sie wandte sich wieder ihrem Computer zu. »Irgendwelche anderen besonderen Wünsche?«

»Zum Beispiel?«

»Akzente? Dialekte?«

Ich konnte mir seinen Akzent aussuchen? »Amerikanisch ist gut.«

»Okay.« Sie machte ein paar weitere Notizen. »Rhett wird Ihr Begleiter sein. Er trifft sich morgen um Punkt zwölf bei Starbucks auf einen Kaffee mit Ihnen.«

»Aber da brauche ich ihn noch nicht ...« Das ging ja schnell. Diese Frau war wie eine Marionettenspielerin.

»Dieses Treffen ist gratis. Sie lernen einander einfach nur kennen, damit es nicht offensichtlich ist, dass Sie sich noch nie begegnet sind, wenn er Sie zu einer Veranstaltung begleitet.«

Das klang logisch. »Okay, ich werde da sein.«

Sie stand auf und schüttelte mir die Hand. »Es war ein Vergnügen, Sie kennenzulernen. Rufen Sie mich an, falls Sie irgendetwas brauchen.«

»Danke!« Ich konnte kaum glauben, dass ich mich tatsächlich darauf eingelassen hatte.

»Einen schönen Tag noch.«

Ich fühlte mich ein wenig schwindlig, als ich hinaustrat.

Ich würde das hier tatsächlich tun.

***

Ich war nervös, obwohl ich es nicht sein sollte. Das Treffen war nichts anderes als ein geschäftliches Meeting. Es war nur eine Unterhaltung, ein offenes Gespräch über das Arrangement, für das ich bezahlt hatte.

Es gab keinen Grund, nervös zu sein.

Ich besaß Rückgrat, wenn es meinen Job betraf. Ich konnte furchtlos und kalt sein. Wenn es nicht nach meinen Vorstellungen lief, dann lief es gar nicht. Aber im Privatleben war ich ruhiger. Die Arbeit stresste mich schon genug, und es gab keinen Grund, den Stresspegel außerhalb des Büros noch zu steigern.

Ich suchte mir bei Starbucks einen freien Tisch und setzte mich. Ein Mädchen neben mir trug Kopfhörer und sah aus, als lernte sie. Ihrem Alter nach zu urteilen war sie auf dem College. Einen Tisch weiter unterhielt sich ein Pärchen leise. Ihr Treffen wirkte verlegen. Vielleicht waren sie ein ehemaliges Liebespaar. Der Mixer hinter dem Tresen ging los, und ich sah auf. Sobald der Lärm verstummte, vergaß ich ihn wieder, doch dann durchbohrte das laute Geräusch erneut meine Ohren.

Ich trug ein grünes Kleid und weiße Riemchensandalen. Mein braunes Haar fiel mir über eine Schulter, und ich spürte die Ohrringe an meinen Ohrläppchen hängen. Ich wollte nicht hässlich aussehen, wenn ich ihm zum ersten Mal begegnete. Allein am Tisch zu sitzen störte mich nicht, aber allmählich wurde ich die Blicke leid, die in meine Richtung gingen. War es so ungewöhnlich, dass ich allein dasaß?

Die Tür öffnete sich, und jemand trat herein. Es war ein Mann in schwarzen Stoffhosen und einem grauen Hemd. Seine Brust war breit und sein Bauch flach. Ich konnte durch seine Kleider nicht hindurchsehen, aber es war offensichtlich, dass er durch und durch muskulös war.

Er war groß, mindestens eins achtzig oder mehr, trug glänzende Anzugschuhe, eine Rolex am Handgelenk und um den Hals eine schwarze Krawatte.

Nachdem er hereingekommen war, sah er sich um, und als seine blauen Augen meinem Blick begegneten, schien Erkennen in ihnen aufzuleuchten. Sie waren hell und erinnerten mich an das klare, blaue Meer vor der Küste Mexikos. Die Wärme, die sich in ihnen spiegelte, war wie ein tropischer Strand, spielerisch und einladend. Seine Augen fielen mir auf, weil sie nicht nur schön, sondern auch tiefgründig waren.

Er hatte einen kräftigen Kiefer, der mich an Clint Eastwood oder einen anderen Star aus einem Western erinnerte. Seine Haut war hell, hatte aber eine leichte Bräune, als wäre er oft draußen. Er hatte schmale Lippen, aber sie formten ein verführerisches Lächeln, als er in meine Richtung blickte. Breite Schultern spannten sich über einer beeindruckenden Brust. Ich starrte immer wieder auf jedes seiner körperlichen Merkmale und hoffte, dass mir nichts entging.

War er das?

Rhett ging an den anderen Tischen vorbei in meine Richtung. Er kam eindeutig auf mich zu.

Oh mein Gott, er war es wirklich! Verdammt, er war umwerfend! Ich hatte definitiv zu wenig bezahlt.

Rhett erreichte meinen Tisch und begrüßte mich erfreut. »Du musst Aspen sein.« Er sah mir ins Gesicht, und seine Augen musterten jeden Zentimeter von mir, so wie ich es bei ihm tat. Sie leuchteten in einem etwas intensiveren Blau, als er mich ansah, dann kehrten sie wieder zu ihrer natürlichen Farbe zurück. Er streckte mir die Hand entgegen, um meine zu schütteln. »Ich bin Rhett. Schön, dich kennenzulernen.«

Ich riss mich aus meinem Moment des Angaffens los und schüttelte ihm die Hand. »Ist mir ein Vergnügen.« Meine Stimme klang überraschend ruhig, wenn man bedachte, wie heftig mein Herz klopfte.

Er setzte sich mir in perfekter Haltung gegenüber. Seine gestrafften Schultern waren breiter als der Stuhl und zeigten seine offensichtliche Kraft und Stärke. Ich starrte sie einen Moment lang an, bevor ich mich zwang, damit aufzuhören. »Wie geht es dir?«, fragte er.

Das schöne Wesen hatte auch noch Manieren? »Gut. Und dir?«

»Großartig«, antwortete er. »Danke.«

»Es tut mir leid, wenn ich nervös wirke. Ich habe so was noch nie gemacht.« Ich konnte mir meinen Gesichtsausdruck lebhaft vorstellen. Wahrscheinlich sah ich aus wie ein verknallter Teenager auf einem One-Direction-Konzert.

»Ich verstehe«, sagte er. »Viele meiner Kunden fühlen sich am Anfang unbehaglich. Das ist normal.«

Ich nickte.

»Soll ich dir etwas zu trinken holen?«

»Gern. Danke!«

»Was hättest du denn gern? Kaffee?«

»Earl Grey Tee wäre gut.«

»Kommt sofort.« Er klopfte leicht mit den Fingerknöcheln auf den Tisch und ging dann zum Tresen.

Nicht auf seinen Hintern sehen. Nicht auf seinen Hintern sehen. Nicht auf seinen Hintern sehen.

»Und ob du hinsehen sollst!«, erklang Harpers Stimme in meinem Kopf.

»Nein!«, schrie ich im Geiste, um sie zum Schweigen zu bringen.

»Tu es!«, brüllte sie.

Ich drehte den Kopf und wagte einen verstohlenen Blick. *Verdammt, war der knackig!* Hastig drehte ich mich wieder um, als mir bewusst wurde, wie heuchlerisch mein Verhalten war. Ich hasste es, wenn Männer auf meinen Hintern starrten. Und jetzt machte ich genau dasselbe bei jemand anders. Aber ich musste zugeben, dass ich das Verhalten der Männer nun besser verstand, nachdem ich Rhett gesehen hatte.

Er kehrte mit den Getränken zurück. »Bist du kein Fan von Kaffee?«

»Doch, aber ich hatte heute schon genug.«

»Koffeinjunkie?«, fragte er. »Bin ich auch.«

»Eigentlich ist das schon fast eine Krankheit.«

»Kaffee hält die Welt am Laufen«, sagte er. »Ohne würde der Sonne wahrscheinlich der Saft ausgehen.«

»Im wahrsten Sinne des Wortes.« Ich nahm einen Schluck und stellte die Tasse dann wieder auf den Tisch.

»Aspen ist ein schöner Name.« Rhett sagte es beiläufig, als hätte er es die ganze Zeit im Kopf gehabt, aber nicht gewusst, wann er es sagen sollte.

»Danke!«

Er trank von seinem Kaffee, dann stellte er ihn ab. »Danielle hat mir von dir erzählt, aber ich würde gern noch ein paar Dinge über dich hören.«

»Klar.«

»Also, dein Vater übergibt dir seine Firma erst, wenn du einen Freund hast?«

»Ja«, antwortete ich.

Sein Blick schweifte ab, als wäre er tief in Gedanken. Seine Augen waren wirklich verblüffend, hypnotisierend, und wie ein Stimmungsring wechselten sie die Farbe je nach seinem emotionalen Zustand. Jetzt waren sie dunkler, während er stumm blieb. Dann richtete er seinen Blick wieder auf mich. »Bei allem Respekt, aber das ist schwer zu glauben. Was hat dein Beziehungsstatus damit zu tun, ein Unternehmen zu leiten?«

Ich wollte John wirklich nicht erwähnen. Diese Katastrophe verfolgte mich überall hin, und ich wollte sie einfach nur vergessen. Je weniger Leute davon wussten, desto seltener wurde ich daran erinnert. Wenn ich es Rhett erzählte, würde er mich bemitleiden oder schlechter von mir denken, genau wie alle anderen. Ich brauchte kein Mitleid, nicht einmal in Gestalt unausgesprochener Gedanken. »Ich war in Sachen Beziehungen bisher eher unbeständig, und mein Vater möchte, dass ich mir mehr Gedanken über meine eheliche Zukunft mache. Er möchte sichergehen, dass ich mich für jemanden entscheide, der sein Image gut repräsentiert. Eine Single-Frau an der Spitze eines Unternehmens bekommt nicht immer öffentliche Zustimmung. Er besteht darauf, dass eine Frau mit Mann und Familie besser ist.« Das alles ließ ich mir spontan einfallen und hoffte, dass er es glaubte. Falls es ihn wirklich interessierte, brauchte er mich oder meinen Vater nur zu googeln, und schon bekäme er all die schmutzigen Details. Aber dass er die Frage gestellt hatte, ließ vermuten, dass er von meiner öffentlichen Schande keine Ahnung hatte.

»Ich verstehe«, sagte er. »Bedeutet das, dass du eine langfristige Beziehung mit mir unterhalten willst? Soll ich deinen Ehemann spielen?«

»Nein«, wandte ich sofort ein. »Ich will ihm nur zeigen, dass ich bei Männern einen guten Geschmack habe. So weit müssen wir es aber nicht gehen lassen.«

Er nickte. »Okay.« Wieder nahm er einen Schluck Kaffee, und während er trank, waren seine Augen auf mich gerichtet. Ich fragte mich, was er dachte, was er von mir hielt, aber ich behielt meine Fragen für mich. »Danielle hat dir die Regeln dieses Arrangements erklärt?«

»Ja, hat sie«, sagte ich mit einem Nicken. »Es tut mir leid, dass ihr überhaupt gezwungen seid, solche Regeln aufzustellen. Es ist bedauerlich, dass du deine Würde auf so strenge Weise schützen musst. Du hast mehr Respekt verdient.«

Er musterte mich aus seinen kristallklaren blauen Augen wie mit einem Röntgenblick, und es schien, als könnte er in mein Innerstes sehen, meine Gedanken ebenso lesen wie meine Seele. Unvermittelt versteifte er sich, doch nachdem ein Augenblick verstrichen war, entspannte er sich wieder. »Ich weiß deine Worte zu schätzen.«

Ich nickte.

»Wir beide werden gut miteinander auskommen«, sagte er. »Da bin ich mir sicher.«

»Das hoffe ich.«

»Also.« Er fuhr sich auf sexy Weise mit den Fingern durchs Haar, obwohl ich glaubte, dass das keine Absicht war. Er war einfach nur auf natürliche Weise lässig und cool, und jede Kleinigkeit, die er machte, war attraktiv. Es war schwer zu glauben, dass ich einem so schönen Mann gegenübersaß. »Erzähl mir von deiner Arbeit.«

Ich erklärte ihm meine Position und meine Pläne, in saubere Energien zu investieren, trotz der Einwände meines Vaters. »Er mag zwar nicht meiner Meinung sein, aber die Verwendung fossiler Brennstoffe muss aufhören. Viele Unternehmen machen großen Profit dadurch, aber ist es das wirklich wert, unsere Erde dafür zu opfern?«

Er beugte sich vor und stützte die Ellbogen auf den Tisch. »Du hörst dich an wie ein Öko.«

»Ich bin ein Öko«, sagte ich stolz.

Ein langsames Lächeln legte sich auf sein Gesicht und verschwand dann wieder. Dabei leuchteten seine Augen auf, was ihn sexy und süß zugleich machte. Wie schaffte er so was? »Ich meinte das als Kompliment. Zu wenig Leute kümmern sich um solche großen Probleme wie das hier. Wir werfen unseren Müll auf die Müllhalde und verschwenden keinen weiteren Gedanken daran. Wir schmeißen überall unsere Zigarettenkippen weg und gehen einfach davon aus, dass sie schon irgendwie verschwinden. Es gibt viele Probleme in der Welt, die es verdient haben, dass man über sie spricht.«

Wir unterhielten uns erst seit ein paar Minuten, aber es war offensichtlich, dass Rhett hochintelligent, logisch denkend und natürlich charismatisch war. Wie ein Politiker weckte er Bewunderung und brachte einen dazu, Loyalität ihm gegenüber zu empfinden, obwohl man ihn kaum kannte. Er wirkte zuverlässig, vertrauenswürdig. Er sprach eloquent und wählte die richtigen Worte zum richtigen Zeitpunkt. Und er hörte zu, was ihn zu einem guten Gesprächspartner machte. Meistens hörten die Leute nicht richtig zu. Sie warteten nur auf ihre Gelegenheit, selbst wieder etwas zu sagen.

»Ich bewundere dich für deine Leidenschaft«, sagte er. »Ich wünschte, es gäbe mehr Menschen wie dich.«

Bei seinen Worten wurde mir warm. Hitze strömte durch meine Glieder, und plötzlich fühlte ich mich ein wenig schwach. Obwohl ich ihn kaum kannte, spürte ich bereits, wie sich mein Magen vor Aufregung zusammenzog, einfach in seiner Nähe zu sein. Kein Wunder, dass Frauen mehr von ihm wollten, als er zu geben bereit war. Jetzt konnte ich es ihnen nicht mehr verdenken.

»Ich sorge mich einfach um die Zukunft und die Generationen, die nach mir kommen, wenn meine Zeit zu Ende ist«, sagte ich. »Ich finde, das ist etwas, worüber wir uns alle Gedanken machen sollten, um den Fortbestand unserer Art.«

Er nickte zustimmend. »Ich werde mich definitiv anstrengen, deinem Vater zu gefallen. Ich muss dafür sorgen, dass du ans Ruder kommst.«

Es war sehr lieb, das zu sagen, und ich bezweifelte, dass es ihm überhaupt bewusst war. »Danke, das weiß ich zu schätzen.«

»Darf ich dich was fragen?« Er trank einen Schluck von seinem Kaffee, dann stellte er ihn wieder ab.

»Klar.« Was wollte er wissen?

»Warum hast du dich entschieden, einen Escort-Service zu beauftragen? Ich entschuldige mich im Voraus, falls ich dir damit zu nahe trete, aber du bist eine schöne Frau, und ich bezweifle, dass du Schwierigkeiten hättest, Männer zu finden, die ihre Zeit mit dir verbringen wollen.«

Schöne Frau? Ich? Ich hielt mich nicht für hässlich, aber ich glaubte auch nicht, dass dieser irrsinnig gut aussehende Mann die gleichen Maßstäbe wie ich hatte. Verglichen mit den Frauen, mit denen er vermutlich schlief, musste ich ein Waldschrat sein. Vielleicht schmeichelte er mir nur, damit ich mich in seiner Gegenwart wohler fühlte. Schließlich war er Geschäftsmann, wenn auch auf eine komplizierte Weise, und es war sein Job, sich gut zu verkaufen, mir und allen anderen gegenüber.

»Ich wollte niemanden zu meinem Vorteil benutzen«, erklärte ich. »Ich würde mich furchtbar fühlen, wenn ich mit jemandem nur wegen des äußeren Scheins zusammen wäre. Das wäre demjenigen gegenüber nicht fair. Auf diese Weise wird niemand verletzt.«

»Aber du hast doch sicher oft Verabredungen, oder? Wenn du den Typen wirklich magst, wird er zweifellos nichts dagegen haben, dein Aushängeschild zu sein.«

»Nun ja ... Ich habe nicht viele Verabredungen.« Ich war mir nicht sicher, warum ich ihm das erzählte. Er wirkte einfach so hypnotisierend. Es war leicht, ihm gegenüber Geheimnisse und Unsicherheiten auszuplaudern. Wir waren praktisch Fremde, aber es fühlte sich bereits so an, als wäre er ein Freund.

»Hat das einen bestimmten Grund?«, fragte er.

Ich nahm den Teebeutel aus meiner Tasse und legte ihn auf die Serviette. »Das ist einfach nichts für mich.«

Rhett schien zu verstehen, dass das ein Thema war, das ich nicht weiter diskutieren wollte, denn er stellte keine weiteren Fragen. »Was hat dein Vater für Hobbys?«

»Autos, Golf und schöne Frauen. Oh, und natürlich Geld«, sagte ich wie aus der Pistole geschossen.

»Frauen?«, fragte er. »Sind deine Eltern geschieden?«

»Meine Mom ist vor Jahren gestorben.«

Traurig senkte er den Blick. Vielleicht tat er nur so, als empfände er Mitgefühl, weil es sein Job war, aber er wirkte aufrichtig. »Tut mir sehr leid, das zu hören.« Er fragte nicht, wie sie gestorben war, und ich war erleichtert. Ich sprach nicht gern darüber.

»Mein Dad wird nie wieder heiraten, aber trotzdem genießt er weibliche Gesellschaft. Er liebt es, sie auf luxuriöse Reisen mitzunehmen und in seinem schicken Wagen zum Essen auszuführen. Für gewöhnlich sind sie halb so alt wie er und mehr an seinem Geld als an seiner Persönlichkeit interessiert, aber ich glaube nicht, dass ihn das kümmert. Er genießt die Aufmerksamkeit. Oder vielleicht ist er auch einfach nur senil.«

Er strich mit dem Daumen über den Rand seiner Tasse. »Du machst auf mich nicht den Eindruck eines verwöhnten reichen Mädchens.«

»Weil ich das nicht bin«, sagte ich sofort. »Mein Dad schenkt mir nicht viel. Ich verdiene mein Gehalt und habe immer für alles gearbeitet, was ich bekommen habe. Er hat mir nie einfach nur Geld oder Geschenke gegeben. Mir wurde beigebracht, hart zu arbeiten. Das ist das Einzige, was ich an meinem Dad schätze. Wie dem auch sei, mich zwingt er, für alles zu arbeiten, was ich habe, aber irgendeiner anderen Tussi bezahlt er die Brustvergrößerung. Das ergibt nicht viel Sinn für mich.« Ich starrte in meinen Tee und betrachtete den Bodensatz darin. »Aber letzten Endes bin ich froh, dass es sich so ergeben hat. Ich würde sein Geld nicht nehmen, selbst wenn er es mir anbieten würde.«

Rhett musterte mich mit seiner vollen Aufmerksamkeit. Er hing an jedem meiner Worte, was mir das Gefühl gab, als wären wir Freunde, die sich schon seit Jahren kannten.

Mir wurde bewusst, dass ich über meinen Vaterkomplex ins Schwafeln geraten war. »Tut mir leid. Ich rede zu viel und bringe dich in Verlegenheit.«

»Nein, ganz und gar nicht«, entgegnete er. »Das sind genau die Dinge, die ich wissen möchte. Das macht es mir leichter, dir zu helfen. Du denkst sicher, bei einem Escort-Service geht es nur darum, dass Männer Frauen zu falschen Verabredungen begleiten, aber tatsächlich ist es viel mehr als das. Wir helfen den Leuten, ihre Probleme zu bewältigen, den wahren Grund, warum sie überhaupt unsere Hilfe brauchen.«

»Ach wirklich?«, fragte ich. Ich zweifelte nicht daran. Ich wollte nur, dass er das genauer erklärte.

»Ja, wirklich«, antwortete er. »Ich habe einen Kunden, mit dem ich schon seit Jahren zusammenarbeite. Er ist ein zweiundsechzigjähriger Mann.«

Ich zog eine Augenbraue hoch.

»Ich spiele ein paarmal im Monat im Park Schach mit ihm. Das ist alles, was wir tun. Schach spielen. Er erzählt von seinen Kindern, die er nie zu Gesicht bekommt, und ich versuche, ihn dazu zu überreden, sich bei ihnen zu melden. Er erzählt mir auch noch andere Dinge. Im Großen und Ganzen möchte er mich einfach nur zum Freund haben. Er bezahlt für meine Gesellschaft, aber in Wahrheit würde ich es auch umsonst machen.«

»Warum sagst du ihm das nicht?«

Er warf mir einen spielerischen Blick zu. »Ich brauche schließlich Eier, Butter, Milch und Käse.«

»Milchprodukte?«

Er lachte. Es war ein schönes Geräusch. Herzhaft und voller Freude. Es kam tief aus seiner Brust, und seine Lippen verzogen sich zu einem Lächeln, das die Sonne im Vergleich dazu verblassen ließ. »Ich meinte Essen allgemein, was auch Milchprodukte mit einschließt.«

Ihn lachen zu sehen brachte mich zum Lächeln. Es war ansteckend. »Es ist schön, dass euer Escort-Service mehr anbietet als falsche Romanzen.«

»Mehr als alles andere sind wir ein Freundschafts-Service. Es ist nur bedauerlich, dass die Freundschaften nicht weiterbestehen können, wenn die Dienstleistung endet.«

Ich fragte ihn nicht, warum sie endeten. »Gefällt dir, was du tust?«

»Sehr. Manche Leute schauen auf mich herab, weil sie annehmen, ich wäre so was wie ein besserer Callboy, aber das bin ich nicht. Ich habe schon vor langer Zeit damit aufgehört zu versuchen, die Meinung der Leute zu ändern. Sollen sie denken, was sie wollen. Manche Leute werden mich verurteilen, egal, was ich tue. Also kann ich genauso gut tun, was ich will.«

»Weise Worte«, bemerkte ich. »Wie lange machst du das hier schon?«

»Ein paar Jahre«, antwortete er.

»Und wie bist du dazu gekommen? Das ist ein so ungewöhnlicher Beruf.«

»Ich habe damit angefangen, als ich auf dem College war. Eine Freundin brauchte einen Begleiter für eine Hochzeit, und danach bat mich deren Freundin um etwas Ähnliches. Von da an wurde es rasend schnell immer mehr, und ich fing an, Geld dafür zu nehmen. Dann habe ich meine Freunde zusammengetrommelt, und wir haben beschlossen, eine Firma daraus zu machen. Sie ist sehr erfolgreich.«

Ich hatte vermutet, dass er auf dem College gewesen war. Er wirkte klug und gebildet. »Wo bist du zur Schule gegangen?«, fragte ich neugierig über diesen unnatürlich attraktiven Mann.

»New York.«

»Was hast du studiert?« Ich wusste, ich sollte eigentlich ihn die Fragen stellen lassen, aber ich fand ihn so interessant, dass ich nicht damit aufhören konnte.

»Wirtschaft«, antwortete er. »Eine Zeit lang habe ich in einem Großraumbüro einer Kreditkartenfirma gearbeitet. Aber dort war ich sehr unglücklich. Es war ein stupider Job, und ich musste immer wieder dieselben Aufgaben machen. Ich war in einem winzigen Abteil an meinen Schreibtisch gefesselt, und es war viel zu langweilig.«

»Warum hast du dann überhaupt dort gearbeitet?«

Er rieb sich den Nacken, während er über meine Frage nachdachte. Meine Neugier war harmlos, aber ihm musste es anscheinend etwas bedeuten. »Das möchte ich lieber nicht sagen. Aber ich habe gekündigt, als ich es nicht länger aushalten konnte, und mit dem Escort-Service weitergemacht. Letzten Endes macht das mich glücklich. Ich genieße es.«

»Wirkt es sich auf deine persönlichen Beziehungen aus?«

Wieder schien er sich unbehaglich zu fühlen. Er kniff die Lippen zusammen, als überlegte er, ob er antworten sollte oder nicht.

»Entschuldige«, sagte ich. »Das geht mich nichts an.«

Nach einer langen Pause antwortete er. »Es ist schwierig. Vielen Frauen gefällt die Tatsache nicht, dass ich mit anderen Frauen ausgehe, ihre Hand halte und so tue, als wäre ich ihr fester Freund. Das ist verständlich. Wie dem auch sei, ich wünschte, sie würden erkennen, wie professionell das alles ist.« Er zuckte mit den Schultern.

»Tut mir leid, das zu hören.«

»Man kann eben nicht alles haben, stimmt's?«

Eigentlich konnte er das schon. Er hatte das Aussehen, die Intelligenz und den Charme dafür. »Hast du schon mal gemodelt?«

Er richtete die Augen wieder auf mich, dann sah er schnell fort. Eine leichte Röte überzog seine Wangen, dann breitete sich ein Grinsen auf seinem Gesicht aus. Er wandte sich mir wieder zu, immer noch rot im Gesicht.

Ich liebte es, ihn lächeln zu sehen. Noch nie hatte mich eine einfache Geste so berührt. Bei einem Lächeln von John hatte ich nie Schmetterlinge im Bauch bekommen, so wie bei Rhett.

»Das ist sehr schmeichelhaft«, sagte er. »Aber nein, ich habe noch nie gemodelt, und ich habe es auch nicht vor.«

»Nun, es wäre immerhin eine Möglichkeit.«

»Nicht für mich«, sagte er schlicht.

»Also, sind alle Männer, mit denen zu zusammenarbeitest, deine Freunde?«

»Ja«, antwortete er. »Einer davon ist mein bester Freund seit der Grundschule, und die anderen Jungs habe ich im Lauf der Zeit kennengelernt.«

»Dann macht die Arbeit sicher viel Spaß.«

»Und wie!« Das Lächeln zeigte sich wieder. »Wir unterhalten uns nicht oft. Aber wenn, dann haben wir uns Geschichten zu erzählen – viele Geschichten.«

»Wirst du ihnen auch von mir erzählen?«

Seine Augen wurden ernst, als er mich musterte. Er rieb sich das Kinn, bevor er die Hand wieder auf den Tisch legte. »Ja.«

»Und was wirst du sagen?« Ich hatte keine Ahnung, warum ich das fragte. Es kam einfach so heraus. Meine Kühnheit überraschte mich selbst.

»Dass du schön bist und es eine Freude ist, sich mit dir zu unterhalten.«

Ich lächelte verlegen und strich mir eine Haarsträhne hinters Ohr.

»Du hast schöne Augen«, fügte er hinzu.

Hatte er sich seine eigenen schon mal angesehen? Die waren atemberaubend. »Mir gefallen deine auch.«

»Grüne Augen mochte ich schon immer. Sie sind so hell und auffallend. Die meisten Leute haben blaue oder braune Augen. Aber kaum jemand scheint je grüne zu haben.«

»Ist mir noch nie aufgefallen.«

»Von jetzt an wird's dir auffallen«, sagte er. »Also, wann ist mein erster Auftritt als dein Mann?«

Bei seinen letzten Worten setzte ich mich etwas steif auf. Ich war mir nicht sicher, warum. »Dieses Wochenende findet eine Firmenfeier statt, eine stille Versteigerung als Spendenaktion für wohltätige Zwecke.«

»Ich dachte, dein Dad ist nicht freigiebig mit seinem Geld.«

»Selbst spendet er nie welches«, erklärte ich. »Aber er schmeißt die Party aus steuerlichen Gründen.«

»Ich verstehe«, nickte er. »An welchem Abend?«

»Samstag.«

»Was soll ich anziehen?«

»Darf ich das entscheiden?«, fragte ich ungläubig.

»Du bezahlst mich schließlich. Ich bin deiner Gnade ausgeliefert.« Er warf mir einen scherzhaften Blick zu.

»Einen Anzug.«

»Welche Farbe?«

»Schwarz.«

»Lässt sich einrichten.«, sagte er. »Möchtest du, dass ich dich abhole, oder willst du dich dort mit mir treffen?«

»Du kannst mich abholen.« Ich wollte nicht riskieren, dass irgendjemand sah, wie wir uns auf dem Bürgersteig trafen.

Er schob mir seine Serviette entgegen. »Schreib mir deine Adresse auf, dann hole ich dich ab. Um wie viel Uhr?«

»Es fängt um sieben an.«

»Dann werde ich um halb sieben da sein.«

Ich schrieb die Adresse auf, dann schob ich die Serviette wieder zu ihm zurück, und er steckte sie ein. »Danke, Aspen!«

Es gefiel mir, wenn er meinen Namen sagte. Der Bariton seiner Stimme ließ ihn sexy klingen, obwohl er das nicht absichtlich machte. Manche Menschen waren von Natur aus sexy. Ich war von Natur aus nicht sexy. »Danke, dass du das tust!«

»Ist mir ein Vergnügen«, antwortete er. »Wir besorgen dir diese Firma.«

»Das hoffe ich.«

»Und wenn es so weit ist, dann rettest du besser die Welt.«

Ich schaute in seine Augen und vergaß beinahe zu antworten. »Das habe ich vor.«

***

»Erzähl schon, wie war's?« Harper kam zu meiner Wohnungstür herein, ohne anzuklopfen.

Ich saß auf dem Sofa und aß eine Schüssel Cornflakes zum Abendessen. »Äh, hi?«

»Äh, hallo?« Sie ließ sich auf meine Couch fallen. »Also, wie ist er so?«

Ich stellte die Cornflakes weg und wandte mich zu ihr um. »Okay, du weißt doch noch, dass dieser Kellner einen tollen Hintern hatte?«

»Ja …« Aufgeregt beugte sie sich vor.

»Nun, der Hintern dieses Kerls ist noch tausendmal besser.«

Sie gab mir einen Klaps auf den Arm. »Hast du ein Glück!«

»Er war traumhaft. Einfach wow!«

»Echt, richtig wow?«

»Total wow!« Mir wurde bewusst, dass wir uns wie Teenager anhörten, aber das war mir egal.

»Eine Schande, dass sie keinen Sex anbieten«, sagte sie mit einem Seufzen. »Dann würde ich sagen, schnapp ihn dir!«

»Er wäre nicht annähernd so traumhaft, wenn er sexuelle Gefälligkeiten für Geld machen würde.«

»Wenn ein Typ heiß ist, dann ist er heiß. Ohne Wenn und Aber.«

Harper sah die Dinge immer entweder schwarz oder weiß. Ich war eher der Typ für Abstufungen von Grau.

»Ich hab dir doch gesagt, dass das eine gute Idee ist.«

»Ich habe ihn meinem Vater noch nicht vorgestellt. Es könnte eine Katastrophe werden.«

»Das halte ich für äußerst unwahrscheinlich«, entgegnete sie. »Wenn er dich in fünf Minuten um den Finger wickeln konnte, dann stell dir nur vor, was er mit allen anderen in einer Stunde schafft.«

»Na ja, da mein Vater hetero ist, bezweifle ich, dass Rhett auf ihn die gleiche Wirkung haben wird wie auf mich.«

»Rhett? Ist das sein Name?«

»Ja.«

»Sogar sein Name ist heiß.«

»Ich weiß. Ich frage mich, ob das überhaupt sein richtiger Name ist.«

»Ich wette, sein richtiger Name ist noch heißer, zum Beispiel Jasper oder so.«

»Kann sein«, kicherte ich.

»Wie stark wäre es, wenn ihr zwei euch verlieben würdet?« Aufgeregt klatschte sie in die Hände.

»Hey, immer schön langsam. Wir wollen's mal nicht übertreiben.«

»Könnte passieren.«

»Wird es aber nicht«, sagte ich bestimmt. »Er hat klipp und klar deutlich gemacht, dass er nichts mit Kundinnen anfängt.«

»Vielleicht war die Richtige einfach noch nicht dabei ...« Sie stupste mich spielerisch in die Seite.

»Der Typ sieht aus, als gehörte er auf eine Plakatwand. Unmöglich, dass er sich für mich interessieren könnte. Ich bin nicht faszinierend, und ich konnte nicht mal John halten.«

Sie hielt mir drohend den Finger unter die Nase und warf mir einen kämpferischen Blick zu. »Sag so was ja nie wieder! Das ist nicht wahr, und das weißt du. John war einfach nur eine miese Ratte. Denkst du, er würde Isabella nicht dasselbe antun wie dir? Das wird er, und sie wird leiden wie ein Hund. Lass nie einen Mann bestimmen, was du wert bist. Niemals. Das ist ein Versprechen unter Schwestern.«

Sie hatte recht.

»Meine beste Freundin ist verdammt sexy, hat einen tollen Hintern und ist der coolste Mensch auf dem Planeten. Eher gehörst du auf eine Plakatwand als dieser Rhett.«

»Du wirst deine Meinung noch ändern, wenn du ihn erst mal gesehen hast.«

»Okay ... Vielleicht werde ich das. Aber du hast trotzdem deine eigene Plakatwand verdient. Lass dich nicht von John dazu bringen, an dir zu zweifeln. Er ist einfach nur ein kleiner Fisch in einem Meer voller Haie. Nichts als ein widerlicher kleiner Aasfresser, der sich von dem ernährt, was andere übrig lassen. Seine Meinung interessiert keinen.«

»Du hast recht.« Harper hatte immer recht. »Danke, dass du meine beste Freundin bist!«

»Es ist mein Job, dir zu sagen, wenn du dich dämlich benimmst. Und jetzt gerade benimmst du dich verdammt dämlich.«

Ich lächelte. »Danke! Also, wie ist es mit deinem schnuckeligen Kellner gelaufen?«

»War okay«, antwortete sie. »Er war ganz ordentlich im Bett.«

»Hat er ...? Du weißt schon.«

»Sag's einfach, Aspen.« Sie verdrehte die Augen. »Hat er es geschafft, dass ich komme? Ja. Aber nur einmal.«

»*Nur* einmal?«, fragte ich ungläubig. Ich hatte schon Glück gehabt, wenn John es überhaupt schaffte, dass ich komme. Während unserer ganzen Beziehung war das, glaube ich, dreimal vorgekommen. Und das war zu Anfang gewesen, als die Hormone noch neu für mich waren. Danach war es da unten ziemlich still geworden.

»Mein zukünftiger Ehemann wird wissen, wie er mich

mehr als einmal zum Kommen bringt. Das ist eine meiner Bedingungen«, erklärte Harper.

»Das ist ungewöhnlich spezifisch ... und schwierig zu erfüllen.«

»Hey, wenn es so sein soll, dann soll es so sein.«

»Du setzt ihn ganz schön unter Druck.«

Sie nahm meine Schüssel mit Cornflakes und aß ein paar Bissen.

»Bäh ... widerlich«, beschwerte ich mich.

Sie stellte die Schale wieder auf den Couchtisch. »Was denn? Ich hab schließlich auch schon mal deine Zahnbürste benutzt.«

»Wann?«, wollte ich wissen.

»Letztens, als ich hier übernachtet habe.«

Ich krümmte mich angewidert. »Harper!«

»Was denn?«, spielte sie die Unschuldige. »Dein Immunsystem wird unzerstörbar sein.«

Völlig angeekelt schüttelte ich den Kopf.

»Wie dem auch sei«, wechselte sie das Thema. »Ich werde dir jetzt mal ein Geheimnis über die weibliche Sexualität verraten. Hörst du mir zu?«

»Hab ich eine Wahl?«

Sie ignorierte den Seitenhieb. »Frauen müssen sich außerordentlich wohl und erregt fühlen, um zum Höhepunkt zu kommen. Also liegt der Druck in Wirklichkeit nicht auf ihm. Wenn wir uns begegnen und er der Richtige ist, dann werde ich so auf ihn abfahren, dass er nicht viel mehr zu tun braucht, als fünf Minuten lang durchzuhalten. Also ist das nicht zu viel verlangt.«

Als jemand ohne große sexuelle Erfahrung konnte ich

nicht dagegen argumentieren. »Sag mir Bescheid, wenn es so weit ist.«

»Oh, du erfährst es als Erste. Als Zweite, ehrlich gesagt. Vorher werde ich dafür sorgen, dass er Bescheid weiß, wenn ich ihm lobend auf die Schulter klopfe.«

Ich kicherte. »Dann wirst du den Kellner also nicht wiedersehen?«

»Wahrscheinlich nicht. Er war süß und lustig, aber ich denke nicht, dass da was Ernstes draus wird.«

»Nun, dann wieder zurück auf die Pirsch.«

»Hat Rhett einen Bruder?«, fragte sie.

Ich zuckte die Schultern. »Ich weiß nicht viel über ihn.«

»Du warst eine Stunde lang mit ihm Kaffeetrinken. Irgendwas muss er doch gesagt haben.«

»Wir haben nicht über seine Familie gesprochen«, erwiderte ich. »Hauptsächlich über die Arbeit und so.«

»Hast du ihm von John erzählt?«

»Auf keinen Fall«, sagte ich sofort. »Ich gebe mir größte Mühe, mich nicht vor heißen Typen zu blamieren. Zumindest versuche ich es.«

»Das ist nicht blamierend«, widersprach sie.

»Dass mein Verlobter mich wegen meiner Cousine abserviert hat?«, fragte ich ungläubig. »Das ist außerordentlich peinlich.«

Ausnahmsweise widersprach Harper nicht. »Weißt du, was witzig wäre?«

»Hmm?«

»Wenn du mit Rhett zu irgendeiner Veranstaltung gehen würdest, auf der Isabella auch ist. Sie würde grün werden vor Neid, wenn sie ihn sieht. Er würde John völlig in den Schatten stellen.«

Die Vorstellung, Isabella und zugegebenermaßen auch John eifersüchtig zu machen, hatte tatsächlich ihren Reiz. Aber ich wusste, dass das kindisch war. »Ich werde es nicht darauf anlegen. Ich brauche Rhett für meinen Vater, sonst nichts.«

»Na ja, es könnte nicht schaden, zwei Fliegen mit einer Klappe zu schlagen.«

In einem flüchtigen Tagtraum stellte ich mir vor, wie Rhett mit mir zu einer Familienfeier ging. John stand abseits und beobachtete, wie Rhett mich im Arm hielt und mit mir tanzte. Isabella wurde wütend und schrie John an, weil er mich anstarrte. Dann löste er vor allen Anwesenden die Verlobung mit ihr auf und marschierte zu mir herüber. Er stieß Rhett zur Seite und bat mich, ihn zurückzunehmen. Stattdessen küsste ich Rhett.

Der Traum verblasste und ließ ein Lächeln auf meinem Gesicht zurück. »Ja ... vielleicht.«

Kapitel fünf

Rhett

Ich kam mit einem Strauß Lilien vor ihrer Tür an. Rosen waren zu romantisch, deshalb nahm ich immer etwas Anderes. Sie sendeten nicht die richtige Botschaft. Ich klopfte und rückte dann meine Krawatte zurecht.

Aspen öffnete mir in einem schwarzen Kleid, das mit schimmerndem Glitzer übersät war und bei jeder ihrer Bewegungen funkelte wie die Sterne im Universum. Das Kleid war tief dekolletiert, aber ich sah nicht hin. Ihr Haar fiel in großen, üppigen Wellen. Anders als beim letzten Mal war ihr Gesicht geschminkt. Sie erinnerte mich an ein Victoria's-Secret-Model auf dem Laufsteg.

»Sind die für mich?«, fragte sie.

Ich war so sprachlos, dass ich nicht damit aufhören konnte, sie anzustarren. Ihre Schönheit war mir schon aufgefallen, als ich sie zum ersten Mal gesehen hatte, aber nun war ich verblüfft über ihre Verwandlung. Sie war schön, ohne sich überhaupt Mühe zu geben, und wenn sie es tat, überstrahlte sie alle anderen Frauen. Wozu brauchte ein so umwerfendes Mädchen wie sie mich? »Ja, die sind für dich.« Ich erholte mich von meinem Schock und reichte ihr die Blumen. »Ich hoffe, sie gefallen dir.«

Mit einem Lächeln nahm sie sie entgegen. »Sie sind wunderschön.« Tief atmete sie ihren Duft ein und schaute sie unverwandt an. »Wow!«

Ich war froh, dass sie ihr gefielen, aber es überraschte mich, wie sehr sie sich darüber freute.

Sie trat zurück in ihre Wohnung und holte eine Vase unter der Spüle hervor. Nachdem sie die Blumen hineingetan hatte, füllte sie sie mit Wasser auf und stellte sie auf den Küchentisch. »Perfekt«, sagte sie. »Es ist schön, Blumen zu bekommen, auch wenn nicht mein Geburtstag ist.«

»Ist das ein beliebtes Geschenk?«, fragte ich.

»Meine beste Freundin Harper schenkt mir immer Blumen an meinem Geburtstag. Und ich mache es bei ihr genauso. Das ist schon seit Langem bei uns so Tradition.«

»Das ist schön.« Die Vorstellung, dass jemand sich Mühe gab, um Aspen zum Lächeln zu bringen, machte mich froh. »Bist du fertig?«

»Ja.« Sie schnappte sich ihre Clutch und klemmte sie sich unter den Arm.

Wir gingen hinaus und nahmen ein Taxi zum Hotel. Aspen schaute aus dem Fenster und beobachtete den Verkehr auf der anderen Straßenseite.

Ich ertappte mich dabei, dass ich sie ungewöhnlich lang ansah. Dann richtete ich ebenfalls meinen Blick aus dem Fenster.

Als wir ankamen, half ich ihr aus dem Wagen und legte dann den Arm um ihre Taille. »Ist das okay?«

»Mehr als okay.« Sie schenkte mir ein warmes Lächeln und setzte sich dann in Bewegung.

Das Dinner wurde in einem schicken Hotel veranstaltet, und davor standen Menschen, die einander begrüßten. Aspen kannte entweder keinen von ihnen oder hatte keine

Lust, sich mit ihnen zu unterhalten, denn sie ging schnurstracks zum Eingang.

Die Veranstaltung fand in einem Ballsaal statt, und kaum hatten wir ihn betreten, fiel mir auf, wie vornehm die Sache war. Lüster hingen von der Decke, Kellner trugen Tabletts mit Champagnerflöten durch die Menge, und alle hatten sich makellos in Schale geworfen.

»Nette Party«, sagte ich.

»Von außen wirkt das so, aber Vorsicht, alle hier sind extrem langweilig.«

»Wirklich?«

»Wir fördern und verkaufen Öl«, sagte sie. »Das ist definitiv nicht interessant.«

Ich mochte ihren Sarkasmus genauso wie ihre positive Energie. Es war eine gute Balance. Es machte Spaß, mit ihr zusammen zu sein, aber sie war nicht überheblich. Die meisten Frauen, die ich begleitete, redeten entweder zu viel oder zu wenig. Aspen redete genau die richtige Menge.

»Darf ich dir etwas zu trinken holen?«

»Gern.«

Ich trat einen Schritt von ihr fort und nahm zwei Champagnerflöten. Als ich ihr das Glas reichte, nahm sie sofort einen tiefen Schluck. »Nervös?«, fragte ich mit einem Lächeln.

Sie sah mir in die Augen und stieß dann ein schwaches Lachen aus. »Ist das so offensichtlich?«

»Warum machst du dir Sorgen?«, fragte ich.

»Ich hoffe nur, dass Dad meinen Plan nicht durchschaut.«

»Ich wäre beeindruckt, wenn er es täte.«

Sie schenkte mir ein weiteres umwerfendes Lächeln, bevor sie noch einen Schluck nahm.

Es kam sehr selten vor, dass ich eine Frau begleitete, die attraktiver war als ich. Aspen war nicht unbedingt eine Frau, die man auf dem Titelbild einer Zeitschrift sehen würde, aber das war nichts Schlechtes. Ihre Augen waren mandelförmig und passten gut in ihr Gesicht. Das tiefe Grün erinnerte mich an frisch gemähten Rasen im Sommer. Ich konnte das Gras regelrecht riechen. Sie war größer als der Durchschnitt der Frauen. Meine knapp eins neunzig machten es schwierig, mit kleinen Frauen zu tanzen oder sie im Arm zu halten. Aspen war etwa eins siebzig, also stellte das eine nette Abwechslung dar. Sie hatte das Selbstbewusstsein einer Geschäftsfrau, die ein Nein nicht gelten ließ, aber sie besaß auch die Liebenswürdigkeit einer Vertrauenslehrerin auf der Highschool. Sie war fröhlich und witzig, aber sie hatte auch Tiefe. Ich war talentiert darin, Menschen einzuschätzen, und ich glaubte, sie richtig eingeordnet zu haben.

Das Großartigste an ihr war ihr offensichtliches Desinteresse an mir. Sie starrte mich nicht sabbernd an, als wäre ich ein Stück Fleisch. Sie schmolz nicht dahin, wenn sie mir in die Augen sah. Sie war nicht hin und weg wie die meisten Frauen. Ich war ihr gleichgültig. Sie hatte gesagt, dass sie sich nicht verabredete, also wusste ich, dass sie nicht auf eine Romanze aus war. Das machte mir das Leben deutlich einfacher. Ich hasste es, Frauen zurückweisen zu müssen und sie zum Weinen bringen. Ich hasste es, der Böse zu sein. Bei Aspen brauchte ich mir darüber keine Sorgen zu machen.

Meine absolute Lieblingseigenschaft an ihr war ihr Einfühlungsvermögen. Sie konnte mit mir mitfühlen und verstand, dass es schwierig für mich war, von anderen Leuten respektiert zu werden, wenn ich ihnen erzählte, womit ich meinen Lebensunterhalt verdiente. Und sie verstand auch, dass die meisten Frauen mich nur als Sexobjekt sahen. Alles, was sie interessierte, war mein Äußeres, sonst nichts. Und wenn sie versuchten, mich mit K.-o.-Tropfen oder anderen Substanzen zu verführen, dann fühlte sich das nicht gut an. Das hatte mich neuen Respekt für Frauen gelehrt. Ihnen wurde häufig nachgestellt, weil sie klein und begehrenswert waren.

»Was denkst du gerade?«, fragte sie.

Ihre tiefe Stimme brachte mich wieder in die Gegenwart zurück. »Wie schön du heute Abend aussiehst.« In gewisser Weise war das die Wahrheit. Meine Gedanken waren abgeschweift, aber ursprünglich hatte ich über ihr Aussehen nachgedacht.

»Du bist wirklich jeden Penny wert.« Sie stieß ihr Glas leicht gegen meines und nahm dann einen Schluck.

»Das würde ich auch sagen, wenn du mich nicht bezahlen würdest.«

»Du bist ein Schmeichler«, sagte sie neckend.

Ich wusste, dass sie dem Kompliment auswich, weil sie es gewohnt war, das von Männern zu hören, nicht weil sie mir nicht glaubte. In der Hinsicht waren sie und ich uns ähnlich. Es gab Tage, an denen ich eine Maske tragen wollte, nur damit ich unbemerkt durch die Welt gehen konnte. Aspen ging es sicher genauso.

»Hey, schaut mal her.« Ein paar Schritte entfernt nahm ein Typ eine Champagnerflöte von einem Tablett, und ich traute meinen Augen kaum, als er dem Kellner den Champagner über den Kopf schüttete. Der Typ platzte fast vor Lachen und fand sich anscheinend extrem witzig.

Ist das gerade wirklich passiert?

Der Kellner hatte die Größe, ihn nicht anzubrüllen oder einen Streit anzufangen. Er hielt das Tablett, ohne es fallen zu lassen, während er sich die Flüssigkeit mit dem Ärmel abwischte.

»Zum Schießen, oder?« Der Kerl trug einen Smoking und eine limettengrüne Fliege. Ein Vollbart bedeckte sein Gesicht, und sein Haar war lang und ungekämmt. Er sah aus wie ein Obdachloser, der jemanden draußen vor der Wohltätigkeitsveranstaltung ausgeraubt und dessen Klamotten angezogen hatte.

Zwei Typen standen lachend neben ihm und benahmen sich wie zwei hirnlose Mitläufer.

Ich wollte einschreiten und etwas unternehmen, aber ich hatte ehrlich keine Ahnung, was da vor sich ging. Warum sollte ein Gast einer Galaveranstaltung einem Kellner Champagner über den Kopf kippen? Das ergab keinen Sinn. Hatte der Kellner etwas getan?

»Jerome, gib mir dein Glas!« Der Kerl griff danach und machte Anstalten, es noch einmal zu tun.

Was auch immer der Grund war, warum sie mit Drinks um sich schütteten, es war unangebracht. Ich machte einen Schritt, um einzugreifen, aber es war zu spät.

Aspen marschierte bereits hinüber, mit perfekt aufrechtem Rücken und der Entschlossenheit eines römischen Soldaten. Ihr Kleid wehte hinter ihr her und glitzerte. Ihre Haltung strahlte Anmut und Selbstvertrauen aus.

»Wann wirst du endlich erwachsen, Lance?« Sie entriss ihm das Glas, bevor er es ausschütten konnte. »Bring Dad nicht so in Verlegenheit.«

»Chill du mal lieber«, konterte er.

»Der war gut«, sagte sie sarkastisch. »Immer noch dieselben Sprüche wie in der sechsten Klasse. Echt beeindruckend.«

Er starrte sie mit schmalen Augen an und sah aus, als wollte er sie schlagen.

»Niemand zwingt dich hierzubleiben«, sagte sie. »Geh einfach, wenn du allen nur auf die Nerven fällst.«

»Wird dir eigentlich nicht langsam mal langweilig, eine solche Bitch zu sein?«, schnauzte er.

Ich ballte die Fäuste.

»Noch so ein guter Spruch«, sagte sie. Sie wandte sich ab und kam zu mir zurück, den Kopf hoch erhoben und die Schultern gestrafft.

Lance schnappte sich einen weiteren Drink und machte Anstalten, ihn nach Aspen zu werfen.

Ich stürmte zu ihm und schlug ihm das Glas aus der Hand. »Wenn du meine Freundin anrührst, brech ich dir den Arm.«

Die Menge wurde schon auf uns aufmerksam und schaute in unsere Richtung.

Ohne zu zögern, nutzte ich mein Kampfsporttraining, drehte ihm den Arm auf den Rücken und trat ihm die Beine weg. »Hast du mich verstanden?«, flüsterte ich zu ihm hinunter.

»Schon gut«, brummte er mit gereizter Stimme. »Jetzt geh runter von mir.«

Ich ließ ihn los und wandte mich ab.

Aspen seufzte, als ich zu ihr zurückkehrte. Ärger lag auf ihrem Gesicht, und die grüne Farbe ihrer Augen wurde noch auffallender. Obwohl sie wütend war, sahen ihre Augen noch schöner aus. »Manchmal hasse ich ihn wirklich.«

»Wer ist das?«

»Mein Bruder.«

Unfähig, das zu glauben, zog ich eine Augenbraue hoch. »Bist du sicher?«

Langsam wich die Anspannung wegen dieses Dramas von ihr, und sie kicherte. »Leider.«

Ich drehte mich um und sah ihm nach, wie er mit seinen Kumpanen davonmarschierte. »Dieser Kerl?«

»Ja. Er ist ein typischer Loser, der sich nur für sich selbst interessiert. Er ist kindisch, unreif und einfach nur eine absolute Nervensäge. Ich würde ihm in den Arsch treten, wenn wir nicht in der Öffentlichkeit wären.«

»Warum ist er hier?«

»Er arbeitet für die Firma, hauptsächlich sinnlose Beschäftigungsmaßnahmen.«

Ich fand es schwer zu glauben, dass dieser Typ auch nur einen Augenblick lang ernst sein konnte.

Aspen las meine Gedanken. »Dad hat Lance nur eingestellt, weil er sein Sohn ist. Aus irgendeinem Grund verschließt er vor allem, was er tut, die Augen. Die Angestellten haben sich über ihn beschwert, weil er so ein Störenfried ist und die Frauen belästigt, aber Dad hat all ihre Beschwerden abgewimmelt. Jetzt machen sie sich nicht einmal mehr die Mühe. Welch eine Ironie, dass Dad mich hingegen wegen jedes noch so kleinen Fehlers anschreit, und dabei sind die meisten davon völlig außerhalb meiner Kontrolle. Aber sein Erstgeborener kann natürlich nichts falsch machen.«

Je besser ich sie kennenlernte, desto mehr wurde mir bewusst, dass sie sich eine Menge Mist gefallen lassen musste.

»Tut mir leid.« Sie rieb sich rasch die Schläfe, dann ließ sie die Hand sinken. »Ich langweile dich schon wieder mit meinen Problemen.«

»Nein.« Ich zog sie enger an mich und legte meine Hände an ihre Hüften. »Das sind die Dinge, die ich wissen möchte.«

Ihre spielerische Einstellung kehrte zurück. »Du bist wie ein Therapeut.«

»So habe ich das noch nie betrachtet, aber ja, ich nehme an, ein wenig schon.«

Einen Augenblick lang legte sie den Kopf an meine Brust.

Ich war mir nicht sicher, warum, aber unvermittelt wurde mir bewusst, wie nah wir einander waren. Ihr Haar war perfekt gestylt, und ich wollte ihre Frisur nicht zerstören, deshalb legte ich mein Kinn nicht auf ihren Scheitel, obwohl ich es gern getan hätte. Ich hielt sie einfach nur fest.

»Aspen?«

Beim Klang ihres Namens drehten wir uns beide um.

»Worum ging es bei dieser Unruhe?« Es war ein älterer Mann mit weißem Haar und einem dicken Schnurrbart. Er trug eine Brille, die ihm einen ständig wütenden Ausdruck verlieh. Sein Anzug sah teuer aus, und er hatte eine Haltung, als gehörte ihm der Saal und alles, was sich darin befand. Ich nahm an, das hier war ihr Vater. Und ich konnte ihn augenblicklich nicht ausstehen. Selbst wenn ich nichts über diesen Mann gewusst hätte, hätte ich ihn nicht gemocht. Seine Körpersprache, sein Verhalten und der Ton seiner Stimme sagten mir alles, was ich wissen musste.

Aspens Augen waren grüner als je zuvor. »Dein Sohn hielt es für witzig, einem Kellner Drinks über den Kopf zu schütten.«

»Unsinn«, erwiderte er. »Das kann nicht sein.«

Wie blind war dieser Typ?

»Unsinn?«, fragte sie ungläubig. »Ich habe gesehen, wie er es getan hat.«

»Ich bin sicher, das war ein Missverständnis«, sagte er. »Es gibt keinen Grund, sich aufzuregen.«

Aspen atmete tief durch und unterdrückte ihre Wut. Ich konnte sehen, dass es sie ihre ganze Kraft kostete, nicht auszuflippen. Sie konnte sich kaum zurückhalten. Ich zog sie enger an meine Seite, um sie daran zu erinnern, dass ich da war, um sie zu unterstützen.

Ihr Vater bemerkte die zärtliche Geste. »Wer sind Sie?«, fragte er unwirsch.

Ich ließ seinen schroffen Ton an mir abprallen und streckte ihm die Hand entgegen, um die seine zu schütteln. »Es ist eine Freude, Sie kennenzulernen, Mr Lane. Ich bin Rhett, Aspens Freund.«

Er musterte meine Hand, bevor er sie ergriff. »Aspens Freund?«

»Wir sind schon eine Weile zusammen«, sagte sie. »Ich wollte schon lange, dass du ihn kennenlernst, und dachte, jetzt wäre ein guter Zeitpunkt.«

Er musterte mich so eindringlich von oben bis unten, dass er praktisch meine Maße nahm.

Ich ergriff das Wort, bevor er etwas sagen konnte, das Aspen verärgern würde. »Ihre Tochter hat mir erzählt, dass Sie ein ausgezeichneter Golfspieler sind. Erst vorgestern habe ich einen Achtzehn-Loch-Platz mit zweiundsiebzig Schlägen gespielt. Das ist mein bestes Ergebnis bisher.«

»Zweiundsiebzig?« Seine Augen wurden schmal, und seine Stimme war voller Ehrfurcht. »Wo?«

»Im New York Country Club.«

»Das ist beeindruckend«, sagte er. »Spielen Sie schon lange Golf?« All die Verärgerung, die er für Aspen übrig gehabt hatte, war verschwunden.

»Schon mein ganzes Leben«, antwortete ich. »Ich kaufe mir jedes Jahr neue Schläger, weil ich sie so stark abnutze.«

»Ich auch«, sagte er. »Ich bin froh, dass ich nicht der Einzige bin. Aber ich muss zugeben, ich liebe es einfach, Golfausrüstung zu kaufen.«

Ich gab ein falsches Lachen von mir. »Darin sind wir beide uns ähnlich, Sir.«

Mr Lane war jetzt sehr guter Laune. »Was für einen Wagen fahren Sie?«

Aspen hatte gesagt, dass Autos eine weitere Schwäche von ihm waren. »Ich fahre einen Jaguar. Aber ich habe auch noch eine Indian für die seltenen Gelegenheiten, wenn ich mit dem Motorrad aus der Stadt raus aufs Land fahren möchte.«

»New York kann manchmal erdrückend werden«, stimmte er mir zu. »Ich habe ein Haus in Connecticut, damit ich frische Luft schnappen kann.«

»Das ist eine kluge Idee, Sir.« Wenigstens kamen er und ich gut miteinander aus.

»Besorgen Sie diesem Mann einen Scotch«, schnauzte Mr Lane einen Kellner an.

Mir gefiel nicht, wie er mit dem Kellner redete, aber ich sprach es nicht aus.

»Sie trinken doch Scotch, oder?«, fragte er.

»Absolut«, antwortete ich.

Der Kellner reichte mir das Glas, und ich leerte es in einem Zug.

Mr Lane lächelte. »Sie trinken wie ein richtiger Mann.« Er trank von seinem eigenen Drink.

Aspen stand stumm neben mir, als gäbe es sie gar nicht.

Ich behielt meinen Arm um sie, damit sie sich nicht völlig ausgeschlossen fühlte.

»Was machen Sie beruflich?«, fragte mich Mr Lane.

Ich hatte eine Tarngeschichte, dank der Hilfe eines Freundes in einer hohen Position. »Ich besitze ein Unternehmen, das exklusiver Zulieferer für GMC Motors ist.«

Seine Augen weiteten sich. »Die machen ein Vermögen.«

»Ja, das tun sie, Sir. Es ist großartig, zu ihrem Team zu gehören.« Ich hatte mir gedacht, wenn er hörte, dass ich in der Wirtschaft arbeitete, würde er mich mögen, und vielleicht würde das Aspen helfen. Aber es war lächerlich, dass sie überhaupt einen Freund brauchte, wo doch offensichtlich war, dass sie gut alleine zurechtkam.

Er nahm einen weiteren Schluck von seinem Scotch. »Was haben Sie sonst noch für Interessen?«

»Ich bin Geschäftsmann. Ich versuche immer, neue Wege zu finden, um Geld zu machen.« Das stimmte überhaupt nicht. Ich verdiente ein Vermögen als Escort, aber das Geld war mir nicht wichtig. Ich sagte ihm nur, was er hören wollte.

Lachend stieß er mit mir an. »Sie haben einiges auf dem Kasten.«

»Danke, Sir!«

»Kommen Sie mit!« Er legte mir einen Arm um die Schulter und zog mich von Aspen fort. Es tat mir leid, dass sie einfach vergessen wurde wie Staub unter dem Kühlschrank, aber ich tat das, wofür sie mich bezahlte. Ihr Vater schien mich zu mögen, und das war alles, was zählte.

Er setzte sich mit mir an die Bar, und wir unterhielten uns übers Golfen. Wir diskutierten über verschiedene Techniken, verschiedene Schläger und sogar über die Marke von Golfbällen, die wir benutzten. Ich golfte schon lange, deshalb kam es mir gelegen, dass Aspens Vater Golf liebte. Und ich fuhr tatsächlich einen Jaguar und ein Motorrad. Vielleicht waren er und ich uns ähnlicher, als ich mir eingestehen wollte.

Er stellte mich seinen Kollegen vor, und ich plauderte mit ihnen. Sie waren ebenso steif wie Mr Lane und stanken allesamt nach Scotch.

»Ich muss ein Gebot für die stille Auktion abgeben«, sagte er. »Ich hoffe, Sie finden irgendwann im Laufe des Abends auch noch den Weg hinüber.«

»Das werde ich sicher. Diese Reise nach Hawaii hört sich verlockend an.«

Er lachte und klopfte mir auf die Schulter, bevor er davonging.

Ich stieß einen Seufzer der Erleichterung aus, als er fort war. Wie hielt Aspen es nur täglich mit diesem oberflächlichen und selbstsüchtigen Mann aus? Dafür hätte sie eine Medaille vom Präsidenten der Vereinigten Staaten verdient.

Wie aus dem Nichts tauchte sie neben mir auf. »Wie ist es gelaufen?«

Ich entspannte mich, als ich sie sah. »Er mag mich. Mission erfüllt.«

»Weißt du, mein Vater mag jeden, der Geld hat. Er wird herausfinden, dass du bei der Sache mit GMC gelogen hast.«

»Nein, wird er nicht«, erwiderte ich. »Ich kenne den Geschäftsführer. Er wird mich decken.«

»Wirklich?«, fragte sie überrascht.

»Wenn man in diesem Geschäft ist, lernt man alle möglichen Leute kennen.« Ich zuckte mit den Schultern, dann trank ich meinen Scotch aus.

»Du verlangst zu wenig Honorar, weißt du das?«

Ich lachte. »Wenn man das so lange macht, wird es einem zur zweiten Natur.«

»Hoffentlich ändert mein Dad seine Meinung und entscheidet sich, mir die Firma zu übergeben. Was das betrifft, nervt er gewaltig.«

»Ich verstehe das nicht«, sagte ich. »Wie kommt es, dass du so toll geworden bist, während dein Vater ... nicht gerade der Beste ist?« Ich versuchte, es vorsichtig auszudrücken, da es schließlich ihr Vater war, über den ich schlecht redete.

»Der Ausdruck, nach dem du suchst, ist stinkender Scheißhaufen.«

»Stinkender Scheißhaufen?«, wiederholte ich mit einem Lachen.

»Und auf diese Frage habe ich keine Antwort. Ich nehme an, es liegt daran, dass er Lance völlig verwöhnt hat und mich für jeden Cent, den ich habe, hat arbeiten lassen. Oder vielleicht hat er auch eine psychische Störung. Wahrscheinlich beides.« Sie verdrehte verärgert die Augen.

»Wenn du mich fragst, ich finde, du bist ziemlich fantastisch, dass du dir ihren Mist gefallen lässt.«

»Danke!« Sie stemmte die Hände in die Hüften. »Wurde auch Zeit, dass das mal jemand sagt.«

Ich lachte, dann legte ich ihr den Arm um die Taille. »Was jetzt?«

»Ich möchte mich aus dem Staub machen«, antwortete sie. »Ein Eis essen gehen.«

Das war das Willkürlichste, was ich je gehört hatte. »Ein Eis?«

»Ja. Mmmh ... mit Schokosirup und Schlagsahne.«

Es klang, als hätte sie schon eine ganze Weile darüber nachgedacht. »Können wir das denn machen?«

»Nein.« Ihre Hochstimmung verpuffte, als hätte man die Luft aus einem Ballon gelassen. »Lass uns noch zum Essen bleiben, und dann verschwinden wir von hier. Mein Dad will vielleicht noch mal mit dir reden. Ihr habt euch über Golf, Autos und Geld unterhalten. Jetzt bleiben nur noch die Frauen übrig.«

»Das dürfte eine interessante Unterhaltung werden ...«

Wir nahmen unsere Plätze an dem Tisch in der Nähe der Bühne ein, und Teller wurden vor uns platziert. Ich legte Aspen die Hand auf den Oberschenkel, dabei bemerkte ich, wie straff er war. Ihre Beine waren schlank, aber kräftig. Ich fragte mich, ob sie joggte.

Ihr Vater setzte sich an den Tisch, und ihr Bruder ebenfalls.

Lance funkelte Aspen über den Tisch hinweg finster an.

Sie ignorierte ihn.

»Also, was habe ich da gehört, dass du Alkohol auf einen Kellner geschüttet haben sollst?«, fragte Mr Lane seinen Sohn.

Lance warf Aspen einen hasserfüllten Blick zu. Er war eindeutig sauer, weil er dachte, dass sie ihn verpetzt hatte, obwohl das gar nicht stimmte. »Aspen war diejenige, die mich gegen ihn geschubst hat. Dann hat sie versucht, Champagner auf mich zu schütten, aber stattdessen den Kellner erwischt.«

Dachte er wirklich, irgendjemand würde das glauben?

Mr Lane sah Aspen finster an. »Ist das wahr?«

»Absolut nicht.« Sie hielt die Stimme gesenkt, damit niemand sonst es hören konnte. »Lance hat seine nervtötenden Freunde mitgebracht, und sie haben sich einfach wie Idioten aufgeführt.«

Es wirkte nicht so, als würde ihr Vater ihr glauben. »Du musst damit aufhören, auf deinem Bruder herumzuhacken. Ständig hast du etwas an ihm auszusetzen. Lass es einfach gut sein.«

Aspen sah entrüstet aus, und Lance grinste wie ein Idiot.

War das hier ein Witz? Glaubte der Besitzer eines Milliarden-Dollar-Unternehmens wirklich seinem Nichtsnutz von Sohn, nur weil er ein Junge war?

»Du solltest sie einfach feuern, Dad«, sagte Lance ernsthaft. »Sie ist eine Schande.«

Aspen sah aus, als würde sie gleich explodieren.

Ihr Dad fing an zu essen, als interessierte ihn die Unterhaltung nicht länger.

Ich wusste, ich sollte mich aus dem Streit heraushalten, weil es mir nicht zustand, aber ich konnte nicht zulassen, dass Aspen wie ein Prügelknabe herumgeschubst wurde. »Sir, Lance hat wirklich Champagner auf diesen Kellner geschüttet. Es war ein völlig grundloser Angriff. Ich habe die ganze Sache gesehen.«

Ihr Vater richtete seinen Blick auf Lance. »Rhett sagt, dass du lügst. Was hast du dazu zu sagen?«

»Wen interessiert schon, was der sagt? Der ist doch nur ein Penner.«

Ich starrte ihm fest in die Augen, ohne zu blinzeln. Der Typ war ein Kotzbrocken.

»Mich interessiert es«, erwiderte Mr Lane. »Und du wirst zwei Wochen unbezahlt von der Arbeit suspendiert.«

Ich bemühte mich, nicht siegreich zu lächeln.

Aspen dagegen verbarg ihre Freude nicht. »Arschloch ...«, murmelte sie.

»Was zum Teufel soll das?«, rief Lance. »Das ist nicht fair!«

»Du sollst nicht fluchen«, zischte Mr Lane. »Wir sind in der Öffentlichkeit.«

Lance öffnete den Mund, um zu sprechen, doch sein Vater schnitt ihm das Wort ab.

»Willst du, dass ich drei Wochen draus mache?«, drohte er.

Es war erbärmlich, dass Lance gemaßregelt werden musste wie ein kleines Kind.

Lance warf seine Serviette auf den Tisch und stampfte davon.

Mr Lane aß weiter, als wäre nichts geschehen.

Aspen wandte sich ihrem Vater zu. »Wenn ich etwas sage, dann glaubst du mir nicht. Aber wenn Rhett, ein Mann, den du kaum kennst, dir sagt, dass Lance sich wie ein kleines Kind benimmt, dann glaubst du ihm?«

Er seufzte. »Fang nicht wieder damit an, Aspen.«

Sie wandte sich ab, als wäre sie ins Gesicht geschlagen worden.

Ich versuchte sie zu trösten und nahm unter dem Tisch ihre Hand. Es war lächerlich, dass sie sich das hier gefallen lassen musste. Von den dreien war sie die Vernünftigste und Rationalste. »Denk an den Eisbecher, den wir uns kaufen werden«, flüsterte ich ihr ins Ohr.

Irgendwie fand sie die Kraft zu lächeln. »Mit einer Kirsche obendrauf.«

Froh darüber, dass sie sich nicht von ihrem Ärger unterkriegen ließ, lächelte ich sie an. »Ich geb dir meine, dann hast du zwei.«

»Du hast mir praktisch gerade deine Seele versprochen.«

»Nun, dann solltest du sie besser genießen.«

Sie drückte meine Hand. »Oh, das werde ich ganz sicher.«

***

Wir verließen die Wohltätigkeitsveranstaltung, sobald sie den letzten Gewinner der stillen Auktion verkündet hatten. Ohne uns von ihrem Vater zu verabschieden oder ihren Bruder zu bespucken, was eine beeindruckende Leistung war, schlüpften wir aus dem Saal und erreichten den überfüllten Bürgersteig.

»Herrje, das war die reinste Folter.« Sie klemmte sich ihre Clutch unter den Arm und ging mit schnellen Schritten voller Anmut neben mir her, trotz ihrer schwindelerregend hohen High Heels. Die Leute drehten sich nach ihr um, als sie vorbeiging.

»Gut, dass ich dafür bezahlt wurde.« Spielerisch stupste ich sie mit dem Ellbogen in die Seite.

Sie lachte und stupste zurück. »Na, da wurdest du aber ganz schön über den Tisch gezogen.«

»So schlimm war es gar nicht«, wiegelte ich ab. »Es gab kostenlose Drinks, Essen, und ich durfte den Abend mit einer schönen Frau verbringen.«

Sie schenkte mir ein langsames Lächeln und schaute dann wieder nach vorne. »Du bist lieb.«

»Und das nicht nur, weil ich dafür bezahlt werde, lieb zu sein.«

»Selbst wenn es so wäre, würdest du nichts anderes sagen.«

»Nein, wahrscheinlich nicht.«

Wir betraten eine kleine Eisdiele ein paar Blocks entfernt und stellten uns an den Tresen.

Aspen berührte sanft meinen Arm und beugte sich zu meinem Ohr, als wollte sie mir ein Geheimnis verraten. »Kennst du diese Szenen im Fernsehen, wenn Eltern im Krankenhaus zu dem Raum gehen, wo all die Babys nach der Geburt hinkommen, und sie voller Bewunderung darüber staunen, wie schön ihr Kind ist?«

»Ja.« Ich hatte das Gefühl, ich wusste, worauf sie hinauswollte.

»Genauso fühle ich mich jedes Mal, wenn ich mir ein Eis

kaufe.« Sie tippte mit dem Finger gegen das Glas, dann schenkte sie mir ein Lächeln, das deutlich verriet, dass sie sich nicht im Geringsten dafür schämte.

Ich lachte. »Warst du dick als Kind?«

»Nein. Irgendwie hab ich gelernt, mich zu beherrschen.«

»Nun, heute Abend brauchst du dich nicht zurückzuhalten.«

»Werd ich auch nicht«, sagte sie. »Nach diesem furchtbaren Abend brauche ich einen Monsterbecher. Manche Leute lösen ihre Probleme mit Alkohol. Aber meine Droge ist Eiscreme.«

»Die ist wenigstens nicht so schädlich wie Alkohol.«

»Was ist deine Droge?«, fragte sie.

Ich schob die Hände in die Taschen, während ich über eine Antwort nachdachte. »Laufen.«

Verdutzt starrte sie mich an. »Laufen?«

»Wann immer ich richtig aufgebracht bin, gehe ich ausgiebig joggen. Die Endorphine, die während intensiver körperlicher Aktivitäten ausgeschüttet werden, verringern den Schmerz.«

Sie verdrehte die Augen und schaute weg. »Lahm.«

»Wieso ist das lahm?«

»Eine Droge ist etwas, das man missbraucht, etwas, das man nicht machen sollte. Deine Droge ist gesund, also ist das lahm.«

»Ich hätte nicht gedacht, dass es lahm ist, das Klügste zu tun.«

»Nun, es ist aber so.«

»Warum versuchst du es nicht auch mal?«, fragte ich.

Sie warf mir diesen Blick zu, der deutlich sagte: »Du spinnst doch.«

»Was denn?«, fragte ich lachend. »Ich kann doch sehen, dass du Sport machst.«

»Stimmt, ich laufe«, gab sie zu. »Aber ich muss mich dazu zwingen. Und vorher versuche ich eine ganze Stunde lang, Ausreden zu finden. Zum Beispiel, dass ich das Geschirr spülen muss. Dass ich die Einkaufsliste schreiben muss. Ein Nickerchen wäre auch nicht schlecht ...«

Ich bemühte mich, nicht zu lachen. Sie sah mich schief an. »Was denn? Ich sag doch gar nichts.«

»Oh, da fühle ich mich doch gleich viel besser«, erwiderte sie mit ironischem Unterton.

Gegen meinen Willen musste ich lachen. Wenn sie nicht unter dem Stress ihrer Familie stand, war sie wirklich cool. Sie brachte mich öfter zum Lachen, als ich zählen konnte.

Der Typ hinter dem Tresen wendete sich nun ihr zu. »Was darf's denn sein?«

Ihre Augen leuchteten auf wie die eines Kindes. »Einen Monstereisbecher mit Schoko-Nuss und extra Karamell, bitte«, sagte sie schnell, als würde sie schon eine Weile darauf brennen zu bestellen.

»Kommt sofort«, sagte er. »Mit zwei Löffeln?«

»Ähm, nein ...« Sie warf mir einen schnellen, besorgten Blick zu und wandte sich dann wieder dem Verkäufer zu. »Der ist nur für mich.«

»Oh!« Die falsche Annahme schien ihm peinlich zu sein. »Und für Sie, Sir?«

»Ich nehme das Gleiche«, sagte ich. »Und einen Löffel.«

»Wow, du willst das alles essen, Mr Perfect?«, fragte sie.

»Wann hab ich je behauptet, ich wäre perfekt?«, konterte ich.

Sie senkte die Stimme, um mich nachzuäffen. »Wenn ich aufgebracht bin, dann jogge ich. Ich habe ganz allein ein erfolgreiches Unternehmen gegründet. Modeln? Das ist unter meiner Würde …«

Ich wusste, dass sie nur scherzte, deshalb war ich nicht beleidigt. »Erwischt!«

»Ich weiß.« Sie trat zur Kasse und öffnete ihre Geldbörse.

Schnell reichte ich dem Typ einen Zwanziger. »Behalten Sie den Rest.«

»Warum bezahlst du?«, fragte sie. »Ich habe dich für den Abend engagiert.«

»Ich mag zwar gerade arbeiten, aber ich bin immer noch ein Gentleman«, erwiderte ich. »Und du kannst nach diesem Abend eine kleine Belohnung brauchen.« Ich trug unsere Eisbecher zu einem Tisch und zog dann mein Jackett aus, um es mir bequemer zu machen.

Sie betrachtete einen Augenblick lang mein Hemd, bevor sie sich über ihren Eisbecher hermachte. Sie aß nicht langsam oder mit winzigen Bissen wie die meisten Frauen, sondern schlang ihn hinunter. Ich wusste nicht mehr, wie oft ich bereits mit einer Frau Eis essen gewesen war, deren Eisbecher schmolz, weil sie so langsam oder fast gar nichts davon aß. Bei ihr war das ganz anders.

»Wer hat dir beigebracht, so schnell Eis zu essen?«, fragte ich.

»Wie bitte?«

Ich wies mit einem Nicken auf ihren halb leeren Eisbecher. »Normalerweise gehe ich mit Harper Eis essen, und wenn ich nicht schnell bin, bekomme ich gar nichts davon ab.«

»Ach so ist das«, lächelte ich.

Sie war vor mir fertig, dann beäugte sie die Kirsche in meinem Becher und bedachte mich mit einem Blick, der deutlich sagte: »Die gehört mir.«

Ich legte sie in ihren Becher. »Sie gehört ganz dir, Süße.«

Genüsslich aß sie beide Kirschen. »Köstlich. Ich könnte ein ganzes Glas von den Dingern verdrücken.«

»Die gibt es im Supermarkt zu kaufen.«

»Aber das ist ein gefährlicher Pfad«, wandte sie ein. »Zuerst sind es nur die Kirschen ... dann die Eiscreme ... und dann kommt der Schokosirup. Und ehe du dich versiehst, habe ich meine eigene Eisdiele zu Hause.«

»Harper und ich wären Stammgäste«, sagte ich.

Sie lachte so schallend, dass ihr die Augen tränten.

Ich fand meine Bemerkung eigentlich gar nicht so lustig.

Sie tupfte sich die Augen mit einer Serviette ab. »Tut mir leid. Ich habe mir nur gerade vorgestellt, wie wir drei an einer richtigen Eistheke in meiner Wohnung sitzen. Das fand ich aus irgendeinem Grund zum Totlachen.«

Mit einem breiten Lächeln aß ich mein Eis. »Freut mich, dass ich dich zum Lachen bringen konnte. Das ist besser als jede Droge, finde ich.«

»Und es ist gut für die Bauchmuskeln. Wenn ich nicht lachen würde, wäre ich total schwabbelig.«

Das bezweifelte ich. »Also, was kommt als Nächstes?«

Sie ließ den Plastiklöffel in ihren leeren Becher fallen. »Nun ja, mein Dad mochte dich – sehr sogar. Das ist ein guter Anfang. Ehrlich gesagt hatte ich Angst, dass er dich nicht mögen würde. Aber du hast das sehr gut hingekriegt.«

»Wenn man etwas gemeinsam hat, ist es leicht, ein Gesprächsthema zu finden«, sagte ich. »Und für gewöhnlich mögen die Menschen andere, mit denen sie sich identifizieren können.«

»Stimmt.«

»Hoffentlich bringt dich das in die richtige Richtung.«

»Ich denke schon.« Ihr Blick wirkte abwesend, als dächte sie über etwas Tiefgründiges und Kompliziertes nach. Dann richtete sie die Augen wieder auf mich, und die Trance war gebrochen. »Vielen, vielen Dank! Es ist ein schönes Gefühl, wieder die Kontrolle zu haben.«

Ihre Offenheit traf mich unvorbereitet. »Kein Problem.« Ich hielt ihren Blick fest, verzaubert von diesen grünen Augen, die so strahlend waren, dass sie regelrecht unecht wirkten.

»Sobald die Firma mir gehört, werde ich mich nicht mehr mit ihm herumärgern müssen. Dann kann ich die richtigen Entscheidungen für alle treffen. Und ich werde diesen jämmerlichen Idioten, den ich meinen Bruder nenne, feuern.«

»Ja ... Lance war ein richtiger Schatz.«

Sie kicherte, aber auf eine traurige Weise. »Falls du das glauben kannst: Als er jünger war, war er noch schlimmer.«

»Nein, kann ich nicht«, antwortete ich, ohne zu zögern.

Wieder lachte sie. »Das ist so peinlich ...«

»Hey, unsere Familie können wir uns nicht aussuchen, stimmt's?«, versuchte ich sie aufzumuntern.

»Ehrlich gesagt schon«, entgegnete sie ernst. »Harper ist meine Familie, und ich habe sie mir ausgesucht. Wir sind zwar nicht blutsverwandt oder haben die gleichen Vorfahren, aber im Geiste haben wir mehr Ähnlichkeit miteinander als mit irgendjemand sonst. An Feiertagen fährt mein Dad für gewöhnlich mit einer oder zwei Begleiterinnen an irgendeinen tropischen Ort, und ich habe keine Ahnung, was mein Bruder treibt. Wahrscheinlich holt er sich für die Nacht eine Prostituierte. Ich verbringe die Feiertage normalerweise mit Harper, und wir haben jede Menge Spaß.«

Aspen war einzigartig in der Hinsicht, dass sie kein selbstsüchtiges Arschloch wie der Rest ihrer Familie war, aber was ich am meisten an ihr bewunderte, war, wie sie damit umging. Eindeutig machten ihr die Umstände zu schaffen, aber sie ließ sich davon nicht auffressen. Sie war optimistisch und weigerte sich, sich davon runterziehen zu lassen. Das war ein seltener und bewundernswerter Charakterzug.

»Ich hoffe, ich lerne sie mal kennen.«

»Sie wird sicher irgendwann auftauchen.« Sie schaute über ihre Schulter, als rechnete sie bereits damit, sie zu sehen. »Und zwar, wenn wir sie am wenigsten erwarten.«

»Wie lange kennt ihr euch schon?«

»Seit ... Ich kann mich nicht mal mehr daran erinnern«, sagte sie. »Der Grundschule? Ich bin von der Rutsche gefallen, und sie kam zu mir herübergelaufen. Mein Finger war geschwollen und tat weh. Sie hat einen kleinen Zweig genommen, der vom Baum gefallen war, und ihn wie einen Zauberstab herumgeschwenkt. Dann hat sie einen Zauberspruch geflüstert und meinen Finger wieder heil gemacht. Na ja, zumindest dachte ich das. Wie bei einem Placebo-Effekt ging der Schmerz weg. Seitdem sind wir beste Freundinnen.«

Unwillkürlich musste ich lächeln. »Das ist eine süße Geschichte.«

»Was ist mit dir?«, fragte sie. »Hast du einen besten Freund?«

»Fünf, in gewisser Weise.«

»Fünf?«, fragte sie überrascht.

»Nun ja, einem davon stehe ich näher als den anderen. Sein Name ist Tyler. Und falls er mich sagen hören würde, die anderen vier gehören auch zu meinem engsten Kreis, würde er einen Anfall bekommen.«

Sie kicherte. »Harper ist genauso.«

»Wir sind schon Freunde, seit wir klein waren. Der Rest ist Geschichte.«

»Ist er auch ein Escort?«

»Ja, genauso wie die anderen vier.«

»Jetzt erinnere ich mich, dass du ihn erwähnt hast.«

»Er ist ein guter Kerl«, sagte ich. *Der Beste, um genau zu sein.*

»Euch Jungs geht der Gesprächsstoff sicher nie aus.«

»Stimmt.« Das war definitiv wahr.

»Gefällt es ihm, ein Escort zu sein?«, fragte sie.

»In letzter Zeit nicht mehr.« Ich musste lächeln beim Gedanken an die jüngste Geschichte, die er erzählt hatte.

Aspen bemerkte das Grinsen. »Ooh ... Spuck's schon aus!«

»Er hat dieses Mädchen zu einer Hochzeit begleitet, auf der auch ihr Ex sein würde. Sie waren ungefähr fünf Minuten dort, als ihr Ex wutentbrannt auf ihn losging.«

»Oh mein Gott! Was ist dann passiert?«

»Tyler hat ihm den Kiefer gebrochen.« Ich wünschte, ich hätte es sehen können.

»Ach du Schande ...«

»Er selbst bekam keinen Kratzer ab, aber das kann er sich auch nicht leisten. Er sagt, sein Gesicht ist viel zu hübsch dafür.«

»Das hätte schlimmer ausgehen können«, sagte sie. »Gut, dass es nicht so war.«

»Wir sind alle in irgendeiner Form von Selbstverteidigung ausgebildet. Ich kann ein bisschen Kampfsport, aber meine Spezialität ist Boxen.«

»Warum überrascht mich das nicht?«

»Du solltest es auch mal versuchen«, sagte ich. »Ich kenne eine Menge Frauen, die kickboxen. Es gefällt ihnen.«

»Mein Pfefferspray und meine Schlüssel reichen.«

Ich hob abwehrend die Hände. »Dann weiß ich, dass ich mich besser nicht mit dir anlege ...«

Scherzhaft trat sie unter dem Tisch nach mir. Dabei streifte ihre Wade die meine, und das Gefühl war eher beruhigend als irgendetwas anderes. Dann lehnte sie sich zurück und bedachte mich mit einem warnenden Blick.

»Jetzt hast du mir aber eine Lektion erteilt«, sagte ich ironisch.

»Davon hab ich noch mehr auf Lager.«

Aspens spielerische Art war erfrischend. Unser Treffen fühlte sich überhaupt nicht wie eine Verabredung an. Es fühlte sich an, als wären wir Freunde, und das schon sehr lange.

»Ich bin jederzeit bereit.« Sie stapelte unsere leeren Becher ineinander, und ich stand auf, um sie in den Abfalleimer zu werfen. »Wir sollten von hier verschwinden, bevor wir uns noch eine zweite Runde bestellen.«

»Der Kerl hinter dem Tresen würde uns das sicherlich verzeihen.«

»Ich bin mir ziemlich sicher, das tut er jetzt schon nicht mehr«, neckte ich sie.

Sie stieß mich in die Seite, und ich rieb mir lachend die Rippen, als hätte sie mir tatsächlich wehgetan.

Wir spazierten zurück zu ihrer Wohnung, dabei gingen wir beide besonders langsam. Ich hatte es nicht eilig, den Abend enden zu lassen, und ihr schien es ebenso zu gehen.

Als sie die Arme vor der Brust verschränkte und sich die Oberarme rieb, wusste ich, dass ihr die kühle Nachtluft zusetzte. Ich zog mein Jackett aus und legte es ihr über die Schultern. Es hüllte sie ein wie ein Trenchcoat.

»Danke!« Sie zog es enger um sich.

»An dir sieht es besser aus als an mir.«

»Willst du damit sagen, ich sehe aus wie ein Kerl?«

»Der hübscheste Kerl, den ich je gesehen habe.«

»Na, wenn das so ist …«, grinste sie, dann schaute sie wieder nach vorne. »Also, hast du irgendwelche Geschwister?«

Ich dachte an Chase und seine lächerliche Paranoia. »Einen jüngeren Bruder.«

»Wie ist er so?«

»Klug, freundlich, rücksichtsvoll und witzig.«

»Wollen wir Brüder tauschen?«, fragte sie ernst.

Wenn sie wüsste! Aber ich würde meinen Bruder jederzeit dem ihren vorziehen. Manchmal ruinierte mir seine Paranoia den Abend, und ihm die Miete und seine Rechnungen zu bezahlen war allmählich auch nicht mehr witzig. Aber er war immer noch ein toller Mensch, der alles zu schätzen wusste, was ich für ihn tat. Ich genoss es, meine Zeit mit ihm zu verbringen, selbst wenn ich so tun musste, als trüge ich ein unbezwingbares Schattenschwert bei mir. »Niemals.«

»Kluge Entscheidung«, sagte sie. »Du könntest mit Lance gar nicht klarkommen.«

»Ich würde ihm ein paarmal eins auf die Nase geben.« Das war kein Witz. Er war ein typisches Arschloch, jemand, der es verdient hatte, vor Publikum die Fresse poliert zu bekommen. Er begriff nicht einmal ansatzweise, was einen richtigen Mann ausmachte. Einem Kellner Champagner über den Kopf zu schütten war erbärmlich und geschmacklos.

»Ich würde dir dabei helfen«, sagte sie. »Ich hab ihn schon mal geschlagen. Aber nichts, was ich tue, bläut ihm auch nur ein bisschen Verstand in seine hohle Birne.«

»Dein Vater macht auf mich einen strengen Eindruck. Es überrascht mich, dass er ihn mit allem, was er will, davonkommen lässt.«

»Mein Vater ist schon sehr alt. Meine Mutter war zwanzig Jahre jünger als er. Der einzige Grund, warum es Lance und mich überhaupt gibt, ist der, dass sie darauf bestanden hat, Kinder zu bekommen.«

Zu wissen, dass ihr Vater sie nie gewollt hatte, musste schwer sein.

»Wie dem auch sei, da er aus einer älteren Generation stammt, denkt er, dass Frauen in der Arbeitswelt eigentlich nichts verloren haben. Er ist der schlimmste Sexist, dem ich je begegnet bin.«

»Wie hast du dann dort einen Job bekommen?«

»Ich habe mich freiwillig angeboten, um mich zu beweisen. Als ihm bewusst wurde, dass ich sein Leben tausendmal einfacher mache, hat er mich als stellvertretende Geschäftsführerin eingestellt. Aber er hat mir kein einziges Mal gedankt für alles, was ich getan habe. Die meisten auf seiner Gehaltsliste sind Männer, aber als das Unternehmen auf den Vorwurf des Sexismus hin überprüft wurde, war er gezwungen, mehr Frauen einzustellen. Das ist der einzige Grund, warum sie da sind, und natürlich sind sie alle in niedrigen Positionen, wie Sekretärinnen und Schreibkräfte.« Sie verdrehte die Augen. »Würdest du mich verurteilen, wenn ich dir sage, dass ich ihn hasse?«

»Nicht im Geringsten.«

»Gut. Ich verabscheue den Mann.«

»Jetzt verstehe ich, warum er Lance' offensichtliche Fehler ignoriert.«

»Weil er einen Penis zwischen den Beinen hat.« Am Ende ihres Satzes knurrte sie tatsächlich.

Ich fand das süß. »Hast du gerade geknurrt?«

»Wenn ich richtig wütend werde, knurre ich. Falls ich dich je anknurren sollte, dann lauf um dein Leben.«

»Ich werd's mir merken.«

»Wann immer ich Harper anknurre, knurrt sie einfach zurück.«

»Sie scheint furchtlos zu sein«, bemerkte ich.

»Verrückt trifft es besser.«

Ich rieb mir den Nacken. »Dein Vater wird dir also die Firma geben, wenn du einen Mann in deinem Leben hast. Heißt das, er will, dass dieser Mann auch für die Firma arbeitet, um dich zu beaufsichtigen?«

Sie wandte den Blick ab. »Vermutlich.«

Nun tat Aspen mir noch mehr leid. Sie war dazu verdammt, ihren Vater zu enttäuschen, ganz egal, was sie tat.

Wir erreichten ihre Wohnung, und sie schloss die Tür auf. »Ich habe dich bis Mitternacht, stimmt's?«

»Jepp.«

»Nun, dann will ich auch so viel wie möglich für mein Geld kriegen. Komm rein!«

Ich trat ein, und mein Blick fiel auf die Blumen, die ich ihr mitgebracht hatte. Sie machten den Raum gleich noch freundlicher.

»Sollen wir Schiffe versenken spielen?«

Hatte sie mich das gerade wirklich gefragt? »Schiffe versenken?«

»Ja. Hast du das noch nie gespielt?« Sie nahm die Schachtel vom Sofa und sah mich an.

Zu sehen, wie eine schöne Frau in einem funkelnden, bodenlangen Abendkleid, mit elegant gewelltem Haar und genau der richtigen Menge Make-up ein Brettspiel in der Hand hielt, war irgendwie verwirrend. Es war das Letzte, was ich von ihr zu hören erwartet hatte. »Ich hatte nur nicht damit gerechnet, dass du das fragst.«

Sie sah mich aus schmalen Augen an. »Bist wohl scheiße drin, was?«

»Nein«, erwiderte ich defensiv.

»Willst du dann spielen?« Sie setzte sich auf eine Seite der Couch und stellte ihr Steckbrett auf ihren Schoß.

Ich setzte mich auf die andere Seite und brachte meine Spielstecker in Position. »Ladys first.«

»E1?«

Ich zog eine Augenbraue hoch. »Treffer.«

Grinsend steckte sie einen roten Stecker in ihr Brett.

»A3.«

»Daneben. E2?«

»Treffer«, sagte ich gereizt.

Wieder steckte sie den Stecker mit einem leichten Schmunzeln auf den Lippen in ihr Brett.

»B9?«, fragte ich.

»Daneben.« Sie genoss das hier eindeutig. »E3?«

»Treffer, versenkt.« Aspen machte mich gleich zu Anfang nass.

Sie warf sich das Haar über die Schulter. »So macht man das.«

Ich starrte sie an und betrachtete, wie sich ihr Umriss von der Skyline der Stadt durchs Fenster abhob. Sie war das perfekte Exemplar einer richtigen Frau, einer, deren Schönheit andere mühelos überstrahlte. Sie hatte das Lächeln eines Models aus einer Zahnpastawerbung und die Beine eines Bikini-Models. Aber ihre innere Schönheit war stärker als alles andere. Und nun spielte sie ein Brettspiel für Kinder und war sich all ihrer Reize nicht im Geringsten bewusst.

Ich wusste nicht, was ich davon halten sollte.

***

»Aaaalter«, röhrte Tyler ins Telefon, sobald ich ranging. »Party bei Cato. Schwing deinen Arsch hier rüber.«

»Dir auch hallo.«

»Sei kein Idiot und komm einfach rüber.« Er legte auf, ohne auf eine Antwort zu warten.

Es war schwer zu sagen, wann Tyler betrunken war, weil er sich immer gleich benahm, egal ob nüchtern oder blau. Aber wenn er auf einer Party war, dann war er wahrscheinlich blau.

Ich machte mich mit einem Sixpack Bier in der Hand auf den Weg zu Catos Wohnung an der East Side. Als ich die Treppe hochging, hörte ich schon den ohrenbetäubenden Bass seiner Stereoanlage. Wenn ich ihn hier schon hören konnte, dann würden seine Nachbarn heute Nacht nicht viel Schlaf bekommen.

Die Tür war offen, also ging ich rein und schlängelte mich durch die Menge. Überall in der Küche standen mit Eiswürfeln gefüllte Kisten herum, also warf ich das Bier in die erstbeste, die ich finden konnte. Ich öffnete eine der Dosen und kippte sie hinunter wie Wasser.

»Aaaalter!«

Beim Klang von Tylers Stimme drehte ich mich um. »Seit wann nennst du mich ständig Alter?«

»Alter, halt die Klappe und rede mit mir!« Er trug ein graues T-Shirt und Jeans, die tief auf der Hüfte saßen.

»Was denn jetzt?«, fragte ich. »Die Klappe halten oder mit dir reden?«

»Na, du hast gerade geredet, dann würd ich sagen, das Zweite.«

Ich grinste. »Arschloch.«

Lachend schlug er mir auf den Arm. »So viele scharfe Weiber hier.«

»Ich bin grad erst gekommen.«

»Na, die sind überall, also brauchst du nur die Augen offen zu halten.«

Ich nahm einen weiteren Schluck von meinem Bier.

»Hey, wie ist es eigentlich mit Laura gelaufen? Sind ihre Möpse echt?« Tyler sagte immer, was er dachte, zu jedem.

»Hat nicht funktioniert.«

»Ich hab mir schon gedacht, dass sie eingebildet ist. Wenn die die Nase noch ein bisschen höher trägt, dann regnet es rein.«

»Wir haben uns gut verstanden, aber als sie herausfand, dass ich ein Escort bin, ist sie gegangen, ohne noch ein Wort zu sagen.«

»Im Ernst?« Er sah wie vom Blitz getroffen aus. »Sie ist zwar heiß, aber nicht *so* heiß.«

Ich zuckte die Schultern und trank mein Bier.

»Was soll's! So toll sind ihre Möpse auch wieder nicht.«

»Keine Ahnung.«

»So was weiß ich.« Er wedelte mit den Fingern vor seinen Augen herum. »Ich hab den Röntgenblick, Bruder.«

Eine Blondine stöckelte an uns vorbei zum Kühlschrank.

Tyler musterte sie und drehte sich dann zu mir um. »Die ist süß. Geh und mach dich ran!«

»Ich hab doch noch nicht einmal ihr Gesicht gesehen.«

»Wen juckt das?«, erwiderte er. »Ihr Hintern sieht toll aus. Das ist alles, was zählt.«

Sie ging wieder an uns vorbei, und Tyler machte etwas, was ich noch nie zuvor gesehen hatte. Er zog seinen Schlüsselbund aus der Hosentasche und warf ihn über seine Schulter. Mit einem lauten Klirren, das sogar über die Musik hinweg zu hören war, landeten die Schlüssel auf den Fliesen.

Sie blieb stehen und drehte sich um.

»Hast du die hier verloren?«, fragte Tyler, während er sie aufhob.

Argwöhnisch starrte sie sie an. »Nein …«

»Gut. Weil das nämlich meine sind.« Er schob die Blonde vor mich hin und schlenderte dann davon.

Ich war nicht sauer, weil der Anblick so lustig war. »Tut mir leid wegen ihm.«

Sie entspannte sich, als sie mir ins Gesicht blickte, denn offensichtlich gefiel ihr, was sie sah. Ihr Blick glitt über mich und blieb dann lange an meinen Schultern hängen, bevor er zu meinem Gesicht zurückkehrte. »Ich hab dich hier noch nie gesehen.«

»Ich bin Rhett.« Ich streckte ihr die Hand hin, um die ihre zu schütteln, doch sie ergriff sie nicht.

Stattdessen kam sie näher zu mir, bis ihre Brust beinahe meine berührte. »Trixie.«

»Schön, dich kennenzulernen«, sagte ich höflich.

»Gleichfalls.« Sie zwirbelte eine Haarsträhne zwischen den Fingern, während sie mich mit klimpernden Wimpern ansah.

»Also«, fragte ich. »Was für Musik hörst du so …?«

»Was ist jetzt, wollen wir rummachen oder was?«, fiel sie mir ins Wort.

Cato kannte wirklich die nuttigsten Mädchen. Ich war mir nicht sicher, wo er sie immer aufgabelte. Die meisten von ihnen waren Models, also nahm ich an, sie hatten genügend Selbstbewusstsein, um nicht gerade zimperlich zu sein. Manchmal war es schön, leichte Beute zu finden, eine schöne Frau, die sich von mir vögeln ließ, ohne sich vorher über irgendetwas Wichtiges zu unterhalten, aber heute Abend war ich nicht in der Stimmung. Außerdem war sie zu dünn für meinen Geschmack. »Ehrlich gesagt muss ich wo hin …« Ich trat um sie herum.

»Idiot«, zischte sie.

Ich drehte mich wieder zu ihr um. »Wenn du das, was du

zu bieten hast, den Typen ständig nachwirfst, dann wird es keiner wollen.«

Ihre Augen verengten sich beleidigt.

Ich ging einfach weiter durch die Menge. Ich hatte mich ihr gegenüber wirklich wie ein Arsch verhalten, aber zu einer arroganten Zicke würde ich nicht nett sein. Wenn sie meinen Respekt wollte, dann musste sie auch mich respektieren.

Als ich ins Wohnzimmer kam, machte Cato gerade einen Handstand auf einem Bierfass, und Tyler filmte das Ganze mit seinem Handy. »Daran wird er sich morgen garantiert nicht mehr erinnern. Deshalb muss ich das dokumentieren.«

Kopfschüttelnd schaute ich ihm zu. »Beeindruckend.«

»Willst du es als Nächster versuchen?«

»Denkst du, ich will am selben Schlauch nuckeln wie Cato?« fragte ich. »Der hat wahrscheinlich Syphilis oder so was.«

Er nickte. »Du sagst es.« Er beendete die Aufnahme und steckte sein Handy ein. Dann musterte er mich einen Moment lang. »Wo ist denn diese Blondine, mit der ich dich gerade verkuppelt habe? Hast du die etwa schon gevögelt?«

»Ja, genau ... Rein und raus in zwei Minuten.«

Er schlug mir auf die Schulter. »Ob die Ladys auf ihre Kosten kommen, ist dir egal, was?« Er hob anzüglich die Augenbrauen.

Manchmal kapierte er einfach keine Ironie.

»Ich bin nicht auf sie abgefahren. Sie war zu dünn, und ihr Atem hat gestunken.«

»Wonach denn?«, fragte er.

»Nach einer Mischung aus Bier und Kotze.«

»Ekelhaft.« Er krümmte sich angewidert. »Aber du brauchst sie ja nicht zu küssen, während du sie vögelst.«

»Warum vögelst *du* sie nicht?«, wollte ich wissen.

Er schüttelte den Kopf. »Ich werd doch keine vögeln, die nach Kotze riecht.«

Ungläubig starrte ich ihn an. »Wie kommst du dann darauf, dass ich das würde?«

»Na, dein Date ist doch nicht gut gelaufen, oder? Was bedeutet, dass du keinen Sex hattest.«

»Ich kann Sex haben, wann immer ich will, und das weißt du.« Ich trank mein Bier und musterte Cato, der flach auf dem Boden lag, nachdem er sich praktisch ein ganzes Fass Bier reingezogen hatte.

Tyler sah sich um. »Du kannst dir die Bräute aussuchen.«

Ich ließ den Blick durchs Zimmer schweifen und sah eine Menge hübscher Mädchen. Aber ich war einfach nicht in Stimmung für irgendeine von ihnen.

»Wie war die Arbeit letzte Nacht?«

»Gut«, sagte ich. »Ehrlich gesagt hat es ziemlich Spaß gemacht.«

»Spaß?«, fragte er überrascht. »Hast du das gerade wirklich gesagt?«

»Ja. Wir waren auf dieser Wohltätigkeitsveranstaltung, und das war ziemlich langweilig, aber dann waren wir Eis essen und haben Schiffe versenken gespielt. Sie hat mich fünfmal hintereinander geschlagen.«

»Schiffe versenken?« Er sah mich an, als wäre ich verrückt. »Hattest du ein Date mit einem zwölfjährigen Jungen?«

Ich schüttelte den Kopf und lachte kurz. »Nein, ehrlich gesagt war sie sogar echt heiß.«

»Heiß?«, fragte er. »Wie heiß?«

»Ich würde sagen, eine Neun Komma fünf oder eine Zehn.«

Er pfiff anerkennend. »Verdammt, hast du ein Foto von ihr?«

»Nein, sorry.«

»Verdammt«, fluchte er. »Warum krieg ich eine mit einem Psycho-Ex ab, aber du bekommst eine heiße Braut, die gern Schiffe versenken spielt?«

»Die Wege der Welt sind unergründlich …«

Er schüttelte den Kopf und kippte sein Bier hinunter. »Ich werde nicht gut genug bezahlt für diesen Scheiß.«

»Über eine halbe Million im Jahr kann man sich nicht beschweren.«

Mit einem wütenden Blick starrte er mich an. »Der Kerl ist direkt auf meine Goldgrube losgegangen.« Er deutete auf sein Gesicht.

»Es gibt genügend Schönheitschirurgen in der Stadt.«

»Hey, ich bin eine Naturschönheit, du Sack. Vielleicht solltest du dir lieber falsche Titten machen lassen.«

Ich lachte, weil er so herrlich wütend wurde.

»Wirst du dieses Mädchen noch einmal begleiten?«

»Ja. Sie versucht, ein Unternehmen von ihrem Vater zu bekommen, aber er will, dass sie einen festen Freund hat.«

Er rieb sich das Kinn. »Wie merkwürdig.«

Ich zuckte die Achseln. »Der Typ war ein totaler Wichser, also überrascht mich das nicht.«

»Konnte er dich leiden?«

»Er hat mir in zwanzig Minuten mehr Zuneigung gezeigt als seiner Tochter in ihrem ganzen Leben.« Es machte mich wütend, wenn ich darüber nachdachte.

»Also hat sie einen Vaterkomplex?« Er schmunzelte, als hätte er einen Plan im Kopf.

»Wir dürfen die Frauen nicht daten, die wir begleiten. Das weißt du.«

»Na, wenn sie so heiß und cool ist, dann ist das was völlig anderes. Außerdem bin nicht ich ihr Escort, sondern *du*. Also ist sie zu haben.«

Ich wusste, dass er nur Witze machte, deshalb regte ich mich nicht auf. »Du könntest sie doch gar nicht kriegen.«

»Da kannst du deinen Arsch drauf verwetten, dass ich das könnte.«

»Sie sagt, dass sie im Moment keine Verabredungen haben möchte. Was die Männer betrifft, mit denen sie ihre Zeit verbringt, ist sie wählerisch, das merke ich. Dich würde sie auf keinen Fall nehmen.«

»Ich bräuchte nur meinen Charme anzuknipsen, und schon würde sie mir aus der Hand fressen.«

Ich schüttelte den Kopf. »Die ist eine Nummer zu groß für dich, Mann.«

»Keine ist eine Nummer zu groß für mich, Alter.«

»Nun, dieses Mädchen schon.«

»Also, jetzt muss ich die Braut wirklich sehen. Besorg mir ein Foto von ihr.«

»Nein«, schnauzte ich ihn an. »Ich werde kein Foto von ihr machen wie irgend so ein Freak.«

»Dann mach es, ohne dass sie es merkt. Stell eine Kamera in ihrer Wohnung auf.«

Ich warf ihm einen Blick zu, mit dem ich ihn schon nicht mehr angesehen hatte, seit wir Kinder waren. »Du willst, dass ich das Gesetz breche und in den Knast gehe?«

»Hey, manche Mädels sind es wert, in den Knast zu wandern.«

»Ich habe keine Lust mehr, mich mit dir darüber zu unterhalten.« Ich wandte mich ab.

»Warte!« Er hielt mich am Arm fest. »Hat sie einen großen Mund?«

Mit verwirrtem Blick sah ich ihn an. »Warum?«

»Frauen mit großem Mund können toll blasen.«

Lachend verdrehte ich die Augen. »Du kommst mal in die Hölle.«

»Und du kommst mit.«

Kapitel sechs

Aspen

Die Stunden vergingen schnell, da ich im Büro so viel zu tun hatte. Meine Assistentin informierte mich, dass ich in einer Stunde ein Meeting mit Investoren hatte, und darüber hinaus stapelte sich ein Haufen Papierkram auf meinem Schreibtisch.

Doch so beschäftigt ich auch war, ich musste ständig an meinen Abend mit Rhett denken. Ohne ihn wäre die Veranstaltung unerträglich gewesen. Er hatte mich aufgeheitert und mir das Gefühl gegeben, nicht allein zu sein. John hatte meistens nur dafür gesorgt, dass ich mich noch schlechter fühlte.

Was hatte ich nur je in ihm gesehen?

Als der Wohltätigkeitsball vorüber war und wir uns verdrücken konnten, wurde der Abend erst richtig schön. Es hatte Spaß gemacht, Eis zu essen und Schiffe versenken zu spielen. Wir hatten viel gelacht und eine herrliche Zeit gehabt. Den Abend mit einem schönen Mann zu verbringen, der auch noch eine tolle Persönlichkeit hatte, war jeden Cent wert. Obwohl wir uns gerade erst kennengelernt hatten, kam es mir vor, als würde ich ihn schon ewig kennen. Er erinnerte mich an einen Disney-Prinzen, und manchmal fragte ich mich, ob er wirklich real war.

Die Tatsache, dass mein Vater ihn mochte, war eine große Erleichterung. Jetzt würde er mich nicht mehr wegen John nerven, und mein gutes Image wäre wiederhergestellt. Mein Dad würde nicht mehr darüber reden, und der Skandal wäre Vergangenheit, so wie es richtig war. Auch wenn mein Dad immer noch nicht zu schätzen wusste, was ich für das Unternehmen leistete, sah er mich wenigstens nicht mehr so an wie etwas Widerliches, das an seinem Schuh klebte.

Meine Assistentin meldete sich über die Gegensprechanlage. »Mr Lane würde Sie gern sehen.«

»Danke, Jane!« Seufzend rieb ich mir die Schläfe. Mein Dad spielte Golf in seinem Büro und posierte als Aushängeschild des Unternehmens, während ich mir den Arsch aufriss. Ich war diejenige, die in dieser Firma wirklich arbeitete. Warum konnte er nicht zu mir herunterkommen, um mit mir zu reden? Warum musste er mich zu sich rufen, als wäre ich ein Hund? Ich atmete tief durch und ließ das Gefühl verstreichen. Dank der schlechten Behandlung durch meinen Vater war ich eine Meisterin darin geworden, meine Gefühle zu beherrschen. Ein ausgezeichneter Punchingball, der die Schläge einsteckte und sich ihrem Schwung anpasste.

Nachdem ich mich beruhigt hatte, ging ich zu seinem Büro.

Wie erwartet schlug er einen Golfball über das falsche Grün.

Ich hasse ihn. Ich hasse ihn. Ich hasse ihn. »Du wolltest mich sehen?« Die letzte Unterhaltung, die wir in diesem Büro geführt hatten, hing immer noch wie eine Wolke über mir.

Du solltest besser nicht weinen. Du weißt, was ich davon halte.

Ich faltete meine Hände vor dem Bauch und betrachtete ihn mit stoischer Miene.

Dad legte seinen Schläger weg und ließ den Ball auf dem Grün liegen. Er verschränkte die Arme vor der Brust, während er mich musterte, als wäre ich eine Fremde und nicht sein eigen Fleisch und Blut. »Du hast mir gar nicht gesagt, dass du einen Freund hast.«

Warum sollte ich? Es ist ja nicht so, als wären wir Kumpel. »Ich wollte nichts sagen, bevor ich mir nicht sicher war, dass es etwas Ernstes ist.«

Er nickte, dann begann er im Zimmer auf und ab zu marschieren. »Ich mag ihn, Aspen. Er ist ein guter Mann. Ich weiß nicht, wie du es geschafft hast, ihn an Land zu ziehen, aber ich bin froh, dass du es getan hast.«

Meine Augen verengten sich beleidigt. *Ich weiß nicht, wie du es geschafft hast, ihn an Land zu ziehen?* Was zum Teufel sollte das heißen?

»Er spielt Golf, kennt sich mit Autos aus und stammt aus wohlhabenden Verhältnissen.«

»Ja, die einzigen Eigenschaften, die zählen.« Meine Stimme triefte vor Sarkasmus, aber ich bezweifelte, dass er es bemerkte.

»Und ich muss zugeben, er ist ein sehr gut aussehender Kerl. Wo habt ihr euch kennengelernt?«

»In einem Café.«

»Ich weiß nicht, wie du ihn bezirzt hast, aber irgendetwas hast du wohl richtig gemacht. Es ist offensichtlich, dass er wirklich etwas für dich übrig hat.«

Er wusste nicht, wie ich ihn bezirzt hatte? »Dir ist doch sicher klar, dass ich nicht gerade zum Fürchten aussehe und dass ich ein durchaus umgänglicher Mensch bin?« Ich musste meine ganze Kraft aufbringen, ihm nicht den Kopf abzureißen.

Er ignorierte meine Aussage völlig. »Ich möchte heute Nachmittag mit ihm Golf spielen. Arrangiere das!«

Das war kurzfristig. Zu kurzfristig. Mit den Vorgaben des Büros war es unwahrscheinlich, dass das klappen würde. »Ich frag ihn mal und sag dir dann Bescheid.«

Er nahm wieder seinen Golfschläger. »Lass es mich so bald wie möglich wissen.«

Am liebsten hätte ich ihm mit diesem verdammten Schläger eins übergebraten. »Natürlich.« Ich ging hinaus.

»Aspen?«

In der Tür drehte ich mich noch einmal um.

»Wo sind diese Faxnachrichten, nach denen ich vor einer Stunde gefragt habe?«, wollte er wissen.

»Ich habe sie dir vor neunundfünfzig Minuten gemailt. Wenn du an deinem Schreibtisch gewesen wärst, hättest du es bemerkt.« Ich schloss die Tür und hatte kein schlechtes Gewissen, dass ich ihn angeschnauzt hatte. Er hatte es verdient.

***

Widerstrebend rief ich Danielle an. Sie hatte mir die Regeln erklärt, und ich hatte den Vertrag unterschrieben. Sie hatte zweiundsiebzig Stunden gesagt, und ich bezweifelte, dass sie eine Ausnahme machen würde. Ich war mir sicher, dass Rhett auch noch andere Kunden hatte, um die er sich kümmern musste, und falls nicht, dann hatte er auch noch ein Privatleben.

Sie ging ran. »Beautiful Entourage. Was kann ich für Sie tun?«

»Hallo, Danielle. Hier ist Aspen.«

Ihre Stimme nahm an Begeisterung zu. »Wie geht es Ihnen? Arbeitet Rhett zu Ihrer Zufriedenheit?«

»Er ist fantastisch«, platzte ich, ohne nachzudenken, heraus.

»Ja, er ist ziemlich beliebt bei den Damen.«

»Was für eine Überraschung ...«

Sie kicherte. »Was kann ich für Sie tun?«

Ich wusste, ich sollte mir nicht einmal die Mühe machen, aber ich musste es versuchen. »Ich weiß, Sie haben gesagt, dass Sie zweiundsiebzig Stunden Vorlauf brauchen, aber ich hatte mich gefragt, ob ich Rhett heute Nachmittag haben könnte, um mit meinem Vater Golf zu spielen ...«

Am anderen Ende der Leitung entstand eine Pause. »Es tut mir leid, Aspen. Rhett hat auch noch andere Verpflichtungen und plant seine Woche dementsprechend. Sie bezahlen für eine hochwertige Verabredung, nicht für jemanden, der sein Leben danach ausrichtet, wie es Ihnen passt.«

»Das wollte ich damit auch gar nicht andeuten«, schnauzte ich sie an. Ich hatte einen anstrengenden Tag hinter mir, deshalb hielt sich meine Geduld in Grenzen.

»Ich dachte einfach, Fragen kann nicht schaden. Herrje ...«

Danielle schien sich etwas beruhigt zu haben. »Es tut mir leid. Ich wollte nicht unhöflich klingen. Wie ich bereits sagte, ich achte sehr auf meine Jungs, und ich lasse nicht zu, dass man sie herumkommandiert.«

»Das versuche ich doch gar nicht. Ich dachte einfach, falls Rhett zufällig frei wäre, wäre es keine große Sache.«

»Ich werde ihn anrufen«, sagte sie mit einem Seufzen. »Aber rechnen Sie nicht noch mal mit dieser Sonderbehandlung.«

»Danke«, sagte ich. »Das weiß ich zu schätzen.«

Sie legte auf.

Ich ging wieder an die Arbeit, und eine halbe Stunde später klingelte mein Handy. »Hallo?«

»Rhett ist für Sie verfügbar. Lassen Sie mich einfach die Einzelheiten wissen, sobald Sie sie haben.«

Ich war überrascht, dass es tatsächlich funktioniert hatte. »Das mache ich. Danke!« Ich legte auf. Wow, ich hatte Glück. Ich hatte angenommen, dass Rhett bereits eine andere Verabredung hatte, oder falls nicht, dass er keine Extraschicht einlegen wollte, sozusagen.

Mein Handy klingelte erneut, aber es war eine Nummer, die ich nicht kannte. Ich ging ran, weil ich neugierig war, wem die Nummer gehörte. »Hallo?«

»E3.«

Ich lächelte. Seine Stimme war tief und geschmeidig, und es schwang eine Spur von Belustigung darin mit. Vor meinem inneren Auge tauchte sein Gesicht auf, und ich stellte mir dieses Lächeln vor, das ich so gern mochte, und seine strahlenden Augen. »Daneben.«

»Immer treffe ich daneben«, lachte er.

Ich liebte es, dem Klang seiner Stimme zu lauschen. Ich würde viel Geld dafür bezahlen, seine Stimme auf CD zu haben, damit ich sie immer wieder abspielen konnte, so stalkermäßig sich das auch anhörte. »Das ist ja eine nette

Überraschung. Ich dachte, ich darf deine Handynummer nicht haben?«

»Es ist okay, ab und zu mal die Regeln zu brechen«, sagte er. »Und du wirkst auf mich nicht wie eine von der verrückten Sorte, also ist das in Ordnung, denke ich. Außerdem kann Danielle manchmal eine richtige Spaßbremse sein.«

Ich lachte ins Telefon. »Sie sorgt sich einfach nur um dich.«

»Ein bisschen zu sehr«, erwiderte er. »Sie ist die Löwenmutter unseres Unternehmens. Ich habe mal gesehen, wie sie einer Frau ein Büschel Haare ausgerissen und dann eine heftige Ohrfeige verpasst hat.«

»Das gibt's ja nicht!«

»Ja, leg dich besser nicht mit ihr an. Wenn du mich für so was wie heute brauchst, dann ruf mich einfach direkt an.«

»Wird sie nicht wütend sein, dass du mir deine Nummer gegeben hast?«

Er schwieg einen Augenblick lang. »Wahrscheinlich. Aber das ist meine Entscheidung, nicht ihre. Dann will dein Vater also mit mir golfen, was?«

»Tut mir so leid ...«

»Hey, dafür bezahlst du mich schließlich. Und so schlimm ist er gar nicht ... wenigstens nicht zu mir.«

»Es wird furchtbar langweilig, und er wird über nichts anderes reden als Autos und Geld ...« Ich verdrehte die Augen, wenn ich nur daran dachte. »Du wirst auf der Stelle einschlafen.«

»Wie wär's, wenn du mitkommst und mir Gesellschaft leistest?«

»Mein Vater hat mich aber nicht eingeladen.«

»Wen interessiert das?«, sagte er. »Sag ihm, ich habe dich eingeladen. Kannst du golfen?«

»Und ob ich golfen kann.«

Er lachte ins Telefon. »Kampfgeist ... Das gefällt mir. Also, dann komm mit. Hinterher können wir uns ein Eis kaufen.«

»Versuchst du etwa, mich zu mästen?«, fragte ich scherzend.

»Als ob du je fett werden könntest«, konterte er. »Du wiegst was? Zweiundfünfzig Kilo?«

»Fünfundfünfzig, wenn schon. Danke der Nachfrage.« Ich war überrascht, dass er mein Gewicht so gut geschätzt hatte.

»Ich bitte vielmals um Entschuldigung«, lachte er.

»Und auch das kann sich mit genug Eisbechern noch ändern.«

»Das glaube ich erst, wenn ich es sehe«, erwiderte er. »Also, wann golfen wir?«

»In zwei Stunden. Schaffst du das?«

»Ich werde da sein. Treffen wir uns im Büro oder im Country Club?«

»Hier im Büro«, sagte ich. »Sag Bescheid, sobald du in der Empfangshalle bist, dann hole ich dich ab. Das Gebäude ist ein wenig unübersichtlich.«

»Mache ich. Bis später!«

»Bye!«

»Bye!«

»Warte!«, rief ich.

»Ja?«

»Danke, dass du das für mich einrichtest! Ich bin sicher, es gibt eine Million andere Dinge, die du lieber tun würdest.«

Seine Stimme klang leise. »Ehrlich gesagt nicht. Ich helfe dir gerne.«

***

Wartend stand Rhett in der Eingangshalle, in dunkelbraunen Stoffhosen und einem schwarzen Poloshirt. Sogar in Golfkleidung war er ein echter Blickfang. Seine Schultern waren auffällig breit, und das enge Shirt betonte seine kräftige Brust und die schlanke Taille. Seine Hose saß tief auf der Hüfte, und ein Gürtel war durch die Schlaufen gefädelt. Ich starrte ihn eine Sekunde lang an und vergaß, warum ich überhaupt hier war.

»Schöne Lobby«, sagte er. Er schob die Hände in die Taschen und musterte den gefliesten Boden und den langen Tresen, an dem die Empfangsdame saß.

Ich nahm an, er schaute weg, weil ihm mein offensichtliches Anstarren unangenehm war. Ich musste lernen, seine anziehende Wirkung auf mich besser zu verbergen. »Zum Aufzug geht es hier lang ...«

Wir standen Seite an Seite, während der Aufzug nach oben fuhr.

»Wie läuft dein Tag bisher?«, fragte er.

»Ganz okay.« Ich verschränkte die Arme vor der Brust, damit ich nicht in Versuchung geriet, ihn zu berühren.

»So schlimm, was?«

»Mein Vater ist einfach nur ein Arsch, nichts Ungewöhnliches.«

Er legte mir den Arm um die Taille und zog mich an seine Seite.

Ich erschauerte unwillkürlich und wäre ihm am liebsten auf der Stelle entgegengeschmolzen. Von einem irrsinnig attraktiven Kerl berührt zu werden, als liebte er einen, war der Traum jedes Mädchens. Ich lächelte wie eine Idiotin und genoss einfach den Augenblick.

»Du hast mich, schon vergessen?«, sagte er. »Du bist nicht allein.«

»Schätze, ja.«

Die Türen öffneten sich, und wir gingen gemeinsam den Flur entlang. Ein paar Leute im Büro wandten sich in unsere Richtung, als sie Rhett mit seinem Arm um meine Taille sahen. Ich wusste, was sie alle dachten.

Warum ist der mit ihr zusammen?

Egal. Sie waren neidisch, weil sie nicht an meiner Stelle waren.

Rhett schaute sich um, während wir den Flur entlanggingen. »Schick ...«

»Euer Büro ist auch ziemlich schön.«

»Aber das ist nur ein Stockwerk. Das hier hat sicher ... fünfzig Stockwerke?«

»Nun ja, wir beschäftigen eine Menge Leute.«

»Du sagst es.«

Wir erreichten Dads Büro, und ich klopfte an.

»Herein«, rief er.

Rhett öffnete die Tür und ließ mir den Vortritt.

Ich schenkte ihm ein Lächeln, weil ich nicht anders konnte. Er war so charmant und rücksichtsvoll. John hatte sich nie besondere Mühe für mich gegeben.

Dads Augen leuchteten auf, als er Rhett erblickte. »Da ist ja der Mann, den ich sehen wollte.« Er schüttelte ihm die Hand und klopfte ihm dann auf den Rücken. »Bereit für den Golfplatz?«

»Ich bin allzeit bereit, Sir.«

»Ausgezeichnet, mein Junge«, sagte Dad. »Lassen Sie uns gehen.« Er wandte sich zu mir um. »Kannst du die Stellung halten, solange ich weg bin?«

Das will ich doch hoffen ... Schließlich mache ich das jeden verdammten Tag. »Ja –«

»Ehrlich gesagt habe ich sie eingeladen mitzukommen«, sagte Rhett. »Ich habe sie noch nie golfen gesehen. Ist das in Ordnung, Sir?«

»Sicher«, sagte Dad. »Warum nicht?«

Rhett nahm meine Hand und ging mit mir hinaus. Als wir die Eingangshalle erreicht hatten, wandte Dad sich zu Rhett. »Wo sind Ihre Schläger, Junge?«

»In meinem Wagen«, antwortete er. »Sollen wir gemeinsam in einem Auto fahren?«

»Sagen Sie's mir«, erwiderte er. »Sind Sie schon mal in einem Bentley gesessen?« Ein schelmischer Ausdruck lag auf seinem Gesicht.

»Nein, Sir. Noch nie«, antwortete Rhett.

»Dann machen Sie sich auf eine Überraschung gefasst.«

Rhett und ich holten seine Schläger aus dem Kofferraum, dann folgten wir meinem Vater in die Tiefgarage. Als Rhett die Beifahrertür für mich öffnete, schaltete sich Dad dazwischen.

»Sie müssen vorne sitzen, Junge. Sonst bekommen Sie nicht das volle Erlebnis. Aspen hat schon Tausende Male in diesem Ding gesessen.«

Ehrlich gesagt nur zweimal. Aber was soll's!

»Gute Idee, Sir.« Er öffnete mir die hintere Tür, damit ich einsteigen konnte.

Ich behielt meine ausdruckslose Miene bei, da ich meinen Dad nicht anschnauzen wollte, während er gerade mit Rhett warm wurde.

Während der gesamten Fahrt unterhielten sie sich über den Bentley und darüber, wie hübsch und glänzend er war. Ich starrte aus dem Fenster und bemühte mich, nicht einzuschlafen. Wie konnte mein Vater sich so sehr für etwas interessieren, das nicht wichtig war, aber gegenüber etwas so Bedeutendem wie sauberer und erneuerbarer Energie völlig gleichgültig sein? Ich bemühte mich, nicht darüber nachzudenken, weil ich ihm sonst am liebsten die Reifen aufgeschlitzt und die Türen zerkratzt hätte.

Es war ein wunderschöner Tag, als wir am Golfplatz ankamen. Die Sonne strahlte von einem wolkenlosen Himmel, und das Grün hatte seinen eigenen unverwechselbaren Geruch. Golfmobile waren überall auf dem Platz verstreut, und eine sanfte Brise strich mir durchs Haar. Da ich meine Schläger zu Hause hatte, musste ich mir eine Ausrüstung leihen. Mit meiner eigenen würde ich besser spielen, aber das war keine große Sache. Es machte keinen Unterschied, welche Schläger ich benutzte. So oder so spielte ich besser Golf als mein Vater, obwohl er sich lieber als Transvestiten bezeichnen würde, als zuzugeben, dass ich in irgendetwas gut war.

Rhett setzte die langweilige Unterhaltung mit meinem Vater fort, berührte mich jedoch, wann immer es möglich war, Zuneigung zu zeigen. Als wir uns an unserem Acht-

Loch-Platz aufstellten, wandte sich Rhett an mich. »Ladys first.«

Ich nahm meinen Driver und stellte mich über meinen Ball. Sorgfältig plante ich meinen Schwung und wie ich den Ball schlagen wollte.

Dad und Rhett diskutierten währenddessen über Steuerschlupflöcher, etwas, wofür sich mein Vater besonders interessierte. Rhett konnte bei der Unterhaltung mithalten, und es überraschte mich, dass er so viel über das Thema wusste. Er besaß selbst ein Unternehmen, aber es war klein, kein Milliarden-Dollar-Unternehmen wie das meines Vaters. Aber es schien nichts zu geben, in dem er nicht bewandert war. Er war einer der klügsten Männer, denen ich je begegnet war.

Die beiden schenkten mir keinerlei Aufmerksamkeit, deshalb ließ ich mir damit Zeit, meinen Schlag vorzubereiten. Das Loch befand sich jenseits eines leichten Hügels und gefährlich nah an einem Bunker. Der leichte Wind spielte ebenfalls eine Rolle bei meinen Berechnungen. Als ich die optimale Abschlagposition gefunden hatte, holte ich mit dem Driver aus und schlug den Ball mit wohlkalkulierter Kraft ab.

Der Ball flog durch die Luft und traf mit einem dumpfen Laut auf dem Grün auf. Ich hätte schwören können, dass ich den Aufprall hörte, obwohl das unmöglich war. Die Augen vor der Sonne abgeschirmt, beobachtete ich meinen Ball. Er rollte leicht, geradewegs auf das Loch zu. Dann fiel er hinein. Stolz auf mein Golfgeschick lächelte ich vor mich hin.

Nimm das, Dad!

»Hast du gerade eingelocht?«, fragte Rhett überrascht. Mit großen Augen und offenem Mund starrte er mich an.

»Jepp.« Ich legte mir den Driver über die Schulter und stemmte eine Hand in die Hüfte. »Sieh dich vor, Tiger Woods.«

»Das war fantastisch.« Rhett konnte seine Verblüffung nicht verbergen. »So was habe ich in meinem ganzen Leben noch nicht gesehen, außer bei einem Masters-Turnier. Wie hast du das …?« Er konnte es nicht fassen. »Tut mir leid.« Er stellte seinen Schläger ab und fing an zu klatschen. »Das hat eine Runde Applaus verdient.«

Dank Rhett machte dieser Tag allmählich Spaß. Wenigstens würdigte er meine Leistungen und tat so, als wären sie tatsächlich von Bedeutung. Dad ließ sich nie durch irgendetwas, das ich tat, beeindrucken. Ich könnte den Nobelpreis gewinnen, und es wäre ihm schnurzegal.

»War das nicht fantastisch, Sir?«, fragte Rhett. »Sie haben eine ausgezeichnete Tochter großgezogen.«

»Ja …« Er kniff die Lippen zusammen, als wären sie aufgesprungen. »Sie spielt ganz anständig für eine Frau.«

»Für eine Frau?«, fragte Rhett ungläubig. Ich konnte sehen, dass er mit seinem Ärger rang, weil er es satthatte, dass mein Vater mich wie Dreck behandelte. Die Tatsache, dass ich keinen Penis zwischen meinen Beinen hatte, machte mich in Dads Augen irgendwie wertlos. »Sie spielt großartig Golf – Punkt.«

Ich legte ihm die Hand auf den Arm, um ihn stumm daran zu erinnern, warum ich ihn überhaupt engagiert hatte.

Dad legte seinen Ball aufs Tee und machte sich zum Abschlag bereit. »Das erste Loch ist immer das einfachste.«

Rhett holte tief Luft, explodierte aber nicht. Es gelang ihm großartig, seine Verärgerung zu verbergen, aber ich merkte, dass er damit Mühe hatte. Je mehr Zeit er mit meinem Vater verbrachte, desto mehr begann seine Geduld zu schwinden. Ich war mir nicht sicher, wie ich das mein ganzes Leben lang ertragen hatte.

Dad machte seinen Abschlag, und der Ball segelte über den Platz. Er landete in der Nähe der Flagge, ging aber nicht ins Loch.

»So viel dazu, das einfachste Loch zu sein ...«, murmelte Rhett kaum hörbar.

Wieder drückte ich seinen Arm.

Seufzend brachte er seinen Ball in Position und machte seinen Abschlag.

Der Nachmittag verging damit, dass die beiden ihre Bekanntschaft vertieften, während ich unbehaglich danebenstand und darüber nachdachte, in welcher Farbe ich meine Nägel lackieren sollte. Pink? Nö, die Farbe hatte ich schon letztes Mal. French? Aber das war so langweilig ...

Als die Partie vorüber war und die Ergebnisse gezählt wurden, führte ich mit fünf Punkten Vorsprung. Rhett war Zweiter, und natürlich war Dad Letzter.

»Gutes Spiel.« Dad schüttelte Rhett die Hand. »Sie haben einen großartigen Schwung. Wer hat Ihnen das Golfspielen beigebracht?«

»Mein Onkel.«

»Er muss ein ausgezeichneter Golfer sein.«

»Er spielt ganz ordentlich«, sagte Rhett mit einem Lächeln. »Nichts im Vergleich zu mir.«

Dad lachte freundlich. »Das müssen wir irgendwann mal

wiederholen. Es ist schön, mit jemandem zu spielen, der sich auf dem Grün auskennt.«

Äh, hallo? Existiere ich gar nicht?

Rhett warf mir einen traurigen Blick zu, sprach seine Gedanken aber nicht aus.

Als wir ins Büro zurückkehrten, war meine Arbeitszeit längst zu Ende. Ich würde morgen noch mehr arbeiten müssen, aber ich weigerte mich, zurück an meinen Schreibtisch zu gehen und dort weiterzumachen, wo ich aufgehört hatte. Ich hatte genug vom Büro für heute.

»Danke, dass Sie mich eingeladen haben, Sir!« Rhett schüttelte Dad die Hand.

»Natürlich«, antwortete er. »Ich möchte mehr von Ihnen sehen. Sie sind ein feiner junger Mann.«

»Oh, vielen Dank, Sir«, sagte Rhett höflich. »Das bedeutet mir eine Menge.«

Dad nickte mir wortlos zu, dann stieg er wieder in sein Auto und fuhr davon.

Rhett schenkte mir einen Blick voller Bewunderung, als Dad die Straße entlang verschwunden war. »Wie schaffst du es nur, ihm kein Gift in den Scotch zu kippen?«

Ich seufzte. »Keine Ahnung. Aber ich werde morgen eine Gehaltserhöhung verlangen.«

***

Nachdem wir Rhetts Golfschläger zurück in den Kofferraum gelegt hatten, machten wir uns auf den Weg zur nächsten Eisdiele. Ich brauchte einen mordsmäßigen Rieseneisbecher, und zwar auf der Stelle.

Rhett ergriff das Wort nachdem wir uns mit unseren Leckereien hingesetzt hatten. »Wo hast du gelernt, so Golf zu spielen? Mit Sicherheit nicht von deinem Vater.«

»Ich habe vor ein paar Jahren einen Golfprofi engagiert. Ist eine lange Geschichte.« Ich schaufelte mir die Eiscreme in den Mund, dankbar für den kühlen, frischen Geschmack.

»Ich gehöre dir den ganzen Nachmittag lang, also hab ich Zeit.« Er aß sein Eis langsam, als wäre er nicht wirklich hungrig. Wahrscheinlich war er nur mitgekommen, weil er wusste, dass ich schleunigst etwas Kalorienhaltiges im Magen brauchte.

»Na ja, das war vor Jahren, als ich noch dumm war«, sagte ich unverblümt.

»Dumm?«, fragte er mit dem Anflug eines Lächelns. »Du kommst mir nicht wie ein dummes Huhn vor.«

»Warte mit deinem Urteil, bis du die Geschichte gehört hast. Glaub mir, wenn ich damit fertig bin, wirst du deine Meinung ändern.«

»Da bin ich zwar immer noch skeptisch, aber ich werde mir das Ganze unvoreingenommen anhören.« Erwartungsvoll blickten seine blauen Augen in mein Gesicht. Sie waren so tief, dass ich mich hineinstürzen und nie wieder daraus hervorkommen wollte.

»Vor einigen Jahren habe ich mich noch verzweifelt nach der Anerkennung meines Vaters gesehnt. Ich habe ihm Kaffee geholt, bevor er danach verlangte, jeden Tag Überstunden gemacht, nur damit er keinen Finger zu rühren brauchte, und überschlug mich regelrecht, damit dieser Mann mich auch nur bemerkte. Da er so gern Golf spielt, dachte ich, er würde mir mehr Aufmerksamkeit schenken, wenn ich ihn mit meinem Können beeindrucke. Ich hatte gehofft, er würde mich einladen, mit ihm zu golfen, und es könnte unser gemeinsames Hobby werden.«

Sein Blick wurde weicher, während er mir zuhörte, und ich wusste, dass er Mitleid mit mir hatte.

»Also habe ich jemanden dafür bezahlt, mich zu unterrichten. Ich habe jeden Tag geübt, und mein Trainer lobte mich, als ich besser wurde. Das ging so lange, bis es nichts mehr gab, was er mir noch beibringen konnte. Er meinte, wenn mein Vater jetzt nicht beeindruckt sei, dann sei er völlig blind.«

»Was ist dann passiert?«, fragte Rhett leise.

»Ich lud meinen Vater zum Golfen ein. Nachdem er mich spielen gesehen hatte, fragte er mich, ob ich eine Lesbe sei.«

Seine Augen weiteten sich und zogen sich dann verwirrt zusammen. »Wie bitte?«

Es war etwas so Lächerliches. Ich konnte Rhett nicht verdenken, dass ihn das völlig verwirrte. »Er hat mich gefragt, ob ich ein Mannweib oder eine Lesbe sei. Warum sonst sollte ich in einem Männersport so gut sein, es sei denn, ich versuchte selbst, ein Mann zu sein?« Abfällig schüttelte ich den Kopf. »Eine Frau gut im Sport? Oh, dann muss etwas mit ihr nicht stimmen. Er ist so jämmerlich. Manchmal wünsche ich mir, er würde seinen blöden Wagen zu Schrott fahren und sterben.« Als mir bewusst wurde, was ich da gerade gesagt hatte, durchzuckte mich ein heftiges Schuldgefühl. Es war etwas so Eiskaltes, das zu sagen, und ich fühlte mich schrecklich. Ich hatte mich von meiner Wut mitreißen lassen. »Das habe ich nicht so gemeint ... Ich nehme es zurück.«

Rhett hörte auf, sein Eis zu essen, und sah mich an. »Ich würde dir keinen Vorwurf machen, wenn du es nicht zurücknehmen würdest.«

»Mein Vater hat seine Fehler, und es gibt eine Million Dinge, die ich an ihm hasse, aber ... Er hat mir nie körperlich wehgetan, und er hat niemanden umgebracht, also hat er das nicht verdient.«

»Das Böse und das Gute sind nicht nur schwarz oder weiß. Es gibt viele Graustufen.«

Ich war dankbar dafür, dass Rhett so viel Verständnis zeigte. Ich wusste, wie hässlich ich mich gerade verhielt.

»Er behandelt dich nicht richtig, und das hast du nicht verdient«, sagte er ernst. »Ich hoffe, er wird das eines Tages erkennen.«

»Das wird er nie.« Daran hatte ich nicht den geringsten Zweifel.

»Manchmal sind nur katastrophale Ereignisse stark genug, um die Denkweise eines Menschen zu ändern.«

»Wenn ich nach einem schrecklichen Unfall im Krankenhaus läge, würde ihm das kein Wimpernzucken entlocken. Er würde mich nicht einmal besuchen.« Ich tat so, als wäre mir das, was ich sagte, gleichgültig, aber als ich die Worte aussprach, fühlte ich mich schrecklich. Und ich wusste, das kam daher, dass alles, was ich sagte, die Wahrheit war. »Wenn mir diese Firma nicht so verdammt am Herzen liegen würde, dann würde ich nie wieder mit ihm reden. Er würde mich auch nicht anrufen.«

»Ich wünschte, es gäbe etwas, das ich tun kann.« Seine Stimme klang leise und hohl, als empfände er ebenso viel Schmerz wie ich.

»Das tust du bereits, Rhett. Du hast bereits einen Stein bei ihm im Brett. Er hat mir heute Nachmittag sogar gesagt, dass er nicht versteht, wie ich ›es geschafft habe, dich an Land zu ziehen‹.« Ich nahm ein Stück Karamell auf meinen Löffel und schob es mir in den Mund, als wäre ich am Verhungern.

»Wer zum Teufel sagt so etwas zu seiner Tochter?«, wollte er wissen. »Du bist so unglaublich. Welcher Mann wäre nicht stolz, dich seine Tochter zu nennen?« Ein ungläubiger Ausdruck trat in seine Augen, und er senkte den Blick.

»Da bin ich überfragt …«

»Manchmal ist es absolut nicht nachzuvollziehen, wie einige Menschen denken. Ich verstehe wirklich nicht, warum dein Vater dich so behandelt. Was mich zu der Frage führt, warum er wohl so ist, wie er ist?«

Darüber hatte ich nie nachgedacht. Für mich war er einfach schon als Arschloch auf die Welt gekommen.

»Hast du da irgendwelche Theorien?«, fragte er.

»Worüber?«

»Warum er sich so verhält.«

Ich rührte die Nüsse in meinem Becher umher. »Keine Ahnung. Ich weiß, dass er in armen Verhältnissen aufwuchs und sich allein durchschlagen musste. Aber man sollte annehmen, dass ihn das bescheiden machen würde und nicht zu einem Monster. Meine Großeltern habe ich nie kennengelernt, vielleicht haben sie ihn misshandelt oder so etwas.«

»Vielleicht solltest du ihn fragen …«

»Mein Vater und ich sprechen nie über irgendetwas anderes als die Arbeit. Es ist uns einfach nicht möglich, über etwas anderes zu reden.«

»Wie war deine Mom so?«

Ich dachte nicht gern an sie, aber nicht, weil ich sie nicht gemocht hätte. Sie war eine erstaunliche Frau gewesen, und ich vermisste sie immer noch jeden Tag. Sie war warmherzig gewesen und hatte mir immer das Gefühl gegeben, geliebt zu werden. Aber das war der Grund, weshalb ich nicht gern an sie dachte. Weil ich sie zu sehr vermisste. »Sie war die beste Mom auf der ganzen Welt.«

Ernst sah er mich an. »Ich bin froh, dass du sie hattest, um deinen Vater auszugleichen.«

»Ja … Sie war großartig.« Ich starrte meinen Eisbecher an und hatte plötzlich keinen Appetit mehr.

»War er auch so, wenn sie dabei war?«

»Als sie noch lebte, habe ich noch nicht für ihn gearbeitet, deshalb kannte ich ihn da noch nicht so gut. Er war nie da, hat immer gearbeitet. Wir hatten nie eine Beziehung zueinander, und er hat es auch nie versucht. Als ich älter wurde, fing er damit an, mich bei jeder sich bietenden Gelegenheit zu beleidigen.«

Rhett dachte lange über meine Worte nach. »Jedermanns Verhalten basiert auf Erfahrung und Emotionen. Es muss einen Grund geben, warum er so ist, wie er ist. Hoffentlich findest du darauf irgendwann die Antwort.«

Über meine Eltern zu reden deprimierte mich. »Erzähl mir etwas Fröhliches.«

»Möchtest du einen Witz hören?«

»Ja, bitte.«

»Du bist brünett, also kann ich dir den hier erzählen.«

»Oh, der wird sicher gut …«

»Ein alter, blinder Cowboy kommt aus Versehen in eine

Biker-Bar nur für Frauen. Er findet den Weg zur Bar und bestellt ein Glas Whiskey. Nachdem er eine Weile so dasitzt, ruft er der Barkeeperin zu: ›Hey, willst du einen Blondinenwitz hören?‹ Sofort wird es mucksmäuschenstill in der Bar. Mit sehr tiefer, rauer Stimme sagt die Frau neben ihm: ›Bevor du diesen Witz erzählst, solltest du fairerweise fünf Dinge wissen, da du ja blind bist. Erstens, die Barkeeperin ist eine Blondine mit einem Baseballschläger. Zweitens, die Türsteherin ist eine Blondine mit einem Schlagstock. Drittens, ich bin eine eins achtzig große, achtzig Kilo schwere Blondine mit dem schwarzen Gürtel in Karate. Viertens, die Frau rechts von dir ist eine blonde Profi-Wrestlerin. Und fünftens, die Frau rechts von mir ist eine blonde Gewichtheberin. Und jetzt denk mal ernsthaft drüber nach, Cowboy ... Willst du diesen Blondinenwitz immer noch erzählen?‹ Der Cowboy denkt eine Sekunde lang nach, dann schüttelt er den Kopf und sagt: ›Nein, nicht, wenn ich ihn danach noch fünfmal erklären muss ...‹«

Ich brauchte eine Sekunde, um die Pointe zu kapieren, und brach dann so heftig in Gelächter aus, dass mir Tränen aus den Augen liefen. Mit einer Serviette tupfte ich sie weg. »Wow, der war gut. Hast du dir den selbst ausgedacht?«

»Nein«, antwortete er mit einem amüsierten Lachen. »Dann wäre ich ja Komiker. Ich habe ihn online irgendwo gelesen. Aus irgendeinem Grund ist er hängen geblieben.«

»Nun ja, er ist gut. Danke, dass du mich aufgeheitert hast.«

»Kein Problem. Du hattest eine Aufmunterung nötig.«

Ich hatte mir meine Kirsche bis zum Schluss aufgehoben, und nun nahm ich sie am Stiel und aß sie.

Er schob mir seinen Becher zu. »Meine kannst du auch haben.«

»Die hast du mir doch auch schon letztes Mal gegeben.«

»Ich bin ohnehin nicht besonders wild drauf.«

»Dann also gut ... Ich werd mich drüber hermachen.«

Seine Augen leuchteten warmherzig auf, so als amüsierte ihn meine Sucht nach Kirschen. »Nur zu ...«

Ich pflückte sie vom Stiel und verschlang sie. »Lecker.«

Er stapelte unsere leeren Becher ineinander wie ich beim letzten Mal. »Was jetzt?«

»Na ja, das Golfen haben wir hinter uns gebracht, also bist du ein freier Mann.«

»Was ist denn aus deiner Einstellung geworden, möglichst viel für dein Geld zu kriegen?«, fragte er.

»Diese Verabredung war außerplanmäßig, deshalb werde ich nicht deine ganze Freizeit beanspruchen.«

»Ich habe nichts vor«, erwiderte er. »Wie wär's mit Schiffe versenken? Ich glaube, diesmal könnte ich dich schlagen.«

Ich lachte wie ein Bösewicht, hoch, kalt und laut. »Niemand kann mich schlagen.«

Seine Mundwinkel hoben sich zu einem Lächeln. »Ich habe geübt.«

»Schiffe versenken kann man nicht üben«, widersprach ich. »Das ist reine Raterei.«

»Klingt, als hättest du Angst ...« Er verschränkte die Arme vor der Brust und bedachte mich mit einem überheblichen Blick.

»Jetzt hör mal gut zu, Escort«, sagte ich. »Ich habe vor nichts und niemandem Angst.«

»Vor mir solltest du Angst haben«, sagte er ernst. »Weil ich dir den Sieg streitig machen werde.«

Ich schüttelte den Kopf und sah ihn aus schmalen Augen an. »Ich mach dich fertig.«

»Ich mach dich fertiger.«

Mit spöttischer Miene warf ich ihm einen schiefen Blick zu. »Schlagfertig gekontert.«

Lachend legte er das Gesicht in die Hände. »Zu viel Druck ... Mir fiel nichts Besseres ein.« Jedes Mal, wenn er lachte, verzogen sich seine Mundwinkel zu einem breiten Lächeln. Er hatte das umwerfendste Lächeln, das ich je gesehen hatte. Mir wurde dabei warm ums Herz. Und es war ansteckend. Wenn er fröhlich war, war ich fröhlich.

»Hoffentlich bist du beim Spielen dem Druck besser gewachsen als beim verbalen Schlagabtausch vorher.«

»Finden wir's doch raus.«

***

»Jetzt mal im Ernst, du schummelst doch, oder?«, fragte er von der anderen Seite der Couch her.

»Wie soll ich denn schummeln?«, wollte ich wissen.

Er schaute über seine Schulter. »Ist da vielleicht ein Spiegel hinter mir?«

»Ich bin einfach gut«, argumentierte ich. »Solltest du auch mal versuchen.«

»Autsch ...«

Wir hatten fünf Runden gespielt, deshalb war ich erschöpft. »Spielst du Karten?«

»So was wie Poker?«

»Ja.«

»Du etwa?«, fragte er überrascht.

»Warum bist du immer so verblüfft über meine Fähigkeiten?«

Er stellte das Spiel beiseite. »Mir ist noch nie ein Mädchen begegnet, das Poker spielt. Und ich habe ganz sicher noch nie eine erwachsene Frau kennengelernt, die immer noch gern Schiffe versenken spielt.«

»Hey, das ist ein tolles Spiel.«

Kapitulierend hob er die Hände. »Was anderes hab ich nie behauptet.«

»Nun, ja, ich bin sehr gut im Pokern.«

»Wer hat es dir beigebracht?«

»Harper natürlich.«

»Das Mädchen muss ich wirklich mal kennenlernen«, sagte er ernst.

Ein jäher Anfall von Eifersucht zuckte durch mich hindurch. Harper war eine schöne Frau, und das würde Rhett auf den ersten Blick erkennen. Was, wenn er mit ihr ausgehen wollte? Was, wenn die beiden was miteinander anfingen? Das sollte mir nichts ausmachen, da er nur mein Escort war, aber um die Wahrheit zu sagen, wollte ich ihn mit niemandem teilen, zumindest nicht wissentlich. »Was ist nun, willst du spielen?«

»Ich spiele nicht um Geld«, sagte er bestimmt.

»Warum nicht? Willst du deine Kohle nicht an ein Mädchen verlieren?«

»Nein ... Ich will dir einfach nicht deine abknöpfen.«

»Ich bin ein großes Mädchen, ich kann's verkraften.« Ich holte einen Satz Karten und ein paar Pokerchips.

»Lass uns nur zum Spaß spielen«, sagte er. »Ohne Geld.«

»Wo bleibt da der Spaß?«, fragte ich. »Dann lass uns wenigstens um Kleingeld spielen.«

Er dachte einen Augenblick lang darüber nach. »Kleingeld geht in Ordnung.«

Wir kramten all unsere Vierteldollar-, Fünf- und Zehn-Cent-Münzen hervor und fingen an zu spielen. Rhett war gut, wie ich es von ihm erwartet hatte, aber das war ich auch. Wir waren ebenbürtige Gegner. Jedes Mal, wenn er eine Runde gewann, gewann ich die nächste. Kleingeld wechselte immer wieder den Besitzer, und niemand schien vorne zu liegen.

»Nicht so gut, wie du dachtest, was?«, neckte er.

»Vielleicht schummelst du«, bemerkte ich.

»Ich bin zwar gut in Mathe, aber Karten zählen kann ich nicht.«

»Als ob du's mir verraten würdest, wenn's so wäre.«

»Ehrlich gesagt würde ich das«, sagte er ernst. »Dann könntest du mich in ein Casino mitnehmen und vor deinem Vater mit mir angeben. Wir würden die Kohle nur so scheffeln.«

Ich verdrehte die Augen, weil das tatsächlich nach etwas klang, das meinen Vater beeindrucken könnte.

»Worin bist du sonst noch gut?«, wollte er wissen.

»Ähm …« Ich dachte einen Moment lang über die Frage nach. »Ich bin ein ziemlich guter Werfer.«

»Wirklich?«

»Ich hab auf dem College Softball gespielt.«

»Cool«, meinte er. »Sonst noch was?«

»Nichts, was mir einfällt. Wie steht's mit dir?«

»Ich kann vier Minuten lang den Atem anhalten. Der Durchschnitt liegt bei zwei Minuten.«

»Wow«, sagte ich. »Was hat der Präsident zu dir gesagt, als du ihm vorgestellt wurdest?«

Er lachte, dann trat er spielerisch nach mir. »Hey, versuch du das mal. Das ist schwer.«

»Ich hab nicht behauptet, dass es das nicht ist. Wo boxt du?«

»Ich habe einen Trainer«, sagte er. »Bei Crunch Fitness.«

»Warum boxt du?«, fragte ich. »Zu deinem Schutz oder zum Spaß?«

»Beides«, antwortete er. »Joggen und Gewichtestemmen wird schnell langweilig. Diesen Sport kann man wenigstens im richtigen Leben anwenden, falls es nötig ist.«

»Vielleicht sollte ich auch mit Selbstverteidigung anfangen. Könnte Spaß machen.«

»Das solltest du«, sagte er. »Dann kannst du deinen Bruder ordentlich vermöbeln.«

»Mann, das würde mir gefallen ...« Ich legte meine Karten auf den Tisch. »Full House, du Penner.«

»Penner?«, fragte er lachend.

Ich schob das Kleingeld in der Mitte des Tisches zusammen und zog es zu mir. »Jetzt suche ich mir einen Kaugummiautomaten und lass die Sau raus.«

»Hinterher solltest du aber unbedingt zum Zahnarzt gehen«, neckte er mich.

Ich mischte die Karten und steckte sie zurück in die Schachtel. »Das hat Spaß gemacht.«

»Mit dir macht alles Spaß.« Sein Blick bohrte sich in meinen, als suchte er nach etwas. Der Ausdruck in seinen Augen war eindringlich und verletzlich.

Bevor er mir damit den Boden unter den Füßen wegziehen konnte, senkte ich den Blick. Zeit mit Rhett zu verbringen war schön, und ich freute mich jedes Mal darauf, trotz der Tatsache, dass mein Vater dabei in der Nähe sein musste, aber ich musste vorsichtig sein. Wenn ich nicht aufpasste, könnte ich mich in Rhett verlieben. Ich hatte nicht geglaubt, dass das nach der Sache mit John überhaupt noch möglich war, doch allmählich bekam ich ziemliche Zweifel.

Rhett schaute auf seine Uhr. »Ist es schon Mitternacht? Ich habe acht Stunden mit dir verbracht, und es kommt mir vor wie zehn Minuten.«

»Die Zeit verfliegt nur so, wenn man Schiffe versenken und Poker spielt.«

»Das habe ich beides nicht mehr gemacht, seit ich ein Kind war. Es ist schön, das wieder mal aufleben zu lassen.«

»Harper und ich benehmen uns ständig wie Kinder, echt wahr.« Ich steckte alles zurück in die Spieleschachtel und legte den Deckel darauf.

»Das ist nichts Schlimmes«, sagte er. »Jeder hier in New York ist so ernst. Es ist schön, mal jemanden kennenzulernen, der cool und lustig ist.«

»Cool und lustig?«, fragte ich. »Ich?«

»Definitiv.« Seine Stimme klang ehrlich.

»Harper wäre die Erste, die dir sagt, dass ich mal ein bisschen runterkommen sollte.«

»Was sich liebt, das neckt sich«, antwortete er. »Tyler versetzt mir auch ständig Seitenhiebe, wann immer er kann.«

»Vielleicht mögen sie uns einfach nicht.«

Er schüttelte den Kopf. »Zwischen Liebe und Hass liegt manchmal nur ein schmaler Grat.«

»Das ist wahr.« Ich warf das Kartenspiel auf die Spieleschachtel.

Er machte keine Anstalten, vom Sofa aufzustehen oder zu gehen. Ich nahm an, er würde sich auf den Weg machen, da es Mitternacht war – nicht, dass ich wollte, dass er irgendwo hinging. Manchmal vergaß ich, dass ich ihn dafür bezahlte, Zeit mit mir zu verbringen. Er wirkte wie ein Freund, jemand, der schon so lange in meinem Leben war, dass die Vergangenheit verschwamm.

»Darf ich dir eine persönliche Frage stellen?«

So etwas hatte er mich noch nie zuvor gefragt. Hoffentlich fragte er mich nicht nach John. Aber er wusste gar nicht von ihm, deshalb war das unwahrscheinlich. Ich war einfach nur paranoid. »Klar.«

»Bist du zurzeit mit jemandem zusammen?« Er saß aufrecht da, einen Fußknöchel lässig übers Knie gelegt, seine Schultern breit und kräftig.

Gegen meinen Willen stellte ich ihn mir in dieser Stellung nackt vor. Ich stellte mir vor, wie ich mich an seinen Schultern festhielt, während ich mich auf seinen Schaft herabsenkte. Dann, in der Hitze der Leidenschaft, bewegten wir uns gemeinsam, umklammerten einander fest, während Schweiß unsere Körper überzog. Ich schüttelte den Gedanken ab, als mir bewusst wurde, dass ich mich wie ein Perversling benahm.

»Nein.« Warum wollte er das wissen? Hoffnung durchzuckte mich und verlosch dann ebenso schnell wieder. Obwohl ich mich zu Rhett hingezogen fühlte, war es unwahrscheinlich, dass er ebenso empfand. Er machte das hier, um seinen Lebensunterhalt zu verdienen, und er verhielt sich stets professionell. Ich bezweifelte, dass er das Ganze wegen eines einzigen Mädchens kompliziert werden lassen würde, es sei denn, sie war etwas extrem Besonderes. »Warum?«

»Ich war nur neugierig«, sagte er leise. »Wenn du einen Freund hättest, würde es ihm sicher nicht gefallen, dass ich so viel Zeit mit dir verbringe.«

»Im Moment habe ich keine Verabredungen.« *Wahrscheinlich nie wieder.*

»Ich erinnere mich, dass du das erwähnt hattest.«

»Warum hast du mich dann gefragt, ob ich mit jemandem zusammen bin?«, gab ich zurück.

»Nur weil jemand etwas sagt, heißt das nicht, dass sich das nicht ändern kann. Könnte ja sein, dass du jemanden in der U-Bahn kennengelernt hast und es auf Anhieb gefunkt hat. Er hat dich eingeladen, und du konntest nicht Nein sagen. So was passiert.«

»Nein, ich hatte keine romantischen Begegnungen in der U-Bahn.«

Mit unergründlichem Blick sah er mich an.

»Bist du zurzeit mit jemandem zusammen?« Hatte ich ihn das gerade wirklich gefragt? Es war, ohne nachzudenken, aus mir herausgepurzelt.

»Nein, bin ich nicht«, sagte er. »Vor ein paar Wochen hatte ich eine Verabredung mit einem Mädchen, aber es ist nichts daraus geworden.«

Das Mädchen tat mir leid. Sie war wahrscheinlich am Boden zerstört gewesen, als er nicht anrief. Ich jedenfalls wäre es gewesen. Ich kannte Rhett erst seit ein paar Wochen und war bereits Feuer und Flamme. Wenn er mich um ein Date bitten würde, wäre ich außer mir vor Freude. »Den richtigen Menschen zu finden dauert.« Ich wusste nicht, was ich sonst sagen sollte.

»Ehrlich gesagt hat sie mich sitzen lassen. Wir waren gerade mit dem Essen fertig, als sie ohne ein Wort aufstand und ging.«

Hatte ich da was verpasst? »Warum?«

»Ich habe ihr gesagt, womit ich mein Geld verdiene, und sie sah mich angewidert an und ging.«

War sie eine Psychopathin? »Die hatte offensichtlich nicht alle Latten am Zaun, also hast du dir wahrscheinlich eine Menge Ärger erspart.«

Er lächelte, doch es war nicht überzeugend. »So was passiert mir ehrlich gesagt oft. Frauen gefällt mein Beruf nicht, auch wenn alles rein freundschaftlich ist. Sie können nicht darüber hinwegsehen. Die Mädchen, die mich dennoch wollen, sind mehr an meinem Geld, meinem Aussehen und Sex interessiert. Sie sehen in mir keinen, der das Zeug zum festen Freund hat.«

Mein Verstand war völlig leer, obwohl mir eine Million Dinge durch den Kopf schossen. Ein umwerfender Typ wie er bekam wahrscheinlich jede Nacht Sex, ohne sich anzustrengen. Es war dumm von mir, je etwas anderes angenommen zu haben. Würde er wirklich eine Freundin wollen, dann würde er seinen Beruf aufgeben. Aber offensichtlich gefiel ihm das Leben eines Junggesellen. Ich konnte es ihm nicht verdenken. Jeder gut aussehende Mann würde dasselbe tun. Warum sich festlegen, wenn er endlose One-Night-Stands mit schönen Frauen haben konnte? Traurigkeit legte sich um mein Herz, und ich hasste mich dafür, dass es mir etwas ausmachte. Es war unmöglich, dass er und ich auch nur einen Kuss miteinander teilen könnten, also war es dumm von mir, enttäuscht zu sein. Er war mein Freund, solange ich ihn weiter dafür bezahlte.

»Darf ich dich noch etwas fragen?«, wollte er wissen.

Ich wollte über das Thema nicht mehr sprechen, aber ich wollte auch nicht unhöflich sein. »Schätze, schon.«

»Warum verabredest du dich zurzeit nicht?«

Ich wollte nicht über meine belastende Beziehungsgeschichte reden. Einem Kerl, zu dem ich mich hingezogen fühlte, zu erzählen, dass mein vorheriger Freund mich verlassen hatte, weil ich furchtbar schlecht im Bett war, klang alles andere als verlockend. »Ich bin einfach im Moment nicht in der richtigen Verfassung ...« Eine unbestimmtere Antwort wollte mir nicht einfallen.

»Schlimme Trennung?«, fragte er.

»So was Ähnliches.« Ich vermied es, ihm in die Augen zu sehen, und hoffte, die Unterhaltung wäre damit beendet.

»Wann war das?« Seine Stimme war ungezwungen und sanft.

Hitze stieg mir in die Wangen und ließ meine Haut brennen. Unbehaglich suchte ich nach einer Möglichkeit zu entkommen. »Weißt du, ich bin wirklich müde. Ich sollte wahrscheinlich ins Bett, weil ich morgen früh arbeiten muss ...« Ich stand auf und täuschte ein Gähnen vor.

»Ja, natürlich.« Er stand auf und schob die Hände in die Taschen. »Es ist schon fast eins. Manchmal vergesse ich, dass die Leute tagsüber arbeiten.«

»Muss schön sein, nicht vom Klingeln eines Weckers geweckt zu werden.«

»Ich kann mich nicht beschweren.« Er ging zur Tür und

öffnete sie. »Sag mir Bescheid, wann du mich das nächste Mal brauchst.«

»Mach ich.«

»Hab keine Angst, mich anzurufen. Du brauchst nicht immer über Danielle zu gehen.«

»Okay.«

Bevor er hinausging, tat er etwas, was er bisher noch nie getan hatte. Er nahm mich in die Arme und drückte mich fest. Es war niemand da, den er beeindrucken musste, und das hier war keine Show. Es war echt.

Er legte sein Kinn auf meinen Kopf, während er mich lange im Arm hielt.

Es fühlte sich wunderbar an. Beruhigend und warm, tröstlich und sicher. Seine harte Brust fühlte sich an wie Beton, war zugleich jedoch einladend. Sein Geruch stieg mir in die Nase und erinnerte mich an Kiefernnadeln und einen Fluss. Sein Hemd fühlte sich weich an meiner Wange an, und ich wünschte mir, ich könnte es im Bett tragen. Meine Arme legten sich um seine Taille, und ohne mich darum zu kümmern, dass ich mich lächerlich benahm, erwiderte ich die Umarmung mit mehr Überschwang als normal. Es war ein schönes Gefühl, von jemandem gehalten zu werden, besonders von Rhett. Er war der schönste Mensch, dem ich je begegnet war, und diese Verbindung mit ihm zu spüren fühlte sich beinahe unwirklich an. Er war der Freund, den ich nie gehabt hatte. Harper war immer für mich da, aber mit Rhett ... war es anders. Spürte er das auch? Oder ging es nur mir so? Wahrscheinlich ging es nur mir so. Wahrscheinlich umarmten ihn all seine Dates wie einen Teddybären und wollten ihn nicht mehr loslassen. Ich war genauso besessen und verfiel einem Mann, den ich nie haben konnte. Die Tatsache, dass er wahllos mit Frauen schlief und bedeutungslosen Sex hatte, machte mir nichts aus. Das war unwichtig. Alles, was mir wichtig war, war der Mann, den ich kannte, der Mann, der mir mehr Mitgefühl und Einfühlungsvermögen gezeigt hatte als irgendjemand sonst, dem ich je begegnet war. Rhett war ein schöner Mensch, von innen wie außen.

Er blieb reglos, ohne die Umarmung zu unterbrechen. Wahrscheinlich wusste er, dass sie mir mehr bedeutete als ihm, deshalb ließ er mich sie genießen. Er hatte reichlich Erfahrung im Umgang mit Mädchen wie mir.

Es kostete mich all meine Kraft, mich von ihm zu lösen, aber irgendwie gelang es mir. »Gute Nacht!«

Er sah mich lange an, und seine Augen waren blauer, als ich es je gesehen hatte. Er antwortete nicht. Stattdessen sah er mich einfach nur an.

Ich hätte alles dafür gegeben zu wissen, was er dachte. Absolut alles. Alles Geld auf meinem Sparkonto, meine Wohnung, sogar eine meiner Nieren.

Schließlich stieß er den angehaltenen Atem aus und trat einen Schritt von mir zurück. »Gute Nacht!«

Ich sah ihm nach. Als die Tür geschlossen und verriegelt war, fühlte ich mich verloren, als hätte ich in dem Moment, als er fort war, einen Teil von mir eingebüßt.

Kapitel sieben

Rhett

Tyler, Cato und ich aßen thailändisch zu Mittag. Es gab da ein Restaurant in Manhattan, von dem Tyler felsenfest behauptete, dass es dort das beste thailändische Essen der ganzen Welt gebe.

»Das beste thailändische Essen der ganzen Welt?«, fragte Cato mit einer Stimme voller Ironie und Gereiztheit. »Besser als in Thailand?«

»Ehrlich gesagt ja«, antwortete Tyler, bevor er sich mit seinen Stäbchen gebratene Nudeln in den Mund stopfte.

»Das ergibt doch keinen Sinn, Bruder.« Cato warf ihm einen finsteren Blick zu, bevor er weiteraß.

Es war schön, sich ausnahmsweise mal nicht mit Tylers schräger Art auseinandersetzen zu müssen. Cato konnte sich darum kümmern.

»Echtes Thai-Food ist wahrscheinlich total fettig und voll mit komischem Scheiß. Amerikanisiertes Thai-Food ist besser. Es ist wie für Amerikaner gemacht.« Tyler aß weiter, als wäre die Angelegenheit damit erledigt.

Cato öffnete den Mund, um zu widersprechen, aber ich hob abwehrend die Hand.

»Lass es einfach gut sein, vertrau mir.«

Cato schien einen Moment lang darüber nachzudenken, bevor er entschied, dass mein Rat weise war. Er richtete seine Aufmerksamkeit wieder auf seine Wan Tan.

»Wie ist es mit deiner Begleitung gelaufen?«, fragte ich.

»Eigentlich ganz okay, bis zum Ende des Abends«, antwortete Cato.

»Was ist passiert?«, wollte Tyler wissen.

»Das Mädchen hat erwartet, dass ich mit ihr schlafe. Ich bin mir nicht sicher, warum, weil Danielle ja immer sehr deutlich macht, dass wir diese Art von Service nicht anbieten.«

»Was hat sie gemacht?«, fragte ich.

»Das typische Klischee«, antwortete Cato. »Ein Trenchcoat mit scharfer Unterwäsche darunter.«

»War sie süß?«, wollte ich wissen.

»Sehr süß. Aber ich hab mich schnell vom Acker gemacht. Ich will wirklich nicht mit einer Frau schlafen, die dafür bezahlen muss. Kannst du dir vorstellen, was die wahrscheinlich für Krankheiten hat?«

Der Gedanke war mir auch schon gekommen.

»Das ist echt nichts Neues mehr«, sagte Tyler. »Wir machen klar, welche Leistung wir anbieten, aber jede Frau denkt, für sie machen wir eine Ausnahme. Dass wir uns in sie verlieben oder so was.« Er verdrehte die Augen. »Das nervt echt tierisch.«

»Ja«, stimmte ich ihm zu.

»Wie läuft's eigentlich mit deiner ›Schiffe versenken‹?«, fragte Tyler.

Cato wandte sich zu mir um. »Schiffe versenken?«

»Eine meiner Kundinnen spielt am Ende des Abends gern Schiffe versenken«, erklärte ich. »Sie ist ziemlich cool. Wirklich bildschön.«

»Hast du ein Foto von ihr gemacht?«, drängte Tyler.

»Nein.« Selbst wenn ich eines hätte, würde ich es ihm nicht zeigen. Aspen war zu einer guten Freundin geworden, und ich wollte nicht, dass Männer sie als Objekt betrachteten. Und ich wollte sie auch nicht mit jemandem teilen.

»Verdammt!« Enttäuscht schnippte er mit den Fingern. »Da solltest du dich wirklich dahinterklemmen.«

»Haben wir nicht im Büro ein Foto von ihr in den Akten?«, warf Cato ein. »Ihren Führerschein?«

»Oh ja!« Tyler schlug sich mit der flachen Hand an die Stirn. »Lass uns gleich nach dem Essen rübergehen.«

»Nein.« Mit diesem gewissen Ausdruck, der »Lass es!« sagte, starrte ich ihm fest in die Augen.

»Nein?«, fragte Cato. »Wir haben alle einen Schlüssel, Mann.«

»Ich mein's ernst.« Ich erhob nicht die Stimme, aber ich drohte ihnen mit meinem Tonfall.

Tyler wusste, dass ich keine Witze machte. Er erkannte, wann ich es ernst, halbwegs ernst oder todernst meinte. Und im Augenblick wusste er, welche Version davon es war. »Lass es gut sein, Cato.«

Cato zog eine Augenbraue hoch. »Stehst du auf die Tussi?«

»Nein«, erwiderte ich. »Ich will nur nicht ins Büro, damit ihr Jungs sie auf einer Skala bewerten könnt. Sie ist eine Freundin, und ich will nicht, dass ihr sie respektlos behandelt.«

»Du warst es doch, der gesagt hat, sie wäre eine Zehn«, konterte Tyler.

»Eine Zehn?«, fragte Cato überrascht. »Das Höchste, was ich je gesehen habe, war eine Neun Komma fünf. Eine Zehn? Verdammt, das kommt nie vor.«

Jetzt wünschte ich mir, ich hätte das nicht zu Tyler gesagt. »Lasst es gut sein, okay?«

»›Schiffe versenken‹ ist offensichtlich tabu.« Tyler warf Cato einen bedeutsamen Blick zu.

»Das ist nicht fair«, wandte Cato ein. »Nur weil du sie nicht vögeln darfst, heißt das nicht, dass wir es auch nicht dürfen.«

»Niemand wird sie vögeln«, schnauzte ich. »Ich brech euch das Genick, wenn ihr sie nur schief anschaut.«

Tylers Gesicht verzog sich zu einem dämlichen Grinsen. »Und wie du auf die Tussi stehst!«

»Nein tu ich nicht«, erwiderte ich. »Sie hat eine Menge durchgemacht und braucht keine zwei Schwachköpfe, die ihr auf die Nerven gehen.«

Cato musterte mich aus zusammengekniffenen Augen, als glaubte er mir nicht. »Du treibst es mit ihr, stimmt's?«

»Tu ich nicht«, stieß ich zwischen zusammengebissenen Zähnen hervor.

»Alter, das kannst du nicht machen«, rief Tyler. »Wir könnten ernsthaft mit dem Gesetz in Schwierigkeiten kommen.«

»Das ist mir bewusst«, zischte ich. »Weshalb ich auch nicht mit ihr geschlafen habe.«

»Also willst du mit ihr schlafen!« Tyler stieß die Faust in die Luft, als hätte er einen ungelösten Fall geknackt.

»Nein, will ich nicht«, erklärte ich ruhig. »Sie ist eine Freundin, wie all meine Kunden.«

»Das kauf ich dir nicht ab«, stellte Cato fest. »Wenn du sie für eine Zehn hältst, dann fühlst du dich zu ihr hingezogen.«

»Ich habe nie behauptet, dass es nicht so ist«, erwiderte ich betont gelangweilt.

»Also willst du es ihr besorgen«, folgerte Tyler.

»Dann willst du also sagen, auch wenn sie nicht deine Kundin wäre, würdest du sie nicht vögeln?«, fragte Cato.

»Das würde ich nicht sagen …« Ausweichend zuckte ich mit den Schultern. »Wenn ich sie auf der Straße kennengelernt hätte, vielleicht. Aber sie kommt mir nicht wie die Sorte Mädchen vor, die einfach mit irgendeinem hübschen Typen ins Bett steigt. Ich bin sicher, sie wird ständig angemacht. Wahrscheinlich hat sie es genauso satt wie wir.«

Tyler schüttelte den Kopf. »Rhett war schon immer ein bisschen sensibel …«

Ich ignorierte den Seitenhieb. »Wechseln wir das Thema, okay?«

»Du hast meine Frage noch nicht beantwortet«, sagte Tyler.

»Welche denn?«, fragte ich.

»Wie es mit ›Schiffe versenken‹ läuft?«

»Oh«, antwortete ich. »Gut. Ihr Dad ist ein totales Arschloch zu ihr. Ich verstehe nicht, warum sie ihn nicht im Schlaf umbringt.«

»Sie hat einen Vaterkomplex«, flüsterte Tyler Cato zu.

»Das sind die Besten«, flüsterte Cato zurück.

Finster starrte ich sie an. »Ich werde eure Fragen nicht mehr beantworten, wenn ihr nicht zuhört.«

»Zieh dir deinen String aus dem Arsch, Mann!« Tyler schlürfte von seiner Limo, dann wandte er sich wieder seinen Nudeln zu.

»Ihr Dad hat Gefallen an mir gefunden«, sagte ich. »Ich hoffe, er übergibt ihr die Firma bald. Sie hat es verdient.

Wir waren letzte Woche golfen, und sie hat beim ersten Versuch ein Hole-in-One geschlagen.«

»Im Ernst?«, fragte Tyler.

»Respekt, ›Schiffe versenken‹!«, sagte Cato beeindruckt.

»Sie hat uns beide geschlagen«, sagte ich mit Stolz in der Stimme. »Und sie ist ziemlich gut im Pokern.«

»Hat sie vielleicht sechs Brüder oder so was?«, fragte Tyler.

»Nur einen. Und der ist ein totaler Schwachkopf. Ich hasse den Kerl.«

»Die Kleine muss ein paar ernsthafte Probleme haben«, meinte Tyler, während er seinen Reis aß.

»Ehrlich gesagt kommt sie damit ziemlich gut klar.« Ich lächelte, als ich daran dachte, wie viel Eiscreme sie verputzte, wenn sie sich aufregte. Sie hatte Glück, dass sie einen so rasanten Stoffwechsel hatte.

»Wenigstens ist sie keine von diesen emotionalen Tussis«, sagte Tyler. »Du weißt schon, die, die ständig heulen.«

Ich konnte mir Aspen nicht weinend vorstellen. Sie wirkte viel zu hart im Nehmen dafür.

»Echt nervig«, pflichtete Cato ihm bei.

»Ihr Dad hat erwartet, dass ich spontan mit ihm Golf spiele. Als sie angerufen hat, musste ich mein Work-out vorzeitig abbrechen, um sie zurückzurufen«, sagte ich.

Tyler verschüttete seine Limo, und sie tropfte vom Tisch auf die Bank. Cato wurde nass, aber er war zu schockiert, um zu reagieren. Beide starrten mich an, als wäre ich verrückt, ohne die Sauerei zu beachten, die sie gerade veranstaltet hatten.

Was hatte ich denn gesagt?

Endlich riss sich Cato aus seiner Erstarrung los und tupfte

die Flüssigkeit mit einer Serviette auf. Tyler half ihm dabei, indem er den größten Teil der Limo auf den Boden wischte. Als die Katastrophe gebannt war, wandten sie sich wieder mir zu.

»Was zum Teufel hast du da gerade gesagt?«, wollte Tyler wissen.

»Ich weiß es ehrlich nicht.«

»Du hast sie angerufen?«, fragte Cato. »Von deinem Handy aus?«

Jetzt begriff ich. »Sie ist keine Irre wie ein paar der anderen. Ihr könnt euch abregen, Jungs.«

»Bist du verrückt?« Tyler fielen fast die Augen aus dem Kopf. Ihr Blau wirkte schwarz in seiner Panik. »Das ist gegen die Regeln.«

»Im Ernst, das ist halb so wild«, sagte ich. »Sie ist cool.«

»Sie tut nur so, als wär sie cool, bis sie sich in eine Stalkerin verwandelt und versucht, dich im Schlaf abzumurksen«, blaffte Cato. »Was zum Teufel hast du dir dabei gedacht?«

»Das ist meine Entscheidung«, erwiderte ich. »Und ich denke, es ist in Ordnung.«

»Warum willst du überhaupt, dass sie deine Nummer hat?«, fragte Tyler. »Wenn du sie nicht vögeln willst?«

»Nur für den Fall, dass sie mich kurzfristig für ein Treffen oder eine Veranstaltung benötigt«, erklärte ich. »Dieses Mädchen braucht Beistand, und ich werde ihr da durchhelfen. Sie würde meine Nummer nicht missbrauchen.«

»Bis sie anfängt, dir mitten in der Nacht SMS zu schreiben, dass sie dich liebt und so 'n Scheiß«, warf Tyler ein.

»Dann ändere ich meine Nummer«, sagte ich. »Problem gelöst.«

»Du stehst entweder total auf sie, oder du bist ein Idiot«, stellte Tyler ernst fest.

»Dann bin ich eben ein Idiot«, erwiderte ich.

»Na schön, das ist deine Sache«, meinte Cato. »Aber wenn sie sich in eine Psychopathin verwandelt, werden wir da sein, um auf dein Grab zu spucken.«

Ich nahm meine Stäbchen und wandte mich wieder meinem Essen zu. »Vergesst nicht, auch drauf zu pissen.«

***

Aspen rief mich an, als ich zu Hause fernsah. Ich starrte auf ihren Namen auf dem Display und spürte, wie Wärme in meinen Adern Funken schlug. Sie wanderte durch meinen Körper und steckte mich in Brand. Dann war sie ebenso schnell wieder verschwunden. »A1.«

»Daneben«, sagte sie mit einem Lachen. »Ich würde nie A1 nehmen.«

»Warum nicht?«, fragte ich.

»Zu einfach«, antwortete sie. »Jetzt denk dir eine Stelle, und ich versuche, sie zu erraten.«

»Okay.« *B4*.

»Hast du's?«, fragte sie.

»Jepp.«

»Hmm …« Sie dachte lange darüber nach. »B4?«

Mir fiel die Kinnlade herunter. »Im Ernst, wie machst du das?«

Sie lachte ins Telefon. »Ich schätze, ich kann deine Gedanken lesen.«

»Wusste ich's doch, dass du schummelst.«

»Gedanken lesen ist nicht Schummeln«, widersprach sie.

»Nun, es ist jedenfalls eindeutig nicht fair.«

»Wer sagt, das Leben sei fair?«, konterte sie.

Ich schüttelte den Kopf, obwohl sie es nicht sehen konnte, und grinste so breit, dass meine Gesichtsmuskeln schmerzten. Ich versuchte, damit aufzuhören, aber mein Mund wollte nicht mitspielen. »Gutes Argument.«

»Okay, jetzt denke ich mir eine. Willst du raten?«

»Du bist eine Schummlerin«, sagte ich. »Wenn ich richtig rate, sagst du einfach was anderes.«

»Ich bin eine Schummlerin, keine Lügnerin. Das ist ein Riesenunterschied.«

»Ehrlich gesagt nicht«, sagte ich mit einem Lachen.

»Nun, ich mach's nicht, versprochen.«

»Okay, na schön.« Ich überlegte, an welche Stelle sie wohl dachte. Dann suchte ich mir eine aus. »D5.«

»Nö.«

Knurrend schlug ich mir auf den Oberschenkel. »Was war's denn?«

»A1.«

»Aber du hast doch gesagt, das würdest du nie nehmen!«

»Warum denkst du wohl, dass ich sie genommen habe?« Sie lachte ins Telefon.

Gegen meinen Willen musste ich auch lachen. »Aspen, mit dir kann ich einfach nicht mithalten.«

»Na logisch. Gegen eine Schummlerin kann man nicht gewinnen.«

Meine Wangen schmerzten, weil ich wie ein Idiot grinste.

»Was machst du gerade?«, fragte sie.

»Ich seh mir *Criminal Minds* an.«

»Was? Bei der Sendung krieg ich das Gruseln.«

»Deshalb schau ich sie mir nur an, bevor die Sonne untergeht.«

»Selbst dann ...« Ich hörte förmlich, wie sie sich schüttelte.

»Magst du keine Psychothriller?«, fragte ich, während ich mich auf dem Sofa zurücklehnte und die Füße hochlegte.

»Nein«, antwortete sie sofort. »Ich bin eher der Drama-Comedy-Typ.«

»Bei Drama gibt es auch Gewalt.«

»Mit Gewalt, Blut oder Sex hab ich kein Problem. Ich mag nur keinen Horror. Ein Film, der nur den Zweck hat, dass ich mir vor Angst in die Hose mache, ist kein Film, den ich sehen will.«

»Na ja, *Criminal Minds* ist kein Horror.«

»Mir ist es trotzdem zu gruselig.«

»Schaust du *Dexter*?«

»Die Sendung liebe ich«, sagte sie. »Na ja, die ersten vier Staffeln. Danach ging es den Bach runter.«

»Hey, ich sage genau dasselbe.«

»Ich weiß«, kicherte sie. »Schließlich lese ich deine Gedanken.«

Ich lachte. »Was denke ich denn jetzt gerade?« Ich konzentrierte mich auf A1. Darauf würde sie nie kommen.

»Hmm ...« Sie dachte einen Moment lang nach. »A1?«

»Okay, jetzt machst du mir echt Angst.« Nervös fuhr ich mir mit den Fingern durchs Haar, weil es mich völlig umhaute, wie gut sie mich einschätzen konnte.

Sie lachte. »Habe ich es wirklich erraten?«

»Kannst du Gedanken lesen?«, fragte ich. »Ernsthaft? Weil ich jetzt nämlich überzeugt bin, dass du es kannst.«

Ihr herzhaftes Lachen klang durchs Telefon. »Ich kenne dich einfach richtig gut.«

Ich hatte Aspen erst vor drei Wochen kennengelernt, aber sie kannte mich wirklich gut. Und ich kannte sie. »Was machst du gerade?«

»Mir die Nägel lackieren.«

»Welche Farbe?«

»Da hab ich mich noch nicht entschieden«, sagte sie. »Eingegrenzt habe ich es auf entweder Pink, Lila oder Blau.«

»Hmm ...«

»Was würdest du vorschlagen, Rhett?«

Es gefiel mir, wie sie meinen Namen sagte. Ihre Stimme hatte eine gewisse Reife an sich, aber auch eine Spur Verspieltheit. »Pink.«

»Wirklich?«

»Pink passt gut zu deinem Hautton.«

»Wann hast du mich schon mal Pink tragen sehen?«, fragte sie.

»Ich kann das einfach beurteilen«, sagte ich ausweichend. »Lila würde auch gut aussehen.«

»Du triffst besser die richtige Wahl, Rhett. Meine Nägel stehen hier auf dem Spiel.«

»Nimm Pink«, sagte ich entschieden.

»Also gut ... Ich riskier's.« Sie klemmte das Telefon ein, um die Hände frei zu haben.

»Lackierst du deine Fingernägel oder die Zehen?«

»Zehen.«

Ihr Atem strich über den Hörer, und in meinem Kopf

tauchte ein Bild von ihr auf, wie sie mir ins Ohr pustete. Jäh durchzuckte mich heftige Erregung. Als ich merkte, dass ich hart war, fühlte ich mich schuldig, dann verflog es wieder. »Gehst du mit Harper weg?«

»Nein. Heute Abend hab ich ein Date mit meinem Fernseher.«

»Heiß«, sagte ich.

»Wenn Nacktszenen kommen, geht es erst richtig ab.«

»Vergiss nicht, das Bitte-nicht-stören-Schild an die Tür zu hängen.«

»Oh, keine Sorge. Ich will doch nicht unterbrochen werden.« Ihre spielerische Ader kam richtig in Fahrt.

»Was gibt es bei dir zum Abendessen?«

»Wahrscheinlich eine Schale Frühstücksflocken«, sagte sie. »Ich bin zu faul, um noch in den Laden zu gehen.«

»Was für welche?«, wollte ich wissen.

»Lucky Charms.«

»Ausgezeichnete Wahl«, sagte ich mit Bewunderung in der Stimme.

»Captain Crunch mag ich lieber, aber die sind mir ausgegangen.«

»Sogar noch besser«, sagte ich.

»Was gibt's bei dir heute Abend Leckeres?«

»Ich mache mir wahrscheinlich Hühnchen mit Gemüse und Kartoffeln.«

»Mnjammnjam«, sagte sie. »Ich kann zwar kochen, lass es aber lieber bleiben.«

»Komm doch rüber«, platzte es aus mir heraus, eh ich michs versah. Der Satz hatte sich noch nicht einmal richtig in meinem Gehirn gebildet, als er mir auch schon über die

Lippen kam. Jetzt war es zu spät, ihn zurückzunehmen. Und das wollte ich auch gar nicht.

»Ähm ... heute Abend?« In ihrer Stimme lag Zögern.

Jetzt konnte ich keinen Rückzieher mehr machen, sonst würde die Sache peinlich werden. »Ja. Ich schalte auch *Criminal Minds* aus, damit du dich nicht fürchtest.«

Sie wirkte immer noch unentschlossen. »Ich habe aber nichts, was ich mitbringen könnte ...«

»Ich hab alles da. Komm einfach rüber. Außerdem möchte ich sowieso deine Nägel sehen.«

Aspen blieb lange stumm. »In einer halben Stunde bin ich da. Ist das okay?«

Gegen meinen Willen lächelte ich. »Ja. Ich fang schon mal an zu kochen.«

»Wo wohnst du?«

Ich war dabei, eine weitere Regel zu brechen – schon wieder. Bisher hatte ich noch nie Schwierigkeiten gehabt, meine Diskretion einzuhalten. »Hast du einen Stift?« Ich gab ihr meine Adresse, ohne zu zögern. Falls sie sich in eine verrückte Stalkerin verwandelte, war ich angeschissen. Eine Handynummer zu ändern war einfach, eine Adresse zu ändern schon schwieriger. »Bis gleich!«

***

Ich hatte eine schöne Wohnung mit Blick auf den Park, hohen Fenstern, dunklen Ledermöbeln und neuen Parkettböden. Als das Geld allmählich reinkam, hatte ich sie mir bei der ersten Gelegenheit gekauft. Sie war geräumig, mit einem großen Wohnzimmer und einem zweiten Schlafzimmer, das ich als Büro nutzte. Ich fühlte mich dort zu Hause, und die Aussicht war das Beste daran.

Aspen klopfte leise an die Tür, als fürchtete sie, ich würde schlafen.

Ich hatte noch nie eine Kundin in meiner Wohnung gehabt. Das hier war neues Terrain für mich. Mit Aspen fühlte ich mich wohl, obwohl ich nicht erklären konnte, warum. Es war einfach angenehm in ihrer Gesellschaft. Die Zeit ließ sich nicht genau messen. Es war, als würde ich sie schon ewig kennen, obwohl ich eigentlich nichts über sie wusste. Die Art, wie sie sich bewegte, schlug mich förmlich in ihren Bann. Ich studierte aufmerksam, wie sie aß, wie der Löffel in ihrem Mund verschwand und wieder herausglitt. Obwohl ich mich für alle meine Kundinnen interessierte, interessierte ich mich für Aspen auf besondere Weise.

Ich öffnete die Tür, und die nervöse Sorge wegen meiner übereilten Entscheidung verpuffte. Sie trug Jeans und ein T-Shirt. Es war das erste Mal, dass ich sie in lässigen Klamotten sah. Und sie sah wirklich süß aus. Sie hielt einen Karton mit Margaritas in der Dose hoch.

»Okay ... Ich weiß, die sind mädchenhaft und billig, aber das ist alles, was ich hatte.«

Ich musste unwillkürlich grinsen. »Ich mag die.«

Ihre Augen lächelten, auch wenn ihre Lippen es nicht taten. »Du bist so ein Lügner.«

»Okay, erwischt. Ich hatte noch nie welche. Aber ich werde sie mal probieren.«

»Schätze, in dem Fall wär es besser gewesen, gar nichts mitzubringen.«

»Ach, hör schon auf.« Ich legte ihr die Hand an die Taille und zog sie in die Wohnung. »Danke, dass du sie mitgebracht hast. Ehrlich.«

Sie glitt wie von selbst an meine Seite. »Wenigstens bist du kein Arsch deswegen.«

»Wann bin ich je ein Arsch?« Ich schaute hinunter in ihr Gesicht.

»Nie.« Sie löste sich aus meiner Umarmung und trug die Margarita-Dosen in die Küche.

Mir war nicht einmal bewusst gewesen, dass ich sie berührt hatte, bis sie von mir wegtrat.

»Es riecht gut hier drin.«

Ich trat hinter sie und rührte das Gemüse um. »Ist fast fertig.«

»Wie kann ich dir helfen?«

»Gar nicht«, antwortete ich. »Eigentlich kannst du den Tisch decken.«

»Gut. Schließlich muss ich auch noch was anderes machen, als nur billigen Fusel mitzubringen.« Sie öffnete die Schränke und nahm Teller und Besteck heraus.

Ich holte alles aus dem Ofen und von der Herdplatte. Das Hühnchen war perfekt gelungen, saftig und kross, und die Kartoffeln waren durch. Ich trug das Essen zum Küchentisch und ging dann zurück, um den Karton Margaritas zu holen.

Aspen schmunzelte, als sie das sah. »Wollen wir die wirklich trinken?«

Ich schaute den Karton an. »Und ob, die sind mit Mango-Geschmack.«

Sie lachte, dann setzte sie sich mir gegenüber. Der Tisch

stand am Fenster, deshalb hatte man Blick auf die Skyline. »Deine Wohnung ist wunderschön.«

»Danke.« Ich füllte unsere Teller, dann begann ich zu essen.

»Wie lange wohnst du schon hier?«

»Ein paar Jahre.«

»Wäre sicher schwer, hier wieder auszuziehen.«

»Ehrlich gesagt habe ich sie gekauft.«

»Oh, cool«, sagte sie. »Es ist schwierig, gute Eigentumswohnungen zu finden. Die sind normalerweise schon wenige Minuten, nachdem sie auf dem Markt sind, wieder weg.«

»Ich hatte Glück.«

Sie aß auf elegante Weise, wie jemand, der darin geübt war, anmutig bei diplomatischen Geschäftsfeiern zu essen. »Das schmeckt alles richtig gut. Mir war gar nicht bewusst, dass du ein guter Koch bist.«

»Danke. Ich weiß, wie man ein paar Sachen zusammenschmeißt. Von dem, was darüber hinausgeht, hab ich nicht viel Ahnung.«

»Na, das ist jedenfalls ein guter Anfang.« Sie aß fast ihren ganzen Teller leer und nahm sich dann eine Dose. »Mal sehen, wie schlimm diese Dinger wirklich sind.« Sie öffnete die Dose und nahm einen Schluck. Ihr Gesicht verzog sich zu verschiedenen Ausdrücken, dann nickte sie. »Nicht schlecht.«

Ich machte eine Dose auf und trank. »Ich bin ehrlich gesagt beeindruckt.«

Sie prostete mir mit ihrer Dose zu. »Cheers!«

»Cheers!« Ich stieß mit meiner Dose an ihre und nahm einen tiefen Schluck.

Sie stellte ihre auf den Tisch und holte dann tief Luft. »Wow, die haben's ganz schön in sich.«

Ich musterte die Dose. »Acht Prozent …«

Ihre Wangen röteten sich verlegen. »Ich bin eben ein Leichtgewicht.«

»Dann kommt es dich wenigstens billiger, betrunken zu werden.« Ich trank eine Dose aus und nahm mir die nächste.

»Gut, dass ich keinen Stolz habe.« Sie aß ihren Teller leer, bis kein Krümel mehr übrig war. »Das war fantastisch.«

Ich war froh, dass ihr meine Kochkünste schmeckten. »Danke.« Das war schon das dritte Kompliment, das sie mir machte, und mir fiel keine andere Antwort ein.

Sie blieb sitzen und machte sich eine weitere Dose auf. »Wie viele von denen, glaubst du, kannst du trinken?«

»Bis ich betrunken werde?«, fragte ich.

»Ja.«

»Alle«, sagte ich offen. »Und nicht mal dann.«

Sie kicherte. »Mein Maximum sind vier.« Sie hob die Dose an die Lippen und trank.

Ich betrachtete ihre Fingernägel. »Deine Nägel sehen gut aus.«

»Danke.« Sie hielt beide Hände hoch, und bei einer davon waren die Nägel unlackiert. »Ich hab's nicht geschafft, beide fertig zu bekommen.«

Ich versuchte, nicht zu lachen. »Sieht … cool aus.«

Sie betrachtete ihre Hände. »Damit setze ich einen neuen Trend.«

»Teenager im ganzen Land werden schon bald in deine Fußstapfen treten.«

»Was für eine Errungenschaft«, sagte sie ironisch.

Als ich mit meiner sechsten Dose fertig war, schob ich den Karton weg. »Mehr davon bringe ich nicht mehr runter«, lachte ich, obwohl das kein Witz war. Die acht Prozent Alkohol zeigten ihre Wirkung bei mir.

Sie schob ihre Dose ebenfalls fort. »Das war genug Mango für einen Abend. Gut, dass wir vorher was gegessen haben.«

»Okay ... Die sind wirklich ziemlich übel.«

Ihre Augen funkelten belustigt. Offensichtlich war sie nicht beleidigt, dass ihre Drinks nicht der Hit waren. »Harper hat sie eines Abends mitgebracht, und ich war zu faul, sie wegzuwerfen.«

»Harper hat sie mitgebracht ... ja, klar.« In meiner Stimme schwang ein neckender Tonfall mit.

Scherzhaft trat sie unter dem Tisch nach mir. »Mädels mit Klasse wie ich trinken keine Margaritas aus der Dose.«

»Und was trinken sie dann?«, fragte ich.

Sie zuckte die Schultern. »Bier?«

Ich lachte zum zigsten Mal an diesem Abend. »Wenn dein Vater sehen würde, wie du Bier trinkst, dann würde er dich wieder ein Mannweib nennen.«

Sie schlug lachend die Hände vors Gesicht. »Oh mein Gott, stimmt, das würde er.«

»Brauchst du vielleicht etwas Wasser, um den ganzen Mangogeschmack runterzuspülen?«

»Nein, schon okay«, antwortete sie. »Trotzdem danke.«

»Also ... *Criminal Minds*?«, fragte ich.

»Die Sonne ist schon weg«, entgegnete sie. »Jetzt können wir es uns nicht mehr ansehen.«

»Aber wir sind zu zweit. Also ist es in Ordnung.«

»Wenn ich mir das angesehen habe, traue ich mich auf keinen Fall mehr, im Dunklen heimzugehen …«

»Ich bring dich nach Hause«, schlug ich sofort vor. Das hätte ich ihr ohnehin angeboten.

»Ich weiß nicht …«

»Ich habe einen Baseballschläger unter der Couch«, sagte ich. »Hilft das?«

Sie holte tief Luft. »Okay, ich glaube, ich komme damit klar.«

Wir standen vom Küchentisch auf und gingen zum Ledersofa, wo wir uns nebeneinandersetzten, während ich den Fernseher einschaltete. Sie hatte die Knie an die Brust gezogen, als verliehe ihr das zusätzlichen Schutz. »Ich hoffe, das Opfer ist ein Mann«, flüsterte sie.

»Dann hätte ich aber Angst«, wandte ich ein.

»Nun, ein Mädchen darf es auch nicht sein.«

»Vielleicht könnten sie ein Alien als Opfer nehmen«, schlug ich vor. »Dann bräuchte keiner von uns Angst zu haben.«

»Wusstest du, dass einige davon auf wahren Fällen basieren?«

Ich tat so, als würde ich einen dicken Kloß hinunterschlucken. »Nein …«

»Siehst du? Das ist Furcht einflößend.«

»Uns passiert schon nichts, Aspen.« Abwesend tätschelte ich ihren Oberschenkel und legte die Hand dann wieder in meinen Schoß.

Schweigend schauten wir uns die Sendung an, und Aspen zuckte nur ein einziges Mal zusammen. Als der Abspann lief und die Sendung zu Ende war, entspannte sie sich.

»War doch gar nicht so schlimm«, sagte ich.

»Stimmt«, gab sie mir recht. »Aber ich hätte wahrscheinlich eine Mordsangst gehabt, wenn du nicht da gewesen wärst.«

»Vergiss nicht, ich kann boxen. Mit mir sollte man sich nicht anlegen.«

»Das ist wahr.« Sie schwieg einen Moment lang, bevor sie einen Blick auf ihre Uhr warf. »Ich sollte wohl besser gehen. Mir war gar nicht bewusst, wie spät es schon ist.«

Ich fand es schade, dass sie ging, aber ich sprach es nicht aus. »Ja, da hast du wahrscheinlich recht.«

»Bist du eher eine Nachteule oder ein Morgenmensch?«, fragte sie.

»Nachteule«, sagte ich wie aus der Pistole geschossen. »Da werde ich erst richtig munter.«

»Ich bin das genaue Gegenteil«, sagte sie. »Wie eine alte Frau. Wenn ich nicht zu einer vernünftigen Zeit ins Bett komme, werde ich griesgrämig.«

»Nun ja, wir sind normalerweise bis Mitternacht unterwegs.«

»Um Mitternacht gehe ich normalerweise ins Bett.«

»Du bist die einzige alte Frau, die ich kenne, die so spät ins Bett geht«, neckte ich sie.

Sie schnappte sich ihre Handtasche. Als sie die Küche erreichte, blieb sie stehen. »Sollen wir die restlichen einfach wegwerfen?«

»Gute Idee«, antwortete ich. »Meine Jungs würden mich gnadenlos aufziehen, wenn sie die in meinem Kühlschrank finden.«

»Kann ich ihnen nicht verdenken.«

Auf dem Weg hinaus warf ich die Dosen in den Müll und begleitete Aspen dann zurück zu ihrer Wohnung. Sie ging dicht neben mir und spähte argwöhnisch in die Schatten.

Belustigt beobachtete ich sie. »Uns wird schon niemand umbringen, Aspen.«

»Das kannst du nicht wissen. Besser, wir sind auf der Hut.«

»Du hast doch mich zu deinem Schutz«, sagte ich. »Also bist du sicher.«

Sie rückte näher an meine Seite.

Als wir ihre Wohnung erreicht hatten, begleitete ich sie noch zu ihrer Wohnungstür. »Danke, dass du zum Essen vorbeigekommen bist!«

»Danke, dass du mich eingeladen hast!« Sie strich sich eine Strähne ihrer braunen Haare hinters Ohr, und ihre Augen funkelten smaragdgrün. Sie waren faszinierend und verlockend. Manchmal konnte ich nicht damit aufhören, sie anzustarren. »Du bist ein toller Koch.«

»Danke. Du bist ein toller Gast ... von den Margaritas mal abgesehen.«

Sie kicherte, und wie immer klang es wunderschön. »Nächstes Mal bring ich was Besseres mit.«

Ich war froh, dass sie annahm, es würde ein nächstes Mal geben. »Es reicht, wenn du dich mitbringst.«

Ihr Blick wurde weicher, als sie mich ansah. Sie schaute mir in die Augen, als suchte sie darin nach etwas. Unter meinem Blick verspannte sie sich und schloss dann ihre Tür auf. »Also dann, gute Nacht!«

»Gute Nacht, Aspen!« Ich wollte sie umarmen, hielt mich aber zurück. Das letzte Mal, als ich das getan hatte, hatte ich sie fünf Minuten lang umarmt. So was hatte ich auch noch nie getan. All das hier war alt und neu zugleich.

Sie schenkte mir ein letztes Lächeln, bevor sie die Tür schloss.

Ich blieb noch lange stehen, bis ich schließlich den angehaltenen Atem ausstieß und davonging, doch an der Treppe stoppte ich noch mal, weil Aspen die Tür öffnete und meinen Namen rief.

»Rhett!«

Ich ging zurück den Flur entlang. »Ja?«

»Ich habe ganz vergessen, dir von dem Dinner dieses Wochenende zu erzählen. Mein Dad möchte essen gehen. Deswegen hatte ich angerufen. Ich habe es einfach nur … vergessen, schätze ich.«

Mir war gar nicht aufgefallen, dass sie mir den Grund ihres Anrufs nicht verraten hatte. Unsere Unterhaltung war wie von selbst ins Rollen gekommen. Wir hatten fast eine Stunde am Telefon verbracht, und dann hatte ich sie zu mir zum Essen eingeladen, was ein voller Erfolg gewesen war. Sie hatte mir nicht gesagt, warum sie angerufen hatte, und ich hatte sie nicht danach gefragt. Es hatte sich einfach so ergeben, wie ein Brand, der unbemerkt entsteht, oder der Mond, der still und heimlich aufgeht, oder die Wolken, die ohne einen weiteren Gedanken am Himmel vorbeiziehen.

Es war einfach passiert, als sollte es so sein.

***

Als sie die Tür öffnete, hielt ich das mit einer roten Schleife geschmückte Glas Maraschino-Kirschen hoch. »Viel besser als Blumen, stimmt's?«

Sie nahm das Glas und hielt es mit einem breiten Lächeln, das all ihre perfekten Zähne zeigte, ins Licht. Dann drückte sie es an ihre Brust wie einen Teddybären. »Das ist das beste Date aller Zeiten.«

Ihre Begeisterung brachte mich immer zum Lächeln. Sie war von Natur aus verspielt, und diese Seite ließ sie zum Vorschein kommen, wenn sie mit mir zusammen war. Sie unterschied sich völlig von der ernsthaften Seite, die sie in Gegenwart ihres Vaters zeigte. Ich fragte mich, wie viele Menschen dieses Lächeln und die strahlenden Augen zu Gesicht bekommen mochten. »Freut mich, dass du sie magst. Ich hab sie nur ungern hergegeben.«

»Du gibst mir doch immer deine Kirschen.«

»Irgendwie habe ich die Kraft dazu aufgebracht.«

Sie stellte das Glas auf die Küchenzeile. »Sobald dieses blöde Dinner vorbei ist, mache ich mich über das Glas her.«

»Ich werde dich nicht dafür verurteilen.«

»Gut. Sonst müsste ich dich nämlich feuern.«

Die Erkenntnis, dass sie das konnte, ließ mich lächeln. »Technisch gesehen bist du mein Boss.«

»Und das vergisst du besser nicht.« Sie griff nach ihrer Clutch auf der Arbeitsplatte. Sie trug ein trägerloses pinkfarbenes Kleid, das knapp über dem Knie endete. Ihre Füße steckten in nudefarbenen Pumps, und ein silbernes Armband zierte ihr Handgelenk. Das Haar war hochgesteckt, was ihren schlanken Hals und die zierlichen Schultern enthüllte. Ich konnte nicht aufhören, sie anzustarren.

Nachdem sie die Tür abgeschlossen hatte, drehte sie sich zu mir um. »Fertig?«, riss sie mich aus meinem Gegaffe.

»Ja.« Ich senkte den Blick und musste grinsen, als mir etwas Interessantes an ihren Händen auffiel.

»Was denn?« Sie sah an sich hinunter und strich sich übers Kleid. »Hab ich mich mit Chilisoße bekleckert?«

»Chilisoße?«, fragte ich. »Warum solltest du dich mit Chilisoße bekleckern?«

»Na, weil ich vorhin Chicken Wings gegessen habe …«

»In dem Kleid?«, fragte ich ungläubig. Bei der Vorstellung, wie sie perfekt angezogen an einem fettigen Hühnerbein nagte, zog sich mir die Brust in Ankündigung eines schallenden Gelächters zusammen.

»Ich habe erst mein Kleid angezogen und musste mir dann die Haare machen, aber die waren noch nass, also musste ich sie erst trocknen lassen. Und ich hatte Hunger …« Sie zeigte mit dem Finger auf mich. »Was ist daraus geworden, mich nicht zu verurteilen?«

»Hab ich doch gar nicht«, erwiderte ich sofort. »Ich meinte nur … nicht so wichtig.«

»Was?«, bohrte sie nach.

Ich konnte meine Gedanken nicht in Worte fassen, weil ich nicht wirklich verstand, was ich dachte oder empfand. Es war eher eine Empfindung, ein vages Bewusstsein dessen, was ich fühlte. Ich versuchte es mit der besten Erklärung, die mir einfallen wollte. »Du bist das coolste Mädchen aller Zeiten.«

»Oh!« Offensichtlich verlegen wegen meiner Worte schaute sie zu Boden und strich sich das Haar hinters Ohr. Dann rückte sie ihre Clutch zurecht. »Du bist auch ziemlich cool …«

»Nicht so wie du«, erwiderte ich. »Ich bin steif und langweilig.«

»Bist du jetzt fertig damit, nach Komplimenten zu fischen?«, fragte sie. »Denn es nervt ziemlich, wenn Leute das machen.«

Ich lachte. »Nein ...«

Sie bedachte mich mit einem durchbohrenden Blick.

»Okay, vielleicht.«

Scherzhaft schlug sie mir auf den Arm. »Ich hab noch nie so viel Spaß mit jemand gehabt wie mit dir. Verrat Harper bloß nicht, dass ich das gesagt habe.«

So ein Kompliment hatte ich noch nie bekommen. Normalerweise kriegte ich Komplimente über mein Aussehen und meinen Körperbau. Es war das erste Mal, dass jemand etwas anderes bemerkte, und das war eine nette Abwechslung. »Hey, danke!«

»Fertig mit Fischen?«

»Ich denke, ich hab gerade ein ziemlich großes an Land gezogen.«

»Dann lass uns gehen.« Sie machte einen Schritt vorwärts. »Moment mal, warum hast du mich vorhin so angestarrt?«

Sollte ich es ihr sagen? »Deine anderen Nägel sind immer noch nicht lackiert ...«

Sofort schaute sie hinunter auf ihre rechte Hand. »Mist!«

Ich lachte. »Ich bezweifle, dass das irgendjemandem auffällt.«

»Dir ist es aufgefallen«, konterte sie.

»Aber ich habe ja auch bewusst nachgesehen.«

»Na ja«, sagte sie mit einem Seufzen. »Jetzt ist es sowieso zu spät.« Sie drehte sich zu mir und zuckte mit den Schultern.

Als ich in ihr Gesicht blickte, bemerkte ich etwas an ihrem Mundwinkel. Es war ein orangefarbener Fleck, beinahe nicht zu bemerken.

»Was denn nun schon wieder?«, fragte sie.

Ich gab mir Mühe, nicht zu lachen. »Du hast da Chilisoße am Mundwinkel …«

Sie verdrehte die Augen. »War ja klar.« Sie rieb sich über die linke Seite ihrer Lippe.

»Andere Seite«, sagte ich, während ich nur mit Mühe mein Lachen unterdrückte.

Sie wischte sich mit dem Handrücken über den Mund, erwischte die Stelle aber nicht.

Ohne nachzudenken, hob ich die Hand an ihre Wange und wischte die Soße mit dem Daumen weg. Als ich ihre Haut spürte, flutete Wärme durch mich hindurch und breitete sich schnell überallhin aus. Ich hatte sie noch nie so berührt, und mit einem Mal wurde mir bewusst, wie nah wir uns waren. Das Geräusch ihres Atems war vor einem Augenblick noch leise gewesen, doch jetzt klang es laut in meinen Ohren. Ihre Augen funkelten wie Lichter an einem Weihnachtsbaum, und ich nahm den Pfefferminzgeruch ihres Atems wahr. Ich war ihr nahe, näher als je zuvor, und wie eine um die Flamme kreisende Motte hatte ich das Gefühl, in ihr Licht gezogen zu werden, obwohl ich wusste, dass es mich umbringen würde. Dennoch wollte ich ihr noch näher kommen.

Ich zog meine Hand fort und schaute auf die Spitze meines Daumens. »Da«, sagte ich. »Ich hab's erwischt.« Ich räusperte mich, weil ich plötzlich einen Kloß ungesagter Worte tief in meinem Hals spürte.

»Ich bin so ein Ferkel«, sagte sie. »Ach, was soll's!«

»Was soll's?«, fragte ich amüsiert.

»Kennst du das, wenn man Fehler hat und ständig versucht, sich zu ändern, aber egal, was man macht, man wird sie einfach nicht los?«

»Ich habe keine Fehler.« Ich schenkte ihr ein großspuriges Grinsen.

Sie funkelte mich an, aber ihr Blick war voller Belustigung. »Ehrlich gesagt doch. Du bist ein eingebildetes Großmaul.«

»Oh!« Ich tat überrascht. »Schätze, es gibt für alles ein erstes Mal.«

Sie schüttelte den Kopf, dann setzte sie sich in Bewegung. »Lass uns gehen und dieses Dinner hinter uns bringen. Ich bin am Verhungern.«

»Hattest du nicht gerade erst Chicken Wings?«, fragte ich ungläubig.

»Nicht verurteilen, schon vergessen?«

Lächelnd ging ich neben ihr her und bemühte mich, nicht zu lachen.

Aber bei ihr war das immer eine schwierige Angelegenheit.

***

Wir waren einen Block vom Restaurant entfernt, als Chase mich anrief.

»Verdammt«, fluchte ich, als ich aufs Display sah. Es konnte sein, dass er anrief, weil ich ihm eine Tüte Chips oder Geschirrspülmittel vorbeibringen sollte, es konnte aber auch sein, dass er anrief, weil er irgendwo eine Panikattacke hatte. Falls Letzteres der Fall war, hätte sein Anruf nicht zu einem ungünstigeren Zeitpunkt kommen können. Ich wollte das Telefonat ignorieren, konnte es aber nicht über mich bringen.

Aspen schaute in meine Richtung. »Alles okay?«

Ich blieb stehen und machte einen Schritt auf die Reinigung zu, vor der wir standen, um den anderen Fußgängern aus dem Weg zu gehen. »Tut mir leid. Da muss ich rangehen.«

»Schon okay.« Sorge stand in ihren Augen, aber sie sagte nichts weiter. Sie trat neben mich, hielt aber etwas Abstand, um mir Privatsphäre zu geben.

Ich nahm den Anruf an und hoffte, dass er mich nur einladen wollte, mit ihm ein Spiel zu sehen. »Chase?«, meldete ich mich.

»Komm und hol mich!« Seine Stimme zitterte. »Ich sitze hier fest und kann nicht raus.«

Ausgerechnet jetzt? Am liebsten hätte ich ihn angeschrien, dass ich von seiner idiotischen Phobie die Schnauze voll hatte. Sie beherrschte mein Leben. Ich konnte nirgendwo anders hinziehen, weil ich in seiner Nähe bleiben musste – nicht, dass ich wegziehen wollte, aber darum ging es gar nicht. Diese Phobie mischte sich in mein Leben ein. Ich liebte meinen Bruder, aber er hatte keine richtige Krankheit. Sie existierte nur in seinem Kopf. »Chase, ich arbeite gerade.«

»Ich weiß. Tut mir leid.« Seine Stimme bebte. »Ich bin gerade durch eine Gasse gegangen, als eine Straßenlaterne anging. Und jetzt kann ich mich nicht mehr bewegen.

Sie werden mich kriegen ...« Seine Stimme war schwer vor Angst.

Ich warf einen Blick zu Aspen hinüber, die die Leute auf dem Gehweg betrachtete, und drehte ihr dann den Rücken zu und senkte die Stimme. »Ich kann jetzt nicht einfach weg.«

»Ich weiß ... tut mir leid. Aber ich kann mich nicht mehr bewegen. Ich sitze hier fest, Rhett.«

»Nein, tust du nicht«, zischte ich ins Handy. »Steh auf und geh weg!«

»Das kann ich nicht ...« Es kam als zitterndes Flüstern heraus.

»Chase, du kannst das«, sagte ich fest. »Steh auf und fang an zu gehen! Geh einfach. Halt die Augen geschlossen.«

»Bitte komm und hol mich«, flehte er. »Tut mir leid, dass ich dich angerufen habe. Ich hätte es nicht getan, wenn es nicht sein müsste ...«

Ich kniff mir in den Nasenrücken und rieb mir dann die Stelle zwischen den Augenbrauen. Ein Teil von mir wollte ihn einfach im Stich lassen und ihn zwingen, die Situation selbst zu meistern, aber der andere Teil von mir hatte Angst, dass meinem Bruder etwas Schreckliches zustoßen könnte. Er könnte ausgeraubt oder zusammengeschlagen werden. Wenn er sich in einer Seitengasse in einer schlechten Gegend befand, war er nicht sicher. »Wo bist du?«

Erleichterung drang in seine Stimme. »Auf der linken Seite des China-Restaurants, in das wir immer gehen.«

»Ich bin unterwegs. Bleib einfach ruhig!« Ich legte auf und drehte mich zu Aspen um.

Sie sah mich mit Angst in den Augen an. »Ist alles in Ordnung?«

»Nein …« Ich konnte nicht glauben, dass ich sie einfach so stehen lassen würde. Ich hasste mich selbst dafür. Aber ich konnte meinen Bruder nicht sich selbst überlassen. Ganz egal, wie ich mich entschied, ich ließ jemanden im Stich, der mir am Herzen lag. »Ich muss gehen. Tut mir leid.«

»Warum?« Überraschung trat in ihre Augen.

»Mein Bruder braucht Hilfe … ist eine lange Geschichte.« Ich wusste, sie würde wütend sein und mir sagen, dass es falsch von mir war, einfach zu gehen. Schließlich bezahlte sie eine Menge Geld für meine Zeit, und ich ließ sie einfach stehen. Darüber wäre jeder stinksauer.

»Geht es ihm gut?«

Ich stutzte. Hatte sie das wirklich gerade gefragt? »Ich muss zu ihm. Dann wird es ihm wieder gut gehen.«

»Na dann los!« Sie nahm meinen Arm. »Wo ist er?«

Moment mal … Was? »Was ist mit deinem Dinner?«

»Ich rufe Dad an und sage ihm, ich hätte einen Notfall. Ich nehme die Schuld auf mich, damit du nicht bei ihm in Ungnade fällst.«

Ich konnte nicht glauben, dass sie so verständnisvoll darauf reagierte. Was ich tat, war ihr gegenüber alles andere als fair, aber das schien ihr nichts auszumachen. »Bist du sicher?«

»Ja«, antwortete sie mit gereizter Stimme. »Und jetzt lass uns zu deinem Bruder gehen. Er braucht dich.«

Sie wollte mitkommen? Ich wollte nicht, dass sie erfuhr, dass ich einen verrückten Bruder hatte, aber ich konnte sie auch nicht erst im Stich lassen und ihr dann sagen, sie dürfe nicht mitkommen. »Hier entlang.«

***

Als wir das chinesische Restaurant erreichten, bogen wir um die Ecke in die Seitengasse. Aspen sah sich um, als wäre sie nicht sicher, was wir hier machten. Es war dunkel bis auf eine einzige helle Straßenlaterne. Sie flutete den Bereich zwischen den beiden Gebäuden mit Licht und schien genau auf die Stelle, wo Chase in embryonaler Stellung zusammengekauert an der Wand saß.

»Oh mein Gott«, stieß Aspen hervor, als sie ihn sah. »Ist er verletzt?«

Ich rannte zu Chase und berührte ihn am Arm. »Chase, ich bin's.«

Er nahm die Arme nicht herunter, die er sich schützend um den Kopf hielt. »Hast du das Schwert?«

Aspen blieb neben uns stehen und beobachtete unsere Unterhaltung.

»Ja, hab ich«, antwortete ich. »Sie werden dir nichts tun. Lass uns gehen.«

»Bist du sicher?«, flüsterte Chase. »Sie waren kurz davor, sich auf mich zu stürzen ...«

»Du bist in Sicherheit«, sagte ich. »Na komm. Lass uns gehen.«

Aspen kniete sich neben ihn und legte die Hand auf sein Bein. »Es ist in Ordnung, Chase.«

Er zuckte zusammen. »Wer ist das?«

»Aspen«, antwortete ich. »Sie ist eine Freundin von mir, kein Schatten.«

Er entspannte sich. »Okay ...«

»Und jetzt steh auf.« Ich zog ihm den Arm vom Kopf.

»Du sitzt in einer Nebenstraße in New York City. Unter deinem Hintern ist wahrscheinlich Taubenkotze«, versuchte ich die Stimmung aufzuheitern, indem ich ihn zum Lachen brachte.

Chase stöhnte, als hätte er Schmerzen.

»Komm schon, Mann.« Ich nahm seine Arme und begann ihn hochzuziehen.

Aspen trat aus dem Weg.

Langsam kam Chase auf die Füße, dann lehnte er sich an meine Schulter wie ein verwundeter Krieger. »Bring mich weg von hier.«

Ich stützte ihn, während ich ihn aus der Gasse führte.

Aspen kam an seine andere Seite und legte ihm den Arm um die Taille.

»Sie kommen!«, stieß Chase hervor.

»Nein, tun sie nicht«, sagte ich fest.

Wir schafften es um die Ecke und auf den Bürgersteig. Neonlichter leuchteten schwach über den Gebäuden, aber es gab keine Straßenlaternen. Nirgends waren nennenswerte Schatten zu entdecken.

»Chase, du kannst jetzt die Augen aufmachen.«

Vorsichtig öffnete er ein Auge und sah sich um. Dann entspannte er sich und machte einen Schritt vorwärts, den Arm jedoch weiter um meine Schulter gelegt, als bräuchte er mich immer noch. Er war immer noch aufgewühlt durch etwas, das er nicht wirklich sah.

Als wir sein Apartmentgebäude betraten, schaltete ich jedes Mal die Lichter aus, wenn wir ein neues Stockwerk betraten, damit er sich nicht ängstlich zusammenkauerte. Den Lift konnten wir nicht nehmen, da man darin das Licht nicht dimmen konnte. Endlich erreichten wir seine Wohnung und traten hinein.

Chase schlug die Tür hinter uns zu und verriegelte sie. »Scheiße, das war knapp!«

Seine Wohnung war mit Schwarzlicht beleuchtet. Alle Tischkanten waren mit fluoreszierenden Streifen markiert, und auf dem Fußboden waren Lichter, die ihm den Weg durch die Wohnung wiesen. Zahlreiche fluoreszierende Kugeln spendeten genug Licht, um das Innere der Wohnung erkennen zu lassen, ohne Schatten zu werfen.

Aspen muss ihn für einen Freak halten.

Chase ging zum Kühlschrank und nahm sich ein Bier heraus. Er trank es in einer Minute aus, dann stellte er die Flasche auf die Küchenzeile.

»Was hast du gemacht?«, fragte ich.

»Mir nur was zu essen geholt.«

»Warum bist du da langgegangen?«

»Da waren keine Laternen.«

Ich versuchte, nicht die Beherrschung zu verlieren. »Chase, es ist gefährlich, durch dunkle Seitengassen zu gehen. Das habe ich dir schon tausendmal gesagt. Es gibt Schlimmeres als Schatten. Jemand könnte dich ausrauben und dir wehtun. Verstehst du das denn nicht?«

»Ich bin immer vorsichtig«, argumentierte er.

»Indem du dich zusammenkauerst wie ein kleines Kind?«, schnauzte ich ihn an. »Ich hätte dir die Taschen plündern können, und du hättest nichts dagegen getan.«

»Das sind doch nur Geld und ein paar Kreditkarten«, sagte er.

»Mein Geld. Meine Kreditkarten.« Meine Stimme wurde

lauter, als mir lieb war. »Aber nichts ist wichtiger als dein Leben. Diese alberne Angst muss aufhören.«

»Jetzt mach mal halblang«, sagte Chase. »Das kommt doch nur ab und zu vor.«

»Du brauchst nur ein einziges Mal zur falschen Zeit am falschen Ort zu sein«, versetzte ich.

Er wandte sich ab und seufzte.

»Ich bin noch nicht fertig mit dir.«

Mit einem resignierten Ausdruck auf dem Gesicht drehte er sich wieder zu mir um.

»Ich arbeite gerade. Du kannst mich nicht einfach so anrufen und erwarten, dass ich jederzeit zur Verfügung stehe. Ich ernähre uns beide damit, für den Fall, dass du das vergessen hast.«

»Das lässt du mich doch nie vergessen«, sagte er leise.

Ich atmete tief durch und ließ die Wut verpuffen. Zu schreien und herumzubrüllen würde nichts ändern. Das war nicht die beste Vorgehensweise. Ich trat näher zu ihm. »Es tut mir leid ... Du jagst mir manchmal einfach einen Schrecken ein. Ich habe Angst, dass ...« Ich brachte die Worte nicht einmal heraus.

»Ich weiß.« Er starrte einen Augenblick lang zu Boden, bevor er mich wieder ansah. »Ich werde vorsichtiger sein.«

»Du weißt, dass du mich immer anrufen kannst, selbst wenn ich arbeite. Aber ... Chase, du brauchst Hilfe.«

Er schüttelte den Kopf. »Ich gehe nicht in ein Krankenhaus.«

»Kein Krankenhaus«, sagte ich. »Es ist nur ein Ort, an dem man dir hilft.«

»Mit Schatten«, wandte er ein. »Was hat es für einen Sinn, mir zu helfen, wenn ich tot bin?«

Chase war intelligent und äußerst vernünftig, aber wenn es um diese irrationale Phobie ging, konnte er nicht mehr klar denken. Es war, als spräche ich mit einem völlig anderen Menschen. In jeder anderen Situation war er furchtlos und mutig. Aber sobald ein helles Licht anging, wurde er starr vor Angst.

»Schatten können dir nichts tun. Sie haben keine körperliche Gestalt. Das habe ich dir doch schon gesagt.«

Er verschränkte die Arme vor der Brust und trat von einem Bein aufs andere.

»Nimm das Schattenschwert«, sagte ich. »Es wird dich beschützen.«

»Nein, das ist doch für dich bestimmt«, widersprach er. »Ich kann es nicht einfach nehmen.«

»Doch, das kannst du.« Es war etwas, das ich erfunden hatte, aber er hielt es für real.

»Nein. Es wurde dir gegeben, nicht mir. So funktioniert das nicht.«

»Was funktioniert so nicht?«, wollte ich wissen.

»Ein Schattenkämpfer kann die Schatten nur besiegen, wenn er dazu auserwählt wurde. Du wurdest dazu auserwählt, Rhett.«

Seufzend rieb ich mir die Stirn. Aspen hielt Chase und mich definitiv für Freaks. »Sei einfach von jetzt an vorsichtig.«

»Okay«, antwortete Chase. »Wollen wir fernsehen?« Er sagte es, als wäre alles völlig normal.

»Nein.« Ich drehte mich zu Aspen um. »Schätze, es ist Zeit, euch einander vorzustellen ... Aspen, das ist mein Bruder Chase. Chase, das ist meine Freundin Aspen.«

»Schön, dich kennenzulernen.« Aspen schüttelte ihm die Hand.

»Gleichfalls«, sagte er fröhlich. »Tut mir leid, wenn ich euch den Abend ruiniert habe. Das wollte ich nicht.«

»Du hast uns den Abend nicht ruiniert«, entgegnete Aspen. »Wir sind einfach nur froh, dass du okay bist.«

Jede andere Frau wäre schreiend vor Entsetzen davongestürmt.

»Willst du ein Bier?«, fragte Chase.

»Nein, schon gut«, antwortete sie. »Trotzdem danke.«

Chase beugte sich zu mir. »Sie ist wirklich süß.« Er hatte seine Stimme gesenkt, aber ich war mir sicher, dass Aspen ihn gehört hatte.

»Ich weiß«, sagte ich mit normaler Stimme.

»Ist sie Single?«, fragte er.

»Nein.« Ich verdrehte die Augen und warf Aspen einen entschuldigenden Blick zu.

Sie lächelte, als wäre sie amüsiert.

»Verdammt«, sagte Chase. »Die Hübschen sind immer schon vergeben.«

»Ja …« Ich trat näher zu Aspen. »Also, wenn du sonst nichts mehr brauchst, dann gehen wir wieder.«

»Nein, alles okay«, antwortete Chase. »Ich hoffe, ihr könnt mit eurem Abend da weitermachen, wo ihr aufgehört habt.«

»Keine Sorge«, sagte Aspen.

»Bye!« Ich öffnete die Tür und ließ Aspen hinausgehen.

Dann kam Chase zu mir und umarmte mich. »Es tut mir leid, dass ich so eine Plage bin. Ich hoffe, ich kann eines Tages auch mal für dich da sein, so wie du es für mich bist.«

Ich holte tief Luft und erwiderte dann die Umarmung. Es war schwer, wütend auf ihn zu bleiben, weil ich ihn so sehr liebte. »Ich weiß, das wirst du.« Ich klopfte ihm auf den Rücken, dann löste ich mich von ihm.

Er hielt mich an der Schulter fest, bevor ich hinausging. »Alter, sie ist wirklich süß. Geh und schnapp sie dir!«

»Sie ist meine Kundin.«

»Wie du meinst«, sagte er schulterzuckend. »Wenn du sie dir nicht schnappst, dann tu ich es.«

»Als ob du mit mir konkurrieren könntest«, lachte ich. »Du fürchtest dich doch vor Schatten.«

»Aber das bedeutet nicht, dass ich nicht irrsinnig charmant wäre.«

»Du kannst doch nicht mal mit ihr frühstücken gehen.«

»Wer hat was von Frühstück gesagt?«, fragte er. »Sie wäre doch nur über Nacht hier.« Anzüglich hob er die Augenbrauen, dann zog er sich wieder in seine Wohnung zurück.

Ich verdrehte die Augen und ging zurück zu Aspen, in der Hoffnung, diesen Abend irgendwie noch retten zu können.

Aspen musterte mich, sagte jedoch nichts.

»Sag nichts.«, sagte ich halb im Spaß, halb im Ernst.

»Tu ich nicht«, antwortete sie. »Aber du siehst aus wie jemand, der ein Eis vertragen könnte.« In ihrer Stimme schwang ein scherzender Tonfall mit.

»Ich könnte definitiv ein Eis vertragen.«

Sie schenkte mir ein strahlendes Lächeln. »Ich geb dir sogar meine Kirsche.«

***

Aspen und ich aßen schweigend. Sie hatte mich nichts über Chase gefragt, und es sah auch nicht so aus, als würde sie es noch tun. Ich wusste, dass ihr eine Million Fragen durch den Kopf schwirren mussten, aber sie blieb stumm.

»Tut mir leid wegen heute Abend«, sagte ich schließlich.

»Kein Grund, sich zu entschuldigen«, entgegnete sie. »Solche Dinge passieren.«

»Normale Dinge passieren«, erwiderte ich mit einem Seufzen. »Aber nicht so was.«

Sie lachte nicht und machte auch keine scherzhafte Bemerkung. Sie aß einfach nur weiter ihren Eisbecher, als wäre alles okay.

»Es tut mir leid, dass das ausgerechnet heute Abend passiert ist.«

Sie ließ von ihrem Eisbecher ab und legte ihre Hand auf meine. Ihre Handfläche war warm, trotz der kalten Leckerei, die sie gerade gegessen hatte. Die Berührung hüllte mich ein und gab mir ein Gefühl von Sicherheit, obwohl sie so unschuldig war. In ihren Augen lag ein ernster Ausdruck, aber da war auch Mitgefühl. »Meine Mom bekam Alzheimer, als sie fünfunddreißig war. Es passierte so schnell, dass ich nicht einmal wusste, wie ich es verarbeiten sollte. Innerhalb von vier Monaten erkannte sie mich schon nicht mehr wieder. Jeden Tag, wenn ich sie sah, musste ich mich ihr wieder vorstellen und von Neuem ihr Vertrauen gewinnen, bevor sie mir überhaupt erlaubte, ihr etwas vorzulesen. Es brachte mein Leben durcheinander, aber ich weigerte mich, meine Mutter im Stich zu lassen. Ich versäumte Geburtstagspartys, Hochzeiten und jeden Spaß, damit ich bei ihr sein konnte. Ich verstehe, dass sich solche Dinge unserer

Kontrolle entziehen. Ich bin nicht sauer, und ich denke auch nicht schlechter von dir, weil du dich um deinen Bruder gekümmert hast. Wenn überhaupt, wäre ich empört gewesen, wenn du deiner Arbeit den Vorrang gegeben hättest.« Ihre Hand blieb auf meiner liegen, und ich spürte schwach ihren Puls.

Ich sah ihr in die Augen und verstand sie auf einer völlig neuen Ebene. Durch ihr Geständnis wuchs sie mir noch mehr ans Herz. Sie hatte mehr Leid erfahren, als irgendjemand es sollte, und dennoch fand sie immer noch die Kraft, zu lächeln und zu lachen. Ich fühlte mich wohl bei ihr und hatte keine Angst mehr wegen des Geheimnisses, das ich hütete. Sie verurteilte mich nicht oder dachte schlecht von mir. Sie verstand mich, durch und durch. »Danke ...«

Sie nahm ihre Hand wieder fort, und meine Haut fühlte sich plötzlich kühl an.

»Das mit deiner Mom tut mir leid.«

Aspen schaute in ihren Becher, obwohl er beinahe leer war. »Es war nicht leicht, das durchzustehen. Meine Mom war eine erstaunliche Frau, und zuzusehen, wie sie so ihren Verstand verliert, war ... schmerzhaft. Ich versuchte, an meinen Erinnerungen festzuhalten und sie nicht durch die verängstigte Frau zu ersetzen, zu der sie geworden war. Als sie starb ... war ich tatsächlich froh, dass sie fort war. Ein solcher Zustand völliger Verwirrung ist keine Art zu leben.«

Das ließ mich erkennen, dass ich kein Recht hatte, mich wegen Chase zu beschweren. Er mochte eine ungewöhnliche Angst haben, aber sie beeinflusste keinen anderen Teil von ihm. Er war immer noch mein Bruder, derselbe Kerl, den ich schon mein ganzes Leben lang kannte. Wir spielten immer noch Spiele zusammen und hatten Spaß miteinander. Er war nach wie vor derselbe Mensch, der er immer gewesen war. »Es tut mir leid«, wiederholte ich. »Wirklich.«

»Ich weiß.« Sie schenkte mir ein trauriges Lächeln. Dann nahm sie ihre Cocktailkirsche am Stiel und ließ sie in meinen Becher fallen. »Eine Kleinigkeit, um dir den Abend ein wenig zu versüßen.«

»Das hast du doch schon«, antwortete ich ernst. Ich aß die Kirsche und warf den Stiel zurück in den Becher.

Aspen stützte die Ellbogen auf den Tisch und betrachtete mich mit einem Ausdruck, den ich nicht deuten konnte. War es Bedauern? War es Mitgefühl? War es Zuneigung? Ich war mir nicht sicher. »Willst du drüber reden?«

Selbst wenn sie sich nicht geöffnet hätte, was ihre Mom betraf, hätte ich ihr von Chase erzählt. »Als ich sieben war und Chase fünf, machten meine Eltern mit ihm einen Camping-Ausflug nach Connecticut. Sie hatten den Ausflug schon lange geplant, aber ich wurde krank, darum ließen sie mich bei meiner Tante und meinem Onkel zurück. Ich war natürlich sauer, weil sie mich nicht mitnahmen, aber als mir meine Tante Micky-Maus-Pfannkuchen machte und mich im Fernsehen anschauen ließ, was immer ich wollte, hörte ich auf, mich zu beschweren.« Ich erinnere mich noch so lebhaft an dieses Wochenende, als wäre es erst vor ein paar Wochen gewesen. Nur weil ich noch klein war, heißt das nicht, dass mein Verstand während der Zeit nicht absolut klar gewesen wäre. »Irgendetwas ist passiert, obwohl bis heute keiner weiß, was, und meine Eltern kamen von der Straße ab und stürzten einen Abhang hinunter.«

Ihre Augen weiteten sich und überzogen sich sofort mit einem feuchten Schimmer.

»Das Auto überschlug sich mehrmals und blieb dann am Fuß des Abgrunds liegen. Meine Eltern waren sofort tot, zumindest hieß es das von offizieller Seite. Da Chase auf dem Rücksitz saß, überlebte er ohne einen Kratzer. Aber ein paar Bäume, gegen die sie geprallt waren, stürzten auf das Auto, wodurch es im Wagen stockdunkel wurde. Chase war fast drei Tage lang darin gefangen, bevor man sie fand. Ich denke, daher kommt seine Phobie. Es war dunkel, und er war eingeklemmt mit den Leichen unserer Eltern. Das würde jeden fürs Leben zeichnen ...«

Sie senkte den Blick und schniefte leicht.

»Tut mir leid. Ich wollte dich nicht traurig machen.«

»Es geht mir gut«, log sie, während sie sich die Augen mit einer Serviette abtupfte.

»Ich hatte Verständnis für Chase' Angst, weil es so eine traumatische Erfahrung war. Ich hoffte, sie würde wieder verschwinden, wenn er älter wurde. Mein Onkel und meine Tante zogen uns auf, und sie unterstützten ihn, sosehr sie konnten. Aber es ging nie weg. Er hat Angst vor Schatten, weil er behauptet, sie wollen ihm die Seele aussaugen und ihn umbringen. Chase redet nie darüber, und jedes Mal, wenn ich ihn frage, antwortet er nicht, aber ich glaube, meine Eltern waren nach dem Aufprall noch am Leben. Ich glaube, er musste mit anschauen, wie sie starben, und konnte nichts dagegen tun. Er hat gesehen, wie das Licht aus ihren Augen verschwand und ihre Körper steif wurden. Als Kind dachte er wahrscheinlich, die Dunkelheit hätte sie getötet, nicht der Aufprall selbst.

Er geht tagsüber nicht aus dem Haus, es sei denn, ich bin bei ihm. Ich habe mir vor langer Zeit die Lüge ausgedacht, ich hätte ein Schattenschwert, eine unbesiegbare Waffe, die jeden Schatten durchbohren kann. Es ist die einzige Möglichkeit, ihn bei Tageslicht aus dem Haus zu bekommen. Sobald die Sonne untergegangen ist, geht er auch allein raus, aber manchmal, so wie heute Abend, passiert etwas, das ihn ausflippen lässt. Dann muss ich kommen und ihn holen.

In jeder anderen Hinsicht ist er völlig normal. Er arbeitet von zu Hause aus als Programmierer und verdient ein wenig Geld damit, aber nicht genug, um davon leben zu können. Meine Tante und mein Onkel sind arm, deshalb haben wir ihnen gesagt, er hätte seine Phobie überwunden und arbeite in einem festen Job. Ich weiß, meine Tante und mein Onkel würden nicht zulassen, dass ich ihn unterstütze. Sie würden alles tun, was sie können, um selbst für ihn zu sorgen. Sie wissen nicht, dass ich gut verdiene. Ich will nicht, dass sie erfahren, dass ich ein Escort bin, deshalb mussten wir lügen. Meistens ist alles gut. Er und ich hängen zusammen rum wie normale Brüder. Aber es gibt Augenblicke wie heute Abend, in denen es schwierig wird und er mir eine Scheißangst einjagt.«

Ruhig und mit verständnisvollem Blick hörte sie mir zu. Ich hatte keine Ahnung, was sie dachte, aber ich wusste, dass sie mit mir litt. Sie starrte auf ihre Hände auf dem Tisch, dann stand sie auf und setzte sich auf meinen Schoß.

Das hatte sie noch nie zuvor getan, allerhöchstens hatte sie meine Hand gehalten. Aber als sie sich auf mich setzte, zog ich sie an mich. Diese Nähe war gegen die Regeln. Das war kein Händchenhalten oder ein Arm um die Taille. Aber ich hatte schon so viele andere Regeln gebrochen, dass mir diese hier egal war.

Sie legte die Arme um meinen Hals und ihr Gesicht an meine Schulter. »Das tut mir so leid, Rhett.«

Es waren noch andere Leute in der Eisdiele, aber sie verblassten um uns herum. Wir waren allein auf der Welt, nur sie und ich.

»Du bist ein wunderbarer Bruder und ein großartiger Mensch«, drang ihre Stimme leise in mein Ohr.

Ich schmiegte mein Gesicht in ihre Halsbeuge und atmete ihren Geruch ein. Der Duft von Vanille beruhigte mich. Ich nahm einen tiefen Atemzug, während ihre Umarmung meine aufgewühlten Emotionen zur Ruhe brachte und mir ein Gefühl von Sicherheit schenkte. Sie war klein in meinen Armen, ich konnte ihren Rücken mühelos mit einer Hand umspannen. Ihr Körper war leicht wie eine Feder und schmiegte sich perfekt an meinen. Es war schön, jemanden zu halten und gleichzeitig gehalten zu werden. Ich konnte mich nicht erinnern, wann ich diese Erfahrung zum letzten Mal mit jemandem geteilt hatte, zumindest auf diese Weise. Es war nicht wie dieses gezwungene Kuscheln nach dem Sex, um nicht unhöflich zu wirken. Das hier war aufrichtig und echt. Ich wollte sie ewig im Arm halten. »Danke!«

»Ich beklage mich ständig über meinen Vater, aber wenigstens habe ich noch ein Elternteil ...«

»Er mag zwar ein Elternteil sein, aber er ist nicht deine Familie. Harper ist deine Familie ... Ich bin deine Familie. Wir haben beide viel, wofür es sich zu leben lohnt und wofür wir dankbar sein können. Meine Mom hat immer gesagt, das Leben ist da, um es zu genießen. Ich versuche, jeden Tag nach diesen Worten zu leben … aber manchmal fällt es mir schwer.«

»Ich weiß.« Sie löste sich von mir, um mir ins Gesicht zu sehen. Ihre Augen waren immer noch feucht, wurden jedoch bereits wieder trockener. Mit einer zarten Berührung, als hätte sie das schon hundertmal gemacht, strichen ihre Finger durch mein Haar. »Aber wir müssen es weiter versuchen.«

»Das stimmt.« Ich hatte noch nie jemanden getroffen, der mich so gut verstand oder der etwas Ähnliches durchgemacht hatte. Aspen war schon vom ersten Augenblick an, als wir uns begegnet waren, ein Teil von mir geworden. Sie war eine Freundin, die ich schon mein ganzes Leben lang kannte, obwohl ich sie gerade erst kennengelernt hatte.

Sie holte tief Luft, dann wischte sie sich das verschmierte Make-up um die Augen fort. »Schiffe versenken?«

Ich zwang mich zu einem Lächeln. »Liebend gern.«

Kapitel acht

Aspen

»Du warst ja eine ganze Ewigkeit von der Bildfläche verschwunden«, sagte Harper. »Wie läuft's?« Sie saß mir gegenüber in unserer Nische und schlürfte ihren dritten Cosmo.

Es war wenig los für einen Dienstagabend, und nur ein paar Leute lungerten in der Bar herum. Ich achtete auf nichts anderes als Harper. »Mein Dad mag ihn wirklich. Er liebt ihn wie einen Sohn, ehrlich gesagt.«

»Ausgezeichnet. Ich denke, du solltest noch ein bisschen abwarten und dann zum Todesstoß ansetzen.«

»Zu welchem Todesstoß?«, fragte ich.

»Ihn dazu zu ermuntern, in den Ruhestand zu gehen«, erklärte sie, als wäre ich dumm, weil ich das nicht schneller kapierte. »Er macht doch sowieso nichts. Je schneller er da raus ist, desto glücklicher werden alle sein.«

»Ich will es nicht zu offensichtlich machen ...«

»Deswegen habe ich doch gesagt, warte noch ein bisschen ab.« Sie schnippte mit den Fingern. »Und dann: Peng!«

»Peng was?«

»Ist er Geschichte.«

»Warum musst du immer so reden, als wärst du eine Serienmörderin?«, fragte ich.

»Vielleicht bin ich ja eine Serienmörderin«, erwiderte sie schelmisch.

»Vergiss nicht, wir sind schon ewig Freundinnen. Du wärst nicht glücklich ohne mich.«

Sie lächelte. »Du bist vor mir sicher ... einstweilen zumindest.« Wieder nippte sie an ihrem Drink. »Wie läuft's mit Rhett?«

Der Tag hatte gar nicht genug Stunden, um zu erklären, wie es mit Rhett lief. »Gut.«

Sie zog eine Augenbraue hoch. »Gut? Ist das dein Ernst? Mehr hast du nicht für mich?«

»Na schön«, sagte ich mit genervter Stimme. »Es läuft großartig. Er ist der erstaunlichste und attraktivste Mann, dem ich je begegnet bin.«

»Schon besser.« Sie warf mir einen bedeutsamen Blick zu und nippte dann wieder an ihrem Drink. »Wie ist er so?«

»Das hab ich doch schon zusammengefasst. Er ist der erstaunlichste und attraktivste Mann, dem ich je begegnet bin.«

Sie bedachte mich mit diesem Red-keinen-Scheiß-Blick. »Was ist los mit dir? Warum willst du nicht über ihn reden?«

Ich wusste, warum ich nicht über ihn reden wollte. »Mein ganzes Leben lang dachte ich immer, so etwas wie den perfekten Mann gibt es nicht. Sie sind alle zu einem gewissen Grad Arschlöcher, und niemand ist perfekt. Märchenprinzen sind die Erfindung eines Wahnsinnigen, und in der echten Welt gibt es sie gar nicht. Aber dann hat Rhett diese Theorie völlig widerlegt.«

»Also ... Wo liegt das Problem?«

»Ich werde ihn nie haben.« Die Luft wich mir aus der Lunge, und ich fühlte mich kraftlos. »Es ist, wie dicht neben einem Feuer zu stehen, ohne je warm zu werden, oder sich am Schaufenster eines Süßigkeitenladens die Nase platt zu drücken. So nah und doch so fern.«

Harper nahm einen Schluck von ihrem Drink, während sie mich musterte, als wäre ich eine Probe unter dem Mikroskop. »Bist du dabei, dich in den Typ zu vergucken?«

Ich stieß ein bitteres Lachen aus. »Ich habe mich schon längst in ihn verguckt, schon als ich ihn zum ersten Mal gesehen habe, ehrlich gesagt.«

»Ist das gerade dein Ernst?«

»Ich wünschte, es wäre nicht so.«

Mit mitfühlendem Blick sah sie mich an. »Ich hatte angenommen, dass du es mit ihm treiben willst, aber dass du tatsächlich Gefühle für den Typ hast ... Das ist heftig.«

»Ich weiß.« Es war dumm von mir, es so weit kommen zu lassen.

»Mädel, du bist absolut umwerfend, und ich kann dir garantieren, dass er das auch findet, aber vergiss nicht, er macht das alles, um sich seine Brötchen zu verdienen. Er datet Frauen, um seine Miete zu bezahlen. Ich bin sicher, es ist ziemlich schwer, ihn zu beeindrucken.«

»Ich bin doch nicht verrückt«, erwiderte ich. »Ich weiß, dass er nicht an mir interessiert ist. Aber manchmal wünsche ich mir, er wäre es ...«

»Ich will einfach nicht, dass du einen Schritt auf ihn zugehst und verletzt wirst. Ich bin deine beste Freundin und werde immer ehrlich zu dir sein. Ich sage nicht, dass du einen so tollen Mann nicht kriegen könntest, weil ich weiß, dass du das kannst, aber das hier ist was anderes. Der Kerl hier legt sicher mehr Frauen flach als ein Callboy. Er sucht nicht nach was Ernstem.«

»Ich weiß.« Ich war dumm, aber nicht völlig ahnungslos.

»Tu einfach nichts, das du nicht zurücknehmen kannst. Denn wenn du den Vertrag verletzt und Rhett dazu bringst auszusteigen, dann bist du mit deinem Vater wieder angeschissen. Er wird wieder denselben Blödsinn verzapfen wie vorher.«

»Ich weiß. Ich muss das Ziel im Auge behalten.«

»Verlieb dich einfach nicht ernsthaft in ihn währenddessen. Das würde es so viel schmerzhafter machen.«

»Glaub mir, ich versuch's ja.« Ich schnappte ihr den Drink aus der Hand und nahm einen großen Schluck.

»Was ist überhaupt so toll an ihm?«, fragte sie. »Das hier ist New York. Hier sehen wir ständig umwerfende Männer.«

»Das ist es nicht«, erwiderte ich. »Sein Aussehen ist ehrlich gesagt das, was ich am wenigsten an ihm schätze. Er ist einfach ...« Wie konnte ich seinen Wert mit Worten erklären? Es gab nichts in unserer Sprache, um ihn richtig zu beschreiben. »Er sieht umwerfend gut aus, aber das scheint ihn gar nicht zu interessieren. Er ist nicht großspurig oder eingebildet wie die meisten Kerle. Und er ist so lieb und rücksichtsvoll. Er ist beängstigend intelligent und gebildet. Und er ist so lustig. Jedes Mal, wenn wir zusammen sind, haben wir eine Menge Spaß. Er ist ... einer meiner engsten Freunde geworden.«

Harper hörte zu, schien aber von meinen Worten nicht beeindruckt zu sein. »Hast du je daran gedacht, dass er dieser charmante und perfekte Mann ist, weil das sein Job ist? Dass er dafür bezahlt wird, den Märchenprinzen zu spielen, also tut er es? Wenn er frei hat, ist er wahrscheinlich genauso ein Arsch wie jeder andere.«

»Kann sein«, meinte ich mit einem Schulterzucken. »Aber das glaube ich nicht. Er ist sensibel und tiefgründig. Falls er ein so talentierter Schauspieler ist, dann hat er den falschen Beruf.«

»Oder den richtigen.«

Ihr Zynismus machte mich fertig. »Warum kannst du nicht einfach glauben, dass er wirklich ein toller Kerl ist?«

Sie kippte den Rest ihres Drinks hinunter und seufzte. »John hat dich völlig vernichtet. Mit anzusehen wie du das durchmachst, war für mich genauso schmerzhaft wie für dich. Ich könnte es nicht ertragen, wenn du erneut verletzt wirst, nicht schon so bald wieder. Ich will dich nur beschützen. Ich sage dir nicht, was du hören willst, aber als deine beste Freundin soll ich dir auch gar nicht sagen, was du hören willst. Ich soll dir die Wahrheit sagen, ganz egal, wie schmerzhaft es ist, sie zu hören. Dieser Typ ist darauf trainiert, Frauen das Gefühl zu geben, schön und wichtig zu sein. Täuschung ist das absolute Fundament seines Jobs. Er tut so, als wäre er in Hunderte von Frauen verliebt, und er ist ein Profi darin. Er täuscht Eltern, Geschwister und Freunde. Besteht da nicht auch die leise Möglichkeit, dass er dich genauso täuscht wie schon Hunderte vor dir?«

Ich wusste, dass sie recht hatte.

»Dieser Typ ist nicht das, was er scheint, und da ist nichts falsch daran. Vergiss einfach nicht, dass du ihn dafür bezahlst, sich so zu verhalten. Das bedeutet noch lange nicht, dass er wirklich so ist.«

Ich spürte den Schmerz in meiner Brust, als ich nickte. »Du hast recht.«

»Also lass diese Gefühle nicht wachsen. Denn letzten Endes ist er nur dein Freund, weil er dafür bezahlt wird. Sobald das Geld zu fließen aufhört, hört auch er damit auf. Diese Beziehung ist nicht echt. Sie ist nur eine Illusion.«

Harper ging sanft mit mir um, wenn ich es brauchte, aber sie gab mir auch liebevolle Härte, wenn es notwendig war. »Danke ... Ich weiß, es ist schwer, etwas zu sagen, was deine Freundin nicht hören will.«

»Du kannst mich hassen, soviel du willst, aber mir ist es lieber, du hasst mich, als dass du verletzt wirst.«

»Ich hasse dich doch nicht.« Ich schenkte ihr ein Lächeln. »Ich könnte dich niemals hassen, ganz egal, wie sehr du mich nervst und in den Wahnsinn treibst.«

»Dich nerven?« Mit dramatischer Geste warf sie sich das Haar über die Schulter. »Unmöglich. Ich bin das coolste Babe von SoHo.«

»Wir leben in Manhattan, also ist das irrelevant«, lachte ich.

»Na schön.« Wieder schleuderte sie ihr Haar. »Dann bin ich eben das coolste Babe von Manhattan.«

»Ähm, hallo?« Ich winkte vor ihrer Nase herum. »Ich bin mir ziemlich sicher, das bin ich.«

»Kannst du deine Haare so werfen wie ich?« Sie machte es noch mal, diesmal sogar noch dramatischer.

Ich ahmte sie nach, indem ich meinen Kopf in den Nacken warf und mein Haar fliegen ließ.

Sie schüttelte den Kopf. »Du hast es einfach nicht drauf.«

»Seit wann macht es uns cool, wie eingebildete Zicken die Haare zu werfen?«, fragte ich.

Sie zuckte die Schultern. »Keine Ahnung. Aber es ist trotzdem eine ausgestorbene Kunst.«

Harper war ziemlich schräg, was ihren Humor und ihre Persönlichkeit betraf, aber mit ihr wurde es nie langweilig. Ich konnte mir nicht vorstellen, irgendjemand anders als beste Freundin zu haben. Das Beste an einer Beziehung wie der unseren war, dass wir wir selbst sein konnten. Sogar in meinen dunkelsten Stunden stand sie mir dennoch zur Seite. Manchmal stritten wir uns, wie alle Freunde, aber wir fanden immer wieder den Weg zueinander zurück.

Sie hob ihr leeres Glas und musterte es. »Ich sitze auf dem Trockenen. Ich brauche Nachschub.«

»Du hattest doch schon drei.«

»Du magst ja ein Leichtgewicht sein, aber ich bin's nicht.«

Ihr Satz erinnerte mich an den Abend, den ich bei Rhett verbracht hatte. Wir hatten zu Abend gegessen und dann die Margaritas in Dosen vernichtet und versucht, so zu tun, als schmeckten sie nicht absolut billig und widerlich. Der Gedanke brachte mich zum Lächeln.

»Lass uns zur Bar gehen. Du hast auch nichts mehr.«

»Ein Drink reicht mir«, winkte ich ab.

»Nix da. Wenn ich vier Drinks habe, dann trinkst du mindestens zwei.«

Ich schüttelte den Kopf. »Wenn ich dich nicht so gut kennen würde, würde ich sagen, du bist Alkoholikerin.«

»Vielleicht kennst du mich wirklich nicht so gut.« Sie stand auf. »Na los, schwing die Hufe!« Sie war eindeutig schon ein bisschen beschwipst.

Wir stellten uns an die Bar, um unsere Drinks zu bestellen. Während wir warteten, warfen uns ein paar Typen neben uns verstohlene Blicke zu. Seit John mir das Herz gebrochen und mich gedemütigt hatte, hatte ich keinen anderen Mann mehr angesehen. Ich empfand keine Treue John gegenüber, aber mit einem anderen Mann zusammen zu sein interessierte mich nicht im Geringsten. Das würde nur zu Herzschmerz und Bedauern führen. Ich war noch nicht bereit, diesen Pfad wieder zu betreten. Rhett war die einzige Ausnahme, aber das kam nur daher, dass ich ihm nicht widerstehen konnte. Falls er mich wollte, würde es mir wirklich schwerfallen, Nein zu sagen. Ehrlich gesagt wäre es unmöglich.

Einer der Typen stand auf und kam herum, bis er dicht an meiner linken Seite stand. Sein Blick brannte sich in meine Wange. »Ich würde dir gern einen Drink ausgeben, wenn ich darf.«

Wenigstens kam er nicht mit einem kitschigen Spruch an. »Das ist sehr nett von dir, aber nein, danke.« Ich wollte ihm keine falschen Hoffnungen machen und seine Zeit verschwenden. Er war schnuckelig und trug ein Hemd und eine schicke Hose, aber ich war einfach nicht interessiert.

Harper versetzte mir verstohlen einen Tritt, eindeutig um mir zu sagen, ich sollte mich ranmachen.

Ich ignorierte den Schmerz und tat so, als hätte mich meine beste Freundin nicht gerade attackiert.

»Wer lehnt denn einen kostenlosen Drink ab?« Seine Stimme war sanft, nicht aggressiv, und er hatte ein leichtes Lächeln auf den Lippen.

»Eine Frau, die nicht interessiert ist.« Ich achtete darauf, spielerisch zu klingen, nicht unhöflich. Es erforderte viel Mut, eine wildfremde Person anzusprechen, und ich wollte ihn nicht für zukünftige Versuche demotivieren.

»Und warum bist du nicht interessiert?«, fragte er. »Ich bin ein netter Kerl. Da brauchst du nur meinen Bewährungshelfer zu fragen.«

Ich lachte, weil ich diesen billigen Spruch schon unzählige Male gehört hatte.

»Siehst du, ich habe dich zum Lachen gebracht«, sagte er stolz. »Dafür habe ich mir doch ein paar Minuten deiner Zeit verdient.«

Harper schob mich näher zu ihm hin. »Der ist süß. Nichts wie ran!«

»Er könnte ein Serienkiller sein«, flüsterte ich ihr zu.

»Nun, falls er einer ist, hast du immer noch mich zur Unterstützung.«

Er hatte unseren Austausch verfolgt. »Ich bin kein Serienkiller, du kannst also unbesorgt sein.«

»Genau das würde ein Serienkiller auch sagen«, bemerkte ich.

»Stimmt«, antwortete er. »Aber ich würde dich nicht hier drin umbringen, also bist du fürs Erste in Sicherheit. Ich bin Rich.«

Ich schüttelte ihm die Hand. »Aspen.«

Er pfiff anerkennend. »Hübscher Name.«

»Danke.«

»Warst du schon mal in Aspen?«, fragte er.

»Kann ich nicht behaupten.«

»Im Winter ist es da wunderschön. Du solltest mal hinfahren.«

»Fährst du Ski?«, wollte ich wissen.

»Snowboard. Und du?«

»Ich kann kaum gerade laufen, geschweige denn auf zwei Brettern das Gleichgewicht halten.«

Er lachte. »Auf mich wirkst du ziemlich anmutig.«

Diese Unterhaltung entwickelte sich in eine gefährliche Richtung. »Rich, ich will ehrlich zu dir sein. Ich bin im Moment nicht an Dates interessiert und möchte nicht, dass du deine Zeit verschwendest. Hier in der Bar gibt es ein Dutzend schöne Mädchen. Ich schlage vor, du versuchst dein Glück bei denen.«

Er seufzte. »Irgendein Trottel hat dir das Herz gebrochen, was?«

»In tausend Scherben.«

»Was für eine Schande! Du bist so bildschön.«

»Nun ... danke!« Meine Wangen röteten sich leicht.

»Was zum Teufel machst du denn?«, zischte Harper. »Gib ihm doch eine Chance.«

Rich musterte uns mit einem Lächeln um die Lippen. »Deine Freundin wirkt ziemlich eifrig.«

»Sie will nur, dass ich flachgelegt werde«, erwiderte ich und verdrehte die Augen.

Er grinste wie ein Idiot. »Dabei kann ich helfen.«

Ich war furchtbar schlecht im Bett, also würde er keine Freude an einem Rendezvous haben. »Es war schön, dich kennenzulernen, Rich. Eine gute Nacht noch!«

»Einen Versuch war es doch wenigstens wert, oder etwa nicht?«

»Sicher.« Ich wartete darauf, dass er ging, doch er rührte sich nicht.

»Nachdem du mich jetzt gründlich hast abblitzen lassen

und ich heute Nacht nicht zum Schuss komme, können wir uns dann einfach so unterhalten? Ich könnte auch eines der anderen Mädchen anmachen, aber ehrlich gesagt würde ich lieber mit dir quatschen. Du bist viel interessanter.«

Ich wusste nicht, was ich darauf sagen sollte, weil seine Worte so ungewöhnlich waren. Ich konnte einen Typen nicht abweisen, wenn er nur eine freundliche Unterhaltung führen wollte. »Schätze, schon.« Nervös strich ich mir eine Haarsträhne hinters Ohr.

»Ich mache dich auch nicht mehr an. Versprochen.«

Ich entspannte mich ein wenig. »Okay.«

Rich und ich unterhielten uns über das Leben in New York und seinen Job. Er war Börsenmakler und arbeitete für eine kleine Firma in Manhattan. Er war nett und attraktiv, aber ich spürte nichts von meiner Seite her. Wir standen lange an der Bar und machten Small Talk.

»Aspen?«

Diese Stimme würde ich überall wiedererkennen. Sie kam in meine wunderbaren Träume und legte sich um mich wie eine weiche Decke. Die Bilder waren stets verschwommen, aber sein Gesicht und seine Stimme waren immer zu erkennen.

Ich drehte mich um und blickte in die blauen Augen, von denen ich nicht genug bekommen konnte. Sie waren verführerisch, lockten mich zu sich, bis ich zu tief in ihnen versank, um mich noch zurückzuziehen. Sie leuchteten schimmernd wie ein arktischer Gletscher im Sonnenlicht. Seine helle Haut betonte seine Augen, und sein kräftiger Kiefer war unwiderstehlich. Ich wollte der Kontur mit den Fingerspitzen folgen und die Bartstoppeln nach ein paar Tagen ohne Rasur spüren. Er ragte vor mir auf, und seine Schultern zogen wie immer meine Aufmerksamkeit auf sich. Ich wollte mich an ihnen festklammern, während ich wippend auf ihm saß. Das war eine Fantasie, die ich schon hatte, seit ich ihn zum ersten Mal gesehen hatte.

Bei seinem Anblick spannte sich mein Körper sofort an, und mir blieb die Luft weg. Dann erholte ich mich wieder, unfähig, meine Begeisterung über seine unerwartete Anwesenheit zu zügeln. Vielleicht war das alles zwischen uns nur gespielt. Vielleicht war er nicht der charmante Mann, als der er sich gab. Aber irgendwo tief in meinem Herzen wusste ich, dass er es war.

Sofort fiel ich ihm um den Hals und drückte ihn, als hätte ich ihn seit zehn Jahren nicht gesehen. Seine kräftige Brust war tröstlich und vertraut. Der Duft von Kiefernnadeln stieg mir in die Nase. Alles an ihm zog mich an. Ich hasste es, ihn zu umarmen, weil ich wusste, ich würde irgendwann wieder loslassen müssen. Wenn es nach mir gegangen wäre, hätten wir einfach so bleiben können – für immer.

Rhett schien meine übertriebene Zuneigung nicht für merkwürdig zu halten, denn er umarmte mich ebenso fest, sein Kinn auf meinem Scheitel. Mein Gesicht lag an seiner breiten Brust, und ich spürte sein Herz heftig schlagen.

Langsam wurde mir bewusst, wie lange ich schon die Arme um seinen Hals geschlungen hatte. Es war schon mindestens eine Minute verstrichen, und ich hielt mich immer noch an ihm fest, als tanzten wir, ohne uns zu bewegen. Ich hätte alles dafür gegeben, ihn so zu haben, wie ich ihn wollte, mit ihm im Bett zu liegen und zu kuscheln, bis die

Sonne am nächsten Morgen aufging. Ich hätte alles dafür gegeben, dass er blieb.

Rhett bewegte sich immer noch nicht. Seine Hand wanderte an meinem Rücken empor zu meinem Haar, bis seine Finger leicht meinen Nacken berührten und dann dort liegen blieben. Ich nahm die Berührung, jede Bewegung auf meiner Haut, im Geiste noch intensiver wahr. Ein Feuer brach an jeder Stelle aus, die seine Finger streiften.

Da mir bewusst war, dass ich ihn schon viel zu lange umarmte, zog ich mich leicht von ihm zurück und hoffte inständig, keinen Ausdruck der Verwirrung über diese unangebrachte Geste der Zuneigung auf seinem Gesicht zu sehen. Ich musste meine Gefühle besser unter Kontrolle halten. Jedes Mal, wenn ich mich mit Entschlossenheit stählte, sah er mich mit diesen blauen Augen an, und ich war verloren.

Doch Verwirrung war nicht die Reaktion, die mich erwartete. Er schaute mit einem leichten Grinsen auf dem Gesicht auf mich herab, und seine Augen funkelten strahlend, als wäre er ebenso glücklich darüber, mich zu sehen, wie ich ihn. Seine Hand blieb in meinem Nacken, und sein Gesicht war nah an meinem, nah genug für einen Kuss. »Was für eine schöne Überraschung.« Seine Stimme war ein Flüstern, nur laut genug, dass wir beide es hören konnten.

»Ja, das ist es.« Mir fiel nichts Geistreicheres ein. Er hatte mich mit seinem unerwarteten Auftauchen völlig überrumpelt.

»Ich dachte, du bist zu Hause und schärfst deine Schummelkünste.«

Ich musste lachen. »Ich schummle nicht.«

»Du liest also nur Gedanken?«

»Wird wohl so sein.«

»Und was denke ich jetzt gerade?« Er warf einen Blick auf meine Lippen und sah mir dann in die Augen.

Dass er mich küssen möchte. Aber das konnte nicht stimmen. »Du willst noch eine Margarita aus der Dose.«

Seine Lippen verzogen sich zu dem Grinsen, das ich so gern sah. »Bloß nicht!«

»Schätze, dann kann ich wohl doch nicht Gedanken lesen.«

»Vielleicht können wir dann ja ausnahmsweise mal tatsächlich eine faire Partie Schiffe versenken spielen.«

»Vielleicht.« Ich sah ihm in die Augen und spürte, wie ich ihm noch mehr verfiel als zuvor. Es war der Augenblick, gegen den ich angekämpft, der Augenblick, vor dem ich mich gefürchtet hatte. Viele sagen, sie wüssten nicht genau, wann sie sich verlieben. Es passiert einfach, und wenn sie zurückblicken, versuchen sie, sich an den genauen Moment zu erinnern, doch es gelingt ihnen nicht. Aber mein Moment war gekommen. Genau da, in diesem Augenblick, verliebte ich mich unwiderruflich und wahnsinnig in Rhett. Es war geschehen.

»Darf ich dir einen Drink ausgeben?«, fragte er.

»Solange es kein Margarita ist und nach Mango schmeckt.«

»Okay«, sagte er mit einem leisen Lachen. »Das kriege ich hin. Aber Ladys mit Klasse trinken Bier, stimmt's? Also willst du sicher so eins.«

»Ich mag Bier.« Ich hätte sogar Schneckenschleim getrunken, weil ich so hoch in den Wolken schwebte.

»Dann bestelle ich dir eins.« Seine Hand blieb an meiner Taille, während er sich an mir vorbei zur Bar lehnte und die andere Hand auf den Tresen stützte.

Unsere Gesichter kamen sich so nahe, dass ich den Hauch Alkohol in seinem Atem wahrnehmen konnte. Vielleicht war er ein wenig angeheitert. Aber das war ich auch.

»Zwei Bier«, sagte er zum Barkeeper.

Ich vergaß Rich und Harper. Alles, was ich sah, war Rhett, der Mann, der innerhalb nur eines Monats mein bester Freund geworden war. Noch nie hatte ich mehr Spaß gehabt als mit ihm. Ich hätte jeden Tag mit ihm verbringen können, wenn das möglich gewesen wäre. Aber das konnte ich mir schlicht und einfach nicht leisten.

Rhett nahm sein Bier und trank einen Schluck.

Als ich über seine Schulter schaute, sah ich Harper.

»Wer zum Teufel ist das?«, formte sie tonlos mit den Lippen, während sie die Arme um sich schlang.

Ich konnte nicht antworten, ohne dass Rhett es bemerkt hätte.

Dann legte Harper den Kopf schief, um seinen Hintern zu mustern, und zeigte mir zwei Daumen nach oben.

Ich verdrehte die Augen.

»Wer war dieser Typ, mit dem du geredet hast?«, fragte Rhett leise.

»Rich.«

»Kennst du ihn?« Seine Stimme war nicht zu deuten. Ich konnte nicht heraushören, warum er das fragte.

»Nur so ein Typ, den ich kennengelernt habe.«

»Ich verstehe.« Seine Augen waren immer noch strahlend

blau, hatten aber eine Spur Grau darin. »Hast du dir ein Date an Land gezogen?«, fragte er beiläufig.

»Nein. Ich werde ihn nicht wiedersehen.«

»Ach wirklich?« Das Grau in seinen Augen verblasste.

»Ja. Er ist ein netter Kerl, aber ...«

»Aber was?«, fragte er.

»Ich bin im Moment nicht an irgendwas interessiert.« *Außer an dir.*

Er nickte, dann trank er wieder von seinem Bier.

»Bist du mit jemandem hier?« Ich hoffte, seine Antwort lautete Nein.

»Nur mit meinen Freunden. Mit wem bist du hier?«

»Harper.«

»Der berüchtigten Harper?«, fragte er mit einem Lächeln.

»Genau der.«

»Die muss ich kennenlernen.« Mit vor Aufregung großen Augen stellte er sein Bier ab.

Ich war ein bisschen nervös. Harper war sexy, und alle Kerle standen auf sie. Sie war eine zierliche Frau, die es schaffte, den ganzen Raum für sich einzunehmen. Was, wenn es zwischen den beiden funkte? Was, wenn ich zusehen musste, wie sie mit dem Typen abzog, in den ich mich verliebt hatte? Ich wusste, dass meine Eifersucht nicht fair war. Rhett gehörte mir nicht und konnte tun, was immer er wollte. »Sie steht direkt hinter dir.«

Er drehte sich um und ließ dabei seinen Arm um meine Taille sinken.

Harper erstarrte und tat so, als hätte sie nicht gerade unanständige Gesten in meine Richtung gemacht. »Einen wunderschönen guten Tag, mein Junge!« Sie zog einen imaginären Hut.

Lächelnd streckte er ihr die Hand entgegen. »Schön, endlich die Frau kennenzulernen, die Aspen so verehrt.«

»Verehrt?« Sie schüttelte ihm die Hand, sah dabei aber mich an. »Ich wusste schon immer, dass du auf mich stehst.«

»Ich kann es einfach nicht länger verheimlichen«, erwiderte ich betont gelangweilt.

Sie ließ die Hand sinken und musterte ihn dann von Kopf bis Fuß. »Wie heißt du denn, mein Hübscher?«

»Rhett«, antwortete er. »Ich bin ein Freund von Aspen.«

Bei seinem Namen fielen ihr fast die Augen aus dem Kopf. »Du bist das?«

»Hab doch gesagt, er ist umwerfend!«, formte ich über Rhetts Schulter hinweg lautlos mit den Lippen.

»Ohne Scheiß!«, gab sie ebenso lautlos zurück, obwohl Rhett sie sehen konnte.

Er lachte. »Ja ... Ich hoffe, sie hat nur Gutes über mich gesagt.«

Sie verschränkte die Arme vor der Brust und zuckte mit den Schultern. »Vielleicht ... vielleicht auch nicht.«

»Du bist eine loyale Freundin«, meinte er mit einem Nicken. »Das gefällt mir.«

»Da hast du verdammt recht«, erwiderte Harper forsch. »Ich hau jedem eine rein, der meinem Mädel blöd kommt.«

»Ich denke, da brauchst du dir bei mir keine Sorgen zu machen.«

»Besser wär's.« Sie spielte den harten Knochen so gut, dass sie größer als ihre eins zweiundfünfzig wirkte.

»Im Ernst, ich bin froh, dass Aspen dich hat. Du bist immer für sie da, und Aspen verdient so jemanden. Als sie mir gesagt hat, dass sie eine Freundin hat, die alles für sie tun würde, hat mich das wirklich sehr gefreut.«

Harper ließ ihre Wachsamkeit ein wenig sinken, musterte ihn aber weiterhin aus schmalen Augen.

»Also, danke! Falls du je irgendwas brauchst, lass es mich wissen.«

Harper wusste eindeutig nicht, was sie von diesem liebenswürdigen und sensiblen Mann halten sollte. Sie verfiel ebenfalls seinem Zauber, nur auf eine andere Weise. Schnell warf sie einen Blick zu mir herüber, dann wandte sie sich wieder ihm zu. »Ein Drink wäre nett.«

Er lachte. »Den Gefallen erfülle ich doch liebend gern.«

Ein großer Typ in dunkler Jeans und einem T-Shirt, das seine Arme betonte, tauchte hinter Harper auf. Wie Rhett sah er umwerfend aus, aber auf seine eigene Weise. Er blieb hinter ihr stehen, eindeutig, um ihren Hintern abzuchecken, dann sah er Rhett an und fragte lautlos: »Wer zum Teufel ist das?«

Nervös rieb Rhett sich den Nacken, da er wusste, dass ich seinen Freund beobachtet hatte.

Ich lächelte, behielt es aber für mich.

Der Typ stellte sich dicht hinter sie und tat so, als würde er sie rammeln, ohne sie zu berühren. »Mach sie für mich klar, Kumpel«, formte er wieder lautlos mit den Lippen.

Ich bemühte mich, nicht zu lachen.

Harper bekam von alldem nichts mit.

»Harper, da ist jemand, den ich dir vorstellen möchte«, sagte Rhett schnell und nicht mehr ganz so ruhig und gelassen wie noch gerade eben.

»Ach ja?«, erwiderte sie.

Der Typ ging ein paar Schritte rückwärts und beschrieb dann einen Bogen zurück, als käme er nicht von hinter ihr. »Was gibt's?« Er schob die Hände in die Taschen und tat so, als hätte er sie nicht eine Sekunde zuvor noch heimlich angerammelt.

Rhett warf ihm einen genervten Blick zu, sagte jedoch nichts. »Tyler, das ist meine neue Freundin Harper.«

»Harper?« Tyler trat näher zu ihr. »Wow, das ist ein schöner Name!«

Kaum hatte sie ihn gemustert, wurde ihr Blick neckisch. Er hatte einen kräftigen Kiefer, war groß und trainiert wie ein Sportler. Ich wusste, welche Art von Typen Harper gefielen, und er passte eindeutig ins Beuteschema. »Der gefällt dir also?«, fragte sie. »Na, dann solltest du erst mal meine Telefonnummer hören.«

Ihre Kühnheit hatte schon vor langer Zeit aufgehört, mich zu überraschen.

Er nickte begeistert. »Die würde ich liebend gern hören.«

»Nun, ich werd drüber nachdenken, sie dir zu geben.« Sie verlagerte ihr Gewicht, ohne ihre Haltung aufzugeben.

Tyler schien nicht beleidigt zu sein. Tatsächlich wirkte er noch interessierter. »Ach ja? Nun, ich werd drüber nachdenken, sie zu nehmen.«

Rhett beobachtete die beiden und räusperte sich dann. »Tyler, das hier ist Aspen.«

Es gefiel mir, dass er einfach nur meinen Namen sagte. Er sagte nicht Freundin oder ein Mädchen von der Arbeit. Ich war einfach nur Aspen.

»Schiffe versenken?«, fragte Tyler überrascht.

»Was?«

Wieder rieb Rhett sich eindeutig verlegen den Nacken.

Tyler kam zu mir und begrüßte mich mit Gettofaust. »Rhett sagt, keiner spielt so gut Schiffe versenken wie du.«

»Na ja, ich spiele ganz okay …« Also hatte er mit seinen Freunden über mich geredet. Hatte er gut von mir gesprochen? Sein bester Freund hatte bereits einen Spitznamen für mich. Was bedeutete das? Als ich in Rhetts Wohnung gewesen war, waren mir die Bilderrahmen auf der Kommode aufgefallen. Jetzt erkannte ich Tylers Gesicht wieder. »Du hast mit Rhett auf der Highschool Baseball gespielt, stimmt's?«

»Woher weißt du das?«, fragte er.

»Ich habe das Foto von euch beiden in seiner Wohnung gesehen«, antwortete ich. »Ihr saht so niedlich aus.«

Tyler klappte die Kinnlade herunter, und er riss den Kopf zu Rhett herum.

Was hatte ich denn gesagt?

Rhett seufzte, sagte aber nichts.

Die Ader an Tylers Hals pochte. »Hast du mal 'ne Sekunde, Rhett?« Er wies mit einem Nicken zur Seite.

Rhett drehte sich zu mir um, einen genervten Ausdruck in den Augen. »Bin gleich wieder da. Geh nicht weg.«

Ohne dich gehe ich nirgendwohin. »Okay.«

Er ging mit Tyler zurück an ihren Tisch. Ich konnte nicht hören, was Tyler zu ihm sagte, aber es war ziemlich offensichtlich, dass er Rhett anbrüllte. Und Rhett ließ es einfach über sich ergehen.

»Ich kann's nicht glauben!« Harper ließ ihre gleichgültige Haltung fallen und hüpfte praktisch auf und ab.

»Tyler ist heiß, oder?« Ich war nur froh, dass sie nicht auf Rhett stand und er nicht auf sie.

»Nein.« Sie winkte meine Worte fort, als würden sie stinken. »Rhett fährt voll auf dich ab!«

Sofort schlug mein Herz auf Hochtouren. »Was?«

»Er ist verrückt nach dir! Als er anfing, mit dir zu reden, dachte ich, er wär irgendein Kerl, mit dem du schläfst und von dem du mir nichts erzählt hast. Aber das ist Rhett? Dein Escort?«

»Ja …«

»Der Typ steht total auf dich. Scheiße, ich dachte, er würde dich küssen!«

»Hat er aber nicht.«

»Aber es sah so aus, als wollte er es.«

Nur einen Augenblick lang hatte ich denselben Gedanken gehabt. »Aber du hast doch selbst gesagt, dass er sich nur so verhält, weil ich ihn dafür bezahle.«

Harper wirbelte im Kreis und wies auf den Raum um sie herum. »Ist dein Dad hier? Ich sehe ihn nämlich nirgends. Bezahlst du ihn für diese Vorstellung heute Abend?«

»Nein …«

»Und warum warst du in seiner Wohnung?«

»Er hatte mich eingeladen, zum Essen rüberzukommen.«

»Und dein Vater war nicht dabei?«

»Nein …«

»Hast du ihn dafür bezahlt?«

»Nein …«

Sie klatschte in die Hände und hüpfte auf und ab. »Er steht toootal auf dich!«

Dass Rhett mit mir zusammen sein wollte, dass er mehr

als nur ein Freund sein wollte, war genau das, was ich mir wünschte. Schon allein die Vorstellung war aufregend. Ich hatte schon so oft davon geträumt, ihn zu küssen. »Glaubst du wirklich …?«

»Und ob, vertrau mir!« Sie sah mich mit diesem Blick aus weit aufgerissenen Augen an, der sie wie einen Freak aussehen ließ.

»Aber … Das ist gegen die Regeln.«

»Für die richtige Frau brechen Männer die Regeln«, sagte sie. »Und Rhett bricht seine. Du solltest dich an ihn ranmachen.«

»An ihn ranmachen? Wie?«

»Küss ihn!«

»Ich weiß nicht …«

Sie warf mir einen gereizten Blick zu. »Seit wann hast du Angst davor, einen Kerl zu küssen?«

»Seit ich ihn dadurch verlieren könnte. In dem Vertrag, den ich unterschrieben habe, steht, wenn ich ihm sage, dass ich Gefühle für ihn habe, wird er nie mehr mit mir reden. Wenn ich mich also irre, dann verliere ich Rhett womöglich aus meinem Leben und als meinen Escort. Dad würde mich sogar noch mehr hassen, und ich müsste wieder ganz von vorne anfangen. Das kann ich nicht riskieren, es sei denn, ich bin mir absolut sicher.«

»Hör mal, ich bin mir ziemlich sicher …«

»Aber du weißt nicht, was er denkt«, warf ich ein. »Vielleicht ist er gerade angeheitert. Vielleicht ist er nur ein Playboy.« Ich glaubte nicht, dass Letzteres stimmte. Rhett mochte sich zwar durch alle möglichen Betten schlafen, aber mich würde er nicht so behandeln.

»Ich habe ein sehr gutes Gefühl bei der Sache, Aspen.«

»Noch vor einer Stunde hast du mir gesagt, ich dürfte ihm nicht vertrauen.«

»Aber dann habe ich euch beide zusammen gesehen«, widersprach sie. »Und da ist etwas zwischen euch.«

»Ich will mir einfach keine falschen Hoffnungen machen.« Es würde mich am Boden zerstören, wenn er mich zurückwies.

Sie klatschte in die Hände, als wäre ihr gerade ein Licht aufgegangen. »Warte darauf, dass er dich küsst. Sei sexy, damit er dir nicht widerstehen kann.«

Ich bedachte sie mit einem Blick, der eindeutig sagte: »Das soll wohl ein Witz sein, oder?«

»Du kannst sexy sein!«, bekräftigte Harper. »Du bist ein Naturtalent darin.«

»Bin ich nicht! Ich laufe nicht halb nackt über einen Laufsteg und werfe dann einen Blick über meine Schulter.«

»Es gibt andere Möglichkeiten, sexy zu sein.«

»Und die wären?«, wollte ich wissen.

Sie kratzte sich am Kopf. »Nun, einfach ... Das ist schwer zu erklären.«

»Na, das ist ja wirklich eine große Hilfe«, sagte ich ironisch.

Harper warf einen Blick zu den Jungs hinüber. »Sie kommen.«

»Okay.« Ich versuchte, cool zu sein. »Magst du Tyler?«

»Er ist auch ein Escort, nicht wahr?«, fragte sie.

»Ja.«

Sie schüttelte den Kopf. »Dann nein.«

»Was stimmt denn nicht damit?«

»Es ist einfach nur merkwürdig.«

Die Jungs erreichten uns und brachten unsere Unterhaltung zum Erliegen.

»Tut mir leid wegen vorhin«, sagte Rhett, als er an meine Seite kam. »Ich wollte nicht unhöflich sein.«

»Schon okay.« Riesige Schmetterlinge flatterten in meinem Bauch.

Er legte mir den Arm um die Taille, und sofort schwoll mein Herz um ein paar Größen an. »Kümmern wir uns wieder um unser Bier, oder?«

»Klar.«

***

Wir vier setzten uns zusammen in eine Nische, Rhett und ich auf eine Seite, die anderen beiden uns gegenüber. Sein Arm lag um meine Schultern, und er saß dicht neben mir, sodass sich unsere Körper berührten.

Ich schwebte im siebten Himmel bei der Vorstellung, dass Rhett mehr von mir wollen könnte. Ich jedenfalls wollte es. Noch nie hatte ich mich so mit jemandem verbunden gefühlt wie mit ihm. Es war, als wären wir zwei Seiten derselben Münze. Er war die Erde zu meinem Mond. Er war die Küste zu meinem Meer.

Tyler saß dicht neben Harper, schaute jedoch mich an. »Sag mal, ›Schiffe versenken‹, wie bist du in dem Spiel eigentlich so gut geworden?«

Ich zuckte mit den Schultern. »Übung?«

»Sie schummelt.« Rhett zwinkerte mir zu. »Diese Frau kann meine Gedanken lesen.«

»Nur deine?«, fragte Tyler besorgt. »Oder die von allen?«

Ich warf ihm einen ernsten Blick zu. »Von allen.«

Sein Gesicht wurde blass. »Nun, tut mir leid wegen ... du weißt schon ... wegen dem, was ich vorhin gedacht habe ...«

Ich bemühte mich, nicht zu lachen.

»Wir machen doch nur Spaß, du Idiot«, stöhnte Rhett.

»Oh!« Tyler entspannte sich. »Ja, klar, ich auch.« Er hängte ein künstliches Lachen hintendran.

Harper musterte ihn mit einer hochgezogenen Augenbraue. »Bloß gut, dass du hübsch bist.«

Er grinste von einem Ohr zum andern. »Ach, wirklich?« Er legte ihr den Arm um die Schultern.

»Schätze, schon«, meinte sie mit einem Schulterzucken.

»Na egal«, antwortete er. »Du machst mir schon den ganzen Abend schöne Augen. Wird Zeit, dass du mir deine Nummer gibst.«

»Die hast du dir noch nicht verdient«, erwiderte Harper.

»Wie viele Drinks muss ich dir denn ausgeben?«, wollte Tyler wissen.

»Da gibt es auf der ganzen Welt nicht genug«, frotzelte Rhett.

»Halt bloß die Klappe, Romeo«, gab Tyler zurück.

»Er ist ein bisschen empfindlich«, flüsterte Rhett mir ins Ohr, dabei streiften seine Lippen meine Haut, und auf meinem ganzen Körper breitete sich eine Gänsehaut aus. Die Berührung ließ einen Schauer über meinen Rücken laufen. Ich hoffte, er hatte es nicht bemerkt.

»›Schiffe versenken‹«, riss Tyler mich aus meiner Verzauberung. »Ich hab gehört, dein Dad ist eine ziemliche Arschgeige.«

»Da hast du richtig gehört«, fand ich meine Sprache wieder.

»Tut mir leid, das zu hören«, sagte er ernst. »Rhett redet andauernd von dir. Ehrlich gesagt hört er gar nicht mehr auf damit.«

Ich bemühte mich, nicht zu lächeln. »Ich hoffe, er sagt nur Gutes.«

»Oh ja«, antwortete Tyler. »Er hat mir gesagt –«

Rhett verpasste ihm unter dem Tisch einen Tritt. »– dass du wahnsinnig gut Golf spielst.«

Stöhnend rieb Tyler sich unter dem Tisch das Knie.

Ich fragte mich, was er hatte sagen wollen. »Hat er dir auch erzählt, dass ich süchtig nach Eisbechern bin?«

»Er hat gesagt, er ist völlig baff, wie du so einen sexy Body haben kannst bei der Menge Eis, die du verdrückst«, antwortete Tyler ernst.

Rhett verkrampfte sich neben mir, sagte jedoch nichts.

Hat Rhett das wirklich gesagt? Er findet, ich habe einen sexy Body?

»Er macht bloß Witze ...« Rhetts Stimme klang ganz und gar nicht normal.

»Hey, wenn du dem Mädchen schon deine Nummer und deine Adresse gibst, dann kannst du auch ehrlich sein«, meinte Tyler. Er wandte sich an mich. »Und er hat gesagt, du bist eine perfekte Zehn.«

Wieder trat Rhett unter dem Tisch nach ihm.

»Meine Kniescheibe ...«, ächzte Tyler.

Rhett öffnete seine Brieftasche und warf ein paar Zwanziger auf den Tisch. »Ich bringe Aspen nach Hause.«

Ich wollte zwar noch bleiben, aber er wollte eindeutig

hier raus. »Gute Nacht!« Ich warf einen bedeutungsvollen Blick zu Harper.

Sie zwinkerte mir zu. »Hoffe, bei dir läuft was«, formte sie tonlos mit den Lippen.

»War schön, dich kennenzulernen, Tyler«, sagte ich.

Sein Gesicht lag auf dem Tisch, und er rieb sich das Knie. »Fand ich auch ...«

Rhett legte mir den Arm um die Taille und führte mich nach draußen. Sobald wir das Gebäude verlassen hatten, entspannte er sich etwas. Sein warmer Arm hielt mich eng an seiner Seite, während wir nebeneinanderher gingen. »Tyler kann manchmal ein bisschen nerven. Tut mir leid.«

»Ich mag ihn.«

»Wirklich?«, fragte er überrascht.

»Er ist witzig.«

»Ja, zum Schießen«, sagte er ironisch. »Er schien Harper toll zu finden.«

»Nun ja, alle finden Harper toll. Es überrascht mich, dass du es nicht tust.«

»Warum sollte ich?«, fragte er. »Die schönste Frau da drin warst mit Abstand du.«

Hatte er das gerade wirklich gesagt?

Rhett schien seinen Ausrutscher zu bemerken. »Du weißt schon ... na ja.« Ihm fiel nichts ein, wie er sich wieder herauswinden könnte.

Ich wandte das Gesicht ab und grinste wie ein Teenager.

Wir spazierten zu meiner Wohnung und hielten vor meiner Tür. Rhett trug dunkle Jeans und ein blaues T-Shirt. Der Stoff betonte seine Brust, und er sah fabelhaft aus.

Noch mehr Fantasien schossen mir durch den Kopf, wie wir Dinge taten, die ich mit John nie gemacht hatte.

Rhett schob die Hände in die Taschen und sah mich an.

Ich wusste nicht, ob er noch mit reinkommen oder mich nur absetzen wollte, wie er gesagt hatte. Ich sah ihm in die Augen und fragte mich, was er wohl dachte. Ich hätte alles dafür gegeben, zu wissen, was er empfand. Ich hätte alles dafür gegeben, zu spüren, wie er mich küsste. »Rhett?«

»Hmm?«

»Hast du diese Dinge wirklich gesagt?« Ich hatte keine Ahnung, woher ich plötzlich meinen Mut nahm. Vielleicht hatte Harper heute Abend auf mich abgefärbt.

Er verlagerte sein Gewicht von einem Fuß auf den anderen und rieb sich den Nacken, seine charakteristische Geste. »Wärst du beleidigt, wenn ich Ja sage?«

»Nein.«

»Dann ja, das hab ich gesagt.«

Ich zwang mich, nicht zu lächeln, keinen wilden Freudentanz aufzuführen. Er fand, ich sei heiß? Er fand, ich sei eine perfekte Zehn? »Ich finde, du bist auch eine perfekte Zehn.«

Seine Augen verengten sich, und er ließ die Hand sinken. Noch nie hatte er mich mit einem solchen Ausdruck in seinem Blick angesehen, und ich wusste nicht, was ich davon halten sollte. Er trat näher zu mir, sein Gesicht gefährlich nah an meinem.

Bitte. Küss. Mich!

Seine Augen waren immer noch auf meine geheftet. »Ich finde außerdem, dass du der schönste Mensch bist, dem ich je begegnet bin, und das meine ich nicht einfach nur körperlich.

Du lässt dir von deiner Vergangenheit nicht den Himmel verdunkeln, sondern strahlst weiter. Du inspirierst mich dazu, ein besserer Mensch sein zu wollen. Du bist das coolste Mädchen, das ich je getroffen habe, und ich hatte noch nie eine solche Beziehung mit einer Frau, eine, die auf Freundschaft basiert und nicht auf Sex. Und ... sie macht mir mehr Vergnügen, als ich je hatte.«

Küss mich!

Immer noch sah er mich an, sein Gesicht dicht an meinem. »Ich ... wollte nur, dass du das weißt.«

»Ich finde, deine körperlichen Eigenschaften verblassen im Vergleich zu der Güte in deinem Herzen.«

Sein Blick wurde weich und ließ seine Gefühle hindurchscheinen. »Und du bist die beste Schiffe-versenken-Spielerin, der ich je begegnet bin.«

Mit seinen Worten wollte er mich zum Lachen bringen, doch das gelang ihm nicht. Ich starrte ihn an und wartete auf den Kuss, den ich mir so verzweifelt wünschte. Ich wollte, dass er unsere Beziehung veränderte, mir zu verstehen gab, dass es okay war, meine tiefsten und dunkelsten Gefühle zu offenbaren.

Küss mich!

Er blieb, wo er war, seine Gedanken unergründlich.

Ich wollte den Abstand zwischen uns überwinden. Ich spürte den Mut in mir aufsteigen, und nun drängte er mich vorwärts. Ich entschied mich, es zu riskieren, ohne Angst davor, was geschehen könnte. Doch gerade als ich mich zu ihm vorbeugen wollte, zog er sich zurück.

»Ich ... ich sollte gehen.« Er machte einen Schritt zurück und wandte den Blick ab, als hätte ihn gerade etwas an der

Kehle gepackt und zugedrückt. Ich hatte mich ihm nicht entgegengeneigt, deshalb wusste ich, dass es nicht das gewesen war, was ihn fortgestoßen hatte. Es war etwas anderes, etwas, das ich mir nicht erklären konnte.

»Gute Nacht, Aspen!« Ohne zu warten, bis ich meine Wohnung betreten hatte, ging er davon.

Und ich vermisste ihn.

***

Jane meldete sich über die Gegensprechanlage auf meinem Schreibtisch. Ihre Stimme war leise. »Miss Lane, Isabella ist im Haus. Ich dachte nur, ich sollte Sie warnen.«

Schon allein den Namen dieser Hexe zu hören machte mich wütend. »Danke, Jane!« Ich entschied, in meinem Büro zu bleiben, damit keine Gefahr bestand, ihr über den Weg zu laufen. Sie war die Tochter der Schwester meiner Mutter, deshalb war ich mir nicht sicher, warum sie hier war. Mein Vater stand niemandem besonders nahe, ganz besonders nicht ihr.

Ich versuchte, nicht darüber nachzudenken, und dachte stattdessen an den Mann, der meine Gedanken inzwischen zu jeder Stunde beherrschte. Rhett und ich hatten uns in jener Nacht auf gefährliches Terrain begeben. Ich begann langsam zu glauben, dass da etwas zwischen uns war; dass wir alles haben könnten, was ich mir wünschte.

Aber irgendetwas hielt ihn zurück. Ich wusste nicht, was es war, und ich bezweifelte, dass er es mir sagen würde. Ich hatte ihn seitdem weder angerufen noch besucht. Wenn er Freiraum brauchte, um sich darüber klar zu werden, dann würde ich ihm den geben. Vielleicht war seine Arbeit der Grund für sein Zögern. Sich mit mir einzulassen würde eine seiner eigenen Regeln brechen, und ich war sicher, er hatte diese Regeln aus gutem Grund aufgestellt. Und ich konnte ihn nicht als meinen Escort feuern, weil das meinen Plan für die Firma sabotieren würde.

»Sie können da nicht reingehen!«, zerschlug Janes Stimme meine Gedanken. »Ma'am?«

»*Ma'am?* Sehe ich für Sie vielleicht alt aus?«, zischte eine Frau vor meiner Tür. Sie klang genau wie Isabella.

War sie den ganzen Weg hierhergekommen, nur um mich zu verspotten? Armselig genug war sie.

»Ich rufe den Sicherheitsdienst«, drohte Jane.

»Nur zu«, erwiderte Isabella. »Mal sehen, was aus Ihrem Job wird, wenn Sie es tun.« Sie öffnete die Tür und trat mit der steifen Haltung einer Königin herein. Auf ihren Lippen lag ein boshaftes, spöttisches Lächeln, und was immer sie gleich sagen wollte, würde ihr zweifellos gewaltige Genugtuung bereiten.

Ich starrte sie ausdruckslos an, als berührte mich ihre Anwesenheit nicht im Geringsten.

»Hey, Aspen.« Sie legte eine Hand auf die Hüfte und warf sich das Haar über die Schulter. »Ich hab mir gerade die Haare machen lassen. Gefällt's dir?«

»Ist hässlich gerade in Mode?«

Sie bedachte mich mit einem angewiderten Blick. »Du fragst dich sicher, warum ich hier bin ...«

»Nein, aber ich frage mich, wann du wieder gehst.«

»Haha«, sagte sie ironisch. »So witzig. Aspen war schon immer die Schlaue ...«

»Was willst du?«, fragte ich mit gelangweilter Stimme.

»Oh, ich will gar nichts«, antwortete sie. »Ich bin nur vorbeigekommen, um dir eine Neuigkeit mitzuteilen.«

»Dass die Gesichtstransplantation genehmigt wurde?«, fragte ich. »Gut. Dann brauchst du nicht für immer so hässlich zu bleiben.«

»Wie hässlich kann ich schon sein, wenn John lieber mich vögelt als dich?«

Das war ein Schlag unter die Gürtellinie, und das wusste sie. Aber ich tat so, als würden mir die Worte nichts bedeuten, als würden sie mich nicht verletzen und in Stücke reißen. Ich war über John hinweg, aber ich würde nie darüber hinwegkommen, was passiert war.

»Dein Vater hat gerade seine Zustimmung gegeben, dass wir die Hochzeit in seiner Villa in Connecticut feiern«, prahlte sie unverhohlen schadenfroh, ohne sich auch nur ansatzweise um Zurückhaltung zu bemühen. »Ist das nicht wunderbar? Derselbe Veranstaltungsort, den du und John im Sinn hattet. Schon interessant, wie sich die Dinge entwickeln, was?«

Ich behielt eine ausdruckslose Miene auf dem Gesicht, doch innerlich kochte ich. Isabella war mir egal, aber die Tatsache, dass mein Vater sein Haus für die Hochzeit des Mannes zur Verfügung stellte, der eigentlich mich hatte heiraten sollen, war ein Schlag ins Gesicht. Er tat das eindeutig, um sein öffentliches Image aufzubessern. Das war ihm wichtiger als seine eigene Tochter. Warum überraschten mich seine abscheulichen Taten eigentlich immer noch?

Isabella lächelte in dem Wissen, mich genau da getroffen zu haben, wo es wehtat. »Nun, ich wünsche dir noch einen wunderschönen Tag.« Sie schenkte mir das falscheste Lächeln, das ich je gesehen hatte, und winkte mir dann zu wie eine Prinzessin. »Wir sehen uns.« Lachend ging sie hinaus und schloss die Tür hinter sich.

Ich ließ den Kopf ein paar Minuten lang auf meinen Schreibtisch sinken, bevor ich auf den Knopf der Gegensprechanlage drückte, um mit Jane zu sprechen. »Sagen Sie bitte für den Rest des Tages alle meine Termine ab, und sorgen Sie dafür, dass ich auf keinen Fall gestört werde.«

Ihre Stimme klang traurig. »Ja, Miss Lane.«

Kapitel neun

Rhett

Die Sterne in ihren Augen funkelten, als zwinkerten sie mir zu, als lockten sie mich, mich vorzubeugen und meine Lippen auf ihre zu pressen. Die weichen Haarsträhnen, die ihr Gesicht umrahmten, luden mich ein, sie in einer heißen Umarmung zu berühren. Alles an ihr zog mich an, von ihrem Aussehen bis zu ihrem Herzen, ja sogar ihr Geruch.

Beinahe hätte ich alles ruiniert.

Wenn ich mich zu ihr gebeugt hätte, dann hätte das unsere Beziehung unwiderruflich verändert. Sie hätte irreparablen Schaden genommen. Es ließ sich eindeutig nicht mehr bestreiten, dass meine Gefühle für Aspen alles andere als rein freundschaftlicher Natur waren. Sie waren stark, leidenschaftlich und mächtig.

Aber sie hatte mir bei zahlreichen Gelegenheiten zu verstehen gegeben, dass sie im Moment nicht an einer Beziehung interessiert war. Was auch immer in ihrer Vergangenheit vorgefallen war – es hatte Folgen für ihre Zukunft. Sie suchte nicht nach einem festen Freund oder etwas Ernstem. Falls ich meine Grenzen überschritt, könnte ich sie ganz verlieren.

Aber manchmal bildete ich mir ein, dass sie dieselben Gefühle hatte. Sie lächelte mich auf eine Weise an, wie sie sonst für niemanden lächelte. Ihre Augen waren strahlender als normal, und sie lachte mit mir mehr als mit Harper.

Hatten wir so eine schöne Zeit miteinander, weil wir uns so ähnlich waren? Oder gab es einen anderen Grund?

Eigentlich wusste ich nur, dass ich noch nie eine solche Beziehung mit einer Frau gehabt hatte. Ich traf haufenweise Frauen, von denen ich mich stark angezogen fühlte, und für gewöhnlich setzte das den Kurs der Beziehung auf körperlich und oberflächlich. Aber ich hatte noch nie so für eine Frau empfunden, dass ich sie lieber reden hörte, als sie nackt zu sehen.

Aspen war zu meiner besten Freundin geworden.

Und das hätte ich beinahe ruiniert, indem ich sie küsste wie ein Idiot. Als wir vor ihrer Wohnungstür standen, lag eindeutig Spannung in der Luft. Sie hatte mich gefragt, ob ich wirklich diese oberflächlichen Dinge gesagt hätte, dass sie sexy sei und einen perfekten Körper habe.

Ich hatte es nicht geleugnet.

Es war zwecklos, ihre Anziehungskraft abzustreiten. Sie war nicht ahnungslos, was ihr Aussehen betraf; wenn ich ihr also sagte, dass ihr Äußeres nicht auf mich wirkte, würden wir beide wissen, dass das gelogen war.

Ich lag im Bett und starrte an die Decke. Meine Unterhaltung mit Tyler fiel mir wieder ein.

»Du bist total verknallt in die Kleine«, hatte er gesagt. »Zuerst die Telefonnummer, jetzt deine Adresse. Und du solltest auch besser verliebt in sie sein, sonst macht sie dich kalt.«

»Ich bin nicht verliebt in sie.« Aus den Augenwinkeln beobachtete ich Aspen, wie sie sich mit Harper unterhielt.

»Jetzt mal ohne Scheiß, okay?«, sagte er. »Schon von dem Moment an, als du sie gesehen hast, war es wie in einer

Szene aus *Romeo und Julia*. Wer umarmt eine gute Freundin volle fünf Minuten lang?«

Dafür hatte ich keine Ausrede. Als sie sich an meine Brust geschmiegt und mich umarmt hatte, hatte ich nicht mehr loslassen wollen. Der einzige Grund, warum ich es doch getan hatte, war der, dass sie sich als Erste wieder zurückgezogen hatte. »Wir sind einfach nur … wirklich gute Freunde.«

Tyler sah aus, als wollte er mir eine Bierflasche über den Schädel ziehen. »Niemand in diesem Raum glaubt das, also spar's dir. Wenn du auf die Frau stehst, dann musst du sie als deine Kundin aufgeben. Du kannst so nicht weitermachen.«

»Sie braucht mich. Das kann ich nicht tun.«

»Du wirst uns noch eine Anzeige wegen Prostitution aufhalsen«, schnauzte er. »Mit ihr zu schlafen und Geld anzunehmen ist Prostitution.«

»Ich habe nicht mit ihr geschlafen.«

»Noch nicht«, korrigierte er.

»Und das werde ich auch nicht«, sagte ich bestimmt.

Er seufzte. »Jetzt mal im Ernst, warum lässt du sie nicht einfach als Kundin fallen und fragst sie dann, ob sie mit dir ausgeht? Das ist es doch, was du willst. Und ich muss zugeben, sie ist wirklich eine perfekte Zehn.«

»Erstens muss ich zu Ende bringen, was ich ihr versprochen habe. Zweitens hat sie mehrmals betont, dass sie im Moment nicht an einer Beziehung interessiert ist.«

»Dann seit ihr eben Fickfreunde.« Tyler sagte es, als wäre es das Naheliegendste der Welt.

»So eine ist sie nicht, und das ist es auch nicht, was ich will.«

»Sag ihr einfach, was du empfindest. Sie empfindet eindeutig genauso.«

»Ich bin mir wirklich nicht sicher ...« Manchmal glaubte ich, dass sie es tat, und manchmal nicht.

»Dann bist du blind«, sagte er schlicht. »Hör auf, dich wie eine Memme zu benehmen, und sag ihr einfach, was du empfindest. Was soll's, wenn sie dich abblitzen lässt? Wann hattest du davor je Angst?«

»Noch nie«, gestand ich. »Aber so habe ich auch noch nie für jemanden empfunden ...«

»Wenigstens gibst du es zu«, sagte er und verdrehte dabei die Augen.

»Es ist zu riskant«, erwiderte ich. »Wenn sie nicht dasselbe fühlt, verliere ich sie ganz. Wenn ich sie in Verlegenheit bringe, dann wird sie nicht nur nichts mehr mit mir zu tun haben wollen, sondern ich ruiniere auch noch ihre Chance, die Firma zu bekommen. Ich darf nicht selbstsüchtig sein, nur um zu bekommen, was ich will.«

»Was dann?«, fragte er. »Was wirst du tun?«

Ich rieb mir den Nacken, während ich über die Möglichkeiten nachdachte. »Sobald unsere geschäftliche Beziehung vorbei ist, werde ich es riskieren.«

»Na, wenigstens kommen wir jetzt ein wenig vorwärts.«

Ich starrte weiter an die Decke, während die Uhr auf meinem Nachttisch leise tickte. Aspens Gesicht tauchte in meinem Kopf auf, ihr Bild wiegte mich in den Schlaf, und meine Gedanken schweiften ab und verschwammen.

Dann wurden meine Träume lebhaft und intensiv. Betäubende Emotionen durchzuckten mich, und die Bilder fühlten sich real an. Es war die Sorte Träume, von denen ich wollte, dass sie nie zu Ende gingen, die Sorte, die mich dazu brachte, für immer schlafen zu wollen, nur um sie festzuhalten.

In meinem Traum lag ich auf dem Bett, den Rücken an das Kopfteil des Bettes gelehnt. Ich war nackt, und Aspen saß rittlings auf mir. Ihre nackte Haut bot sich mir genüsslich dar, und ihre üppigen Brüste wippten bei jeder ihrer Bewegungen vor meinem Gesicht. Aspen umklammerte meine Schultern, während sie mich ritt und meinen Penis immer wieder in sich aufnahm. Jedes Mal, wenn ich sie weitete, stöhnte sie dramatisch auf, als hätte sich Sex in ihrem ganzen Leben noch nie so gut angefühlt. Meine Hände legten sich um ihre Taille, und ich führte sie schneller auf und ab, spürte, wie die gewaltige Lust von der Spitze meines Glieds ausging und überallhin ausstrahlte. Ich atmete heftig, und dann hörte die Vision plötzlich auf, und ich war wach.

Ich versuchte, den Traum zurückzuholen, indem ich die Augen fest zukniff, doch er kam nicht wieder. Unvermittelt wurde mir bewusst, wie warm mir war. Schweiß stand mir auf Brust und Stirn. Ich strampelte die Decke fort und bemerkte, dass mein Schwanz steinhart war.

Gereizt, weil mein Traum verblasst war, holte ich tief Luft. Ich erinnerte mich immer noch, wie Aspen ausgesehen hatte, als sie mich ritt. In meinem ganzen Leben hatte ich noch nie etwas so Schönes gesehen. Jetzt pulsierte mein Schwanz, und ich war tierisch geil. Ich wollte Erleichterung, aber Aspen wollte ich noch mehr. Ich wünschte mir, sie wäre hier. Ich wünschte, ich könnte sie lieben.

Aber sie war nicht hier.

Ich zog meine Boxershorts herunter und holte das Gleitgel aus der Nachttischschublade. Dann legte ich die Finger um meinen Schaft und massierte mich mit langen, gleichmäßigen Zügen, so wie ich mir vorstellte, dass ich Aspen nehmen würde. Der Traum war fort, aber ich versuchte, ihn in meinem Kopf wiederherzustellen. Ich stellte mir ihr Stöhnen vor, während sie mich in sich spürte. Ihr Tempo entsprach der Bewegung meiner Hand, und ich tat so, als wäre meine Handfläche das Innere ihres Schoßes. Ihre Hände umklammerten meine Schultern, und ihre Brüste wogten bei jeder ihrer Bewegungen.

Ich spürte das Brennen tief in meinen Lenden, dann in der Spitze meines Glieds, und mein Körper spannte sich überall an, während ich mich auf den Höhepunkt vorbereitete, der mich aufstöhnen lassen würde. Aspen bewegte sich heftiger auf mir, was mir diesen zusätzlichen Kick gab. Ihre grünen Augen wurden so hell wie Smaragde, als sie mir die Lust schenkte, die ich wollte, und auf ihren Lippen lag dieser verspielte Ausdruck, sexy und verführerisch.

Ich holte tief Luft, dann spürte ich die größte Wonne, die ich je gekannt hatte. Unwillkürlich kam mir ein Stöhnen über die Lippen, und mein ganzer Körper spannte sich an, bevor ich losließ und mich in meine Hand ergoss.

Entspannt lag ich minutenlang da und fühlte mich befriedigt und schuldig zugleich. Aspen war meine Freundin und jemand, für den ich wirklich etwas empfand. Mir einen runterzuholen und dabei an sie zu denken, war nicht wirklich fair. Aber ich konnte nicht anders. Sie war es, die ich wollte.

Offensichtlich waren meine Gefühle für sie stärker, als mir bewusst gewesen war. Sie hatten sich an mich herangeschlichen, schnell und plötzlich. Als ich sie zum ersten Mal gesehen hatte, hatte sie ein grünes Kleid getragen, und sofort waren mir ihre Augen aufgefallen. Ich hatte mich gefragt, warum eine umwerfende Frau wie sie es nötig hatte, einen Mann wie mich zu bezahlen. Ich glaube, ich war ihr schon damals verfallen.

***

Im Hintergrund lief das Spiel, und die Lasagne war im Ofen. Aspen und ich hatten seit fast einer Woche nicht mehr miteinander gesprochen. Sie war ständig in meinen Gedanken, und es gab Momente, in denen ich mich dabei ertappte, dass ich ihre Nummer wählte, nur um mit ihr zu reden. Ich vermisste es, Schiffe versenken mit ihr zu spielen. Ich vermisste es, sie anzusehen.

Gerade als diese Gedanken in meinem Kopf kreisten, klingelte mein Telefon.

Es war Aspen.

Ich räusperte mich und versuchte, cool und natürlich zu klingen, bevor ich ranging. »C3.«

»Warum machst du dir überhaupt noch die Mühe?«

Ich lachte. »Weil ich dich eines Tages schlagen werde.«

»Träum weiter.«

Ich lächelte, obwohl sie mich nicht sehen konnte. Sie schaffte es stets, mich in gute Laune zu versetzen. Unsere letzte Begegnung war unbehaglich verlaufen, weil ich kurz davor gewesen war, sie zu küssen, mich aber zurückgehalten hatte. Hoffentlich wusste sie nicht, was ich dachte. Wenn sie Gedanken lesen konnte, dann würde sie wissen, wie sehr ich sie wollte. Und das wäre schlecht. »Wie geht's dir?«

»Mir geht's gut.« Sofort hatte ihre Stimme sich verändert. Sie klang anders. Nicht mehr so fröhlich wie noch vor einem Moment. Es lag eine Spur Traurigkeit darin.

»Wirklich?«

»Ich hatte nur einen schlechten Tag. Tut mir leid, dass ich dich angerufen habe ... Ich hoffe, ich störe dich nicht.«

»Du störst mich nie«, erwiderte ich sofort. Sie konnte mich anrufen, wann immer sie wollte. »Willst du darüber reden?«

»Ehrlich gesagt nicht«, sagte sie leise. »Dann würde ich mich nur wieder aufregen.«

Ich vermutete, es ging um ihren Vater. Kein Wunder, dass sie es nicht erwähnen wollte. »Ich mache gerade Lasagne. Willst du zum Essen rüberkommen?« Ich dachte nicht mehr nach, bevor ich den Mund aufmachte. Mit ihr in der Ungestörtheit meines Zuhauses zusammen zu sein war wahrscheinlich eine schlechte Idee. Aber ich brachte nicht die Kraft auf, professionell zu bleiben. Ich wollte ständig mit ihr zusammen sein. Als ich sie in der Bar mit diesem Typen hatte reden sehen, war ich eifersüchtig gewesen, das musste ich zugeben. Ich wusste nicht, wie ich mit diesem Gefühl umgehen sollte, da ich es noch nie zuvor empfunden hatte.

»Ähm, gern.« Sie klang zögerlich.

War das wegen unseres letzten Treffens? »Wir müssen uns ja nicht *Criminal Minds* ansehen.«

Sie kicherte ins Telefon, und ihre Stimme klang wunderschön. »Was für eine Erleichterung!«

»Komm rüber«, wiederholte ich. »Wir werden Spaß haben.«

»Okay.« Sie klang ein wenig begeisterter als zuvor.

»Ich hole dich ab.«

»Nein, schon okay«, sagte sie sofort. »Ich schaffe den Weg schon alleine. In letzter Zeit hab ich mir nichts Gruseliges angesehen.«

»Okay. Dann bis gleich!«

»Tschüs!«

Kaum hatte ich aufgelegt, räumte ich schnell meine Wohnung auf und deckte den Tisch. Eine halbe Stunde später verkündete ein Klopfen an der Tür ihre Ankunft. Ich öffnete und spürte, wie sich mein Mund bei ihrem Anblick zu einem Lächeln ausdehnte. »Hey!«

»Hey!« Sie hielt eine Flasche Wein hoch. »Diesmal hab ich was Gutes mitgebracht.«

Lachend begutachtete ich die Flasche. »Sieht gut aus.«

»Und schmeckt nicht nach Mango«, scherzte sie. Sie hatte noch eine Tüte in der Hand, sagte mir jedoch nicht, was es war.

Jedes Mal, wenn ich sie ansah, spürte ich, wie ich ihr noch mehr verfiel. Ihre Freude war erfrischend, und selbst an einem schlechten Tag fand sie Grund zu lachen. Ohne nachzudenken, zog ich sie mit einem Arm an meine Brust und drückte sie. Ihr Duft stieg mir in die Nase, und wie ihr Körper sich an meinen schmiegte, fühlte sich richtig an. »Tut mir leid, dass du einen schlechten Tag hattest.«

»Jetzt ist er schon besser«, sagte sie, während sie meine Umarmung erwiderte.

Widerstrebend löste ich mich von ihr, da ich wusste, dass

die Umarmung sonst endlos andauern würde. »Essen ist fertig.«

»Was Selbstgekochtes? Lecker!«

Ich stellte die Lasagne auf den Küchentisch, und wir aßen schweigend.

»Ist das Gemüselasagne?«, fragte sie.

»Ich muss mir heimlich Gemüse unters Essen mischen, sonst würde ich gar keins zu mir nehmen.« Ich schenkte zwei Gläser Wein ein und widmete mich dann wieder meinem Teller.

Ihre Lippen weiteten sich zu einem Grinsen. »Ziemlich clever. Als ich das letzte Mal Lasagne gegessen habe, habe ich dem Kellner gesagt, dass ich sie extra fettig mag. Und dann habe ich sie restlos verputzt.« Beim letzten Satz zuckte sie mit den Schultern und wirkte nicht im Geringsten verlegen.

»Das ist scharf«, platzte es aus mir heraus.

»Was?«, fragte sie mit einem Lachen. »Dass eine Frau wie ein Fettsack frisst?«

»Ehrlich gesagt ja«, antwortete ich. »Meistens bestellen Frauen nur Salat ohne Dressing und quetschen Zitronensaft drüber. Das ist doch blöd.«

»Ich finde, es klingt gesund.«

Ich zuckte die Schultern. »Gehst du ins Restaurant, um gesund zu essen?«

»Ich glaube, ich habe mir im ganzen Leben noch nie einen Salat bestellt.«

»Wusste ich doch, dass ich dich aus gutem Grund mag.«

Sie kniff die Lippen zu einem Lächeln zusammen, dann nippte sie an ihrem Wein. »Darf ich dich was fragen?«

»Du darfst mich alles fragen, Aspen.« Nur sie besaß dieses Privileg.

»Trainierst du jeden Tag?«

»Ich boxe jeden Morgen außer sonntags. Hanteltraining mache ich auch.«

»Das nenn ich Einsatz«, meinte sie.

Ich hob die Schultern. »Ich kann nicht als Escort arbeiten, wenn ich nicht toll in Form bin.«

»Was du machst, könnte ich nie. Ich habe schon keinen Fuß mehr in ein Fitnessstudio gesetzt, seit ...« Sie dachte kurz nach. »Ich kann mich nicht mal mehr dran erinnern.«

»Das würde ich nie vermuten, wenn ich dich so ansehe.« Sie wusste bereits, dass ich ihren Körper gut fand, deshalb sah ich keinen Sinn darin, es zu verheimlichen.

»Ich jogge. Das rettet mir den Hintern.«

Ich verputzte alles auf meinem Teller und aß dann ein Stück Knoblauchbrot.

»Darf ich dich noch was fragen?«

Ich nickte.

»Warum wohnst du nicht mit deinem Bruder zusammen? Wäre das nicht einfacher?«

Sofort schüttelte ich den Kopf. »Ich weigere mich, im Dunkeln zu leben so wie er – im wahrsten Sinne des Wortes. In seiner Wohnung halte ich es nur ein paar Stunden am Stück aus, dann tun mir die Augen weh. Außerdem brauche ich Raum für mich. Diese Phobie von ihm ist etwas, das er sich einbildet, deshalb weigere ich mich, mein Leben aufzugeben, um ihm jeden Handgriff abzunehmen. Er muss unabhängig sein und begreifen, dass ich nicht immer da bin, um ihm zu helfen.«

Sie nickte. »Das ist verständlich.«

»Ich liebe meinen Bruder, aber ich könnte nicht mit ihm leben.«

»Arbeitet er nicht?«

»Doch, aber er verdient nicht genug, um davon leben zu können.«

»Du bist ein guter Bruder«, sagte sie leise.

»Wenigstens haben wir immer noch einander«, sagte ich.

»Ja«, stimmte sie mir zu. Sie räusperte sich und wählte ihre nächsten Worte sorgfältig. »Habt ihr je ... professionelle Hilfe in Anspruch genommen?«

Diesen Versuch würde ich nie vergessen. »Es war eine Katastrophe.«

Sie hörte auf zu essen und widmete mir ihre volle Aufmerksamkeit.

»Ich hatte ihn zur Psychotherapie in ein Therapiezentrum einweisen lassen. Die Ärzte sollten ihm helfen, seine Ängste zu überwinden, bis sie völlig verschwunden wären, aber ... Chase machte keine Fortschritte. Er kauerte sich zu einer Kugel zusammen und hörte nicht auf zu schreien. Sieben Tage am Stück hat er weder gegessen noch geschlafen, weil er solche Angst hatte. Die Ärzte befürchteten, er könnte sterben, wenn er noch ein paar Tage länger ohne Nahrung bliebe. Also habe ich ihn wieder nach Hause geholt.«

»Warum haben sie ihm kein Beruhigungsmittel gegeben?«

»Ich hatte ihnen gesagt, sie dürften ihm keine Medikamente verabreichen. Er brauchte einfach nur jemanden zum Reden. Es war schmerzhaft, mit anzusehen, wie er das durchmachte, und ich habe ihn seitdem nicht wieder dorthin gebracht. Die Krankheit schränkt seine Lebensqualität ein, aber ... es ist besser, als das noch einmal durchzumachen.«

Sie nickte. »Das kann ich mir vorstellen ...«

»Ich glaube nicht, dass er das je überwinden wird, leider.« Ich versuchte, mich von Chase' Situation nicht niederdrücken zu lassen. Doch manchmal machte es mich traurig. »Aber er wirkt glücklich. Er hat Sex, wann immer er Lust hat, er hat Freunde, und er tut, was er will – meistens jedenfalls.«

»Er hat Sex?«, fragte sie überrascht.

»Oh ja«, sagte ich lachend. »Die Frauen stehen auf ihn. Sie finden ihn exzentrisch.« Ich zuckte die Schultern.

Sie lächelte. »Alle Achtung, Chase.«

»Er hat's besser drauf als ich.«

»Das fällt mir schwer zu glauben«, platzte sie heraus. Dann schien sie ihren Ausrutscher bemerkt zu haben, denn sie sah mich nicht an. »Ich habe etwas besorgt, das vielleicht helfen könnte. Ich hoffe, du fühlst dich nicht gekränkt dadurch.«

»Du könntest mich nie kränken, Aspen.«

Sie nahm die Tüte mit einem Supermarkt-Logo drauf und holte ein Plastikschwert daraus hervor. Die Klinge war gelb, der Rest davon schwarz. »Ich denke, das Beste für Chase wäre es, das Problem bei der Wurzel zu packen, damit er ein normales Leben führen kann. Aber da du das schon versucht hast ... könnte das hier vielleicht helfen.«

»Wie meinst du das?«, fragte ich.

»Er glaubt, mit deinem unsichtbaren Schattenschwert sicher zu sein, aber er will es nicht von dir annehmen. Was wäre also, wenn wir ihm das hier auf seine Türschwelle legen? Als hätte es jemand dort für ihn platziert? Dann sagen wir ihm, es ist ein weiteres Schattenschwert. Er kann es bei sich tragen, wenn er rausgeht, bei Tageslicht oder nachts, und dann wird er keine Angst mehr haben. Es beseitigt zwar nicht die Phobie, aber wenigstens kann er so ein normales Leben führen. Es leuchtet sogar im Dunkeln.«

Ich betrachtete das Schwert auf dem Tisch und nahm es dann hoch, um es zu untersuchen und sein leichtes Gewicht in der Hand zu spüren. »An so etwas habe ich nie gedacht ...«

Sie zuckte die Schultern. »Es könnte funktionieren. Einen Versuch ist es wert, oder nicht?«

»Ja.« Ich drehte das Schwert um und entdeckte die Gravur auf der Seite. *Schattenschwert.* »Das ist eine großartige Idee.«

Sie lächelte. »Die Leute werden es zwar merkwürdig finden, wenn er ein Plastikschwert überall mit sich herumschleppt, aber das ist das geringere Übel.«

»Stimmt.« Ich wog das Schwert in meiner Hand, dann legte ich es zurück auf den Tisch. »Möchtest du jetzt gleich zu ihm rübergehen?«

Ihre Augen leuchteten auf. »Okay.«

***

Wir legten das Schwert mit der Aufschrift *Schattenschwert* nach oben vor seine Tür. Dann klopfte ich, und wir rannten schnell den Flur entlang und versteckten uns um die Ecke.

Lauschend hörten wir, wie sich die Tür einen Spaltbreit öffnete.

Ich hatte gewusst, dass Chase zuerst durch den Türspion sehen und dann das Schwert auf dem Boden entdecken würde. Er wäre zu neugierig, die Tür nicht zu öffnen. Seine Decke aus Alufolie um sich geschlungen, kam er heraus und schnappte sich das Schwert.

Aspen und ich spähten um die Ecke und beobachteten ihn.

Er hielt das Schwert am Griff, und seine Finger berührten die gelbe Klinge und strichen über die Gravur. Dann wirbelte er das Schwert aus dem Handgelenk umher. Sein Körper entspannte sich, und die Alufoliendecke kam leicht ins Rutschen.

»Ich glaube, es funktioniert«, flüsterte ich.

Chase wirbelte das Schwert noch einmal herum, dann ging er zurück in seine Wohnung.

Ich drehte mich zu Aspen um. »Er hat es genommen. Das ist ein gutes Zeichen.«

»Er hat die Decke herunterrutschen lassen«, bemerkte sie. »Ich glaube, er fühlt sich sicher damit.«

Mein Handy klingelte, und als ich es aus der Tasche zog, sah ich Chase' Namen auf dem Display. »Das ist er.«

»Geh ran«, sagte sie schnell. Sie kam nah ans Handy, damit sie mithören konnte, was er am anderen Ende der Leitung sagte.

»Hey, Chase«, meldete ich mich lässig.

»Alter, du errätst nie, was gerade passiert ist!«

»Du hast endlich gelernt, wie man nicht die ganze Klobrille vollpinkelt?«, zog ich ihn auf.

»Nein.« Er machte sich gar nicht die Mühe, mir die Beleidigung entsprechend zurückzuzahlen. »Jemand hat mir ein Schattenschwert vor die Tür gelegt.«

Chase war unglaublich intelligent und clever. Die Tatsache, dass er wieder in eine kindliche Denkweise zurückfiel, wenn es um dieses Thema ging, war für mich schwer zu begreifen. Vielleicht beeinträchtigte ihn das Trauma durch den Tod unserer Eltern so tief, dass es die einzige Möglichkeit für ihn war, damit fertig zu werden. Ich weigerte mich, ihn dafür zu verurteilen. »Wirklich?«

»Ja. Es ist sogar graviert. Und es leuchtet im Dunkeln.«

»Wow«, sagte ich. »Jetzt können die Schatten dir auch nichts mehr anhaben. Das ist toll.«

»Ja ...« Er schwieg eine Weile. »Das ist unglaublich.«

»Jetzt kannst du ungehindert bei Tageslicht rausgehen«, sagte ich.

»Na ja, ich hab es noch nicht ausprobiert ...«

»Dann dreh doch eine Testrunde damit.«

»Das mache ich aber nicht ganz allein«, erwiderte er sofort. »Kannst du vorbeikommen?«

»Klar. Aspen und ich waren gerade in dem China-Restaurant, in das wir gern gehen. Wir sind in fünf Minuten da.«

»Okay«, sagte er. »Sie ist süß, also bring sie mit. Sie ist doch Single, stimmt's?«

Ich verdrehte die Augen. »Ich glaube nicht, dass sie auf Typen steht, die Angst vor der Dunkelheit haben.«

»Vor den Schatten«, korrigierte er. »Und vielleicht hab ich das ja gar nicht mehr.«

»Wir sind in ein paar Minuten da.« Ich legte auf.

Aspen lächelte aufgeregt. »Es könnte tatsächlich funktionieren.«

»Ich weiß.« Es war kaum zu glauben. Mein Bruder stand kurz davor, ein normales Leben zu führen. Und das alles wegen Aspen.

Nachdem wir zehn Minuten gewartet hatten, klopften wir an seine Tür.

Sie öffnete sich einen Spalt, als hätte er uns schon erwartet.

»Schaltet das Licht aus«, verlangte er.

»Du hast doch das Schwert. Dir passiert nichts«, erwiderte ich.

»Okay«, sagte er. »Ich komme ohne meine Decke raus.«

»Okay.« Ich gab mir Mühe, nicht zu lachen, weil seine Angst so lächerlich war.

Das Schwert an seinem Gürtel befestigt, trat er aus der Wohnung und schaute sich angespannt und mit weit aufgerissenen Augen um, als könnte jeden Augenblick etwas über ihn herfallen.

»Das Schwert funktioniert«, sagte ich aufgeregt. »Das ist großartig.«

»Moment mal«, warf Chase ein. »Du hast doch dein Schwert. Was, wenn sie deswegen nicht angreifen?«

»Ich lasse es bei dir in der Wohnung«, schlug ich vor. »Dann werden wir schon sehen.«

Chase sah entsetzt aus. »Ähm …«

»Es passiert schon nichts«, beruhigte ich ihn. »Wenn es hart auf hart kommt, laufe ich rein und hole es.«

Er schluckte den Kloß in seinem Hals hinunter. »Okay.«

Ich ging in seine Wohnung, wo ich so tat, als nähme ich

ein falsches Schwert vom Gürtel, und kam dann zurück in den Flur. »Es ist weg.«

Chase umklammerte sein Schwert, schaute sich um und wartete, dass etwas geschah.

Ich verschränkte die Arme vor der Brust und gab mir Mühe, nicht zu lachen.

Aspen schaute sich um, als suchte sie nach den Schatten, von denen Chase schwor, dass sie existierten. »Das ist ein mächtiges Schwert«, meinte sie. »Sie kommen nicht einmal in unsere Nähe.«

»Ja«, fügte ich hinzu. »Das Schwert ist noch stärker als meines.«

Chase schien sich zu entspannen. »Sie kommen nicht …«

»Das ist wegen des Schwertes«, sagte ich. »Es ist unbesiegbar.«

»Ja«, stimmte Chase mir zu. »Das glaube ich auch …« Er ging den Flur entlang und sah sich um. Dann kam er wieder zu mir zurück. »Jetzt haben sie Angst vor mir.«

»Das sollten sie auch«, sagte ich ernst.

»Jetzt weiß ich, wie du dich fühlst«, stellte Chase fest. »Dass nichts dir etwas tun kann.«

»Genau«, antwortete ich.

Er nahm die Hand vom Schwertgriff und verschränkte die Arme vor der Brust. »Wow … Ich muss meine Wohnung neu einrichten.«

Ich bemühte mich, nicht zu lachen. »Ja … Ein paar Lampen besorgen oder so was.«

»Ich kann's kaum erwarten, bis die Sonne aufgeht«, fuhr Chase fort. »Ich werde zu Starbucks gehen und mir mal ansehen, was der ganze Wirbel soll.«

Seine Worte machten mich traurig. Er hatte solche einfachen Dinge wegen seiner Phobie verpasst. Ich wusste seine Verwandlung deshalb umso mehr zu schätzen. »Ja …«

»Und ich gehe im Park joggen«, rief er aufgeregt. »Das wollte ich schon immer mal machen.«

»Ja.« Ich atmete tief durch, um nicht zu emotional zu werden.

»Hey!« Chase riss die Augen auf. »Wollen wir morgen frühstücken gehen?«

Noch einmal holte ich tief Luft und gab mir Mühe, nicht zu weinen. »Liebend gern, Mann.«

»Danach können wir im Park spazieren gehen.« Aufgeregt marschierte er im Flur auf und ab. »Und dann müssen wir nach Little Italy.«

»Was immer du willst.« Ich bemühte mich, meine Gefühle im Zaum zu halten.

»Super«, strahlte Chase. »Jetzt kann ich Bräute bei Tageslicht aufreißen.«

»Ja«, stimmte ich ihm zu.

»Ich gehe wieder rein und fange an, nach einem neuen Job zu suchen«, sagte er. »Vorzugsweise etwas mit einem Fenster.«

»Nur keine Eile«, sagte ich.

»Ich frage mich, wer das Schwert wohl da hingelegt hat.«

Ich zuckte mit den Schultern. »Keine Ahnung.«

»Na ja, wir sehen uns morgen.« Er wirbelte sein Schwert herum, als wollte er gegen jemanden kämpfen. Dann ging er zurück in seine Wohnung und machte die Tür zu.

Ich schloss die Augen und rieb mir die Schläfen, unfähig zu glauben, dass das gerade wirklich passiert war.

Aspen berührte sanft meine Schulter. »Alles okay?«

Tränen brannten in meinen Augen. »Ich ... ich hätte nie geglaubt, dass das je passieren würde.«

Ihr Blick traf den meinen. »Das freut mich für dich.«

»Vielen, vielen Dank!« Ich ließ meine Hand sinken und sah sie an. »Das warst du. Du hast mir meinen Bruder zurückgegeben.«

Sie streichelte einen Augenblick lang meine Schulter, bevor sie die Hand sinken ließ. »Das waren wir beide.«

Die Tür öffnete sich wieder, und Chase schaute voller Panik heraus. »Alter, du hast dein Schwert vergessen!« Ich hatte völlig vergessen, dass ich die imaginäre Waffe in seiner Wohnung gelassen hatte. »Das brauchst du, sonst kriegen sie dich.«

»Nein, tun sie nicht«, sagte ich leise. Ich schaute meinen Bruder an und sah ihn endlich auf andere Weise. Ich stellte mir vor, wie wir zusammen im Park spazieren gingen und uns verhielten wie normale Leute an ihrem freien Tag. Wir würden zusammen frühstücken gehen und uns dann über Sport und Musik unterhalten. Die Welt hatte endlose Möglichkeiten zu bieten, und wir konnten sie alle erleben. »Weil ich dich habe.«

***

Aspen und ich saßen auf meinem Sofa und schauten *SpongeBob Schwammkopf*.

»Magst du diese Sendung?«, fragte ich.

»Ja. Die ist witzig.« Sie saß neben mir, die Knie an die Brust gezogen. Mir fiel auf, dass sie immer so dasaß, wenn wir zusammen allein waren. Es war, als hielte sie sich irgendwie zurück.

»Ich hab noch nie eine Frau getroffen, die Cartoons mag.«

»Ich liebe Cartoons«, sagte sie. »Manchmal braucht man einfach irgendetwas Anspruchsloses, um das Gehirn wieder aufzuladen.«

»Klingt vernünftig.«

»Mein Job kann echt stressig sein, und wenn ich einen Fehler mache, wirkt sich das auf Tausende von Leuten aus. Wenn ich nach Hause komme, ist es schön, sich von etwas unterhalten zu lassen, bei dem man nicht nachdenken muss.«

»Ich finde nicht, dass es anspruchslos ist«, widersprach ich grinsend. »Ich finde, es ist inspirierend, intelligent und spannend.«

»Ach ja?«, fragte sie neckend.

»Jepp. Dieser Typ lebt in einer Ananas auf dem Meeresboden. Diese Symbolik ist erstaunlich. Sie repräsentiert die Mittelschicht des amerikanischen Volkes, deren Häuser so vergänglich sind und die unter der Last der hohen Lebenshaltungskosten, Steuern und Krankenversicherung ertrinken, die sie sich nicht leisten können.«

Sie drehte sich zu mir um, ein leichtes Schmunzeln auf den Lippen. »Das wurde jetzt aber ziemlich schnell düster …«

Lachend ließ ich mich in die Couch zurücksinken. »Ja, nicht wahr?«

»Genießen wir einfach oberflächlich die Sendung und lassen sie anspruchslos sein.«

»Das klingt wirklich besser.« Beschwingt durch das neue Leben meines Bruders und das fortwährende Lachen mit Aspen legte ich ihr den Arm um die Schultern. Der Mut dazu kam tief aus meinem Innern, und ich dachte nicht über mein Handeln nach, bis ich es bereits getan hatte.

Sie reagierte nicht auf die Berührung. Es war, als hätte sie damit gerechnet – oder es sogar gewollt.

Wir schauten ein paar Folgen und lachten über die albernen Stellen, bis es spät wurde. Ich war müde, und ich vermutete, sie war es auch. Aber ich wollte nicht, dass sie ging. Ich hoffte, sie wollte es auch nicht.

Ihr Kopf sank an meine Schulter, und ihr Haar fiel über mein Hemd. Eine Strähne berührte meinen Hals, und ihre Weichheit erinnerte mich an den schmutzigen Traum, den ich von ihr gehabt hatte. Und den Tagtraum danach, als ich mir einen runtergeholt hatte. Meine Wangen erröteten, und mein Schwanz wurde hart.

Vorsichtig legte ich mich zurück, den Kopf auf die Armlehne der Couch, und zog Aspen mit mir. Sie zögerte nicht, sondern folgte mir in einer fließenden Bewegung. Ihr Kopf ruhte auf meiner Schulter, und ihr Haar breitete sich auf meiner Brust aus. Sie legte ihre Hand um meine Taille und schob ein Bein zwischen meine Beine.

Ich war im siebten Himmel.

Noch nie hatte ich zusammen mit einer Frau auf dem Sofa gelegen und ferngesehen. Jedes Mal, wenn eine Frau in meine Wohnung kam, dann ging es im Schlafzimmer zur Sache. Ich vögelte sie im Bett und rief ihr am nächsten Morgen ein Taxi. Während der Nacht wurde nicht gekuschelt. Sie blieb auf ihrer Seite des Bettes, und ich blieb auf meiner.

Aber für Aspen brach ich all meine Gewohnheiten und Regeln.

Sie war leicht, als sie so auf mir lag. Ich legte den Arm um ihre Taille und ließ die Hand auf ihrer Hüfte ruhen. Der Schwung ihrer Kurven war bemerkenswert. Sie hatte eine Sanduhrfigur, eine schmale Taille mit ausgeprägten Hüften, die zu straffen Schenkeln führten. Ich stellte mir oft vor, wie sich ihre langen Beine um meine Taille schlangen. Der Duft nach Vanille stieg mir in die Nase, und ich spürte, wie ich mich entspannte, als ich ihn einatmete. Anstatt auf den Fernseher zu sehen, betrachtete ich sie. Ihre Hand lag auf meinem Bauch, während sie mich hielt. Wir lagen ineinander verschlungen, als würden wir perfekt zusammenpassen. Ich hatte schon so viele Grenzen hinter mir gelassen, dass ich mich entschied, noch eine weitere zu überschreiten. Meine linke Hand wanderte zu ihrer, und ich verschränkte unsere Finger miteinander.

Sofort kam ihre Hand mir entgegen, und sie stieß einen leisen Seufzer aus, als wäre sie kurz davor einzuschlafen.

Unverwandt sah ich sie an und vergaß völlig die Sendung, bis meine Augen schwer wurden und ich einschlief.

***

Als ich aufwachte, war der Fernseher aus, und die Uhrzeit auf dem Festplattenrecorder verriet, dass es zwei Uhr morgens war. Aspen lag immer noch genauso da, wie als sie eingeschlafen war. Unsere Hände waren immer noch ineinander verschränkt.

Die Armlehne lag unbequem in meinem Nacken, und

mein Bett rief nach mir. Ich würde lieber darin schlafen, und ich bezweifelte, dass es Aspen etwas ausmachen würde. Vorsichtig, um sie nicht zu wecken, rutschte ich unter ihr hervor und hob sie dann von der Couch hoch. Sie war leicht wie eine Feder, genau wie ich erwartet hatte.

Ich legte sie aufs Bett, dann streifte ich ihr die Schuhe ab. Nachdem ich sie zugedeckt hatte, zog ich mein Hemd und die Jeans aus und kletterte nur noch mit meiner Unterhose bekleidet neben ihr ins Bett.

Aspen regte sich leicht, dann öffnete sie die Augen einen kleinen Spalt, sah mich verschlafen an und schmiegte sich an mich. Ihr Arm legte sich um meine Taille, und sie schob erneut ein Bein zwischen meine. Forsch kuschelte sie sich an mich, als brauchte sie mich, und ich kam ihr entgegen und hielt sie fest im Arm.

Dann schliefen wir wieder ein.

***

Als ich am nächsten Morgen aufwachte, wurde mir bewusst, dass ich eine weitere Regel gebrochen hatte.

Ich hatte mit ihr geschlafen.

Wir hatten zwar keinen Sex gehabt, dennoch hatte sie mit mir in meinem Bett geschlafen. Jetzt gab es nur noch eine einzige Regel, die noch ungebrochen war.

Küssen.

Ich musste mich zusammenreißen und durfte nichts unternehmen. Ich musste warten, bis Aspen mich nicht mehr brauchte, um ihre Firma zu bekommen. Dann konnte ich den Schritt wagen und sie bitten, mir zu gehören. Ich würde sie küssen, wie sie noch nie zuvor geküsst worden war.

Ich musste einfach nur Geduld haben.

Langsam öffnete ich die Augen und sah Aspen an. Sie hatte sich friedlich schlafend eng an mich geschmiegt. Das Sonnenlicht fiel durchs Fenster herein und betonte ihre helle Haut. Ihr braunes Haar fiel wie ein Wasserfall um sie herum. Wenn ihre Lippen geschwollen wären, würde es aussehen, als hätten wir in der Nacht zuvor ein Schäferstündchen gehabt. Schon allein der Gedanke ließ mich hart werden. Ich trug nur enge Boxershorts, deshalb hoffte ich, dass sie meine Morgenlatte nicht bemerkte.

Aspen seufzte, dann öffnete sie flatternd die Lider. Einen Moment lang sah sie mich an, dann schloss sie die Augen wieder. »Wie schaffst du's nur, morgens aufzustehen?« Ihre Worte kamen genuschelt und unzusammenhängend heraus.

»Wie bitte?« Ich musste mir ein Lachen verkneifen.

»Dein Bett ist so bequem.« Diesmal waren ihre Worte deutlicher. »Wie schaffst du es, morgens aufzustehen?«

»Gar nicht«, erwiderte ich. »Jetzt weißt du, warum ich eine Nachteule bin.«

»Ich verstehe dich vollkommen.« Ihre Hand strich über meinen Bauch zu meiner Brust und blieb dort liegen. Plötzlich schien sie zu begreifen, dass ich kein Hemd anhatte, denn ihre Augen flogen auf. Sie starrte auf meine nackte Brust und kniff dann schnell wieder die Lider zusammen.

Meine Lippen verzogen sich zu einem frechen Grinsen. »Hast du mich gerade abgecheckt?«

»Nein ...«

»Ich hab dich doch gesehen.«

»Ich habe keine Ahnung, wovon du redest …«

»Gib es doch einfach zu.« Ich beugte mich über sie und war ihr plötzlich noch näher. Ihr Bein rutschte an meiner Hüfte hoch.

Mein harter Schwanz presste sich gegen ihren Schenkel, und mir wurde bewusst, dass es ein Fehler gewesen war, mich so über sie zu beugen. Doch der Schaden war bereits angerichtet.

Ihr Atem beschleunigte sich, und sie starrte mich einfach nur an. Ihre Augen waren heller, als ich sie je gesehen hatte.

Scheiße, das hier war gefährlich!

Ich wollte mich zu ihr beugen und sie küssen. Schon unzählige Male hatte ich mir vorgestellt, wie sich ihre Lippen auf meinen anfühlen mochten. Ich war so kurz davor. Sie lag unter mir, in meinem Bett. Ich wollte mich mit ihr in den Laken wälzen, an diesen Lippen saugen und sie an all den Stellen berühren, von denen ich träumte.

Bevor ich noch etwas Dummes tun konnte, legte ich mich wieder auf den Rücken. »Ich treffe mich bald mit Chase … Ich sollte mich fertig machen.«

Sie blieb, wo sie war. »Ja … Ihr Jungs werdet eine Menge Spaß haben.«

Ich stieg aus dem Bett und zog ein T-Shirt über. »Ich bring dich nach Hause.«

»Ich komme schon zurecht.« Sie stand auf und kämmte sich mit den Fingern durchs Haar. »Es ist schließlich nicht dunkel draußen.«

»Bist du sicher?« fragte ich. »Es würde mir nichts ausmachen.«

»Schon in Ordnung, wirklich.« Sie strich sich die Falten aus dem Kleid, dann schlüpfte sie in ihre Schuhe.

Ich zog meine Jogginghose an, um meine unübersehbare Erektion zu verbergen. Nicht, dass das jetzt noch einen Unterschied machte. Sie hatte schon gespürt, wie sie sich an ihren Schenkel drängte. Sie wusste, wie hart ich war und wie sehr ich sie wollte.

Unbehaglich wegen meiner Dummheit brachte ich sie zur Tür. Ich hatte sie angemacht, während wir zusammen im Bett gelegen hatten. Ich hatte meinen Schwanz an sie gepresst wie ein Idiot. Ich wollte nicht, dass sie glaubte, ich wollte mit ihr schlafen. Denn das wollte ich nicht. Ich meine, ich wollte *schon*. Aber ich wollte noch viel mehr als das. »Danke, dass du mir bei meinem Bruder geholfen hast! Du kannst dir nicht vorstellen, wie viel mir das bedeutet.« Ich hielt es für das Beste, das Thema zu wechseln. Ich mochte einen dummen Zug gemacht haben, aber ich hatte mich auch zurückgezogen, als mir bewusst geworden war, wie falsch sie mein Handeln auslegen könnte.

»Freut mich, dass ich helfen konnte«, sagte sie. »Und danke, dass du mich aufgemuntert hast!«

»Wir passen gut zusammen«, entfuhr es mir, ohne nachzudenken.

»Ja ... finde ich auch ...« Sie strich sich eine Haarsträhne hinters Ohr.

Warum sagte ich ständig so dämlichen Mist? Am liebsten hätte ich mir mit der Hand an die Stirn geschlagen.

»Ich wünsch dir einen schönen Tag.« Sie trat hinaus, ihre Handtasche über der Schulter.

»Ich dir auch.«

»Tschüs!« Sie winkte mir leicht zu, bevor sie davonging.

Ich schloss die Tür, dann lehnte ich mich von innen dagegen und wünschte, sie würde bei mir bleiben – für immer.

Kapitel zehn

Aspen

Harper hatte recht gehabt. Rhett empfand anscheinend ebenso wie ich. Mein Herz raste, wenn er in der Nähe war, und als sich seine Brust auf meine gepresst hatte, war sein Herzschlag ebenso schnell wie meiner gewesen. Er hatte sogar meine Hand gehalten, obwohl niemand in der Nähe war, für den er eine Show abziehen musste. Er hatte mit mir in seinem Bett geschlafen, und er hatte sogar ... Meine Wangen röteten sich, wenn ich daran dachte.

Aber er hatte mich nicht geküsst. Es gab Momente, in denen ich glaubte, er würde es tun, doch es kam nie dazu. Allmählich wurde ich ungeduldig. Rhett war der erste Mann, bei dem ich völlig dahinschmolz. Er war der erste Kerl, in den ich mich verliebte, ohne ihn auch nur ein einziges Mal geküsst zu haben. Er war zu jemandem geworden, dem ich mehr vertraute als irgendjemandem sonst. Nach allem, was John mir angetan hatte – wie war das überhaupt möglich?

Vielleicht sollte ich ihm einfach sagen, was ich empfand, und es hinter mich bringen. Vielleicht sollte ich ihn einfach küssen und sehen, ob er die Zuneigung erwiderte. Ich sollte einfach die Würfel rollen lassen und es riskieren. Es bestand eine gute Chance, dass ich alles verlieren könnte, wofür ich gearbeitet hatte, aber das schien mir nicht mehr wichtig zu sein.

Während der nächsten paar Tage konnte ich an nichts anderes denken als an ihn. Meine Arbeit litt darunter, weil ich abgelenkt war. Ich träumte davon, ihn zu küssen, davon, dass er in meinem Büro auftauchte und mich auf meinem Schreibtisch nahm. Ich träumte von einer Million Dinge, und sie waren alle unangebracht.

Isabellas Besuch war völlig verdrängt. Rhett hatte mich dazu gebracht, ihren Spott und ihre Bosheit zu vergessen. Es fiel schwer, wütend zu sein, wenn ich mit ihm so glücklich war. Als Chase das Schwert genommen und endlich seine Angst abgelegt hatte, war mir warm ums Herz geworden. Ich war froh, dass ich ihm hatte helfen können, aber noch froher war ich, dass ich Rhett geholfen hatte. Seine Augen waren voller Emotionen gewesen, und ich hatte geglaubt, er würde anfangen zu weinen. Diesen Ausdruck der Dankbarkeit würde ich nie vergessen. Er hatte es verdient, seinen Bruder zurückzubekommen. Abgesehen von seiner Tante und seinem Onkel war Chase alles, was er noch hatte.

Ich saß an meinem Schreibtisch und ging einen Bericht auf meinem Computer durch, als Janes Stimme über die Gegensprechanlage erklang. »Mr Lane möchte Sie sehen, Miss Lane.«

Ich konnte es nicht erwarten, meinen Nachnamen zu ändern. Eine Lane zu sein war eine Schande. Ich hasste es, etwas so Persönliches mit meinem Vater zu teilen. »Danke, Jane!« Ich wollte nicht mit ihm sprechen. Ich hatte ihn noch nicht gesehen, seit Isabella in mein Büro gekommen war und mich wie einen Wurm zertreten hatte. Meine Wut war schwer in den Griff zu bekommen, und manchmal hatte ich meine Mühe damit. Am liebsten hätte ich meinem Vater einen Golfschläger über den Schädel gezogen. Als mir diese Vorstellung Genugtuung gab, wurde mir bewusst, was für ein schlechter Mensch ich war.

Ich blieb gelassen, als ich sein Büro betrat, und tat so, als würde ich ihn nicht verachten, als würde ich ihn nicht verabscheuen. »Du wolltest mich sehen?«

Er schlug einen Golfball über das kleine Grün in seinem Büro. »Wie geht es Rhett?«

Als wir vor ein paar Wochen wegen Chase' Zusammenbruch das Dinner hatten sausen lassen, hatte ich gelogen und behauptet, Rhett habe einen schlimmen Fall von Lebensmittelvergiftung und musste wegen Austrocknung ins Krankenhaus eingeliefert werden. »Es geht ihm gut. Er hat eine Weile gebraucht, wieder auf die Beine zu kommen, aber er hat es überstanden.«

»Freut mich zu hören. Was hat er denn gegessen, wenn ich fragen darf?«

»Lasagne im Santiago's«, schwindelte ich. Das war mein Lieblingsrestaurant, und ich wollte dort auf keinen Fall meinem Vater über den Weg laufen.

»Dann werde ich mich von dort fernhalten.« Er schlug den Ball und versenkte ihn im Loch. Er hatte mich noch kein einziges Mal angesehen.

»War das alles?« Ich wollte so schnell wie möglich wieder von hier verschwinden.

»Nein, eigentlich nicht.« Er hängte seinen Schläger an die Wand, dann lehnte er sich gegen die Vorderseite seines Schreibtisches. »Deine Cousine Marie feiert dieses Wochenende eine Verlobungsparty. Ich möchte, dass du Rhett mitbringst.«

Warum musste ich überhaupt hingehen? Maria war Isabellas Schwester. Doch ich ließ mich nicht aus der Ruhe bringen. »Hältst du das für klug? Denkst du nicht, das wäre ein Interessenskonflikt?« Isabella würde dort sein, und John ebenfalls. Ich wollte keinen von beiden sehen.

»Du musst dein Gesicht wahren, Aspen. Wenn du dort mit hoch erhobenem Kopf und einem Mann an deinem Arm auftauchst, werden die Leute aufhören, über dich zu reden.«

»Oder sie reden noch mehr ...«

»Es ist bereits beschlossene Sache«, sagte er abweisend.

Ich hasste es, wenn er mich herumkommandierte wie einen Hund. Er mochte zwar mein Boss sein, aber mein Privatleben konnte er nicht kontrollieren. »Ich werde nicht hingehen, und du kannst mich nicht dazu zwingen.«

Er richtete seine kalten Augen auf mich. »Was hast du eben gesagt?«

»Ich werde nicht hingehen«, wiederholte ich bestimmt. »Ich werde ja doch nichts weiter als ein Gesprächsthema sein, jemand, über den man sich das Maul zerreißt. Ich habe dort nichts verloren. Das würde nur Drama geben.«

»Du wirst hingehen«, sagte er streng. »Du wirst dich verhalten, als wäre alles in bester Ordnung. Das ist mir wichtig.«

»Nun, mir ist es nicht wichtig«, zischte ich.

»Ich werde dich feuern, wenn es sein muss«, drohte er.

Mit schmalen Augen sah ich ihn an. »Das hat nichts mit der Arbeit zu tun.«

»Das hat alles mit der Arbeit zu tun! Du wirst dort auftauchen, und du wirst lächeln. Du wirst Rhett allen vorstellen und sagen, wie wohlhabend er ist. Du wirst so tun, als wärst du völlig sorgenfrei. Du wirst so tun, als bedeutete John dir nicht das Geringste und als wäre seine Hochzeit mit Isabella unter deiner Würde. Du darfst keine Schwäche zeigen, Aspen.«

»Soll ich vielleicht etwa auch auf der Hochzeit auftauchen? Der, die du ausrichtest?« Mein Blick brannte sich in seinen. Meine Hände zitterten, und ich war kurz davor, aus dem Büro zu stürmen und ihm zu sagen, wie sehr ich ihn verachtete.

Er senkte seine Stimme. »Hier geht es nur ums Image. Was könnte mächtiger sein als eine solche Geste? Isabella kann John haben, weil du jemand anders hast?«

»Du weißt, wie sehr ich mir gewünscht habe, dort zu heiraten! Und jetzt kann ich das nicht mehr, weil Isabella es tut.«

»Unsinn«, widersprach er. »Du kannst genauso dort heiraten.«

»Nein, kann ich nicht!« Ich versuchte, nicht zu schreien, aber das fiel mir schwer. »Ich werde nicht am selben Ort heiraten, an dem dieses Miststück meinen Exverlobten geheiratet hat. Wie konntest du überhaupt zustimmen, ohne mich auch nur zu fragen?«

»Weil das nicht deine Entscheidung ist. Deshalb.« Seine Stimme war eiskalt.

Ich holte tief Luft und unterdrückte meine Tränen. Sie rührten nicht von Traurigkeit oder Schmerz, sondern von überwältigender Belastung. Ich fühlte mich gefangen und unfähig, mich zu befreien. Er hatte mich in seiner Gewalt, bis ich ihn endlich loswerden konnte.

»Fang besser nicht an zu weinen.«

Ich stählte mich innerlich. »Sehe ich so aus, als würde ich weinen?«

Er betrachtete mich einen Moment lang, bevor er seine Armbanduhr zurechtrückte. »Sei dort und bring Rhett mit. Sonst kannst du dir einen neuen Job suchen.«

Ich konnte mich nicht länger so von ihm hinhalten lassen. »Wirst du mir die Firma jetzt übertragen? Ich habe einen festen Freund, und ich habe mein Image wiederhergestellt. Ich habe getan, was du wolltest.«

Er verschränkte die Arme vor der Brust. »Du bist definitiv auf dem richtigen Weg.« Er trat ans Fenster und sah hinaus, eine stumme Aufforderung, dass ich aus seiner Gegenwart entlassen war.

Ich stürmte aus seinem Büro, schloss die Tür hinter mir und lehnte mich dann von außen dagegen, während ich Tränen aus meinen Augenwinkeln sickern spürte.

***

Als Rhett an die Tür klopfte, saß ich im Schlafzimmer an meinem Schminktisch und machte gerade mein Make-up fertig. »Herein«, rief ich.

Die Tür öffnete sich, und ich hörte seine Schritte. »Ich bin's.«

»Ich bin gleich fertig«, rief ich. »Nur noch einen Augenblick.«

»Lass dir Zeit.«

Meine Schlafzimmertür stand offen, aber er kam nicht näher. Wahrscheinlich saß er auf dem Sofa und wartete.

Ich trug mehr Make-up als üblich und hatte dafür gesorgt, dass es absolut perfekt aussah. Ich hatte mir dunkle Smokey Eyes geschminkt, und der schwarze Eyeliner ließ meine Augen hell und auffallend wirken. Die Grundierung war perfekt verblendet, und ein heller Hauch von Farbe betonte meine Lippen. Mein Haar war zu einem vornehmen Arrangement zurückgenommen, und ich trug ein violettes trägerloses Kleid, das schlicht und elegant zugleich war. Ein Platinarmband lag um mein Handgelenk, und ich hatte mir die Nägel manikürt.

Ich war ausgehfertig, dennoch hasste ich mein Aussehen. Das war überhaupt nicht ich. Ich trug nie so viel Make-up oder investierte so viel Mühe in mein Äußeres. Die Vorstellung, auf diese Party zu gehen und so zu tun, als wäre das, was John mir angetan hatte, völlig okay, war widerwärtig. Und was Isabella getan hatte, war noch schlimmer. Warum war ich die Armselige? Warum betrachtete die Familie mich als die Schwache? Isabella war die Schlampe, die ihrer eigenen Cousine den Freund ausgespannt hatte. Warum sah das niemand so?

Ich stützte mich auf meinen Schminktisch und schloss die Augen. Die Tränen drohten ständig zu sprudeln, und ich bemühte mich angestrengt, sie unter Kontrolle zu halten. Das Letzte, was ich wollte, war, zu dieser dämlichen Party zu gehen. Ich wollte nicht so tun, als ginge es mir gut, denn das tat es nicht. Warum konnte ich keinen normalen Vater haben, der mir zur Seite stand, wenn niemand sonst es tat? Warum konnte er mich nicht zu einem Eis einladen, wenn ich einen schlechten Tag hatte, anstatt mir zu sagen, ich sei schwach? Warum schrie er mich an und sagte mir, ich solle nicht weinen? Warum konnte er mich stattdessen nicht in den Arm nehmen?

Reiß dich zusammen, Aspen! Es sind doch nur ein paar Stunden. Rhett wird auch da sein. Du bist nicht allein.

Ich holte tief Luft und versuchte, meine Gedanken zu beruhigen, als sich große Hände auf meine Schultern legten und sie leicht drückten. »Alles okay?«

Ich öffnete die Augen und schaute ihn im Spiegel meines Schminktisches an. »Es geht mir gut.«

Mit traurigem Blick musterte er mich. Das Blau seiner Augen war verschwunden. Jetzt waren sie einfach nur grau. »Rede mit mir.« Er wollte, dass ich mich entspannte, und massierte die Muskeln in meinen Schultern.

»Ich will wirklich nicht auf diese Party gehen ...«

»Warum nicht?«

»Weil ... ich meine Familie einfach nicht besonders mag.«

»Warum gehst du dann hin?«

Aus demselben Grund, aus dem ich alles tat. »Mein Dad zwingt mich dazu. Er will, dass ich dich allen vorstelle ... und ihnen sage, wie reich du bist.« Meine Stimme war schwer vor Abscheu.

»Dann werden wir genau das auch tun. Ich kümmere mich schon darum, okay? Steh einfach nur da und sieh hübsch aus.«

Leichter gesagt als getan.

Seine Hände hörten auf, mich zu massieren. »Du bist viel gestresster als sonst.« Das war keine Frage.

»Lieber würde ich den ganzen Tag lang Toiletten schrubben.«

Er ging neben meinem Stuhl in die Hocke und beugte

sich dicht zu mir, sodass sein Gesicht nur noch Zentimeter von meinem entfernt war. »Aspen.« Seine Stimme lief mir den Rücken hinunter und breitete sich dann überallhin aus. In seinen Worten lag so viel Trost. Er gab mir das Gefühl, vollständig zu sein. »Wir stehen das gemeinsam durch. Ich helfe dir dabei. Versprochen.«

Ein trauriges Lächeln legte sich auf meine Lippen. »Wirklich?«

»Ja, wirklich.« Er legte mir eine Hand in den Nacken und lehnte seine Stirn an meine. Das hatte er noch nie getan. Wir waren uns so nah, näher denn je. Ein Kuss war es, was ich brauchte, was ich wollte.

Doch ich bekam ihn nicht.

»Hinterher holen wir uns einen Rieseneisbecher. Und natürlich ein paar Margaritas in Dosen – dein Lieblingsgetränk.«

Das brachte mich zum Lächeln. »Hört sich gar nicht so schlecht an.«

»Ganz und gar nicht. Und jetzt lass uns die Sache hinter uns bringen.«

***

Rhett fuhr mit seinem anthrazitgrauen Jaguar vor dem Landhaus vor. Der Wagen war makellos und glänzend und passte perfekt in die Reihe teurer Luxuskarossen, die entlang der Auffahrt parkten.

Nachdem Rhett den Wagen einem Bediensteten übergeben hatte, legte er mir den Arm um die Taille und begleitete mich hinein. »Schönes Haus.«

»Haus?«, fragte ich. »Du meinst wohl eher Schloss. Und dabei wohnen hier nur zwei Leute. Albern.«

Er beugte sich näher zu mir. »Ich bin froh, dass du kein so hochnäsiger Fratz wie der Rest deiner Familie bist.«

»Sollte ich das je sein, hast du meine Erlaubnis, mich zu erschießen.«

Er lachte. »Ist notiert.«

Wir nahmen den Gartenweg zur Rückseite des Hauses, wo grüne Hecken und steinerne Statuen den Garten und die große Terrasse zierten. Überall waren große Tische aufgestellt, und über den Köpfen hingen weiße Lichterketten. Kellner trugen Tabletts mit Champagnerflöten umher. Die Party war so protzig wie jede andere, auf der ich hier bisher gewesen war.

»Was machen deine Tante und dein Onkel beruflich?«, fragte Rhett.

»Mein Onkel hat früher mit meinem Dad zusammengearbeitet. Er verließ die Firma vor ein paar Jahren und hat seine Aktien verkauft. Jetzt ist er im Ruhestand.«

Einer von Rhetts Mundwinkeln hob sich zu einem leichten Lächeln. »Ich bin mir sicher, er ist jetzt viel glücklicher.«

Ja … Eine Schlampe zur Tochter zu haben, die ihrer Cousine den Mann ausspannt, muss ihn wirklich glücklich machen.

Sobald die Menge uns bemerkte, wurden gehässige Blicke in unsere Richtung geworfen. Manchmal bekam ich auch einen Blick des Bedauerns und Mitgefühls. Andere Male kassierte ich nur gaffende Blicke. Im Großen und Ganzen war niemand erfreut, mich zu sehen, obwohl ich nichts falsch gemacht hatte.

Dann also los.

Rhett schien meine Anspannung zu bemerken, denn er zog mich enger an sich. »Du siehst heute Abend wunderschön aus. Das habe ich vorhin ganz vergessen zu sagen.«

Sein Kompliment traf auf taube Ohren. »Danke.« Ganz gleich, wie sehr ich mich anstrengte, um schön auszusehen, würde ich mich je wirklich schön fühlen? »Du siehst auch gut aus.« Rhett trug einen schwarzen Armani-Anzug, der wie für ihn gemacht schien.

»Du überstrahlst mich mühelos.«

Wenn du meinst.

»Was zu trinken?«

»Ja, bitte«, antwortete ich. »Und immer für Nachschub sorgen.«

Er nahm zwei Champagnerflöten von einem Tablett, das ein Kellner vorbeitrug, dann reichte er mir eine davon und stieß mit seiner leicht dagegen. »Hoffentlich schmeckt der nicht nach Mango«, lächelte er und nahm dann einen Schluck.

Ich erwiderte das Lächeln, doch es erreichte nicht meine Augen. Ich trank fast das ganze Glas in einem einzigen Zug leer.

Rhett führte mich durch die Menge. »Irgendjemand, mit dem du reden willst?«

»Nicht einmal ansatzweise.«

»Da sind Sie ja«, erklang die Stimme meines Vaters über die gedämpften Geräusche der Unterhaltungen hinweg.

Ich knurrte leise genug, dass niemand mich hörte.

»Rhett, ich möchte Sie jemandem vorstellen«, sagte Dad.

Im Ernst? Er zwang mich zu kommen, und dann begrüßte er mich nicht einmal? Jetzt fühlte ich mich nicht mehr ganz so schlecht, weil ich ihm den Tod gewünscht hatte.

Rhett zog mich mit sich, bis wir meinen Vater erreicht hatten. »Guten Abend, Sir! Wie geht es Ihnen?«

»Gut.« Er schlug Rhett auf die Schulter und schenkte ihm ein Lächeln.

Mich lächelte er nie an.

Sobald Rhett ihm die Hand geschüttelt hatte, legte er mir den Arm wieder um die Taille.

»Bill, das hier ist Aspens Freund Rhett«, sagte Dad. »Er ist ein feiner junger Mann.«

»Sehr erfreut.« Bill schüttelte ihm die Hand.

»Es ist ein Vergnügen, Ihre Bekanntschaft zu machen«, sagte Rhett höflich.

Bill war mein Onkel, aber er tat so, als existierte ich gar nicht, genau wie mein Vater.

Blöder Arsch.

Rhett verwickelte die beiden in eine Unterhaltung, den Arm immer noch eng um mich gelegt. Er sprach über seine Arbeit für GMC, was gelogen war, und über Aktien, Politik und Reichtum. Man konnte ihn sich prima mit einer Zigarre und einem Glas Brandy in der Hand vorstellen. Wie jeder waren Dad und Bill begeistert von ihm.

Und ich stand einfach nur daneben.

Bill winkte meine Tante herbei. »Liebes, komm und lerne Rhett kennen.«

Tante Nancy trat an seine Seite. Sie sah mich mit keinerlei Wärme in den Augen an, dann wandte sie sich an Rhett. »Es ist eine Freude, Sie kennenzulernen. Wir haben schon so viel von Ihnen gehört.«

»Die Freude ist ganz auf meiner Seite«, erwiderte Rhett höflich. »Sie haben ein wunderschönes Heim. Es erinnert mich an das Anwesen meiner Familie in Vermont.«

»Das ist wunderbar«, sagte sie. »Was macht Ihre Familie?«

»Wir haben ein paar Weingüter hier und in Australien«, antwortete Rhett.

Wie konnte er nur so schnell und geschickt lügen? Er war wirklich ein Meister seines Fachs.

»Mir geht es übrigens gut.« Die Worte rutschten mir heraus, bevor ich sie aufhalten konnte. Ich sprach einfach aus, was ich dachte.

»Ich wollte mich gerade danach erkundigen, meine Liebe.« Tante Nancy schenkte mir ein aufgesetztes Lächeln. »Also ... Wie habt ihr beiden euch kennengelernt?«

»In einem Café«, sagte ich.

Rhett warf mir einen liebevollen Blick zu. »Ich habe sie gesehen und wusste es auf der Stelle.«

»Was wussten Sie?«, fragte Tante Nancy.

»Dass sie die Richtige ist«, antwortete er wieder zu Tante Nancy gewandt und sah sie ernst an.

Ich würde in Ohnmacht fallen, wenn Rhett das zu mir sagen und auch so meinen würde.

Tante Nancy hatte einen skeptischen Ausdruck auf dem Gesicht. Ihre Lippen waren fest zusammengekniffen, beinahe missbilligend, und als sie einen Schluck von ihrem Champagner nahm, nippte sie kaum daran. Sie musterte Rhett, als wäre er nicht real, dann verlagerte sie ihren fragenden Blick auf mich.

Ich wusste, was sie dachte. *Wie konnte sie sich einen solchen Kerl angeln?*

Rhett beugte sich vor und rieb seine Nase an meiner, eine Geste der Zuneigung, die er mir noch nie zuvor geschenkt hatte. »Sie hat mich ein paarmal abblitzen lassen, aber mit der Zeit konnte ich sie erweichen. Aufzugeben wäre für mich nicht infrage gekommen.«

Tante Nancy verschluckte sich hustend an ihrem Champagner. »Entschuldigung.«

Ich zwang mich, nicht die Augen zu verdrehen. War es so schockierend, dass jemand wie Rhett mich mögen könnte? Ich hasste John dafür, wie er mein Leben ruiniert hatte. Früher hatte meine Familie mich respektiert, aber jetzt betrachteten sie mich als ein dummes und bedauernswertes Mädchen, das kein Mann haben wollte. Falls ich John heute Abend hier entdecken sollte, würde es mir verdammt schwerfallen, ihm nicht in die Eier zu treten.

»Alles in Ordnung, Liebes?«, fragte Onkel Bill seine Frau besorgt.

»Es geht mir gut.« Sie tupfte sich den Mund mit einer Serviette, während Onkel Bill ihr leicht auf den Rücken klopfte.

Könnten wir jetzt gehen?

»Wir sind so aufgeregt darüber, dass unsere beiden Töchter heiraten werden«, sagte Tante Nancy, dabei warf sie mir einen besonderen Blick zu. »Isabella wird schon in ein paar Monaten heiraten, und jetzt auch noch Marie.«

»Wie wunderbar«, sagte Dad. »Nicht wahr?«, wandte er sich an mich und befahl mir stumm, höflich zu sein und so zu tun, als ginge es mir gut, obwohl ich innerlich am Ertrinken war.

»Wirklich wunderbar«, zwang ich mich zu sagen.

»Hoffentlich sind wir die Nächsten«, sagte Rhett und lehnte seinen Kopf an meinen.

Wenn Rhett nicht dabei gewesen wäre, um mich zu beschützen – diese Party hätte mich gebrochen. Ich wäre ganz allein gewesen, und die Leute hätten sich noch mehr das Maul über mich zerrissen. Es war leichter zu ertragen, dass sie sich fragten, wie ich Rhett bekommen hatte, als mich für mein Alleinsein in Stücke zu reißen. »Ja.« Ich schenkte ihm ein falsches strahlendes Lächeln.

»Ich hätte Sie sehr gern zum Schwiegersohn«, erklärte Dad. »Sie sind ein wunderbarer junger Mann.«

»Vielen Dank, Sir«, erwiderte Rhett taktvoll.

Dad war eindeutig zufrieden, wie sich der Abend entwickelte. Rhett war ein Hit, und jeder mochte ihn. Natürlich verstand niemand, wie ein umwerfender Mann wie er bei einem Gänseblümchen wie mir landen konnte, aber trotzdem lief es gut.

»Entschuldigt uns«, sagte Tante Nancy. »Wir müssen uns wieder unter die Leute mischen.«

Bitte tut das! Ich zog an Rhetts Arm, um ihm zu sagen, dass ich einen Drink brauchte.

Rhett führte mich fort und besorgte mir ein weiteres Glas. »Warum behandelt dich deine Familie so? Das ist entsetzlich.«

Ich nahm einen großen Schluck, ohne zu antworten. Als ich den Blick über die Menge schweifen ließ, entdeckte ich eine Gruppe Mädchen in kurzen Kleidern, mit gestylten Haaren und hochhackigen Schuhen. Sie alle schauten mich an, entweder um mich zu mustern oder um über mich zu lachen. Als ich Isabella erkannte, hätte ich am liebsten die Flucht ergriffen.

Rhett bemerkte meinen Blick und folgte seiner Richtung. »Wer sind die?«

»Lass uns woandershin gehen.« Ich zog ihn mit mir in die Menge.

Wir gingen zu einem Tisch in der Nähe und setzten uns, wo die Menge uns vor den Blicken der Mädchen abschirmte. Wenn Isabella hier war, dann konnte John nicht weit sein. Ich könnte jedem gegenüber falsche Freundlichkeit zeigen, aber zu ihm in irgendeiner Form nett zu sein war mir wirklich unmöglich.

Rhett war still, seine Augen abwesend.

Vielleicht war er wütend. Vielleicht wollte er ebenso sehr von hier verschwinden wie ich.

Falls ja, konnte ich es ihm nicht verdenken. Ich nippte an meinem Drink, dankbar für das leichte Brennen des Alkohols in meinem Magen.

»Ich kenne sie von irgendwoher ...« Rhetts Stimme klang nachdenklich.

»Wie bitte?«

»Dieses Mädchen«, sagte er. »Ich kenne sie.«

Das durfte doch wohl nicht wahr sein. Wenn er mit Isabella geschlafen hatte, würde ich mich von einer Klippe stürzen. Darüber würde ich nie hinwegkommen, selbst wenn Rhett tatsächlich etwas von mir wollte. »Die Blonde in der Mitte?«

»Nein, die Brünette rechts.« Er rieb sich das Kinn, während er lange überlegte. Dann schnippte er mit den Fingern. »Sie hat mich vor ein paar Monaten engagiert. Daher kenne ich sie. Ich wusste doch, dass ich sie schon mal gesehen habe.«

Meine Augen weiteten sich, und das Herz sank mir in die Kniekehlen. »Bist du sicher?«

»Definitiv. Sie wollte ihren Ex eifersüchtig machen.«

Ich schlug die Hände vors Gesicht und bekam beinahe einen Zusammenbruch. »Oh mein Gott ...«

»Was?«, fragte er besorgt. »Was ist los?«

Rhett war intelligent, aber im Moment ziemlich schwer von Begriff. »Begreifst du denn nicht? Wenn sie dich engagiert hat, dann weiß sie auch, dass ich dich engagiert habe. Und dann werden alle erfahren, dass das hier ein Schwindel ist. Mein Vater wird es herausfinden, und ... Gott, ist das peinlich!«

Seine Augen weiteten sich bei der Erkenntnis, doch dann rieb er sich nachdenklich den Nacken. »Stopp, warte mal!«

»Was?«, fragte ich mit besiegter Stimme.

»Sie wird nichts sagen.«

»Warum zum Teufel sollte sie das nicht tun? Sie wäre begeistert über einen weiteren Grund, mich zu demütigen.«

»Falls sie verrät, dass du mich engagiert hast, müsste sie zugeben, dass sie mich auch engagiert hat«, erklärte er mit einem Lächeln. »Dieses Geheimnis würde sie nicht zugeben, nur um dich bloßzustellen.«

Ich entspannte mich ein wenig. »Trotzdem macht sie es vielleicht ...«

»Das bezweifle ich«, sagte er. »Soweit ich mich erinnere, war ihr ihr Image wichtiger als alles andere. Es ist unwahrscheinlich, dass sie es riskieren würde, sich derart öffentlich bloßzustellen. Es wird alles gut gehen, Aspen.«

Ich war immer noch ängstlich.

Er zog mich näher zu sich. »Entspann dich einfach.«

»Leichter gesagt als getan.«

»Ich bin da. Vergiss das nicht.« Er drückte meine Hand. »Und ich werde nirgendwohin gehen.«

Wie hatte er mich dazu gebracht, mich in einer solchen Zeit in ihn zu verlieben?

»Denk einfach nur an diesen Rieseneisbecher«, sagte er. »Und ich gebe dir meine Kirsche – wie immer.«

Unwillkürlich legte sich ein Lächeln auf meine Lippen.

Marie kam an unseren Tisch. Sie trug ein weißes Kleid, und der Verlobungsring blitzte an ihrem Finger. »Du bist tatsächlich gekommen?« Sie stemmte die Hände in die Hüften, schüttelte ihr lockiges Haar in den Nacken und schenkte mir ein aufgesetztes Highschool-Lächeln. »Sieht so aus, als schuldete ich Janet zwanzig Mäuse.«

Warum war mein Leben so scheiße? »Hallo, Marie«, sagte ich kühl. »Schön, dich zu sehen.«

»Gleichfalls«, erwiderte sie schnell.

»Und Glückwunsch!« Verachtung lag in meiner Stimme, obwohl ich zu lächeln versuchte, als ich sprach.

Marie richtete die Augen auf Rhett. »Als man mir gesagt hat, dass du einen heißen Freund mitgebracht hast, konnte ich es nicht glauben. Ich glaube es auch immer noch nicht.«

Rhett zog mich näher zu sich. »Und als Aspen eingewilligt hat, die Meine zu werden, konnte ich es kaum glauben.« Er verwob unsere Finger miteinander und tat so, als betete er mich an.

Abfällig musterte Marie mein Kleid. »Aus dem Kaufhaus?« In ihrer Stimme lag Missbilligung.

»Ja«, antwortete ich ohne Scham. Alle trugen Designerkleider, aber ich war damit zufrieden, etwas zu tragen, das mir gefiel, egal ob es teuer oder günstig war.

»Du gibst den Leuten doch ohnehin schon genug Grund, sich über dich lustig zu machen. Liefere ihnen nicht noch mehr Munition.« Sie lachte laut, als wäre das, was sie gesagt hatte, urkomisch.

Ich war kurz davor zu explodieren. Ich wollte mich auf den Tisch stellen und jedem Einzelnen hier sagen, dass er mich mal kreuzweise konnte. Was mit John passiert war, war nicht meine Schuld. Ich war ein guter Mensch und hatte es nicht verdient, wie Scheiße behandelt zu werden. Am liebsten hätte ich ihr den selbstgefälligen Ausdruck aus dem Gesicht geschlagen.

»John ist übrigens hier«, sagte sie mit einem boshaften Lächeln. »Vergiss nicht, vorbeizuschauen und Hallo zu sagen.« Dann drehte sie sich auf dem Absatz um und stolzierte davon.

Das war's. Ich konnte es nicht länger ertragen. Ich wollte nur noch weg. Ich musste mich irgendwo verstecken. Irgendwo, wo ich schreien konnte. Warum musste sie John erwähnen, besonders vor Rhett? Ich sprang von meinem Stuhl auf und lief los in Richtung Haus, damit ich das nächstgelegene Badezimmer suchen und mich hinter einer verschlossenen Tür ausheulen konnte. Zum Auto konnte ich nicht, und ich konnte auch nicht wegfahren.

»Aspen«, erklang Rhetts Stimme hinter mir.

Ich ignorierte ihn und lief weiter. Ich schaffte es ins Haus und an zahlreichen Kellnern vorbei zum Badezimmer, doch als ich am Türknauf drehte, war die Tür verschlossen.

Scheiße!

»Hier ist besetzt«, rief eine hochnäsige Stimme.

Ich lief weiter den Flur entlang und betrat das nächstbeste Zimmer, das ich finden konnte, doch bevor ich die Tür hinter mir schließen konnte, quetschte sich Rhett zu mir hinein und zog die Tür hinter sich zu. Mit traurigem Blick sah er mich an, als wäre ihm ebenso sehr nach Weinen zumute wie mir.

»Sieh mich nicht an.« Ich drehte mich um und schaute in die andere Richtung, da ich spürte, wie die Tränen aufstiegen. Dass mein Vater mir stets verbot zu weinen, machte es noch schlimmer. Es fühlte sich an wie etwas von Natur aus Falsches. Schluchzend hob und senkte sich meine Brust vor Schmerz, und ich konnte es nicht verhindern.

Rhett packte mich, zog mich eng an seine Brust und hielt mich fest, damit ich mich an seiner Schulter ausweinen konnte. Seine Hand strich mir durchs Haar und hielt mich, während ich mich bis zur letzten Träne verausgabte. »Du bist ein wunderbarer Mensch und hast das hier nicht verdient – ganz und gar nicht.«

Ich hielt mich an ihm fest und nahm den Trost an, den er mir schenkte.

»Du bist der erstaunlichste Mensch, dem ich je begegnet bin. Warum sie das nicht sehen, ist mir unbegreiflich.« Er fuhr damit fort, mich sanft zu streicheln. »Lass nicht zu, dass sie dir so wehtun. Es gibt keinen Grund, warum du dich so schrecklich fühlen solltest.«

Ich schloss die Augen und atmete heftig ein und aus, während ich versuchte, meine ungezügelten Gefühle wieder unter Kontrolle zu bringen. Ich musste mich zusammenreißen und so tun, als wäre alles in Ordnung. Alles, was ich tun musste, war, das hier durchzustehen. Dann würde ich zu meinem Vater gehen und ihn zwingen zurückzutreten, damit ich nicht länger durch seine Reifen springen musste. Ich könnte endlich frei sein.

Ich löste mich von Rhett und wischte meine Tränen fort. Nachdem ich mein Make-up in Ordnung gebracht hatte, beruhigte sich mein Atem etwas.

Rhett nahm mein Gesicht in die Hände und sah mir in die Augen. »Du bist am Zug. Rate.«

Ich wusste, was er meinte. »D2.«

Ein Lächeln kräuselte seine Lippen. »Nein.«

»E5.«

Er schüttelte den Kopf.

Dann ging mir auf, was es sein musste. »A1.«

»Treffer, versenkt.«

Ich kicherte leise, dann brachte ich den Rest meines Make-ups in Ordnung.

»Braves Mädchen«, flüsterte er.

»Jetzt fühle ich mich besser.« Ich blinzelte ein paarmal. »Sieht man, dass ich geweint habe?«

»Ein bisschen.« Mit dem Daumen besserte er mein Make-up ein wenig aus, dann tupfte er mit dem Rand seines Ärmels die restliche Feuchtigkeit auf. »Niemand wird es merken.«

»Danke ...«

»Lass uns einfach für uns bleiben und zusammen Spaß haben. Sobald das Essen vorbei ist, verschwinden wir von hier.«

»Hört sich gut an.« Ich ging zur Tür, doch dann hörte ich

Stimmen draußen. Es klang, als hätte sich eine Schlange vor dem Badezimmer gebildet.

Isabellas Stimme war zu hören. »Aspen ist eine wandelnde Katastrophe. Mom sagt, sie sieht krank aus.«

»Lila steht ihr einfach nicht«, sagte ein anderes Mädchen, eines, das ich nicht erkannte.

»Ich kann nicht glauben, dass sie sich überhaupt hat blicken lassen«, fuhr Isabella fort. »Ich würde mich zu Tode schämen, wenn mein Verlobter mich sitzen gelassen hätte, weil ich schlecht im Bett bin, um dann was mit meiner Cousine anzufangen. Sie ist so eine Niete.«

Ich schloss die Augen und zuckte innerlich zusammen. Wenn ich es gehört hatte, dann hatte Rhett es auch gehört. Und ich wollte nicht, dass er es wusste. Seine Meinung war die einzige, die mir wirklich wichtig war, und jetzt würde auch er auf mich herabschauen wie alle anderen. Er würde nie mit mir zusammen sein wollen, nicht, wenn er wusste, dass ein anderer Mann mich verlassen hatte, weil der Sex mit mir so langweilig war. Gott, dieser Abend konnte nicht schlimmer werden!

»Es geht das Gerücht um«, sagte ein anderes Mädchen, »dass ihr Freund eigentlich gar nicht ihr Freund ist. Er ist ein Escort.«

»Nicht. Dein. Ernst!«, drang Isabellas schrille Stimme durch die Tür. Sie klang absolut begeistert darüber, dass ich jemanden dafür bezahlen musste, mein Date zu spielen. »Wusste ich's doch, dass der viel zu heiß für sie ist! Das ist unbezahlbar!«

Bitte lass mich auf der Stelle tot umfallen!

»Ich wette, sie muss dafür zahlen, Sex mit ihm zu haben«,

sagte ein Mädchen. »Weil John es nicht mal umsonst tun wollte.«

Ich konnte Rhett nicht ansehen. Ich würde ihn nie wieder ansehen können. Ich fühlte mich so beschämt und gedemütigt. Sollte mein Leben auf der Stelle enden, würde ich mich nicht einmal dagegen wehren.

»Die haben keinen Sex mit ihren Kundinnen. Sie küssen sie nicht mal. Sie haben sehr ausdrückliche Regeln. Wenn diese Regeln verletzt werden, dann beenden sie das Arrangement. Sie stehen nur da und halten deine Hand oder legen den Arm um deine Taille«, sagte das Mädchen.

»Woher weißt du das?«, fragte Isabella.

»Oh ...« Sie zögerte. »Das habe ich von einer Freundin gehört. Und ich glaube, ich erkenne ihn von der Website wieder.«

Elende Lügnerin.

»Kein Wunder, dass er sie kein einziges Mal geküsst hat«, sagte Isabella, als hätte sie gerade einen Kriminalfall gelöst. »Das ist so jämmerlich. John hat mir sogar gesagt, dass er beinahe eingeschlafen wäre, während er Sex mit ihr hatte, so schlecht ist sie.«

Warum konnten sie nicht aufhören zu reden? Hatten sie mich nicht schon genug gedemütigt? Warum musste Rhett neben mir in diesem Zimmer stehen, damit er jedes Wort davon hörte? Noch nie in meinem ganzen Leben hatte ich mich so geschämt. Jede Chance, die ich bei Rhett auch immer gehabt haben mochte, hatte sich in Luft aufgelöst.

»Los, gehen wir sie suchen und machen ihr das Leben zur Hölle«, schlug Isabella vor. Ihre Absätze klapperten über den Fußboden, als sie davongingen.

Ich stand völlig reglos da, und auch Rhett bewegte sich nicht. Ich schaute ihn nicht an, weil ich seine Reaktion nicht sehen wollte. Mein größtes Geheimnis war gelüftet, und nun bestand nicht die kleinste Möglichkeit mehr, dass Rhett mich wollen konnte. Mein Familienskandal war letztendlich an seine Ohren gedrungen, und kein noch so großes Maß an Humor konnte ihn dazu bringen, mich je wieder anzulächeln. Ich wandte mich zur Tür und öffnete sie.

»Aspen.« Rhett hielt mich fest. »Warte!«

Ich wand mich aus seinem Griff, ohne ihn anzusehen. »Fass mich nicht an.« Ich stürmte hinaus und den Flur entlang. Ich musste nur meine Handtasche vom Tisch holen, dann konnte ich von hier verschwinden. Nachdem ich die Hauptstraße erreicht hätte, würde ich mir ein Taxi rufen. Ich wollte nicht auf dieser Party sein, umgeben von Leuten, die mich nur untergehen sehen wollten, und ich konnte dem Mann, den ich liebte, nicht mehr in die Augen blicken und sehen, wie er mich mit Mitleid und Abscheu ansah. Ich könnte es nicht ertragen, wenn Rhett mich so ansah. Er war der einzige Mensch, der mir tatsächlich ein gutes Selbstwertgefühl gegeben hatte.

Ich hatte den Tisch fast erreicht, als ich Isabella hörte.

»Da ist sie! Schnappen wir sie uns, Mädels.«

Falls sie mir zu nahe kam, würde ich sie k. o. schlagen. Sie würde keine Gnade von mir bekommen. Ich würde nicht wieder das Richtige tun und ihr aus dem Weg gehen. Jetzt würde ich sie mitten ins Gesicht schlagen und ihr die Nase brechen.

Ich griff nach meiner Handtasche und schnappte sie mir. Sie kamen näher. Ich musste nur noch hier raus und es bis zur Hauptstraße schaffen. In meiner Hast stieß ich ein Glas um, hatte aber keine Zeit mehr, es aufzuwischen. Ich drehte mich um und machte mich zur Flucht bereit.

Wie aus dem Nichts tauchte Rhett vor mir auf und vertrat mir den Weg.

»Geh weg –«

Rhett nahm mein Gesicht in die Hände, und dann küsste er mich hart auf den Mund. Trotz seiner Heftigkeit waren seine Lippen weich. Der Griff, mit dem er mich festhielt, war unüberwindlich. Ich hätte nicht einmal weglaufen können, wenn ich gewollt hätte. Langsam bewegten sich seine Lippen auf meinen, und als mir bewusst wurde, was geschah, erwiderte mein Mund die Liebkosung. Die Musik verblasste, und der Klang von Isabellas Stimme verstummte. Alles, was ich hörte, war das Geräusch von Rhetts Atem. Alles, was ich spürte, war sein Kuss. Eine Hand blieb an meinem Gesicht, die andere legte sich um meine Taille, und er hielt mich eng an sich gedrückt, ohne jede Absicht loszulassen.

So hatte ich mir unseren ersten Kuss nicht vorgestellt, aber er fühlte sich ganz genau so an, wie ich gehofft hatte. Er war explosiv und heiß und versengte mich mit jeder entschlossenen Bewegung seines Mundes. Er küsste mich, als liebte er mich und könnte nicht ohne mich leben. Noch nie war ich so geküsst worden. Noch nie war ich so gehalten worden.

Rhett teilte meine Lippen mit der Zunge, dann berührte er sanft die meine. Das Gefühl, wie unsere Zungen miteinander tanzten, reichte aus, um mir die Knie weich werden zu lassen. Es war elektrisierend und wundervoll. Ich atmete heftig, weil ich nicht genug Luft bekam. Er raubte mir den Atem.

Ich klammerte mich an seine Schultern, genau so, wie ich

es mir wünschte, und ergab mich dem Verlangen, das ich für ihn empfand. Meine Lippen verschlangen die seinen. Sie waren weich und fühlten sich an meinem Mund absolut perfekt an. Ich hätte ihn den ganzen Tag lang küssen können. Ich hätte ihn bis in alle Ewigkeit küssen können.

Widerstrebend brach Rhett den Kuss ab, behielt jedoch sein Gesicht an meinem. Er atmete schwer, und seine Augen leuchteten vor Verlangen. Es schien, als wäre ich die Einzige im Raum, die von Bedeutung war.

»Schätze, du hast dich geirrt, Jessica«, sagte Isabella mit einem enttäuschten Seufzen. Ihre Absätze wurden leiser, als sie und ihre Clique davongingen.

Rhett hörte nicht auf, mich anzusehen. »Ich kündige.«

Suchend sah ich ihm in die Augen, weil ich nicht sicher war, was er meinte. »Was?«

»Ich kündige. Ich werde nicht länger dein Escort sein.«

Was hatte ich getan ...? Er war derjenige gewesen, der mich geküsst hatte. Schämte er sich so meinetwegen? Ich versuchte, meinen Schmerz zu verbergen.

»Ich würde lieber dein Freund sein – wenn du mich willst.« Während er mich eng im Arm hielt, streichelte sein Daumen über meine Wange und wanderte dann zu meinen Lippen. Einen Moment lang sah Rhett sie an, bevor sein Blick wieder zu meinen Augen zurückkehrte. »Willst du?«

All der Schmerz, den ich an diesem Abend empfunden hatte, verflog. Das Drama und die Kränkungen wirkten bedeutungslos. Der einzige Mensch, der auf dieser Welt zählte, stand vor mir und sah mich an, wie ich angesehen werden sollte. Tränen brannten in meinen Augen, aber nicht vor Traurigkeit. Zum ersten Mal kamen sie vor Freude. »Ja.«

Kapitel elf

Rhett

»Warum grinst du wie ein Bekloppter?«, wollte Tyler wissen.

»Ohne Grund.« Ich zuckte die Schultern und lehnte mich entspannt in der Nische der Bar zurück.

Tyler durchschaute mich sofort. Er musterte mich mit schmalen Augen, als glaubte er kein Wort von dem, was ich gesagt hatte. »Du hast ›Schiffe versenken‹ gevögelt?«

»Nein.«

»Sie hat dir einen geblasen?«

Ich schüttelte den Kopf. »Nö.«

»Hat sie dir mit den Füßen einen runtergeholt? Das ist nämlich ehrlich gesagt ziemlich scharf.«

Als Antwort verdrehte ich nur die Augen.

»Was zum Teufel ist dann passiert?« Sein Bier war immer noch unberührt, da er sich völlig auf mich konzentrierte.

»Wir sind zusammen.« Ich grinste weiter von einem Ohr zum andern.

»Das ist es?«, fragte er enttäuscht.

»Wir haben uns geküsst.«

»Alter, du weißt, dass da ein Prozess praktisch vorprogrammiert ist. Sie könnte uns verklagen.«

»Das würde sie nie tun. Außerdem habe ich gekündigt.«

»Echt jetzt?«, fragte er überrascht.

»Sie ist nicht mehr meine Kundin. Ich begleite sie zwar immer noch, aber jetzt mache ich es umsonst.« Ich trank von meinem Bier und fühlte mich glücklicher als seit langer Zeit. Ich hatte ein fantastisches Mädchen ganz für mich allein. Noch nie hatte ich so etwas für eine Frau empfunden. Normalerweise wollte ich nur Sex. Aber Aspen hatte mich dazu gebracht, viel mehr und zugleich viel weniger zu wollen. Ein Abend mit Kartenspielen und Eiscreme war mehr als genug. Ich war schon damit zufrieden, nur mit ihr zusammen zu sein.

Missbilligend schüttelte Tyler den Kopf. »Das ist deine Sache.«

»Hey, du warst doch derjenige, der mir gesagt hat, ich soll mich an sie ranmachen.«

»Ja, ich meinte damit vögeln, keine feste Bindung«, sagte er. »Beziehungen sind blöd. Die funktionieren nicht, und das werden sie auch nie.«

Ich merkte, dass er immer noch verbittert wegen seiner Trennung war, obwohl die bereits Jahre zurücklag. Ich sprach ihn nie darauf an, weil es ihm immer die Laune verdarb. »Aspen und ich werden dafür sorgen, dass es funktioniert.«

Er schüttelte den Kopf. »Ich bin einfach nur froh, dass du sie als Kundin aufgegeben hast. Das war die klügste Entscheidung.«

»Ja.«

»Lass sie einen Aufhebungsvertrag unterschreiben, nur für den Fall.«

»Du bist paranoid.«

»Hey«, blaffte er. »Wir sind schon mal verklagt worden.

Sie scheint zwar ein nettes Mädchen zu sein, aber hau nicht den Rest von uns in die Pfanne, nur weil du unvorsichtig bist.«

»Das werde ich nicht«, beschwichtigte ich ihn. »Ich kümmere mich schon darum.«

»Also, wann wirst du mit ihr schlafen?«

Ich zuckte mit den Schultern. »Es passiert, wenn es passieren soll. Ich habe sie gerade erst zum ersten Mal geküsst. Das hat keine Eile.«

»Wie lange kennst du dieses Mädchen schon?«

»Ungefähr drei Monate.«

»Hast du in der Zeit irgendeine andere flachgelegt?«

»Nein«, antwortete ich. »Ich war nicht mal mit einer anderen Frau aus. Ich war irgendwie mit Aspen zusammen … nur nicht im technischen Sinn.«

»Dann hattest du also seit drei Monaten keinen Sex?«, fragte Tyler. »Das ist 'ne verdammt lange Zeit …«

»Ich komme schon klar.« Meine Sexträume von Aspen waren lebhafter geworden und kamen häufiger vor. Demzufolge holte ich mir öfter einen runter. Es hielt mich über Wasser, bis ich das Original bekam.

»Scheiß drauf, Mann«, sagte er. »Wenn ich es so lang für eine Frau aushalten würde, müsste sie mir schon irgendwas dafür bieten. Und wenn's nur mal mit der Hand einen runterholen wär.«

Ich lachte, sagte aber nichts.

»Bist du verliebt in sie?«, fragte er geradeheraus.

Ich wich der Frage aus. »Was wird das hier? Eine Kaffeeklatschrunde?«

»Du bist verliebt, nicht wahr?« Missbilligend schüttelte er

den Kopf. »Na ja, wenn du glücklich bist, freut mich das für dich.«

»Danke, dass du auf meiner Seite bist … und dass du mich dabei gleichzeitig tierisch nervst.«

Lachend stieß er mit mir an. »Auf Rhett, darauf, dass er endlich sesshaft geworden ist!«

Mein Glas stieß gegen seines, dann nahm ich einen Schluck. »Auf Tyler, darauf, dass er der Nächste ist!«

***

Aspen und ich nahmen vor Danielles Schreibtisch Platz.

»Was ist das, was ich für dich unterschreiben soll?«, fragte Aspen.

»Eine Aufhebungsvereinbarung.«

Verständnislos schaute sie mich an.

»Das sichert mich einfach nur gesetzlich ab.«

»Okay.«

Danielle schob ihr das Blatt Papier zu. »Indem Sie hier unterschreiben, erklären Sie, dass Sie bis zu diesem Tag nicht mit Rhett geschlafen haben. Sie erklären außerdem, dass Rhett den Vertrag während der Zeit, in der er für Sie gearbeitet hat, nicht verletzt hat.«

Ich habe den Vertrag verletzt, und das mehrmals.

Aspen sagte nichts Gegenteiliges und unterschrieb.

»Unterzeichnen Sie bitte hier und hier.« Danielle deutete auf das Schriftstück, und Aspen setzte ihre Unterschrift an die Stellen.

»Ausgezeichnet.« Danielle nahm das Blatt und machte eine Kopie davon. »Für Ihre Unterlagen …«

Aspen faltete die Kopie zusammen und steckte sie in ihre Handtasche.

»Meinen Glückwunsch, ihr Turteltäubchen.« Danielle schenkte uns ein Lächeln, dann kehrte sie an ihren Schreibtisch zurück.

Ich wandte mich an Aspen. »Mittagessen?«

»Okay«, lächelte sie.

Wir verließen das Büro Hand in Hand und spazierten in ein Feinkost-Straßenlokal. Nachdem wir unser Essen bestellt hatten, setzten wir uns draußen an einen Tisch. Es war ein wunderschöner Tag, und wir wollten die Sonne genießen.

»Warum wünschtest du, dass ich das unterschreibe?«, wollte sie wissen.

Ich wusste, was sie in Wirklichkeit fragte. »Vor ein paar Jahren hat einer der Jungs mit seiner Kundin geschlafen. Sie ging vor Gericht und behauptete, es wäre Prostitution, da sie ihn technisch gesehen für den Abend bezahlt hatte. Wir hätten beinahe den Laden dichtmachen müssen.«

»Jetzt verstehe ich.« Sie nahm einen kleinen Bissen von ihrem Sandwich. »Das ist bedauerlich.«

»Die Frau war wütend, weil er nicht mehr von ihr wollte, und wollte sich rächen.«

»Ich bin froh, dass ihr euer Unternehmen nicht schließen musstet.«

»Da sind wir schon zu zweit.« Spielerisch stupste ich mit meinem Knie gegen ihres.

Sie lächelte, dann biss sie erneut von ihrem Sandwich ab.

»Also stört es dich nicht, dass ich ein Escort bin?«

»Ich vertraue dir, Rhett.«

Diese Worte erfüllten mich mit Wärme. »Dein Vertrauen ist nicht unangebracht.«

»Aber ich kratze jeder die Augen aus, die mehr von dir will.«

Ich lachte. »Ich kann mir gar nicht vorstellen, dass du jemandem wehtun könntest.«

»Wenn man mich wütend genug macht ...«

»Nicht mal dann.« Ich warf ihr einen liebevollen Blick zu. »Aber das ist nichts Schlechtes.«

Nachdem wir gegessen hatten, gingen wir zurück zu ihrer Wohnung. Ich hatte nur einen einzigen Gedanken. Ich wollte reingehen und bis zum nächsten Morgen mit ihr knutschen. Ich wollte sie ohne jede Unterbrechung küssen.

Als wir ihre Wohnungstür erreichten, drehte sie sich zu mir um. »Willst du mit reinkommen?«

»Definitiv.« Meine Hand lag immer noch an ihrer Taille.

Sie schloss die Tür auf, dann betraten wir ihre Wohnung. Sie legte ihre Handtasche auf den Küchentisch und ignorierte den Stapel Post, der dort lag. »Also.«

»Also.« Ich trat dicht zu ihr und legte meine Hände an ihre Hüften. »Was willst du jetzt machen?«

Sie schaute auf meine Lippen. »Ich weiß nicht. Was willst du denn machen?«

»Schiffe versenken?«

Sie schüttelte den Kopf.

»Poker?«

»Nö.«

»Margaritas?«

»Igitt!« Sie verzog angewidert das Gesicht.

»Auf deinem Bett rumknutschen?«

Ihre Augen leuchteten auf wie die Skyline von New York. »Das wollte ich schon, seit du damals in dieses Café spaziert bist.«

»Gut«, sagte ich. »Weil ich genau dasselbe wollte.« Ich führte sie zu ihrem Schlafzimmer, dann legte ich sie auf die Matratze und glitt über sie. Sie schlang die Arme um meinen Hals, bereit, mich an sich zu ziehen, während ich ihr Bein nahm und es um meine Hüften legte. »Habe ich dir schon mal gesagt, dass ich deine Beine liebe?«

»Nein.«

»Nun, ich tu's jedenfalls.« Ich grub meine Faust in ihr Haar und küsste sie. Energie floss durch meinen Körper, und sofort strömte mein Blut südlich. Mein Schwanz wurde in dem Augenblick hart, in dem sich unsere Lippen trafen, und ich wusste, dass sie ihn an ihrer Hüfte spürte. Aber jetzt schämte ich mich nicht mehr dafür.

Aspen konnte fantastisch küssen. Ihre Lippen neckten mich, gaben mir manchmal nur wenig, dann wieder mehr Leidenschaft, als ich ertragen konnte. Ihre kleine Zunge wand sich um meine, dass mir lustvolle Schauer über den Rücken liefen. Ich hätte das hier den ganzen Tag lang tun können.

Aspen zog mir mein Shirt aus, dann strich sie mit flachen Händen über meine Brust. Ihr anderes Bein schlang sich um mich und hielt mich fest. Jede Fantasie, die ich von ihr gehabt hatte, drängte sich in den Vordergrund meiner Gedanken. Ich wollte in ihr sein, sie lieben, aber ich wollte nichts überstürzen. Ich wusste bereits alles über sie und war, in gewisser Weise, bereits seit drei Monaten mit ihr zusammen, aber ich würde das hier so langsam angehen, wie sie wollte.

Aber nach der Art zu urteilen, wie sie mich küsste und berührte, wollte sie mich ebenso sehr wie ich sie. Sie wollte mich ganz, gleich hier und jetzt. Ihr Mund verschlang den meinen, als könnte sie nicht genug bekommen. Ihre Lippen waren von all den Küssen geschwollen, aber dadurch fühlte sich ihr Mund nur noch besser an meinem an.

Stunden verstrichen, und keiner von uns hörte auch nur kurz auf, um Luft zu holen. Schließlich gab Aspen mir einen letzten langsamen Kuss, bevor sie sich von mir löste und mir in die Augen sah. Die Sonne war untergegangen, und es war bereits dunkel. Die Zeit war vergangen, ohne dass wir es bemerkt hatten.

»Ich liebe es, dich zu küssen«, flüsterte ich.

»Und ich liebe es, dich zu küssen.« Ihr Zeigefinger zog die Konturen meiner Lippen nach und wanderte dann zu meinem Kinn. »Aber ich muss mal Pipi.«

Ich stieß ein widerstrebendes Lachen aus. »Wir küssen uns jetzt schon seit ...« Ich warf einen Blick auf die Uhr auf ihrem Nachttisch. »Drei Stunden.«

Sie kicherte, und dabei leuchteten ihre Augen auf.

Ich beugte mich vor und küsste ihren Hals. »Geh und mach Pipi, und dann lass uns was essen.«

»Was willst du denn essen?«

»Keine Ahnung«, sagte ich. »Was hast du da?«

»Eine Schublade voll Speisekarten von Lieferservices.«

Lachend küsste ich ihre Schulter. »Dann bestelle ich uns Pizza.«

»Ich liebe Pizza.« Sie stieg aus dem Bett und ging ins Bad.

Mir wurde ein bisschen schwindlig, als ich mich aufsetzte und das Blut wieder zurück in meinen Kopf strömte. Ich zwang mich, nicht mehr daran zu denken, Aspen zu küssen, sonst würde ich noch einen Dauerständer bekommen und in der Notaufnahme landen. Als ich mich ruhig genug fühlte, rief ich beim Pizzaservice an und bestellte.

Sie kam wieder aus dem Badezimmer. »Was hast du bestellt?«

»Eine Hälfte Elchfleisch und eine Hälfte Waschbär.«

Sie schüttelte sich. »Klingt lecker...«

Ich zog sie neben mich aufs Sofa und legte den Arm um sie. »War nur Spaß. Salami.«

»Damit kann man nichts falsch machen.«

»Und was jetzt?« Ich beugte mich zu ihr, bis mein Gesicht dicht an ihrem war.

»Sag du's mir.« Ihre grünen Augen funkelten mich herausfordernd an.

»Da gibt es etwas, das ich dir sagen möchte«, setzte ich an. »Etwas, das ich loswerden muss.«

»Okay.« Geduldig wartete sie, dass ich zu sprechen anfing.

»Damals in der Bar, da habe ich dich gefragt, woran ich gerade denke, und du hast gesagt, ich denke an Margaritas in der Dose. Weißt du noch?«

»Ja«, antwortete sie. »Das war das einzige Mal, dass ich nicht deine Gedanken lesen konnte.«

»Willst du wissen, woran ich gedacht habe?«

»Woran?«, hauchte sie.

»Dich zu küssen. Ehrlich gesagt habe ich schon mindestens ein Dutzend Mal daran gedacht. Aber damals habe ich ganz besonders daran gedacht. Es hat mir nicht gefallen, dich mit diesem Kerl reden zu sehen. Das war der

Moment, in dem mir klar wurde, wie viel du mir wirklich bedeutest.«

Ihr Blick wurde weich, als sie mein Gesicht betrachtete. »Ich war dir längst verfallen ... schon sehr lange.«

»Ich wünschte, du hättest es mir gesagt.« Ich nahm ihre Hand und küsste ihr Handgelenk. »Weil ich schon lange auf dich stehe.«

»Ich hatte Angst, du würdest aufhören, dich mit mir zu treffen ... weil ich den Vertrag verletze.«

Ich nickte. »Und ich hatte Angst, du würdest aufhören, dich mit mir zu treffen, weil du dich dann bei mir unbehaglich fühlen würdest.«

»Ich fühle mich nie unbehaglich bei dir.« Ihre Augen funkelten, als sie es sagte.

Wieder küsste ich ihr Handgelenk. »Du bist das sexyste, coolste Mädchen, dem ich je begegnet bin. Ich will dich, solange du mich haben willst.«

»Dann solltest du damit rechnen, dass das ziemlich lange der Fall sein wird.«

»Ich freue mich schon drauf.« Ich rieb meine Nase an ihrer.

»Darf ich dich was fragen?«

»Was du willst.«

»Hattest du ... je eine Beziehung mit einer anderen Kundin?«

»Nie«, sagte ich geradeheraus. »Ich habe mehr Frauen begleitet, als ich zählen kann, aber dabei ist nie etwas passiert. Ich habe nie irgendetwas für eine von ihnen empfunden. Du bist die Erste. Bei dir habe ich jede Regel gebrochen und mich dabei nicht im Geringsten schuldig gefühlt.«

Aspens Wangen röteten sich leicht. »Jetzt fühle ich mich wie etwas Besonderes.«

»Du bist etwas Besonderes – sehr sogar.« Ich küsste ihren Mundwinkel.

»Darf ich dich noch was fragen?«

»Ich bin ein offenes Buch.«

»Hattest du vorher schon mal eine feste Beziehung?«

»Keine ernsthafte«, antwortete ich. »Das Längste, was ich je mit demselben Mädchen zusammen war, waren ungefähr zwei Wochen. Und die meisten dieser Beziehungen waren rein körperlich, bis die Lust ihren Reiz verlor.« Ich weigerte mich, Aspen anzulügen oder meine Vergangenheit zu verheimlichen. Das wäre ihr gegenüber nicht fair gewesen. Aber ich glaubte ohnehin nicht, dass es sie stören würde.

»Mit wie vielen Frauen hast du schon geschlafen?«

Ich hasste diese Frage. Sie war das Allerschlimmste. »Mit vielen.«

»Bekomme ich eine Zahl?«

Ich sah ihr in die Augen. »Ist das wirklich wichtig?«

»Ja.« Ihr Blick drängte mich zu antworten.

»Etwas weniger als hundert.«

Sie holte tief Luft. »Wow ...«

Ich zuckte ein wenig zusammen. »Ich wünschte, ich könnte dir eine andere Antwort geben.«

»Nein«, wandte sie sofort ein. »Ich bin nicht sauer oder enttäuscht. Mir war klar, dass die Zahl hoch sein würde, aber ... das sind eine Menge Frauen.«

»Ich hatte so viele Frauen, weil keine davon lange genug so interessant war, dass ich bei ihr blieb. Im Gegensatz zu dir.«

Aspens Augen verloren ihr Leuchten, und sie wandte schnell den Blick ab. Irgendetwas belastete sie. War es die Menge? War es die Tatsache, dass ich Frauen für Sex benutzt hatte? Veränderte das etwas?

»Aspen?«

»Hmm?« Sie wollte mich nicht ansehen.

»Sag mir, was du denkst.«

Sie schwieg so lange, dass ich schon nicht mehr glaubte, dass sie noch antworten würde. »Mir ist egal, wie viele es waren ... oder was du getan hast, bevor wir uns begegnet sind. Du bist der attraktivste Mann, den ich je gesehen habe. Es überrascht mich nicht, dass du von einer Frau zur nächsten gegangen bist, und ganz sicher verurteile ich dich nicht deswegen.«

»Was ist es dann?«, flüsterte ich.

»Es ist nur ...« Sie schüttelte den Kopf. »Nichts. Vergiss, dass ich etwas gesagt habe.«

»Nein, sag es mir«, verlangte ich. Ich nahm ihr Kinn und brachte sie dazu, mich anzusehen.

»Wenn du so viele Partnerinnen hattest, bedeutet das, dass du viel Erfahrung hast.«

»Und?«, fragte ich.

Sie versuchte, wieder fortzusehen.

»Schau mich bitte an, wenn du mit mir redest.« Ich drehte ihr Gesicht wieder zu mir. »Was ist los, Aspen?« Sie hatte zuvor noch nie mit sich gerungen, mir etwas zu erzählen. Sie war immer offen mir gegenüber, verwundbar. »Ich bin dein bester Freund. Du kannst mir alles sagen.«

»Es ist peinlich.«

»Nichts, was du sagst, wird mich je dazu bringen, schlechter von dir zu denken. Sag es mir einfach.«

»Du hast gehört, was Isabella gesagt hat … über John. Darüber, warum er mich verlassen hat.« Sie schlug die Augen nieder.

Ich erinnerte mich an die Unterhaltung auf der anderen Seite der Tür. Ich erinnerte mich an all die schrecklichen und gemeinen Dinge, die sie über Aspen gesagt hatten, das liebste Mädchen auf diesem Planeten. Jetzt verstand ich ihre Verlegenheit. »Du denkst, ich werde dich auch verlassen, weil ich so viel Erfahrung habe.« Es war keine Frage.

»Ich würde es vielleicht anders ausdrücken …«

»Aspen, darüber brauchst du dir keine Sorgen zu machen.« Ich ließ ihr Kinn los und strich ihr durchs Haar. Sie gestand niemals Schwäche ein. Sie war immer so stark. »Du hast mir nie gesagt, dass du schon mal verlobt warst.«

»Weil er mich gedemütigt hat«, flüsterte sie. »Ich wollte nicht, dass du das weißt.«

»Es gibt keinen Grund, sich zu schämen. Er ist derjenige, der sich schämen sollte. Der Kerl ist ein verdammter Idiot. Wenn irgendein Mann nicht sehen kann, wie unglaublich du bist, dann ist er blind – im wahrsten Sinne des Wortes.« Ich küsste ihre Wange. »Du bist eine unglaubliche Frau. Du hast mir in dem Augenblick das Herz gestohlen, als wir uns begegnet sind. Keine Frau hat mich je dazu gebracht, einen zweiten Blick auf sie zu werfen. Aber du … Ich hatte keine Chance.«

Sie lächelte leicht. »Da gibt es etwas, das ich dir sagen muss.«

»Was?«

»Der Grund, warum ich dich engagiert hatte, war … Mein Vater hatte mir gesagt, dass ich auch seinen Ruf zerstört hätte, als John mich verließ. Er sagte, ich hätte sein Image zerstört. Deshalb, meinte er, könne ich nie das Gesicht des Unternehmens werden. Ich dachte, wenn ich dich als meinen Freund engagiere, würde er seine Meinung ändern.«

Wut, wie ich sie noch nie erlebt hatte, floss durch mich durch. Ich spannte meine Muskeln an und ballte die Hände zu Fäusten. Aspen bemerkte es, zuckte jedoch nicht mit der Wimper.

»Nur, damit ich das richtig verstehe. Dieser Kerl verlässt dich wegen einer anderen, nachdem er dich gebeten hat, ihn zu heiraten, und alles, was deinen Dad interessiert, ist sein Image? Alles, was ihn interessiert, ist, welche Auswirkungen das auf ihn hat?« Ich konnte mich gerade noch davor zurückhalten, ein Loch in den Tisch zu schlagen. »Und dann zwingt er dich, auf diese Verlobungsparty zu gehen? Was zum Teufel stimmt nicht mit ihm? Er ist der kälteste und grausamste Mann, von dem ich je gehört habe.«

»Ich weiß.« Sie sagte es einfach so, als akzeptierte sie es.

»Das ist unzumutbar, Aspen.« Mit wütendem Blick sah ich sie an.

»Ich weiß«, wiederholte sie. »Jedes Mal, wenn ich in seiner Nähe bin, könnte ich ... Aber das ist egal. Ich muss einfach nur noch ein bisschen länger durchhalten. Dann wird das Unternehmen mir gehören, und ich muss mich nicht mehr mit ihm auseinandersetzen. Ich muss es einfach nur durchstehen.«

Ich rieb mir die Schläfen. »Aspen, ich hasse ihn.« Ich hatte kein schlechtes Gewissen, etwas so Hässliches auszusprechen. »Ich hasse ihn *wirklich*.«

»Ich hasse ihn auch«, sagte sie ruhig.

»Du solltest dir das nicht gefallen lassen müssen.«

»Ich weiß.«

Ich lehnte mich zurück und zügelte meinen Zorn. Aspen würde sich nicht besser fühlen, wenn ich herumbrüllte. Ich musste ruhig bleiben. »Du bist so ein erstaunliches Mädchen. Es ist eine Schande, dass er das nicht sieht oder anerkennt.«

»Das Leben ist nicht immer fair.« Sie sagte es mit leerer Stimme, als wäre jedes Gefühl aus ihr herausgesickert. »Aber es gibt dennoch Menschen, denen ich etwas bedeute.« Sie sah mich an. »Die für mich da sind. Und deswegen schätze ich sie noch mehr.«

Nur sie konnte in einer so düsteren Situation das Positive sehen. »Da hast du recht.« Ich legte ihr den Arm um die Schultern und zog sie an mich. »Aber ich kann ihn mit meinem Jaguar überfahren, wenn du willst. Ich warte einfach, bis er über die Straße geht, und …« Ich warf ihr einen neckenden Blick zu, der ihr sagte, dass ich nur Spaß machte.

»Und diesen wunderschönen Wagen ruinieren?«, erwiderte sie empört. »Auf keinen Fall!«

»Ja, sein fetter Hintern würde die Windschutzscheibe zertrümmern wie nichts.«

Sie lachte, dann verschränkte sie unsere Finger miteinander.

Die Stille dehnte sich aus, aber es war angenehm, ihr zu lauschen. Aspen und ich brauchten nicht immer miteinander zu reden. Wir fühlten uns wohl genug, gar nichts zu sagen. Sie einfach nur neben mir zu spüren ließ mich alles andere auf der Welt vergessen. »Du brauchst nicht darüber zu reden, wenn du nicht willst, aber was ist da mit John eigentlich genau passiert?«

Sie verkrampfte sich spürbar. »Sein Vater ist der Besitzer eines erfolgreichen Computerunternehmens, also wird er es eines Tages erben. John und ich haben uns durch meinen Vater kennengelernt. Ich mochte ihn, und natürlich liebte ihn mein Vater wegen seines Status und Reichtums. Eine Ehe mit mir wäre ideal gewesen.«

»Sind wir hier im Mittelalter?«, fragte ich sarkastisch.

»Ich sagte dir doch, mein Dad ist altmodisch«, erwiderte sie. »Jedenfalls, ich mochte ihn. Und ich dachte, er mag mich auch. Wir gingen ein paar Monate miteinander aus, dann hat er mir den Antrag gemacht. Ich sagte Ja, weil ich ihn liebte, nicht nur, weil er eine gute Partie war, die mein Vater gutheißen würde. Aber ich konnte nicht leugnen, dass es praktisch war. Er hatte sein eigenes Vermögen, um das er sich kümmern musste, wodurch ich mich um die Firma meines Vaters würde kümmern können, sobald Dad sich daraus zurückzog. Es war das perfekte Arrangement.« Sie zögerte und wandte den Blick ab. »Irgendwann fing er an, mit Isabella zu schlafen. Dann machte er Schluss mit mir, weil er sagte, es wäre das Richtige. Seitdem haben wir nicht mehr miteinander gesprochen.«

So betrogen zu werden war schmerzhaft. Warum sollte ein Mann irgendeine andere als Aspen wollen? Eine Bessere konnte man nicht finden. »Es tut mir leid, dass das passiert ist«, sagte ich aufrichtig. »Aber es tut mir auch wieder nicht leid.«

Mit fragenden, großen Augen wandte sie sich mir zu.

»Weil ich dich jetzt habe.«

Ein leichtes Lächeln hob ihre Mundwinkel. »Ich war lange verbittert darüber, hauptsächlich, weil ich dafür so viel Kritik einstecken musste. Aber jetzt bin ich dankbar, dass es passiert ist. Meine Beziehung mit John war nicht annähernd so wie das, was ich mit dir habe. Du und ich, wir haben etwas Besonderes. Wir sind verspielt und lustig, aber da sind auch Vertrauen und Freundschaft. Du bist der Traummann, von dem ich nie geglaubt hatte, dass ich ihn je bekommen würde.«

»Wir passen perfekt zusammen.« Daran hatte ich nicht den geringsten Zweifel. Es fühlte sich einfach richtig mit ihr an. Bei anderen Frauen gab es immer eine Spur von Unbehaglichkeit und Verpflichtung. Bei Aspen entwickelte sich die Unterhaltung völlig natürlich und ungezwungen. Ich brauchte mich nie anzustrengen, sie zum Lachen oder zum Lächeln zu bringen. Es war, als wäre ich für sie geschaffen. Und sie war für mich geschaffen.

»Das ist ziemlich kitschig, aber ich muss zugeben, ich bin derselben Meinung.« Sie warf mir einen neckenden Blick zu.

»Es ist nur kitschig, wenn es nicht wahr ist.«

Sie beugte sich vor und küsste mich auf die Wange. Mir würde überall warm. Die Berührung war unschuldig, dennoch sandte sie Wellen der Lust durch meinen Körper.

»Ich will dir mal ein kleines Geheimnis verraten: Jeder Mann, der behauptet, eine Frau sei nicht gut im Bett, sagt das, weil er es nicht geschafft hat, sie zum Orgasmus zu bringen.«

Sie zuckte nur mit den Schultern und wandte den Blick ab.

»Lass dich von seinen Worten nicht beunruhigen. Die Tatsache, dass er auf so eine Weise schlecht über dich redet, ist schändlich und armselig. Ich kann jetzt schon sagen, dass er einen kleinen Schwanz hat.«

Darauf musste sie so schallend lachen, dass sie sich verschluckte. »Oh mein Gott …«

»Ich hab recht, oder?«

Sie schüttelte den Kopf, als könnte sie meine Frage nicht glauben. »Woher soll ich das wissen? John ist der einzige Mann, mit dem ich je zusammen war.«

Ich nahm an, dass das die Wahrheit war. »Dann werde ich es dir beweisen, indem ich dir eine Vergleichsmöglichkeit biete.« Ich zwinkerte ihr zu.

Ihre Wangen röteten sich leicht. »Ich freue mich schon drauf.«

***

Aspen hob den Baseballschläger und ließ ihn aus dem Handgelenk kreisen. Sie trug Jeansshorts und ein Yankees-Shirt, auf dem Kopf hatte sie eine dunkelblaue Baseballkappe, und ihr Haar war zu einem hohen Pferdeschwanz gebunden. »Bist du bereit?«, rief sie Chase zu.

»Zeig schon, was du draufhast!« Er bewegte sich gute fünf Meter näher zum Wurfhügel.

Sie schüttelte den Kopf, aber auf ihren Lippen lag ein kleines Lächeln. »Du bist viel zu nah dran …«

»Ich weiß, was ich tue«, widersprach Chase. »Gib einfach dein Bestes, ›Schiffe versenken‹.«

Inzwischen wurde sie von allen so genannt. Es störte sie

nicht, also störte es mich auch nicht. Eigentlich fand ich den Spitznamen sogar süß. Ich stand auf dem Wurfhügel. »Fertig?«

Sie stellte sich in Position, dann klopfte sie mit dem Schläger ein paarmal auf das Schlagmal, bevor sie zum Schlag ausholte. »Nur zu!«

»Jetzt zeige ich dir mal meinen berühmten Curveball.«

»Wenn du ihn so hältst, dann wirfst du keinen Curveball.«

Ich hatte vergessen, dass sie auf dem College Softball gespielt hatte. »Vielleicht versuche ich ja, dich auszutricksen.«

»Dann stellst du dich aber nicht besonders gut dabei an.«

Ich warf ihr aus schmalen Augen einen Blick zu, obwohl ich mich durch ihre frechen Antworten noch mehr zu ihr hingezogen fühlte.

»Wollen wir jetzt spielen oder einfach nur hin- und herfrotzeln?«, rief Chase.

Ich holte zum Wurf aus, dann schleuderte ich den Ball hart.

Aspen traf ihn genau in der Mitte des Schlägers und schlug ihn weit ins Feld. Er flog an Chase' Kopf vorbei bis zum Zaun am Spielfeldrand. Aspen warf den Schläger weg und schlurfte dann wie eine Schnecke zur First Base. »Ich hab ja Zeit ...«

Chase sprintete los, um den Ball zu bekommen, aber ich wusste, dass er es nie rechtzeitig zurück schaffen würde. Sein Schwert hing an seiner Seite und sah aus wie ein billiges Kinderspielzeug.

Aspen schaute im Gehen auf ihre Uhr. »Ich liege gut in der Zeit.« Sie umrundete die Second Base.

Die Hände in die Hüften gestützt schaute ich ihr zu und musste gegen meinen Willen grinsen.

»Wahnsinns-Curveball übrigens.« Sie spazierte um die Third Base, den Kopf hoch erhoben und die Schultern gestrafft. »Hat mich total ausgetrickst.« Sie ging auf die Home Plate zu.

Ich stellte mich ihr in den Weg. »Sind wir vielleicht ein kleines bisschen überheblich?«

»Ist doch nicht meine Schuld, dass dein Teamkollege meine Fähigkeiten unterschätzt hat.« Sie versuchte, um mich herumzukommen, doch ich vertrat ihr jedes Mal wieder den Weg.

»Vielleicht solltest du meine nicht unterschätzen.«

»Was du da machst, ist ein Foul.« Sie versuchte, mich wegzuschubsen, doch ich gab keinen Millimeter nach.

»Ich sehe hier nirgends einen Schiedsrichter.« Ich drehte mich zu Chase um. »Beeil dich und lauf zur Home Plate!«

Sie flitzte nach rechts und versuchte, die Platte zu erreichen, doch ich packte sie und hielt sie zurück. »Vielleicht, wenn du um die Bases herumgerannt wärst, anstatt dich wie ein arroganter Trottel zu benehmen, dann wäre das nicht passiert.«

»Ich soll ein Trottel sein?« Wieder versuchte sie, mich wegzuschubsen. »Du bist ein Trottel.«

Lachend hob ich sie mit einem Arm hoch und warf sie mir über die Schulter.

»Lass mich runter!« Sie strampelte und trommelte mir auf den Rücken.

»Nö.« Ich blieb einfach stehen und wartete auf Chase.

»Das ist nicht fair!«

Als sie nicht aufhörte, in meinen Armen zu zappeln, gab ich ihr einen Klaps auf den Hintern. »Das Leben ist nicht fair, Baby.«

Chase rannte herbei und erreichte die Home Plate. »Out!«

Sie hörte auf, sich zu wehren. »Rhett! Ich bring dich um!«, knurrte sie.

Ich stellte sie ab und drehte sie zu mir um. »Mich? Deinen besten Freund? Das bringst du doch gar nicht fertig.« Herausfordernd schaute ich auf sie hinunter, doch dass ich dabei lächelte, machte das Ganze nicht besonders überzeugend.

»Ihr Jungs seid beide Betrüger, und ich spiele nie wieder mit euch«, beschwerte sich Aspen und stieß uns beide mit dem Finger in die Brust.

»Vielleicht solltest du lieber eine gute Verliererin sein«, erwiderte ich.

Sie drehte sich zu Chase um. »Vielleicht solltest du weiter zurückgehen, wenn ich es dir sage. Nur weil ich wie ein Mädchen aussehe, heißt das nicht, dass ich auch wie eins schlage.«

»Ich werd's mir für nächstes Mal merken«, lachte Chase.

Jetzt richtete Aspen ihren wütenden Blick auf mich. »Das zahl ich dir noch heim.«

»Ich hab ja solche Angst ...« Ich verdrehte die Augen, während die ihren vor Wut glühten.

Ich gab ihr einen Kuss und ging zum Schlagmal. »Ich bin dran.«

Knurrend stellte sie sich auf den Wurfhügel, und Chase rannte ins Outfield.

Ich schwang den Schläger ein paarmal zur Übung, dann stellte ich mich ans Schlagmal. »Gib mir dein Bestes, ›Schiffe versenken‹.«

»Und ob ich dich versenken werde«, sagte sie.

»Dann lass mal sehen!«

Sie holte aus und warf.

Ich traf den Ball hart und schickte ihn ins Outfield. Chase rannte los, aber es würde eine Weile dauern, bis er zurückkam. Ich ließ den Schläger fallen und fing an zu schlurfen. »Wer bin ich –«

Unvermittelt rannte Aspen mich über den Haufen, als ich am wenigsten damit rechnete. Ich fiel so hart in den Dreck, dass mir die Luft wegblieb. Wie eine Tigerin sprang sie auf mich drauf. »Du wirst es nicht schaffen, mich hier festzuhalten.« Es amüsierte mich, dass sie es versuchte, obwohl ich gut fünfzig Kilo schwerer war als sie.

»Da bin ich anderer Meinung«, sagte sie mit zuversichtlicher Miene.

»Ach wirklich?« Ich setzte mich auf und wollte sie gerade hochheben, als sie mein Gesicht in die Hände nahm und mir einen sengend heißen Kuss gab.

Ich erstarrte mitten in der Bewegung. Sinnlich massierend wanderten ihre Lippen über meinen Mund, und ich schmeckte den Geschmack von Honig auf meinen Lippen. Sie drückte mich wieder zurück auf den Boden und glitt über mich, dabei hörte sie nicht auf, mich zu küssen, bis mein Körper vor Verlangen brannte und ich den Kuss mit einem tiefen Knurren erwiderte. »Verdammt noch mal, ›Schiffe versenken‹.«

***

Nach dem Spiel frühstückten wir in einem Diner. Aspen und ich saßen auf einer Seite der Nische, und Chase auf der anderen. Wir waren alle ein wenig schmutzig vom Spiel, besonders ich, da Aspen mich getackelt hatte wie ein Linebacker.

»Was nimmst du?«, fragte ich sie.

»French Toast«, sagte sie schnell, als hätte sie schon gewusst, was sie wollte, als wir hereingekommen waren. »Mit viel Butter. Extra viel Butter.«

Mein Herz brannte vor Zuneigung, als ich sie ansah. »Gute Wahl.«

»Was nimmst du?«, fragte sie.

»Das Gleiche«, antwortete ich. »Mit extra viel Butter.«

Chase betrachtete uns über den Tisch hinweg. »Ihr werdet in kürzester Zeit fett werden, aber wenigstens seid ihr glücklich.«

»Sehr glücklich«, sagte Aspen stolz.

Chase schlürfte seinen Kaffee, dann schaute er aus dem Fenster und beobachtete entspannt die Menschen, die auf dem Bürgersteig vorbeigingen. Es war ein wolkenloser Tag, und die Sonne warf überall Schatten. Doch die Flecken aus Dunkelheit schienen ihm überhaupt nichts mehr auszumachen. Es war, als wäre die Phobie völlig verschwunden. Ein schlichtes Plastikschwert an der Hüfte reichte aus, damit er sich sicher fühlte. Er sah zwar lächerlich damit aus, aber das war ein geringer Preis dafür, meinen Bruder wiederzuhaben. »Du bist das erste Mädchen, das Rhett mir vorgestellt hat«, sagte er. »Ich meine, ich habe ein paar seiner Mädchen kennengelernt, aber nicht so.«

»Oh!« Aspen wusste eindeutig nicht, was sie sonst sagen sollte.

»Und ich finde dich wirklich gut für meinen Bruder«, fuhr er fort. »Danke, dass du ihn glücklich machst!«

Chase sagte wirklich liebe Dinge, ohne nachzudenken. Es wirkte nicht mal gefühlsduselig. Er sagte einfach, was ihm durch den Kopf ging, ohne groß zu überlegen.

Aspens Wangen röteten sich. »Er macht mich auch glücklich.«

»Und es gefällt mir, dass du nicht nuttig bist wie all die anderen –«

»Chase«, brachte ich ihn zum Schweigen. »Sie hat's kapiert.«

Aspen lachte. »Schon okay, Rhett. Das macht mir nichts aus.«

»Nicht?«, fragte ich. »Über meine Vergangenheit Bescheid zu wissen ist eine Sache, ständig davon zu hören eine andere.« Ich warf Chase einen weiteren finsteren Blick zu, der ihm sagte, er sollte die Füße stillhalten.

Sie schüttelte den Kopf. »Du mochtest diese Mädchen, weil sie hübsch waren. Mich magst du, weil du mich an Stellen hübsch findest, die man nicht sehen kann. Es ist eigentlich ein Kompliment.«

Aspen war völlig anders als all die anderen Mädchen, denen ich begegnet war. Sie hatte ein anderes Verständnis von Eifersucht oder Besitzanspruch als die anderen. Sie war selbstbewusst, ohne eingebildet zu sein, und deshalb konnte sie mir vertrauen. Nach dem, was John ihr angetan hatte, hätte ich angenommen, es würde ihr schwerfallen, mir zu vertrauen. Doch das schien absolut nicht der Fall zu sein.

»Da hast du ganz recht.« Ich küsste sie auf die Wange und rieb dann meine Nase an ihrer.

Chase beobachtete uns mit einem Seufzen. »Ich muss mir auch ein Mädchen suchen.«

Ich schaute mich im Diner um. »Da drüben sitzt eine süße Rothaarige.« Tatsächlich war es eine alte Dame. Sie musste mindestens siebzig sein.

Chase musterte sie, dann verdrehte er die Augen. »Ach, fahr doch zur Hölle!«

»Die Brünette dort drüben ist wirklich hübsch.« Aspen wies mit einem Nicken zu einem Tisch auf der anderen Seite des Diners.

Das Mädchen schien unser Alter zu haben, und sie saß allein da. Vor ihr lag ein Stapel Zeitungen, und sie las eine davon, während sie an ihrem Kaffee nippte. Sie war klein und süß, aber nichts im Vergleich zu Aspen.

Chase drehte sich um und schielte unauffällig in ihre Richtung. »Du hast recht. Gut beobachtet, ›Schiffe versenken‹.«

Bescheiden zuckte sie die Schultern. »Ich habe einen Blick für so was.«

Chase kippte den Rest seines Kaffees hinunter. »Ich riskier's.«

»Lass dein Schwert lieber hier«, versuchte ich ihm zu helfen.

»Spinnst du?«, widersprach er. »Das ist ein super Aufhänger, um eine Unterhaltung anzufangen. Die Bräute stehen total drauf.«

Im Ernst?

»Es ist schön, Frauen tagsüber anzubaggern. Jetzt sehe

ich, wie sie wirklich aussehen. Im Dunkeln ist das manchmal schwer zu sagen«, erklärte Chase. »Und diese Braut ist definitiv süß.«

»Na dann los«, sagte ich. »Wir bestellen für dich.«

»Okay.« Chase stand auf. »Wünscht mir Glück«, sagte er und ging davon.

Aspen nippte an ihrem Kaffee, dann sah sie mich an. »Findet er oft Frauen?«

»Du würdest es nicht glauben«, antwortete ich. »Ich glaube, sie denken, er macht Witze, wenn er über die Schatten redet.«

»Aber wenn sie in seine Wohnung kommen ... müssen sie doch glauben, er wäre verrückt«, sagte sie.

»Er sagt ihnen, seine Wohnung ist wie das Universum und dass der Sex mit ihm ›nicht von dieser Welt‹ ist.«

Aspen prustete los, dass sie beinahe ihren Kaffee ausgespuckt hätte. »Und das funktioniert?«

»Er kriegt mehr Frauen rum als ich«, antwortete ich.

»Wow!« Sie nickte staunend. »Echt beeindruckend.«

»Ich weiß nicht, wie er es anstellt«, sagte ich mit einem Schulterzucken.

Wir beobachteten Chase dabei, wie er sich mit dem Mädchen mit den Zeitungen unterhielt. Als er auf das Schwert an seiner Hüfte klopfte, wussten wir, dass das Gespräch darauf gekommen war. Als sie lachte, wussten wir, dass Chase etwas Charmantes gesagt hatte. Dann rutschte er auf die Bank ihr gegenüber. Ihre Zeitungen und ihr Kaffee waren vergessen, und ihre ganze Aufmerksamkeit war auf ihn gerichtet.

»Er hat's echt drauf«, sagte Aspen.

»Du weißt, von wem er das hat, oder?« Ich hob die Augenbrauen.

»Ja, klar ... Du hast drei Monate gebraucht, bis du bei mir den ersten Schritt gemacht hast«, erwiderte sie ironisch. »Und wie du's draufhast ...«

Ich bemühte mich, nicht zu lachen, musste jedoch gegen meinen Willen lächeln. »Ich hätte dich schon früher bekommen, wenn ich gewusst hätte, dass du nicht tabu bist.«

»Klar ...« Sie nippte an ihrem Kaffee und versuchte, ihr Lächeln zu verbergen.

Ich sah sie an. »Du hast Glück, dass du süß bist, weißt du das?«

»Sonst was?«

»Sonst würde ich ...« Mir fiel nichts ein.

»Du hast auch Glück, dass du süß bist«, sagte sie. »Weil du nämlich nicht besonders helle bist da oben.«

»Jetzt reicht's«, sagte ich. »Ich esse deinen French Toast.«

Sie keuchte auf, als hätte ich gerade damit gedroht, Harper umzubringen. »Das würdest du nicht wagen ...«

»Du wirst schon sehen«, sagte ich. »All die Butter und der Sirup gehören mir.«

»Nein!« Sie warf mir einen angsterfüllten Blick zu, als wäre sie in einem Horrorfilm. »Wag es ja nicht! Das würde ich dir nie verzeihen.«

Ich zuckte die Schultern. »Diese Bemerkung kann ich nicht durchgehen lassen. Wenn ich es täte, würdest du deine Lektion nicht lernen. Irgendeine Art von Bestrafung muss es dafür geben.«

»Dann sag auch etwas Gemeines zu mir«, schlug sie verzweifelt vor. »Iss mir nicht mein Frühstück weg.«

»Nichts da«, erwiderte ich. »Es muss sein. Tut mir leid.« Ich kam mir vor wie ein Vater, der seinem Kind sagt, dass es den Hintern versohlt bekommen wird.

Die Kellnerin kam mit unseren Tellern und stellte zuerst mir mein Frühstück hin und dann Aspen das ihre. Einen angespannten Moment lang starrten wir beide hinunter auf unser Essen. Sie wusste, dass ich es ihr wegschnappen wollte, und ich überlegte, wie ich es anstellen könnte, ohne irgendetwas umzustoßen.

Kaum war die Kellnerin gegangen, stürzte Aspen sich auf ihr Essen und verdrückte es so schnell, als nähme sie an einem Wettessen teil. Sie verteilte Sirup und Butter überall, auf ihrem ganzen Gesicht und sogar auf der anderen Seite des Tisches. Sie aß so schnell, dass sie es gar nicht genießen konnte, nur um sicherzugehen, dass ich es nicht bekam.

Ich starrte sie an, während ich versuchte, nicht zu lachen.

Schneller, als ich zusehen konnte, aß sie weiter, dabei beäugte sie mich argwöhnisch, damit ich ihr ja nichts davon wegschnappte. Ihr Platz sah aus wie ein zerbombter Schützengraben im Zweiten Weltkrieg. Überall war Essen. Ich starrte sie einfach nur an, während sich brennend etwas in meiner Brust formte.

Die Zeit schien stillzustehen, und die Welt verschwand. »Ich liebe dich.«

Sie erstarrte mitten zwischen zwei Bissen, die Wangen dick mit Sirup und Butter verschmiert.

»Ich liebe dich so unglaublich.« Ich nahm ihre klebrigen Wangen in die Hände und küsste sie. Sie schmeckte nach Sirup und Butter, und es kam mir vor, als küsste ich mehr French Toast als Aspen.

Sie erwiderte den Kuss, doch dabei schlüpfte ihr ein Kichern über die Lippen. »Ich sehe aus wie ein Schwein.«

»Vielleicht mag ich Schweine«, flüsterte ich.

»Das sind gute Aussichten für mich.«

Ich konnte nicht aufhören zu lächeln, während ich sie ansah. »Also, wie lange wirst du mich noch zappeln lassen?«

Ihre Augen blitzten smaragdgrün, und ihre Gefühle standen ihr deutlich ins Gesicht geschrieben. Sie sah mich an, als wäre ich ihre ganze Welt, das Einzige, was wirklich von Bedeutung war. Es brauchte keine Worte, weil ich wusste, was sie empfand. Aber ich wollte es trotzdem hören. »Ich liebe dich auch.«

***

Kaum hatten wir die Schwelle meiner Wohnung überquert, drängten unsere Körper einander entgegen, und unsere Lippen klebten aneinander wie Magneten auf Stahl. Ich umfasste ihre Hüften und dirigierte sie in Richtung Schlafzimmer. Ich verschlang sie regelrecht, und sie verzehrte mich mit derselben Leidenschaft. In unserer Hast stießen wir eine Lampe um, und sie zerschellte auf dem Fußboden.

»Oh nein«, stieß sie hervor. »Tut mir so leid …«

Ich brachte sie mit meinem Kuss zum Schweigen. »Das ist mir egal.« Ich grub die Faust in ihr Haar und hielt sie fest, während ich sie ins Schlafzimmer schob. Die Vorhänge waren geschlossen und sperrten die Sommersonne aus, deshalb war es dunkel und kühl im Zimmer. Ich schob sie zum Bett und legte sie hin. Von diesem Augenblick hatte ich schon lange geträumt. Genau auf diesem Bett hatte ich meine Fantasien von ihr gehabt, und das machte mich noch schärfer, als ich ohnehin schon war.

Ich griff nach ihren Shorts und zog sie ihr über die langen Beine herunter. Bei den Knöcheln angekommen, zog ich ihr Schuhe und Socken aus. Dann wanderte ich wieder hoch und küsste die Innenseite ihrer Schenkel.

Sofort grub Aspen ihre Finger in mein Haar und wölbte den Rücken.

Ihre Erregung zu spüren trieb mich vorwärts. Ich nahm ihren String und zog ihn herunter, dabei schlug mein Herz heftiger denn je. Mein Schwanz zuckte, sobald ich die Stelle zwischen ihren Beinen sah. Ich senkte den Mund auf sie herab und küsste sie dort. Ich liebte es, wie sie schmeckte. Meine Zunge umkreiste ihre Klitoris, dann drang sie tief in sie ein.

Sie grub ihre Nägel so fest in meine Schultern, dass sie beinahe die Haut durchbohrten. Tiefe, melodische Seufzer drangen aus ihrer Kehle und ließen mir sinnliche Schauer über den Rücken laufen, sobald sie an mein Ohr drangen.

Ich saugte ein letztes Mal an ihr, bevor ich den Kopf hob und ihr das T-Shirt auszog. Sie trug einen pinkfarbenen BH darunter. Die üppigen Kurven ihrer Brüste waren genauso, wie ich sie mir vorgestellt hatte, rund und vollkommen, die Haut absolut makellos. Bevor ich den BH öffnete, küsste ich die Haut ihrer Brust und tauchte in das Tal zwischen ihren Brüsten. Dann hakte ich den Verschluss im Rücken auf und spürte, wie er sich löste.

Ich streifte ihr den BH ab und starrte auf ihre nackte Brust. Ich liebte es, wie straff und keck ihre Brüste waren. Ihre Brustwarzen waren hart wie die Spitze eines Bleistifts und rot, als hätte jemand bereits an ihnen gesaugt, bis sie wund waren. Ich nahm jede davon in den Mund und genoss es, wie ihre Haut sich anfühlte. Sie stöhnte lauter und heftiger, und ihre Hände glitten unter mein Shirt, um es mir auszuziehen.

Ich half ihr mit einer Hand dabei. Sobald der Stoff den Boden berührte, schaute ich auf sie hinunter. Lange, schlanke Beine gingen in runde Hüften über. Ihre zierliche Taille hatte schlanke, feste Muskeln, und ihr Brustkorb war so schmal wie die Spanne meiner Hand. Ich könnte sie zerquetschen, wenn ich wollte. Ihre großen Brüste bildeten einen so starken Kontrast zu ihrem flachen Bauch, dass ich glaubte, meine Ladung auf der Stelle abschießen zu müssen. »Du bist perfekt.«

»Ich wette, das bist du auch.« Ihre Hände wanderten zu meiner Jeans und streiften sie herunter. Dann zog sie mir die enge Boxershorts über den Hintern, was meinen langen Schwanz hervorschnellen ließ. Sie starrte ihn einen Moment lang an, dann legte sie die Finger um den Schaft.

Ich trat Jeans und Boxershorts vollständig fort, dann presste ich meinen nackten Körper auf ihren. Ihre Haut fühlte sich sengend heiß an meiner an. Wir passten gut zusammen, als wären wir füreinander gemacht.

Sie strich mit den Händen an meiner Brust empor zu meinen Schultern. »Gott, bist du heiß!«

Ich lächelte nicht, obwohl ihre Offenheit mich amüsierte. »Du auch.« Ich spreizte ihre Beine mit meinen, dann legte ich meine Stirn auf ihre. »Nimmst du die Pille?«

»Ja.«

Gut. Ich wollte kein Kondom tragen. Ich hatte noch nie

Sex ohne Kondom gehabt, aber Aspen war die einzige Frau, die ich je geliebt hatte. Ich wollte kein Kondom bei der einzigen Frau tragen, der ich mein Herz schenkte. Ich wollte spüren, wie meine Haut an ihrer rieb. Ich wollte nicht, dass wir durch billiges Latex voneinander getrennt waren. Und ich wollte in ihr kommen, sie auf sinnliche Weise für mich beanspruchen.

Kaum hatte ich mich über ihr in Position gebracht, das Gesicht an ihres gepresst, verkrampfte sie sich spürbar. Es war, als hätte ich ihr wehgetan oder als fühlte sie sich äußerst unbehaglich. Die Erregung, die eben noch in ihren Augen gestanden hatte, verblasste wie eine Sternschnuppe. Es war, als wollte sie mich überhaupt nicht mehr. »Was ist los?«

»Nichts …« Sie blieb immer noch steif, als verschlösse sie sich vor mir.

»Wir müssen das hier nicht tun.« Ich war äußerst enttäuscht, aber das würde ich ihr niemals sagen. »Es hat keine Eile.«

Sie seufzte, als wäre sie genervt.

Dann traf es mich wie ein Blitz, und ich wusste genau, was los war. »Aspen, entspann dich!«

Unsicher sah sie mir in die Augen.

»Entspann dich«, wiederholte ich.

»Ich will nicht, dass du enttäuscht bist.«

Ich nahm ihr Gesicht in die Hände und sah sie an. »Zuerst einmal kannst du mich gar nicht enttäuschen. Du bist die Frau, die ich liebe. Selbst wenn du furchtbar im Bett bist, bedeutet das nicht, dass wir nicht üben können. Und ich würde es *lieben* zu üben.«

Das lockerte sie immer noch nicht auf. Ich versuchte es mit einer anderen Taktik. »Es gibt einen wichtigen Faktor, der guten Sex definiert, und der hat nichts mit nur einer einzigen Person zu tun. Sondern mit beiden. Sex ist dann gut, wenn zwischen beiden Partnern die Chemie stimmt, wenn das Gefühl stimmt. Es kann nicht nur an einer Person liegen. Also war es dumm von ihm, dir die Schuld dafür zu geben, wenn es nicht gut war. Es lag an euch beiden, weil keiner von euch den anderen wirklich geliebt hat. Aspen, du und ich, wir sind wahnsinnig verliebt ineinander. Es wird fantastisch werden.«

»Wirklich?« Sie entspannte sich ein wenig.

»Ja«, sagte ich voller Zuversicht. »Und ich würde dich nie wegen so etwas verlassen. Du schenkst mir so viel mehr als körperliche Befriedigung. Ich weiß schon jetzt, dass du fantastisch sein wirst. Willst du wissen, warum?«

Sie nickte.

»Weil keine mich je so gut geküsst hat wie du. Du bringst mich dazu, dass ich schon explodieren will, wenn du nur deinen Mund auf meinen drückst. Wenn du mir jetzt dieselbe Leidenschaft schenkst, werde ich nicht mit dir mithalten können.«

Sie spielte mit meinem Haar und ließ die Strähnen durch ihre Finger gleiten. »Du findest immer die richtigen Worte.«

»Weil ich dich kenne – besser als irgendjemand sonst.« Ich küsste sie zärtlich, bevor ich mich von ihr löste. »Also, darf ich jetzt Liebe mit dir machen?«

Sie schlang die Arme um meinen Hals und zog mich enger an sich. »Ja, bitte.«

Ich rieb meine Nase an ihrer, bevor meine Lippen die

ihren in einer zärtlichen Umarmung fanden. Der Kuss war entschlossen, aber träge. Meine Hand spielte mit ihrem langen braunen Haar, und ich atmete heftig, während ich sie küsste.

Anfangs verkrampfte sie sich, doch innerhalb weniger Minuten wurde sie lockerer. Ihre Leidenschaft war zurückgekehrt, und sie küsste mich heftiger als ich sie. Ihre Nägel fuhren wie Krallen über die Muskeln an meinem Rücken.

Ich positionierte die Spitze meines Glieds an ihre Öffnung, dann drängte ich sanft in sie. Feuchtigkeit umgab meine Eichel und verriet mir, dass sie mehr als bereit für mich war. Sie war triefend nass vor Sehnsucht, mich in sich zu spüren.

Ich hielt inne, weil es sich so gut anfühlte. Aspen fühlte sich richtig an, völlig anders als all die anderen Frauen. Ich drang tiefer in sie und lauschte dem leisen Stöhnen, das sie von sich gab. Es erregte mich so sehr. Sobald ich vollständig von ihr umhüllt war, küsste ich sie und gab ihr einen Augenblick, um sich an meine Größe zu gewöhnen.

Sie nahm mein Gesicht in die Hände und atmete tief durch, während sie mir in die Augen sah und zuließ, dass ich sie weitete.

Dann fing ich an, mich zärtlich in ihr zu bewegen, in langsamem Tempo. Ich hatte es nicht eilig. Ich wollte, dass es so lange wie möglich dauerte, sowohl für sie als auch für mich.

Sie wiegte sich meinen Stößen entgegen, als wären wir völlig synchron aufeinander eingestimmt. Gierig sog sie an meiner Unterlippe, strich mit den Händen über meinen Rücken oder stöhnte laut auf und presste dann den Mund auf meinen, um nicht aufzuschreien. Immer wieder flüsterte sie meinen Namen, während sie mich in sich zog.

Wenn sie so weitermachte, würde ich nicht lange durchhalten.

Ich küsste sie und konzentrierte mich auf ihre Lippen, während mein Glied sich in ihrer Enge bewegte. Es fühlte sich unglaublich gut an, besser als je zuvor. Meine schmutzigen Fantasien konnten mit der Realität nicht mithalten.

Aspen wurde noch enger und massierte meinen Schwanz, während ich in ihr aus und ein glitt. Ihr Atem veränderte sich und wurde tief und rau. Sie grub die Nägel heftiger in meine Haut, und plötzlich wollte sie mehr von mir, wollte es fester.

Ich küsste ihren Mundwinkel, während sie um mich herum zerstob und meinen Namen schrie. Zu hören, wie sie ihren mächtigen und überwältigenden Höhepunkt erreichte, ließ Schauer durch meinen Körper rieseln. Ich bewegte mich heftiger in ihr, um ihr Vergnügen so lange wie möglich anhalten zu lassen. Ihr Stöhnen verebbte, und als der Augenblick vorüber war, war ihre Brust gerötet und ihre Brustwarzen hart. Sterne standen in ihren Augen, und sie sah benommen aus.

Ich küsste sie, spürte, wie meine Zunge mit ihrer tanzte.

Unvermittelt packte sie meinen Arm und drehte mich mit sanftem Druck auf den Rücken.

Ich versuchte, meine Überraschung zu verbergen, als ich zu ihr hochschaute. Da sie so unsicher gewesen war, hatte ich angenommen, sie wollte, dass ich oben lag und die Führung übernahm.

Sie schob mich gegen das Kopfteil des Bettes, was mich

zwang, mich aufzusetzen. »Das wollte ich schon immer mit dir machen.« Rittlings hockte sie sich über meine Hüften und packte meine Schultern.

Ich atmete scharf ein und spürte, wie mein Schwanz zuckte, als mir bewusst wurde, was sie vorhatte. Ich war noch nicht einmal in ihr und wollte bereits kommen.

»Das habe ich mir vorgestellt, wenn ich es mir selbst besorgt habe.« Sie führte mich in sich und senkte sich auf mich herab.

Unwillkürlich stieß ich ein lautes Keuchen aus. Das war das Heißeste, das ich je gehört hatte. Ich hatte meine Fantasie mit ihr erfüllt, und nun erfüllte sie ihre Fantasie mit mir. Die Vorstellung, wie sie sich selbst berührte und dabei an mich dachte, reichte aus, um mich auf der Stelle explodieren zu lassen. »Aspen ...«

Ihr perfekter Körper bewegte sich schnell auf und ab, und das Haar fiel ihr über die Schultern bis zum Ansatz ihrer Brüste, die vor meinem Gesicht wippten. Ich packte ihre Hüften, um ihre Bewegungen zu lenken und zu unterstützen, während sie immer wieder auf meinem Schwanz auf und ab glitt.

Heftig atmend spürte ich, wie sich ein Orgasmus aufbaute, bei dem mir die Luft wegbleiben würde, und versuchte durchzuhalten, weil ich das hier für immer andauern lassen wollte.

Aspen schob eine Hand zwischen ihre Beine und rieb ihre Klitoris, während sie mich weiter ritt. Ihre Augen leuchteten intensiver, als ich es je gesehen hatte. Ihr Kopf rollte in den Nacken, während sie sich heftiger auf mich herabsenkte, dann stieß sie einen Schrei aus und kam erneut.

Ich konnte mich keinen Augenblick länger zurückhalten, nicht nach dieser Vorstellung. Meine Finger gruben sich in ihre Haut, während eine Flutwelle unermesslicher Lust durch mich hindurchwogte. Mein Körper spannte sich an, und ich ließ los. »Gott, Aspen …« Mit dem intensivsten Orgasmus meines Lebens ergoss ich mich in sie.

Sie beugte sich vor und sank auf meine Brust, die Arme um meinen Hals geschlungen, während sie versuchte, wieder zu Atem zu kommen.

Mein Gesicht tauchte in das Tal ihrer Brüste, und ich atmete ihren Duft ein. Sie roch nach Vanille vermischt mit Schweiß. Es war berauschend. Immer noch um Atem ringend, küsste ich sie zwischen den Brüsten. »Du bist die Beste, die ich je hatte.« Das war kein Spruch, um ihr Ego zu stärken, oder ein Versuch, eine schlechte Performance zu überspielen. Es war die Wahrheit und nichts als die Wahrheit.

Aspen wusste, dass ich sie nicht anlügen würde. Mit entspannter Miene sah sie mich an, und ihre Augen suchten in meinen nach etwas, das nur sie wusste. »Weil ich dich liebe.«

Kapitel zwölf

Aspen

Rhett und ich verließen nicht oft das Schlafzimmer. Wir lagen eng umschlungen und trieben es wie die Karnickel im Winter. Unser Liebesspiel war sinnlich und langsam, und keiner von uns beiden wollte zum Ende kommen. Er nahm mich sanft, und ich schien es meistens härter zu wollen als er.

Sex mit ihm war völlig anders, als es mit John gewesen war. Im Vergleich dazu war ich mir nicht einmal mehr sicher, was John und ich da eigentlich getan hatten. Es war unbeholfen und unbehaglich gewesen. Meistens hatte es sich nicht einmal gut angefühlt. Rhett war anders. Von ihm konnte ich nicht genug bekommen. Obwohl wir es so oft taten, war ich nie wund, weil er wusste, was er tat.

Sobald er abends von der Arbeit kam, kam er zu mir, und wir zogen uns ins Schlafzimmer zurück, bis wir Wasser und Nahrung brauchten. Ich fragte ihn nie nach der Arbeit oder wen er begleitet hatte. Ich vertraute ihm und wusste, dass er mich nie betrügen würde, aber ich wollte auch nicht hören, dass er den Abend mit irgendwelchen Frauen verbracht hatte, selbst wenn er nur ihre Hand oder ihre Taille berührte. Rhett für seinen Teil war klug genug, es nicht zur Sprache zu bringen.

Als ich am Samstagmorgen aufwachte, hielt er mich schlafend in Löffelchenstellung im Arm. Sein Atem streifte meinen Nacken, und seine Brust schmiegte sich an meinen Rücken.

Ich wollte ewig so liegen bleiben und mich nie mehr bewegen, aber ich musste Frühstück machen. Ich beschloss, ihm French Toast, Eier und Speck zu braten, um den Tag in Schwung zu bringen. Er kochte sonst immer für mich, und ich wollte auch etwas für ihn tun.

Vorsichtig schlüpfte ich aus seiner Umarmung, ohne ihn zu wecken, dann warf ich mir eines seiner T-Shirts über. Sobald ich in der Küche war, fing ich an zu kochen und versuchte, die Sache nicht zu verbocken. Ich war zwar nicht völlig ahnungslos in der Küche, aber eine gelernte Köchin war ich auch nicht gerade.

Ich schwebte im siebten Himmel. Hier stand ich und machte Frühstück, während mein irrsinnig heißer und süßer Freund in meinem Bett schlief. Mein Leben war fantastisch, absolut fantastisch. Noch nie war ich so glücklich gewesen. Würde Isabella in diesem Augenblick vor mir stehen, dann würde ich sie umarmen und ihr dafür danken, dass sie mir John abgenommen hatte. Sie konnte ihn gerne haben. John war ein kleiner Fisch, der mir vom Haken gehüpft war, und Rhett war der große Schwertfisch, den ich mir aus Versehen geangelt hatte. Am Ende war alles gut geworden.

Ich sang gerade leise vor mich hin, als es unvermittelt an meiner Tür klopfte. Schnell wendete ich den French Toast in der Pfanne, bevor ich zum Türspion ging. Wahrscheinlich war es Harper, die sämtliche schmutzigen Details über die Größe von Rhetts Gemächt und wie er damit umging, wissen wollte. Doch es war nicht Harper.

Es war John.

Was. Zum. Teufel?

Ich erstarrte, unfähig zu glauben, dass er es war, den ich durch meinen Türspion erblickte. Wir hatten seit dem Abend, an dem er mich abserviert hatte, nicht mehr miteinander gesprochen. Ich hatte ihn auf der Verlobungsparty nicht einmal gesehen. Was konnte er nur wollen?

Ich entschied, mich mucksmäuschenstill zu verhalten, in der Hoffnung, er würde einfach wieder gehen.

»Aspen, bist du zu Hause?«, sagte er durch die Tür hindurch. Er trug einen Anzug, als käme er gerade von der Arbeit. Das war ungewöhnlich schick für einen Samstagmorgen.

Ich wagte nicht einmal zu atmen, damit er einfach aufgeben und sich trollen würde. Das Letzte, was ich wollte, war, mich mit ihm zu unterhalten. Worüber sollten wir reden? Das Wetter? Und ich wollte auch nicht, dass Rhett ihn sah. Ich war mir nicht sicher, wie er reagieren würde, aber ich wusste, er würde nicht erfreut sein, dass mein Exverlobter so früh an einem Samstagmorgen vor meiner Tür auftauchte. Geduldig wartete ich darauf, dass er ging.

Plötzlich ging der Backofen-Timer los, um mir zu sagen, dass die Brötchen fertig waren. Er piepte laut und schrill.

Verdammte Scheiße!

Ich rannte hin und schaltete ihn hastig ab, als könnte das den Lärm ungeschehen machen.

»Aspen?«, sagte John noch einmal.

Ver. Damm. te. Scheiße! »Dämliche Brötchen«, murmelte ich. Ich schaltete alle Geräte ab, damit sie nicht noch mehr Krach machten.

»Ich möchte nur kurz mit dir reden«, erklang es durch die Tür.

Ich stand, nur mit Rhetts T-Shirt bekleidet, in der Küche und wusste nicht, was ich tun sollte. Ich musste ihn loswerden, bevor Rhett aufwachte. Wir hatten die vergangenen zwei Wochen in himmlischer Seligkeit verbracht, und das wollte ich nicht ruinieren. Warum musste meine Vergangenheit mich so einholen?

»Aspen?«, wiederholte John.

Ich wollte den Kerl erwürgen. Er würde nicht verschwinden, es sei denn, ich wimmelte ihn ab. Und ich musste ihn loswerden, bevor Rhett aufwachte. Also riss ich mich zusammen und öffnete die Tür einen Spalt. Zum Glück reichte mir Rhetts Shirt bis über die Knie. Ich hoffte, der Anblick verursachte ihm Unbehagen. »Was?«, schnauzte ich ihn an. »Ist nicht gerade der beste Zeitpunkt.« Es war deutlich, was ich damit sagen wollte, und ich hoffte, es brachte ihn so aus der Fassung, dass er einfach wieder ging, ohne ein Wort zu sagen.

Er starrte auf meine Beine und ließ den Unterkiefer fallen. »Ähm …«

»Rhett und ich sind gerade beschäftigt, könntest du also bitte einfach wieder gehen? Danke!« Ich machte die Tür zu und schloss sie ab. Dann lugte ich durch den Türspion und wartete, dass er ging.

Er schlug einen Augenblick lang die Hand vors Gesicht, als schämte er sich, bevor er sich umdrehte und verschwand.

»Krise abgewendet.« Ich ging zurück in die Küche und machte mich wieder ans Werk. Eine Minute später kam Rhett aus meinem Schlafzimmer, nur mit engen Boxershorts bekleidet. Seine Brust war breit und hart wie eine Ziegelmauer, und ich liebte es, wie sie sich an meinem Rücken anfühlte, wenn er mich von hinten nahm. Sein Bauch war muskulös und trainiert, ein Sixpack, das steinhart aussah, und dann ein deutliches V, das in seine Boxershorts führte. Vom Bauchnabel aus verlief ein schmaler Pfad aus Haaren nach unten und verschwand unter dem Stoff. Seine Beine waren muskulös und kräftig, aber zugleich lang, wie bei einem Fußballspieler. Vom Herumtollen in den Laken in der Nacht zuvor war sein Haar zerzaust, sah aber trotzdem sexy aus. Einen Moment lang starrte er mich an. »Was?«

»Hm?« Hatte er was gesagt? Ich war abgelenkt gewesen.

»Warum siehst du mich so an?« Er hatte ein freches Grinsen auf dem Gesicht, als wüsste er ganz genau, warum ich ihn so angestarrt hatte.

Mir wurde bewusst, wie lächerlich ich aussehen musste. Ich stand da mit einem Pfannenwender in der Hand, während mir die Kinnlade bis zum Fußboden hing, und glotzte ihn an, als wäre gerade ein Unterwäschemodel in meine Küche spaziert. »Ich hab nur ... Willst du Frühstück?« Etwas anderes fiel mir nicht ein.

Immer noch lächelnd fuhr er sich mit den Fingern durchs Haar. »Ich hätte gern Frühstück.« Er trat hinter mich und zog mich an seine Brust. »Was für eine nette Überraschung!«

»Ich wollte dir Frühstück im Bett machen.«

»Lieber hätte ich dich im Bett.« Er küsste meinen Hals. »Das würde Zeit sparen. Aber ich muss zugeben, der Anblick von dir in diesem T-Shirt, wie du mir Essen kochst, ist verdammt heiß.«

»Ich glaube, es ist der Pfannenwender, der dich so anmacht ...«

Er nahm ihn mir aus der Hand und gab mir damit spielerisch einen Klaps auf den Po. »Hmm ... Den sollten wir später benutzen.«

Kichernd drehte ich mich zu ihm um und gab ihm einen Kuss auf die Lippen.

Seine Hände wanderten über mein Shirt zu meinem Bauch. »Daran könnte ich mich gewöhnen.«

»Ich auch.«

Er rieb seine Nase an meiner. »Wer war da an der Tür?«

All meine selige Unbeschwertheit verflog. »Welcher Tür?«, platzte ich heraus.

Er zog eine Augenbraue hoch, wirkte jedoch belustigt. »Der Badezimmertür«, sagte er ironisch. »Weil ich mir sicher bin, dass durch die ständig Gäste reinkommen.«

Wie kam ich hier nur wieder raus? Ich wollte ihm nicht sagen, dass es John gewesen war. Wir hatten gerade so einen fantastischen Morgen. Ich war nicht bereit, den für irgendetwas zu opfern.

»Also, wer war das?«

Denk nach, Aspen! »Pfadfinderinnen mit Keksen.« Das war doch glaubwürdig, oder?

Er wirkte noch verwirrter. »Kommen die nicht immer im Frühjahr?«

War der Kerl Detektiv? Warum musste er so schlau sein? »Na schön, es war Harper.« Sie war mein rettender Strohhalm. »Sie wollte was vorbeibringen.«

»Oh!« Das schien er zu glauben. »Du hättest sie einladen sollen, mit uns zu frühstücken.«

»Nein, ich will dich ganz für mich allein haben.«

Wieder versetzte er meinem Hintern einen spielerischen Klaps. »Nun, ich gehöre ganz dir.«

Es gefiel mir, das zu wissen. Genau das war der Grund, warum ich mit einem Lächeln auf dem Gesicht aufwachte.

»Brauchst du Hilfe?«, fragte er.

»Nein, ich denke, ich krieg das hin.«

Er warf einen Blick in die Pfanne. »Na ja, der French Toast ist verbrannt und …«, er öffnete den Backofen, »die Brötchen auch.« Er grinste mich an. »Aber ich bin sicher, sie schmecken toll.«

»Okay, ich bin eine furchtbare Köchin. Bitte hilf mir.«

»Mit Vergnügen.« Er schnappte sich die Schürze vom Haken und band sie sich um. Sie war rot und pink.

Ich starrte ihn an, als wäre er verrückt. »Ähm … Was machst du da?«

»Du hast mein T-Shirt an«, erklärte er. »Ich will mich nicht verbrennen.«

»Nun, die steht dir jedenfalls gut.« Ich bemühte mich, nicht zu lachen.

»Nur ein Mann, der sich seiner Männlichkeit sicher ist, kann es sich leisten, eine pinkfarbene Schürze zu tragen.«

»Du kannst es dir definitiv leisten.« Lächelnd musterte ich ihn.

Er packte mich und hob mich auf die Arbeitsplatte, dann zog er mir die Unterwäsche aus. »Ich werd's dir beweisen.«

»Und was ist mit dem Frühstück?«

»Vergiss das Frühstück«, sagte er. »Lass uns was essen gehen – wenn wir fertig sind.«

***

»Sie strahlen seit ein paar Wochen jeden Tag vor Glück«, sagte Jane, als sie mir meinen Kaffee reichte. »Woher die Veränderung?«

Ich konnte nicht aufhören zu lächeln, weil ich wie auf Wolken schwebte. »Ich bin verliebt«, antwortete ich mit einem glücklichen Seufzer.

»In Ihren neuen Freund?«, fragte sie lächelnd. Jane war ein paar Jahre älter als ich und eine großartige Assistentin. Wir waren zwar nicht direkt Freundinnen, hatten aber ein freundschaftliches Verhältnis.

»Ja. Er ist traumhaft.«

Sie lächelte. »Es freut mich, dass Sie jemanden gefunden haben, Aspen. Sie haben es verdient, glücklich zu sein.«

»Danke, Jane!« Sie war netter zu mir als mein eigener Vater, und ich hatte das Gefühl, das lag nicht daran, dass ich sie bezahlte. »Irgendwelche Nachrichten?«

Sie verlagerte ihr Gewicht von einem Fuß auf den anderen und schien sich mit einem Mal unbehaglich zu fühlen. »Ehrlich gesagt ja.«

Ich musterte sie, während ich darauf wartete, dass sie fortfuhr.

»Marshall von Canadian Oil hat angerufen. Er möchte, dass Sie ihn zurückrufen.«

Das war nichts Ungewöhnliches. »Okay.«

»Dann möchte Scott von der Lohnbuchhaltung die Rentenversicherungspakete für die Angestellten mit Ihnen besprechen.«

»Okay.« Nichts davon bot Grund zur Besorgnis.

»Und John hat angerufen ...« Sie rang nervös die Hände. »Er möchte mit Ihnen zu Mittag essen. Er möchte, dass Sie ihn wegen der Einzelheiten zurückrufen.«

Das konnte nicht wahr sein! »Hat er gesagt, was er will?«

»Leider nicht. Als ich ihn fragte, meinte er, das sei eine Sache zwischen Ihnen beiden.«

Was zum Teufel wollte er? Er hatte mich kein einziges Mal angerufen, als ich noch unter der Trennung gelitten hatte, aber kaum war ich glücklich, drängte er sich wieder in mein Leben. Wusste Isabella, dass er mich angerufen hatte? War das eine weitere Masche, um mich zu quälen?

»Falls er noch mal anruft, sagen Sie ihm, ich habe keine Zeit, mich mit ihm zu treffen. Und sagen Sie ihm, er soll nicht wieder anrufen.«

Sie nickte. »Wird gemacht.« Sie ging hinaus und ließ mich mit meinen Gedanken allein.

Ich hatte gedacht, mich in Rhetts T-Shirt zu sehen hätte ihn dauerhaft abgeschreckt und er würde nicht zurückkommen und noch einmal versuchen, mit mir zu reden. Aber jetzt trieb er mich bei der Arbeit in die Ecke.

Was zum Teufel wollte er?

***

Kurz vor meiner Mittagspause erklang Janes Stimme über die Gegensprechanlage. »Miss Lane, John ist hier.«

Ich erstarrte, und mein Herzschlag beschleunigte sich auf ein gefährliches Niveau. Eine Minute verstrich, in der ich weder sprechen noch mich bewegen konnte.

»Miss Lane?«

Warum passiert mir das? »Sagen Sie ihm, er soll gehen.«

»Ja, Ma'am.«

Ich blieb in meinem Büro und beschloss, das Mittagessen ausfallen zu lassen. Ich war zwar am Verhungern, aber ich würde mich lieber mit Hunger quälen als mit diesem Mann zu reden. Wenigstens würde ich so mehr Arbeit geschafft bekommen und früher Feierabend machen können. Und je eher ich von der Arbeit kam, desto eher würde ich Rhett sehen.

Wieder erklang Janes Stimme über die Gegensprechanlage. »Er ist weg, Ma'am.«

Ich stieß einen Seufzer der Erleichterung aus. »Danke, Jane! Wären Sie vielleicht so nett, mir ein Sandwich zu holen?« Normalerweise schickte ich sie nicht auf solche Besorgungen, aber ich wollte das Büro nicht verlassen, für den unwahrscheinlichen Fall, ihm sonst womöglich über den Weg zu laufen.

»Natürlich. Ich bin gleich wieder da.«

***

Nachdem ich mein Mittagessen beendet und ein paar E-Mails beantwortet hatte, meldete sich Jane über die Gegensprechanlage. »Ihr Vater kommt herunter, um Sie zu sehen.«

Hatte ich sie richtig verstanden? Er kam nie herunter, um mich zu sehen. »Hat er gesagt, warum?«

»Nein. Aber John ist bei ihm.«

Gottverdammte Scheiße!

»Ich kann sie nicht wegschicken«, sagte sie. »Tut mir leid.«

»Das verstehe ich, Jane. Danke.« Ich legte das Gesicht in die Hände und versuchte, ruhig zu bleiben. Es war ein solcher Schlag unter die Gürtellinie. Zu meinem Vater zu gehen, nur um mit mir reden zu können! Wären wir zwei Männer in einem Kampf, hätte er mir gerade in die Eier getreten.

Eine Minute später spazierte Dad herein, ohne auch nur anzuklopfen. »Hey, Aspen. Hoffe, du bist nicht beschäftigt.«

Als ob das einen Unterschied machen würde.

John kam hinter ihm herein. Er trug einen ähnlichen Anzug wie den, in dem ich ihn zuletzt gesehen hatte.

»Was kann ich für euch tun, Gentlemen?« Ich behielt einen kühlen Kopf.

Dad schob die Hände in die Taschen. »John hat mir gesagt, dass er Schwierigkeiten hatte, dich zu erreichen.«

Ich warf John einen Blick zu, der ihm stumm sagte, dass ich ihn absolut verabscheute, dann sah ich wieder meinen Vater an. »Ich bin sehr beschäftigt, das weißt du, Dad.«

»Nun, jetzt siehst du jedenfalls nicht beschäftigt aus.« Er wandte sich an John. »Setz dich doch.«

»Danke, Sir.« John schüttelte ihm die Hand, dann verließ Dad mein Büro.

Ein Vater sollte dem Mann, der seine Tochter verlassen und gedemütigt hat, nicht die Hand schütteln. Wann würde mein Vater endlich begreifen, was Familie und Loyalität bedeuteten? Niemals?

Dad schloss die Tür hinter sich und ließ uns allein.

Greifbare Spannung lag in der Luft. Ich zog ernsthaft in Betracht, meine Tastatur zu nehmen und John damit zu verprügeln. Ich war nicht wütend, weil er mich betrogen hatte, sondern wegen der Tatsache, dass er in meinem Büro war und mein Glück mit Rhett bedrohte. Wenn er so weitermachte, würde ich es Rhett nicht länger verheimlichen können. Und das würde ruinieren, was wir hatten.

Er setzte sich in den Sessel, der meinem Schreibtisch gegenüberstand, dann rückte er seine Krawatte zurecht.

Ich starrte ihn an und wartete darauf, dass er etwas sagte. Wenn ich zuerst sprechen würde, würde ich nur schreien.

Er richtete seine blauen Augen auf mich. »Wie geht es dir?«, fragte er beiläufig.

War das ein Witz? »Was glaubst du wohl?«, antwortete ich kalt.

Er schaute kurz fort, dann wandte er sich mir wieder zu. »Ich möchte mich entschuldigen –«

»John, ich bin drüber weg.« Ich wollte den Rest seines Satzes nicht hören. »Ich bin wahnsinnig verliebt in den Mann meiner Träume, und ich bin dankbar, dass du mich wegen Isabella verlassen hast. Ich hoffe, ihr zwei habt ein glückliches Leben miteinander – ehrlich. Du kannst jetzt gehen.«

Wieder rückte er sich eindeutig nervös seine Krawatte zurecht. »Ich hasse es, wie sie dich behandelt. Ich kann es ehrlich gesagt gar nicht ertragen.«

»Das merkt man«, erwiderte ich sarkastisch.

»Ich habe nie behauptet, du wärst schlecht im Bett oder ... was immer sie sonst noch gesagt hat. Das denkt sie sich nur aus, um dich auf die Palme zu bringen.«

»Ehrlich, das ist mir egal.« Ich wollte nur, dass er ging, damit ich wieder glücklich sein konnte. »Schlecht im Bett oder toll im Bett, das bereitet mir keine schlaflosen Nächte. Ich bin über unsere Beziehung hinweg und denke nicht mehr daran. Falls du hergekommen bist, um von deiner Schuld freigesprochen zu werden, dann betrachte dein Anliegen als erfolgreich. Es geht mir gut. Sind wir jetzt fertig?«

Nervös spielte er an seiner Armbanduhr. »Du hasst mich.« Seine Stimme klang leise.

»Nein, du bist mir gleichgültig.«

»Das ist noch schlimmer.« Er saß reglos da, die Arme auf den Sessellehnen.

Ich legte meine Hände auf den Schreibtisch und versuchte, eine Möglichkeit zu finden, diese Unterhaltung so schnell wie möglich zu beenden.

»Was da zwischen Isabella und mir passiert ist ... Das war nur Lust. Es ist einmal passiert, und dann ist es wieder passiert –«

»Das könnte mir nicht gleichgültiger sein, John. Du brauchst mir nichts zu erklären.« Ich bemühte mich um einen ruhigen Tonfall, auch wenn es mir schwerfiel.

»Sie und ich ... Das ist nicht mehr, wie es war. Jetzt sehe ich, wie sie dich und andere Leute behandelt, und ich kann es nicht ertragen.« Er schüttelte den Kopf. »Ich glaube nicht, dass ich die Sache durchziehen kann.«

Welche Sache durchziehen? Die Hochzeit? Ich fragte nicht nach.

»Ich weiß, du hast gesagt, dass du mit diesem Typen zusammen bist –«

»Rhett«, schnauzte ich. »Er hat einen Namen.«

»Rhett«, wiederholte er. »Aber ... ich hatte gehofft, dass

wir es noch mal miteinander versuchen könnten.« Mit flehendem Blick sah er mich an.

Was zum Teufel ging hier vor? »Nur damit ich das richtig verstehe…« Meine Stimme wurde lauter. »Du betrügst mich mit ihr und verlässt mich dann. Und jetzt versuchst du, wieder mit mir zusammenzukommen, was im Grunde bedeutet, dass nun du sie betrügst und sie verlassen willst? Du bist das größte Stück Scheiße, das mir je begegnet ist – und vergiss nicht, wer mein Vater ist. Du übertriffst ihn immer noch um Längen.«

Beinahe beschämt senkte er den Blick.

»Du bist ein abscheulicher Mensch.« Meine Augen waren kalt, und meine Stimme troff vor Verachtung. »Wie kannst du ihr das antun? Oder mir?«

Er starrte auf seine Hände in seinem Schoß.

»Lass mich eines klarstellen. Ich liebe Rhett, und ich werde ihn heiraten – eines Tages. Es wird niemals auch nur die Möglichkeit einer Beziehung zwischen mir und dir geben. Verlass mein Büro und lass dich nie wieder blicken!« Ich stand auf und öffnete die Tür. »Sofort.«

Seufzend erhob er sich. Bevor er hinausging, warf er mir noch einen letzten Blick zu. »Ich habe einen Fehler gemacht und werde ihn nicht wieder machen. Ich würde dich nie wieder betrügen.«

»Oh!« Mit theatralischer Geste legte ich mir eine Hand an die Brust. »Das ist so lieb. Du wirst mich nie mehr betrügen? Wow … Jetzt fühle ich mich wie etwas ganz Besonderes.« Ich ließ mein falsches Lächeln fallen, packte ihn am Arm und stieß ihn hinaus.

Dann schlug ich ihm die Tür vor der Nase zu.

Kapitel dreizehn

Rhett

Meine Eltern so jung zu verlieren war schwer. Das Schlimmste daran war, dass ich mich kaum noch an sie erinnerte. Manchmal kamen mir Erinnerungen ins Gedächtnis, aber sie waren stets verschwommen. Zwar erinnerte ich mich noch an mehr als Chase, trotzdem war das nicht genug. Aber ob ich mich nun an sie erinnerte oder nicht, so oder so hinterließen sie eine Leere in meiner Brust.

Das war mir nie aufgefallen, bis jetzt – weil Aspen sie füllte.

Sie schenkte mir die Liebe, die ich vermisst hatte, und sie schenkte mir Freude, wie es niemand sonst konnte. Mein Leben war zu einem Gemälde in Pastellfarben geworden, hell leuchtend und faszinierend. Jeder Tag war besser als der zuvor. Sie gehörte mir, und ich gehörte ihr.

Ich vermisste mein Junggesellenleben nicht im Geringsten. Nun da ich eine liebevolle Beziehung kennengelernt hatte, erkannte ich, wie einsam meine alten Gewohnheiten gewesen waren. Ich war mir nicht sicher, warum Männer das so genossen. So toll war es wirklich nicht.

Mit beschwingtem Schritt ging ich zur Arbeit, während ich daran dachte, dass ich Aspen heute Abend sehen würde. Ich wollte mit ihr essen gehen und sie dann auf ein Eis einladen. Ich wollte Schlagsahne auf ihrem ganzen Körper verteilen und sie dann ablecken. Ich wollte Schokoladensoße aus dem Tal zwischen ihren Brüsten lecken. Ich wurde hart, wenn ich nur daran dachte.

Ich betrat das Büro und ging zu Danielles Schreibtisch. »Wunderschöner Tag, nicht wahr?«

Sie schenkte mir ein skeptisches Lächeln. »Nicht, dass du viel aus dem Haus kommen würdest ... Weil du zu beschäftigt mit Aspen bist.«

»Ich wünschte, ich wäre jetzt gerade mit ihr beschäftigt«, sagte ich ernst. »Also, hast du eine neue Kundin für mich?«

»Ja.« Sie schob mir eine Mappe entgegen. »Sie möchte sich morgen Mittag mit dir treffen.«

»Okay.« Ich warf nicht einmal einen Blick in die Mappe. »Was ist ihre Geschichte?«

»Sie sagt, sie will sich an einer Frau rächen, die ihr den Mann ausgespannt hat.« Sie zuckte die Schultern.

»Und wie soll ich dabei helfen?«

»Ich habe keine Ahnung. Aber es ist leicht verdientes Geld.«

»Stimmt.«

»Sonst noch was, Rhett?«

»Nö.« Ich erhob mich. »Wir sehen uns später.«

»Grüß Aspen von mir.«

Ich zwinkerte ihr zu. »Mach ich.«

***

»Also, wie ist sie im Bett?«, wollte Tyler beim Mittagessen wissen.

Ich warf ihm einen ungläubigen Blick zu.

»So schlecht?«

»Nein.« Ich verdrehte die Augen.

»Jetzt sag schon«, drängte er. »Ich bin dein bester Freund. Von all den anderen Mädels erzählst du's mir doch auch.«

»Bei ›Schiffe versenken‹ ist das was anderes, und das weißt du.«

Er grinste dümmlich. »Nennst du sie im Bett auch so? ›Schiffe versenken‹?« Er lachte. »Das wäre echt witziger Dirty Talk.«

»Ich nenne sie Aspen«, erwiderte ich. »Das ist viel sexyer als ›Schiffe versenken‹.«

»Da bin ich anderer Meinung.« Er trank von seiner Limonade, dann rülpste er laut.

»Echt scharf!«, sagte ich ironisch.

»Es überrascht mich, dass du sie nicht jetzt in diesem Moment vögelst.«

»Sie arbeitet«, sagte ich traurig. »Und ich muss mich in einer Stunde mit einer neuen Kundin treffen.«

»Ist ihr dein Beruf wirklich völlig egal?«

Ich schüttelte den Kopf. »Sie hat gesagt, sie vertraut mir. Aber sie fragt mich nie danach. Also denke ich, dass es ihr irgendwie schon etwas ausmacht.«

»Könnte sein, dass sie nicht mehr damit einverstanden ist, sobald das mit euch ernster wird.«

»Nein«, entgegnete ich. »Sie hat gesagt, dass sie es versteht. Aspen würde mich nie zwingen, meinen Job aufzugeben. Sie weiß, dass er mir gefällt.«

»Frauen können ziemlich kontrollsüchtig sein, Alter.«

»Nicht Aspen«, widersprach ich sofort. »Ich kann mir meine Zeit selbst einteilen, ich verdiene großartig, und ich helfe Menschen. Ich habe ihr erzählt, wie elend ich mich gefühlt habe, als ich für dieses Kreditkartenunternehmen gearbeitet habe. Sie würde mich nie zwingen, etwas zu tun, das ich hasse.«

»Wart's ab ...« Er aß ein paar Fritten, dann trank er wieder von seiner Limonade. »Willst du hören, wie ich das Alphabet rülpse?«

Ich bedachte ihn mit einem ernsten Blick. »Was glaubst du wohl?«

»Ist das ein Ja? Okay, los geht's.« Er machte den Mund auf und rülpste: »A.«

Abwehrend hob ich die Hand. »Nicht, hör bloß auf!« Ich wedelte den nach Limonade riechenden Gestank fort.

»Ich hab auch noch andere Songs drauf«, sagte er. »Zum Beispiel *Sexy Back* von Justin Timberlake.«

»Wie schaffst du's nur, Frauen ins Bett zu bekommen?«, platzte es aus mir heraus.

Als Antwort deutete er nur auf sein Gesicht. »Hallo?«

»Auch gutes Aussehen kommt mal an seine Grenzen ...«

»Ich wette, ›Schiffe-versenken‹ würde es gefallen.«

Ehrlich gesagt würde es das. Sie würde es wahrscheinlich zum Totlachen finden. Die Vorstellung, wie sie lachte, während Tyler einen Justin-Timberlake-Song rülpste, brachte mich gegen meinen Willen zum Lächeln. »Das würde es.«

»Wenn ich sie das nächste Mal sehe, mache ich es für sie.«

Ich zuckte mit den Schultern. »Tu, was du nicht lassen kannst.«

»Oder ich könnte es dir beibringen.« Er hob anzüglich die Augenbrauen. »Vielleicht bringt es sie in Stimmung.«

»Mir beim Rülpsen zuzuhören, wird sie nicht feucht machen«, widersprach ich. »Ich weiß schon, wie ich das anstellen muss.«

»Furzt du ihr was vor?«, fragte er mit ernster Miene.

Ich schaute auf meine Uhr. »Ich muss los. Mehr von dir vertrage ich heute echt nicht mehr.«

***

Bevor ich das Café betrat, holte ich die Mappe aus meiner Tasche und schlug sie auf. Ich hatte vergessen, meine Hausaufgaben zu machen, weil ich zu beschäftigt damit gewesen war, es mit Aspen zu treiben. Rasch überflog ich die Unterlagen und fand ihren Namen.

Isabella.

Das war ein merkwürdiger Zufall. Ich ging hinein und warf dann einen Blick auf die Kopie ihres Führerscheins. Als ich das Gesicht wiedererkannte, wurde mir übel. Sie war es. Es war dieselbe Isabella.

Was zum Teufel?

»Hallo, Rhett.«

Als ich den Blick hob, stand Isabella vor mir. Sie trug Jeans, die so tief auf ihren Hüften saßen, dass ich befürchtete, ihr Hintern könnte jeden Augenblick herausplatzen, und ihr tief ausgeschnittenes Shirt zeigte viel Dekolleté, aber ich schaute nicht hin. »Danielle wird dir eine volle Rückerstattung geben. Auf Wiedersehen!« Auf gar keinen Fall würde ich Isabella begleiten, nicht, wenn sie mein Mädchen wie Scheiße behandelte.

»Hey ... immer schön langsam!« Sie hielt mich am Arm fest.

Grob entwand ich mich ihrem Griff. »Fass mich nicht an!«

Sie lächelte, und das machte mich einfach nur wütend. »Du solltest lieber nicht gehen. Es gibt da etwas, das ich dir sagen muss, und das könnte deine Karriere ruinieren.«

Meine Karriere ruinieren? »Ich liebe Aspen, und nichts, was du sagst, kann meine Meinung ändern.« Sie wollte mich wahrscheinlich verführen, damit ich Aspen betrog. *Na dann viel Glück damit!* Ich würde ihn nicht einmal hochbekommen, wenn ich es versuchte.

Sie lachte. »Du solltest dich wirklich hinsetzen und mich reden lassen. Dein Leben steht auf dem Spiel.«

Ich hasste es, dass ihre List tatsächlich funktionierte. Wovon redete sie? Was hatte sie gegen mich in der Hand?

Sie ging zum Tisch und setzte sich. »Nimm Platz!«

Ich durchbohrte sie mit einem wütenden Blick, während ich mich ihr gegenüber hinsetzte.

»Wie geht's dir so?«, fragte sie.

»Komm auf den Punkt. Was willst du mir sagen?«

Ihre Lippen wölbten sich zu einem Lächeln. »Ein strenger Mann ... Das gefällt mir.«

Ich hatte noch nie das Bedürfnis gehabt, die Hand gegen eine Frau zu erheben, aber jetzt wollte ich ihr ernsthaft den Kopf auf den Tisch schlagen. Noch nie hatte ich jemanden verachtet, ohne ihn zu kennen, aber diese Frau verabscheute ich zutiefst.

»Na schön, dann mache ich es kurz, weil du so ein unerfreulicher Gesprächspartner bist.«

Ausdruckslos starrte ich sie an.

»Der Deal lautet so.« Ihre flirtende Pose verschwand und

machte einer ernsten Haltung Platz. »Ich weiß, dass Aspen dich dafür bezahlt, ihren Freund zu spielen.«

»Nein, tut sie nicht. Ich bin ihr Freund, und ich liebe sie.«

»Wie auch immer«, sagte sie. »Ich weiß, dass sie dich bezahlt, was im Übrigen erbärmlich ist.«

»Und was ist das, was du gerade machst?«, fragte ich kalt.

Sie ignorierte den Seitenhieb. »Du wirst zu ihrem Vater gehen und ihm die Wahrheit sagen, dass sie dich dafür bezahlt, mit ihr auszugehen. Du wirst all die nötigen Dokumente und Transaktionen vorlegen, um zu beweisen, dass es die Wahrheit ist.«

»Das werde ich niemals tun«, sagte ich entschieden. »Ich lasse mich nicht kaufen, und ich lasse mich nicht manipulieren.«

»Das werden wir ja sehen ...«

Es gab nichts, was dieses Mädchen tun könnte, um meine Meinung zu ändern.

»Es wäre doch eine Schande, wenn dein Unternehmen aufgelöst würde und sechs Leute ihre Arbeit verlören.« Sie schenkte mir ein boshaftes Lächeln.

Worauf wollte sie hinaus?

»Was würdest du dann tun, Rhett? Wo würdest du arbeiten?«

Warum zog sie das hier in die Länge? Ich ließ mich nicht aus der Fassung bringen.

»Du wirst das hier tun, Rhett. Falls nicht, mache ich deine Firma dicht.«

»Mit welcher Befugnis?«, fragte ich. »Ich breche keine Gesetze.«

»Prostitution ist gegen das Gesetz. Und ihr wurdet schon einmal verklagt. Ihr könnt wieder verklagt werden.« Sie hatte ihre Hausaufgaben gemacht.

»Wir hatten keinen weiteren Vorfall seitdem. Und ich habe erst mit Aspen geschlafen, nachdem ich den Vertrag gekündigt hatte. Du hast nichts gegen mich in der Hand.«

»Wirklich nicht?«, fragte sie mit gespielter Überraschung. »Da wäre ich mir nicht so sicher …«

Mein Herz begann zu pochen.

»Ich brauche mir nur heute Nacht ein Hotelzimmer zu nehmen und zu behaupten, du wärst bei mir gewesen. Ich habe bereits für fünf Dates bezahlt, und mit dem Geld meines Vaters werde ich dich in die Knie zwingen. Ich bezweifle, dass das Gericht nach einem zweiten Verstoß noch viel Verständnis für deine Notlage aufbringen wird.«

Ich konnte nicht glauben, dass das gerade passierte. Wie konnte jemand so grausam sein? Wie konnte jemand einem anderen Menschen so viel Kummer bereiten wollen? »Warum hasst du Aspen so sehr? Was hat sie dir getan?«

»Das hat sie dir nie gesagt?«

»Nein.«

»Dieses Unternehmen sollte eigentlich mir gehören.« Ihre Augen verdunkelten sich vor Wut. »Aspen hat meinen Vater aus der Firma gedrängt, weil sie behauptete, er wäre psychisch labil und mache zu viele Fehler. Sie hat ihren Vater überredet, ihm seine Anteile an der Firma auszubezahlen, und dadurch meine Chance vernichtet, sie zu bekommen. Das ist es, was sie getan hat.«

»Ich kann dir versichern, dass sie nicht absichtlich versucht hat, dir zu schaden. Wenn du ihren Vater um einen Job bitten würdest, würde er dir sicher einen geben.«

»Einen Job, ja«, antwortete sie. »Aber nicht den Posten der Geschäftsführung. Den wird er Aspen geben, es sei denn, ich greife ein.«

Jetzt ergab alles einen Sinn. »Du wolltest John nie haben. Du hast ihn ihr nur ausgespannt, um sie zu demütigen.«

»Für einen hübschen Jungen bist du ganz schön clever«, sagte sie kalt. »Und jetzt werde ich dich vernichten. Danach wird ihr Vater sie nie mehr so sehen wie zuvor. Und ich kann ihren Platz einnehmen.«

Das ganze Ausmaß der Situation stürzte auf mich ein. Isabella wollte Rache, und sie würde alles tun, um sie zu bekommen. Sie war völlig verrückt. Ich wusste, dass das keine leere Drohung war. Sie würde alles tun, was sie konnte, um die Firma zu sabotieren, die ich mir aufgebaut hatte. Sie würde sie in Stücke reißen und mich sogar ins Gefängnis bringen, falls sie einen guten Anwalt hatte. Das hier war absolut ernst.

»Ich schlage vor, du gehst in sein Büro und sagst ihm die Wahrheit. Dann bleibt deine kleine Firma verschont.« Sie schenkte mir ein triumphierendes Lächeln, als hätte sie die Schlacht und den Krieg gewonnen.

Offensichtlich hatte sie nicht genug Beweise dafür, dass Aspen mich als Escort engagiert hatte, deshalb brauchte sie mich, um die Wahrheit ans Licht zu bringen. Ich war der Schlüssel zu ihrem Plan.

»Nein.«

Sie zog eine Augenbraue hoch, als wäre sie empört. »Wie bitte?«

»Ich werde das nicht tun.«

»Denkst du, ich bluffe?«, fragte sie. »Ich werde dich zu Fall bringen und nicht aufhören, bis ich dich in Grund und Boden gestampft habe. Es wird keine Gnade geben. Ich werde es mir zur Aufgabe machen, dein Leben zu zerstören.«

»Du tust mir wirklich leid«, platzte es, ohne nachzudenken, einfach so aus mir heraus. »Es ist mir egal, was du mit mir machst. Nimm mir meine Firma und steck mich ein Jahr lang in den Knast, das spielt keine Rolle. Das Einzige, was mir wichtig ist, ist Aspen, und sie kannst du mir nicht nehmen. Alles andere ist völlig bedeutungslos.«

Mit kalten Augen starrte sie mich an. Sie bebte vor Wut und Frustration.

»Aspen hat dieses Unternehmen verdient.« Ich erhob mich. »Und sie wird es bekommen.«

***

Ich beschloss, Aspen nicht zu erzählen, was mit Isabella vorgefallen war, weil ich wusste, was sie tun würde, falls ich es täte. Sie würde ihrem Vater die Wahrheit sagen und alles opfern, wofür sie gearbeitet hatte, um mich zu verschonen. Sie würde mich an erste Stelle stellen.

Aber das durfte ich nicht zulassen.

Beautiful Entourage war mir wichtig. Ich ging nicht einfach nur mit Frauen aus. Ich half Menschen. Ich schloss Freundschaften mit Menschen. Was ich tat, bewirkte etwas, ganz gleich, wie ungewöhnlich es war. Meine Freunde und ich liebten unseren Job und verdienten gern gutes Geld. Wer nicht?

Aber Aspen war wichtiger. Alles, was sie je erfahren hatte, war Kummer. Ihre eigene Familie behandelte sie wie ein Ärgernis. Niemand stand ihr zur Seite und verteidigte sie. Niemand zeigte ihr Loyalität. Nun, ich würde ihr zur Seite stehen. Sollten sie mit mir tun, was immer sie wollten. Aber Aspen würde verschont bleiben.

Sie führte dieses Unternehmen mit großer Leidenschaft und wollte die Welt zu einem besseren Ort machen. Das Geld bedeutete ihr nichts. Wenn sie könnte, würde sie die Verwendung von Erdöl auf der Stelle stoppen und all ihre Ressourcen für die Forschung nach alternativen Energiequellen einsetzen. Ihre Position war viel wichtiger als meine. Und sie war wichtiger, als ich je sein würde. Ich würde ihr nie Kummer bereiten oder ihr schaden – niemals. Lieber würde ich mit Freuden ins Gefängnis gehen, als sie zu opfern. Sie würde auf mich warten, bis ich wieder draußen war, und dann würden wir wieder glücklich sein.

Aber es war schwer, so zu tun, als wäre alles in Ordnung, wenn ich in ihrer Nähe war. Während der folgenden Tage schien sie zu wissen, dass mich etwas beschäftigte. Sie war ungewöhnlich still, als belastete sie etwas.

Ich saß ihr gegenüber auf dem Sofa, das Schiffe-versenken-Steckbrett auf dem Schoß. »F7.«

Aspen starrte auf ihr Brett.

Ich wartete darauf, dass sie »Treffer« oder ,»Daneben« sagte, doch stattdessen starrte sie weiter vor sich hin. Vielleicht hatte sie mich nicht gehört. »F7.«

Der leere Ausdruck blieb auf ihrem Gesicht.

»Aspen?«

Endlich schaute sie hoch. »'tschuldige, was?«

»Ist alles in Ordnung? Du wirkst abwesend.«

»Oh …« Sie strich sich das Haar hinters Ohr. »Nur die Arbeit … Da ist eine Menge los.«

»Willst du darüber reden?«, fragte ich.

»Nein, eigentlich nicht. Was waren deine Koordinaten noch mal?«

»F7.«

»Daneben.«

***

Ich lag neben ihr im Bett und starrte aus dem Fenster. Die Lichter der Stadt glühten, als stünde sie in Flammen. Mehrere Tage waren vergangen, und ich rechnete jeden Augenblick damit, verklagt zu werden. Isabella würde mich ins Visier nehmen. Es war nur eine Frage der Zeit. Sie bereitete wahrscheinlich gerade ihre Klage vor.

»Rhett?« Aspen hatte sich an mich gekuschelt, den Kopf auf meiner Brust.

»Hmm?« Ich strich mit den Fingern durch ihr Haar.

»Ist alles okay?«, flüsterte sie. »Du wirkst in letzter Zeit irgendwie abgelenkt.«

»Es geht mir gut«, sagte ich sofort. »Ich habe im Moment nur viel um die Ohren.«

»Was denn?«, fragte sie.

»Nur die Arbeit und so.«

»Willst du darüber reden?«

»Eigentlich nicht«, antwortete ich ehrlich.

Sie legte ihre Hand auf meine Brust und lag reglos da. Dann sprach sie wieder. »Habe ich irgendetwas getan?«

Ich wandte mich ihr zu und entdeckte Angst in ihren Augen. »Nein, natürlich nicht.«

»Du wirkst einfach ein wenig distanziert von mir. Es fühlt sich an, als hätte ich etwas getan.«

Jetzt fühlte ich mich furchtbar. Meine Anspannung belastete unsere Beziehung. Ich drehte mich zu ihr und zog sie eng an mich. »Du hast nichts getan. Es liegt nur an mir. Mach dir keine Sorgen. Ich liebe dich mehr denn je.«

»Versprochen?«, flüsterte sie.

Ich küsste sie zärtlich. »Hand aufs Herz und nicht gelogen, dreimal an den Ohren gezogen.«

Ihre Mundwinkel hoben sich zu einem Lächeln. »Das ist das seltsamste Versprechen, das ich je gehört habe.«

Ich lachte. »Ziemlich albern, nicht wahr?«

»Ja.«

»Wie wär's damit?« Ich hakte unsere kleinen Finger ineinander. »Großes Indianerehrenwort?«

»Das ist noch alberner.«

Wieder lachte ich. »Du hast recht. Wie wär's dann mit einem einfachen Versprechen?«

»Ist in Ordnung für mich.«

Ich legte meine Hand in ihren Nacken, sah ihr in die Augen und betrachtete sie stumm, bis ihr die Lider schwer wurden. Dann schlief ich ein.

***

»Keine Panik!«

»Keine Panik?«, fragte Tyler ungläubig. »Du hast mir gerade gesagt, dass ich vielleicht meinen Job los bin! Ich hab mir gerade erst ein Strandhaus gekauft. Was meinst du mit ›keine Panik‹?« Unruhig marschierte er in meinem Wohnzimmer auf und ab.

»Vielleicht kommt gar nichts dabei heraus«, wandte ich ein. »Isabella hat mich noch nicht einmal kontaktiert.«

»Das heißt nicht, dass sie es nicht noch tun wird. Sie fälscht wahrscheinlich genau in diesem Moment Beweise für ein Verfahren!« Seine Augen traten beinahe aus den Höhlen.

»Bleib ruhig.«

»Bleib du doch ruhig!«, schnauzte er und zeigte mit dem Finger auf mich.

»Ich bin ruhig«, erwiderte ich schnell. »Hör mal, wir stehen das durch. Wir müssen nur clever sein.«

»Bringen wir sie um«, sagte er mit ernster Miene. »Ich hab ein paar Freunde, die sich mit so was auskennen.«

»Wir bringen niemanden um«, widersprach ich sofort.

»Ich lasse mir von diesem Miststück nicht das Leben ruinieren. Was wir hier am Laufen haben, ist unglaublich. Ich mache eine halbe Million im Jahr. Das gebe ich nicht auf!«

Ich packte ihn an den Schultern und hielt ihn fest. »Hey, es wird alles gut gehen.«

Er schüttelte mich ab. »Ich habe dir doch gesagt, du sollst vorsichtig sein. Aber du hast ja nicht auf mich gehört.«

»Ich bin vorsichtig.«

»Warum stecken wir dann in dieser Situation?«, fragte er fordernd.

»Das hat nichts mit mir zu tun«, erwiderte ich. »Gib mir nicht die Schuld. Wir hatten nur Pech.«

»Was du nicht sagst ...«

»Die einzige andere Möglichkeit, die ich habe, ist, Aspen zu verraten, und das kann ich nicht tun.«

Er stemmte die Hände in die Hüften und blieb mitten im Zimmer stehen.

»Was?«, fragte ich wütend. »Willst du, dass ich sie die Sache ausbaden lasse?«

Er schwieg lange.

»Sie ist das Opfer in dieser ganzen Angelegenheit.«

»Nein«, murmelte er. »Ich will nicht, dass du sie in die Pfanne haust. Sie ist ein wirklich netter Mensch.«

Ich stieß einen Seufzer der Erleichterung aus, froh darüber, dass er auf meiner Seite war. »Es tut mir leid, dass das hier passiert. Aber es besteht immer noch eine Chance, dass das Ganze im Sand verläuft. Es ist ja nicht so, als könnte sie beweisen, dass ich Sex mit ihr hatte.«

»Sie kann es einfach mit irgendeinem anderen Kerl treiben und behaupten, du wärst es gewesen.«

»Nun ja, wenn der Kerl nicht gerade mein Sperma klaut, dann dürfte es ihm schwerfallen, so zu tun, als wäre er ich.«

»Das ist wahr.« Er klang schon ein wenig optimistischer.

»Erzähl nur den Jungs noch nichts davon«, bat ich. »Lass uns das unter uns regeln, bevor wir sie da mit reinziehen. Kein Grund, sie in Panik zu versetzen.«

»Du hast recht«, sagte er.

Ich klopfte ihm auf die Schulter. »Wir stehen das schon durch. Das tun wir doch immer.«

»Das hoffe ich, Rhett. Das hoffe ich.«

Kapitel vierzehn

Aspen

Rhett wirkte in letzter Zeit oft abwesend, und ich hatte keine Ahnung, warum. Er war außerordentlich abgelenkt und schien an andere Dinge zu denken, wenn er mit mir zusammen war. Er wollte mir nicht sagen, was ihn beschäftigte, aber er hatte mir versprochen, dass ich nicht der Grund für seine Unruhe war. Deshalb beschloss ich, mir nicht länger Sorgen darum zu machen. Rhett war immer noch ständig mit mir zusammen, deshalb glaubte ich nicht, dass er an unserer Beziehung zweifelte.

In der Zwischenzeit fraßen die Schuldgefühle mich innerlich auf. Ich hatte das Gefühl, ich sollte ihm von John erzählen. Der Vorfall war zwei Wochen her, und nichts war seitdem passiert, aber ich fühlte mich immer noch wie eine Betrügerin. Ich liebte das, was Rhett und ich miteinander hatten, und ich wollte es nicht ruinieren, indem ich John zur Sprache brachte, jemanden, den ich verabscheute. Das erschien mir so sinnlos.

Ich wusste nicht, ob Rhett ein eifersüchtiger Typ war, doch es war immerhin möglich. Er hatte gesagt, dass es ihm nicht gefallen hatte, mich in der Bar mit Rich reden zu sehen. Es könnte ihn von mir fortstoßen, und er benahm sich ohnehin bereits merkwürdig, deshalb wollte ich ihm keinen weiteren Grund geben, distanziert zu sein.

Ich entschied, es für mich zu behalten. Falls noch einmal

etwas mit John vorfallen sollte, dann würde ich ihm reinen Wein einschenken. Falls nicht, würde ich es gut sein lassen. Da John und ich uns bereits alles gesagt hatten, glaubte ich nicht, dass es noch irgendeinen Grund gab, warum unsere Wege sich wieder kreuzen sollten. Es war vorbei – endgültig.

Als ich in meinem Büro saß, meldete sich Jane über die Gegensprechanlage. »Mr Lane würde Sie gern in seinem Büro sehen.«

»Danke!« Ich beendete meine E-Mail, dann machte ich mich auf den Weg zum Büro meines Vaters. Es ärgerte mich über die Maßen, dass Dad mich jedes Mal wie ein Zirkuspferd quer durchs Gebäude laufen ließ, wenn er mich sprechen wollte, aber ich hielt meine Zunge im Zaum.

Ich klopfte an seine Tür, dann trat ich ein und erstarrte, als ich jemanden sah, von dem ich gehofft hatte, dass ich ihn niemals wiedersehen musste. John stand neben dem Schreibtisch, die Hände in den Taschen. Dad saß in seinem Sessel und wirbelte einen Stift zwischen den Fingern.

Wann wird dieser Albtraum je enden?

Ich bewahrte die Fassung und trat vorwärts. »Du wolltest mich sehen?«

»Setz dich!«, befahl Dad.

Ich konnte es nicht ausstehen, wenn man mir sagte, was ich tun sollte. Ich hasste es regelrecht. Aber ich tat es trotzdem, wie ein gehorsames Hündchen.

Dad erhob sich und kam um den Schreibtisch herum. »John und ich haben gerade von dir gesprochen.«

Ich warf John einen unübersehbar hasserfüllten Blick zu und machte mir nicht die Mühe, ihn vor meinem Vater zu verbergen, so wütend war ich. »Ach ja?«

»Er hat mir gesagt, dass es ein Fehler war, sich mit Isabella einzulassen, und hat sich über eine Stunde lang bei mir entschuldigt«, erklärte Dad.

»Über eine Stunde lang?« Ich machte keinerlei Anstalten, meinen Sarkasmus zu verbergen, doch Dad ignorierte ihn entweder, oder er bemerkte ihn nicht.

»Er scheint es wirklich ernst zu meinen.«

»Nun, dann vergib ihm eben«, sagte ich schnell. »Können wir das jetzt hinter uns lassen?«

»Das sind wunderbare Nachrichten«, erwiderte er. »Ich hatte immer gehofft, ihr beiden würdet wieder zueinanderfinden.«

»Moment mal ... Was?« Verwirrt riss ich die Augen auf.

»John hat mich um meine Erlaubnis gebeten, dich zu heiraten«, erklärte Dad. »Und natürlich habe ich sie ihm gegeben.«

Ich sprang auf. Die Wut verzehrte mich innerlich wie ein entzündetes Feuerwerk. »Was?« Das hier überstieg meinen Verstand. Ich konnte es einfach nicht begreifen.

»Ich möchte, dass du John heiratest«, sagte er. »Rhett ist ein feiner junger Mann, aber John war schon immer meine erste Wahl.«

Ich bemühte mich, weiter ruhig und gleichmäßig zu atmen, doch das fiel mir schwer. Ich war in meinem Leben schon oft wütend gewesen, aber noch nie so rasend vor Wut. »Obwohl er mich betrogen und uns gedemütigt hat?«

»Dass er zu dir zurückgekommen ist, stellt den guten Glauben wieder her«, erklärte Dad mit einem dümmlichen Lächeln.

»Oder lässt mich armselig aussehen, weil ich einen Betrüger zurücknehme!«

»Niemand wird das denken«, winkte Dad ab. »Und durch den Zusammenschluss von Johns Unternehmen mit deinem werden wir unbesiegbar.«

Ich wandte mich an John. »Hast du überhaupt mit Isabella Schluss gemacht, bevor du mit meinem Vater gesprochen hast?«

»Natürlich habe ich das.« In seinen Augen lag keine Aufrichtigkeit.

»Lügner«, zischte ich. »Ich kenne dich, John. Ich merke es, wenn du Scheiße erzählst.«

Er schaute fort und wich meinem Blick aus wie ein Feigling.

»Also hast du sie noch als Notnagel, falls ich Nein sage.« Ich schüttelte den Kopf. »Abscheulich.«

»Falls du Nein sagst?«, wiederholte Dad. »Du wirst gefälligst Ja sagen. Das ist die perfekte Verbindung.«

Ich wandte mich zu meinem Vater um. »Wie bitte?«

»Du hast mich schon verstanden«, sagte er. »Das ist es, was ich will.«

Ich schrie beinahe. »Aber das ist nicht, was *ich* will. Ich liebe Rhett.«

»Rhett ist ein feiner junger Mann«, erwiderte Dad. »Aber er ist einfach nicht der Richtige. John kann uns alles geben, was wir wollen.«

Ich schüttelte den Kopf und versuchte, ruhig zu bleiben.

Dad schien zu merken, dass ich etwas Privatsphäre brauchte. »John, warte bitte draußen.«

»Natürlich, Sir.« John ging hinaus und schloss die Tür.

Einen Moment lang hatte ich den Tagtraum, meinen Vater vom Balkon seines Büros zu stürzen und zuzusehen, wie sein Körper auf der Straße zerschellte. Vielleicht war ich wirklich hasserfüllt und böse geworden. Aber ich hatte mich nicht mehr unter Kontrolle.

Kaum waren wir allein, fuhr Dad fort. »Aspen, das ist der beste Schachzug.«

»Ich werde ihn nicht heiraten.« Dazu würde ich nie einwilligen. Niemals. Auf keinen Fall.

»Doch, das wirst du«, sagte er kalt.

»Vergiss es«, widersprach ich. »Ich werde meine Meinung nicht ändern.«

Er versteifte sich, als wäre er geschlagen worden.

Nimm das, Arschloch!

Mit seinem Konferenzraumblick starrte er mich nieder. »Aspen, du willst dieses Unternehmen doch, oder etwa nicht?«

Das musste ein Albtraum sein!

»Wenn du John nicht heiratest, werde ich es dir nicht übergeben.« Er sagte es einfach so, als hätte er gar kein wirkliches Interesse an der Unterhaltung. »Das ist mein letztes Wort.«

Ich atmete schwer, während mein Herz so heftig gegen meine Rippen schlug, dass sie zu brechen drohten. In meinen Augen brannten Tränen blinder Wut. Noch nie im Leben war ich so schlecht behandelt worden. Mein Vater war mein größter Peiniger. Im Vergleich dazu wirkte Isabella wie ein zarter Schmetterling. Er würde das Unternehmen für immer dazu benutzen, mich zu manipulieren, und er würde mir das Leben für immer zur Hölle machen. Ich wollte, dass er starb. Ich wollte, dass er verschwand. Ich wollte einfach nur, dass er fort war.

»Ich will die Firma nicht.« Meine Stimme klang überraschend ruhig.

Dads Augenbrauen hoben sich, als hätte er mich nicht verstanden. »Wie bitte?«

»Ich will sie nicht.« Nun war meine Stimme kräftiger. »Ich wollte dieses Unternehmen leiten, weil ich weiß, dass ich es am besten machen würde. Vielleicht ist Geld das Einzige, das dir wichtig ist, aber mir bedeutet es am allerwenigsten. Anführer sorgen sich um das Allgemeinwohl, nicht um das Eigeninteresse eines einzigen egoistischen Mannes. Ich hasse es hier. Ich hasse es, dich jeden Tag zu sehen. Ich hasse es, dich als Boss zu haben. Doch ich habe meine Zeit abgewartet, weil es meine Pflicht ist, die Welt zu einem besseren Ort zu machen.

Aber jetzt habe ich deinen Mist satt. Du bist der kälteste und grausamste Mann, den ich kenne, und jedes Mal, wenn ich dich ansehe, wird mir übel, und mir kommt die Galle hoch. Du widerst mich an. *Widerst* mich an.« Noch nie in meinem ganzen Leben war ich so grausam gewesen. Noch nie hatte ich so gemeine Dinge gesagt. Aber ich konnte nicht damit aufhören.

Dad starrte mich ausdruckslos an, und ich hatte keine Ahnung, was er fühlte oder dachte.

»Ich bin keine Zuchtstute, für die du einen Hengst auswählen kannst, oder eine Kuh, der du den Bullen aussuchst. Für den Fall, dass du es vergessen hast, ich bin ein menschliches Wesen mit Gedanken und Gefühlen. Und wichtiger noch: Ich bin deine eigene Tochter. Aber du hast dich nie für mich interessiert. Als John mir das Herz gebrochen hat, habe ich sieben Kilo abgenommen und jeden Tag in der Mittagspause auf der Toilette geweint. Du hast weder den Gewichtsverlust noch die verweinten Augen bemerkt. Wann immer du die Sache mit John zur Sprache gebracht hast und ich geweint habe, hast du mir befohlen, damit aufzuhören. Es tut mir leid, wenn ich kein Stück Vieh bin, das so gefühllos sein kann, wie du es willst. Ich habe Gefühle wie jeder normale Mensch, und wenn dir das nicht gefällt, dann ist mir das egal.« Meine Augen begannen zu brennen, und die Tränen flossen über. »Sag schon, dass ich damit aufhören soll. Sag schon, dass ich es lassen soll. Sag mir, ich soll gehen!« Die warme Flüssigkeit lief mir über die Wangen und in den Mund, doch ich wischte sie nicht fort. Es war mir egal, wie ich aussah oder wie ich mich anhörte.

»Du warst der schlimmste Vater für mich, und du bist ein furchtbarer Mensch. Anstatt mir beizustehen und mir die Stütze zu sein, die ich brauchte, hast du mir das Gefühl gegeben, armselig zu sein, weil John mich verlassen hatte, als ob das meine Schuld gewesen wäre. Als er hierherkam und mit mir reden wollte, hättest du ihm ins Gesicht schlagen sollen. Das ist es, was ein richtiger Vater tun sollte, nicht ihm die Hand schütteln und mich an ihn verschachern. Du bist ein Monster!«

Dad bewegte sich nicht. Er atmete kaum. Er starrte mich nur an, als wäre ich ein Fernsehbildschirm.

»Niemand hat mich je so verletzt wie du, und ich war so dumm, unzählige Jahre lang zu versuchen, deine Anerkennung zu gewinnen. Ich habe Golfstunden genommen, damit wir etwas haben, was wir gemeinsam unternehmen können, aber als ich dir gezeigt habe, wie gut ich bin, hast du mich eine Lesbe genannt.« Die Erinnerung brannte schmerzhaft. »Eine Lesbe …«

Endlich senkte Dad den Blick.

»Ohne mich am Ruder dieser Firma würdest du nicht überleben. Du schlägst nur einen Golfball herum und verabredest dich mit deinen Freunden zum Mittagessen. Du machst verschwenderische Reisen mit deinen dummen Püppchen, aber mich hast du noch nie auch nur zu einem Eis eingeladen. Du hast ein erbärmliches Abziehbild von einem Sohn großgezogen, aber du erkennst keine einzige meiner guten Eigenschaften an. Und als Mom im Krankenhaus war …« Mir versagte die Stimme. »Du bist nie gekommen, um sie zu besuchen. Als sie ihr Gedächtnis verlor, hast du ihr nie die Hand gehalten und ihr ein Gefühl von Sicherheit gegeben. Als sie senil wurde, hast du dich nicht einmal mehr nach ihr erkundigt. In der Sekunde, in der sie krank wurde, hast du sie im Stich gelassen. Ich war die Einzige, die sich um sie gekümmert hat. Du hast vielleicht die Arztrechnungen bezahlt, aber das war nicht von Bedeutung. Was ich getan habe, war von Bedeutung. Wie kannst du nachts nur ruhig schlafen? Wie kannst du nur weiter diese Existenz absoluter Bedeutungslosigkeit fortführen? Wenn ich sterben würde, würde es dich interessieren? Wenn ich im Krankenhaus wäre, würdest du mir dann auch nur Blumen schicken?« Ich kannte die Antwort. »Nein, würdest du nicht. Ich bedeute dir nichts. Es gibt niemanden auf diesem Planeten, der dir etwas bedeutet.

Ich habe mir diese Behandlung viel zu lange gefallen lassen. Ich werde nicht länger hier sitzen und mich so von dir behandeln lassen. Nein. Nein. Nein. Also betrachte dies als meine Kündigung. Ich verschwinde offiziell aus deinem Leben.« Ich bedachte ihn mit dem bösesten Blick, den ich zustande brachte, bevor ich zur Tür ging. Doch dann blieb ich stehen und drehte mich noch einmal zu ihm um. »Du hast seit zehn Jahren meinen Geburtstag nicht mehr gewürdigt, obwohl ich dir zu deinem Geburtstag jedes Jahr ein Geschenk besorge. Du hast nie Weihnachten mit mir verbracht, also musste ich es mit Harper verbringen. Du hast mich nie zum Lächeln gebracht. Du hast mich nie zum Lachen gebracht. Und es gibt Tage wie heute, an denen ich mir wünsche, du würdest einfach sterben.«

Ich ging hinaus und schloss die Tür hinter mir.

Draußen starrte John mich an, Sorge stand in seinen Augen. »Aspen –«

Ich schlug ihn, so hart ich konnte. Der Schlag kam völlig aus dem Nichts. Ich hatte mein Handeln nicht mehr unter Kontrolle. »Geh zurück zu Isabella! Ihr zwei seid perfekt füreinander.« Ich würdigte ihn keines weiteren Blickes, als ich zurück zu meinem Büro marschierte.

Jane sah mich mit traurigen Augen an. »Aspen, ist alles in Ordnung?«

Ich schnappte mir einen Karton und stopfte hastig alles Wichtige hinein. »Ich habe gerade gekündigt.« Ich schniefte kurz, dann wischte ich meine Tränen fort. »Bis morgen wird er jemanden eingestellt haben, der mich ersetzt.« Ich nahm den Karton und meine Handtasche und trat an ihren Schreibtisch. »Es war mir ein Vergnügen, Jane.« Rasch schüttelte ich ihr die Hand, dann ging ich hinaus, dankbar dafür, dass ich nie wieder einen Fuß in dieses Gefängnis setzen musste.

***

Sobald ich in meiner Wohnung war, rief ich Rhett an.

»Hey, ›Schiffe versenken‹.«

Es war so schön, seine Stimme zu hören. Sie klang so fröhlich, so warm. Mein schrecklicher Tag verblasste beinahe, allein durch den Klang seiner Stimme. »Kannst du rüberkommen?« Meine Stimme war voller Tränen.

Sofort wurde sein Tonfall ernst. »Ist alles in Ordnung, Aspen?«

»Kannst du bitte einfach rüberkommen?«

»Bin schon unterwegs«, sagte er. »Ich bin so schnell da, wie ich kann, okay?«

»Okay«, flüsterte ich. Ich legte auf, dann stand ich in der Küche, ohne genau zu wissen, was ich mit mir anfangen sollte.

Zwei Minuten später stürzte er zur Tür herein. Seine blauen Augen waren vor Panik aufgerissen, und sofort kam er zu mir und nahm mein Gesicht in die Hände. Die Kuppen seiner Daumen wischten meine Tränen fort. »Aspen, ich bin hier. Es ist alles gut. Ich bin hier.«

Ich schlang die Arme um ihn, legte den Kopf an seine Schulter, schloss die Augen und genoss das Gefühl, ihn eng im Arm zu halten. Es war schwer, wütend zu bleiben, wenn ich etwas so Unglaubliches spürte. Ich hatte eine Liebe, wie sie sich alle Frauen wünschten. Ich hatte einen Mann, der mich so liebte, wie ich war. Er war mein bester Freund und mein Geliebter.

»Rede mit mir«, flüsterte er.

Schließlich hörte ich auf zu weinen und lehnte mich ein

wenig zurück, um ihn anzusehen. »Mein Dad hat mir gesagt, dass er mir die Firma nur gibt, wenn ich John heirate.«

Zorn brannte in seinen Augen. Sie waren jetzt grau, glühend und bedrohlich.

»Also habe ich gekündigt. Ich wurde so wütend, dass ich explodiert bin und ihm alles an den Kopf geworfen habe, was er mir angetan hat ... Ich habe ihm gesagt, dass ich mir wünschte, er wäre tot.«

»Gut«, erwiderte er. »Du hattest jedes Recht dazu, das zu sagen.«

»Ich konnte einfach nicht mehr. Wie kann er nur wollen, dass ich einen Mann heirate, der mich so sehr verletzt hat?«

»Das hast du nicht verdient, Aspen. Ich bin froh, dass du gekündigt hast. Du hast die beste Entscheidung getroffen.«

»Ich wollte die Firma haben, aber ...«

»Schon okay«, sagte er. »Es gibt andere Wege, wie du deine Leidenschaft verfolgen kannst. Es gibt andere Möglichkeiten für dich, der Umwelt zu helfen. Das hier ist nicht das Ende, Aspen. Es ist niemals das Ende.«

Ich nickte, und langsam normalisierte sich mein Atem wieder.

»Du wirst jetzt so viel glücklicher sein«, tröstete er mich. »Und mach dir keine Sorgen wegen des Geldes. Du kannst bei mir wohnen, bis du einen neuen Job gefunden hast – oder dauerhaft bei mir wohnen.« Er lächelte leicht.

»Bittest du mich etwa, bei dir einzuziehen?«, fragte ich mit einem kleinen Lachen. »Jetzt schon? Wirklich?«

Er zuckte mit den Schultern. »Wenn deine Antwort Ja lautet, dann ja, dann bitte ich dich darum. Falls deine Antwort Nein lautet, bin ich einfach nur ein unsensibler Trottel.« Er rieb seine Nase an meiner. »Hast du eine Antwort?«

»Ich würde liebend gern mit dir zusammenziehen.«

Er strahlte. »Ich wusste, dass das deine Antwort sein würde.«

»Gott, bist du eingebildet!«

Er lachte. »Ich weiß einfach nur, wie sehr mein Mädchen mich liebt. Schließlich weiß ich, wie sehr du diese Firma wolltest ... John zu heiraten wäre eine einfache Lösung gewesen.« Mitgefühl trat in seine Augen.

»Du bist der einzige Mann, den ich je in Betracht ziehen würde.«

»Ich weiß.« Mit tiefer Zuneigung sah er mich an. »Das hier trifft sich für mich genau genommen ebenfalls gut.«

»Was bedeutet?«

Er seufzte. »Ungefähr vor einer Woche hat Isabella gedroht, meine Firma zu vernichten, wenn ich deinem Vater nicht sage, dass ich ein Escort bin. Ich habe natürlich Nein gesagt. Und gerade heute hat sie mich verklagt.«

Mir fiel die Kinnlade herunter. »Was ... Warum hast du mir das nicht gesagt?«

»Weil ich wusste, dass du es deinem Vater gesagt und alles verloren hättest, wofür du gearbeitet hast.« Sein Daumen strich über meine Wange und verharrte dann an meinem Hals, und seine Augen funkelten wie tausend Sterne am nächtlichen Himmel. »Das konnte ich nicht zulassen. Ich wusste, wie wichtig dir die Firma war.«

»Aber nicht wichtiger als du.« Dieses Miststück kannte wirklich keine Grenzen, andere zu terrorisieren. Sie würde alles tun, um jemandem das Leben zur Hölle zu machen.

»Das ist nicht einmal fair. Sie ist mein Problem, nicht deines.«

»Wir sind eine Familie«, sagte er. »Was mein ist, ist auch dein.«

Rhett war ein Schatz, wie ich ihn nie zu finden erwartet hatte. Er kam in einer so hübschen Verpackung, aber ich hätte nie erwartet, dass er auch innerlich so schön sein würde.

»Ich würde dich nie verraten, Aspen. Das weißt du.«

»Ja, das weiß ich«, sagte ich leise.

»Und ich weiß, dass du John nie heiraten würdest, um zu bekommen, was du willst.«

Theatralisch schüttelte ich den Kopf. »Ich würde ihn niemals heiraten. Punkt. Er kam letzte Woche zu mir und versuchte mich zurückzubekommen. Ich habe ihn aus meinem Büro geworfen. Das Traurige daran ist, dass er immer noch mit Isabella zusammen ist. Ist das nicht das Kaputteste, was du je gehört hast?«

»Nein«, sagte er schlicht. »Klingt, als wären John und Isabella zwei Seiten derselben Münze. Sie sollten heiraten.«

»Das sollten sie wirklich«, stimmte ich zu. »Und das ist einfach nur traurig.«

Seine Hände wanderten zu meinen Schultern, und er sah auf mich herunter. »Sieht so aus, als wäre unser Leben gerade tausendmal besser geworden. Chase ist wieder mein Bruder, der mit mir zu Baseballspielen und ins Kino geht, und du bist endlich diesen Tyrannen los, den du deinen Vater nennst. Ich finde, das sollten wir feiern.«

»Dass ich keinen Job mehr habe?«, scherzte ich.

»Ich kann dir einen Job besorgen, falls es wirklich nötig ist.«

»Ach ja?«, fragte ich.

»Nun ja, da gibt es ein paar Möglichkeiten.« Er hatte ein Funkeln in seinen Augen, einen schalkhaften Ausdruck. »Du könntest mein persönlicher Escort sein ...«

»Und wenn du Escort sagst ...«

»Dann meine ich, eine Frau für mich allein, die mich erfreut, wann immer ich will.«

»Und wo wäre da der Unterschied zu dem, was ich jetzt mache?« Ich behielt eine ernste Miene und bemühte mich, nicht zu lächeln.

»Na ja, genau das, was du jetzt auch tust. Aber du würdest dafür bezahlt werden.«

Ich wandte mich ab, die Spur eines Lächelns auf den Lippen. »Wie stilvoll.«

»Es ist ja nur für mich, also ist es stilvoll.«

»Ich habe einen Master und jahrelange Berufserfahrung in einem der profitabelsten Unternehmen des Landes. Ich finde schon was.«

»Ja, wahrscheinlich«, sagte er. »Aber das Angebot bleibt stets auf dem Tisch.« Er warf mir einen scherzhaften Blick zu.

»Wie wär's, wenn du mich jetzt gleich auf diesem Tisch nimmst?«

Er stutzte, und sein Atem stockte ein paar Sekunden lang. »Du hast gerade noch geweint, nachdem du deinen Job gekündigt hast, und jetzt möchtest du Sex?«

»Jepp.«

Zuneigung leuchtete in seinen Augen. »Ich bin froh, dass ich dich aufmuntern konnte.«

»Du hast recht, Rhett. Jetzt ist unser Leben perfekt. Ich

hätte schon vor langer Zeit kündigen sollen. Wenn ich gewusst hätte, dass ich so glücklich sein würde, hätte ich es auch getan. Und jetzt lassen wir uns nicht von ein paar Idioten den Rest unseres Tages ruinieren. Es ist Zeit für die Liebe, nicht für Krieg.«

Langsam führte er mich zum Tisch und hob mich auf die Tischplatte. »Das ist die beste Rede, die ich seit der Rede zur Lage der Nation gehört habe.«

»Das ist nicht gerade ein Kompliment«, erwiderte ich. »Politiker haben doch keinen Plan von nichts.«

»Nun ja, es war jedenfalls eine verdammt gute Rede. Hat mich mitten ins Herz getroffen.« Er legte meine Hand über sein Herz und schaute auf mich herunter. Unvermittelt wurde er ernst. »Du bist in mein Leben getreten und hast es zu einem hellen und schönen Ort gemacht. Es kam völlig unerwartet, und ich war nicht darauf vorbereitet. Aber es war das Beste, das mir je passiert ist.«

Ich spürte seinen Herzschlag durch das Shirt hindurch, schnell und kräftig. »Ich bin wirklich froh, dass ich deine Schiffe versenkt habe.«

Ein kleines Lächeln leuchtete in seinen Augen. »Wenn ich dir sage, dass ich dich habe gewinnen lassen, würdest du mir glauben?«

»Nein.«

»Eines Tages solltest du mich aber gewinnen lassen – um mein Ego zu stärken.«

Ich öffnete seine Jeans und zog sie herunter. Sein Glied schnellte hervor, erfreut, mich zu sehen. »Ich denke nicht, dass dein Ego Stärkung braucht.«

***

»Lass uns ein anderes Spiel spielen«, schlug Rhett vor. »Eines, das du noch nie gespielt hast, damit es fair ist.«

»Du bist wirklich ein schlechter Verlierer, was?« Ich nippte an meinem Wein und warf ihm einen neckenden Blick zu.

»Ich bin nur dann ein schlechter Verlierer, wenn mein Gegner schummelt.«

»Gib's einfach zu, dass du von Tuten und Blasen keine Ahnung hast.«

»Na, wenn hier jemand vom Blasen was versteht, dann du«, lachte er.

Ich versetzte ihm einen spielerischen Klaps. »Du Perverser ...«

Er rückte auf dem Sofa neben mich. »Nenn mir ein Spiel, das du noch nie gespielt hast.«

Ich überlegte kurz. »Monopoly.«

»Du hast noch nie Monopoly gespielt?«, fragte er ungläubig.

»Jeder sagt, es dauert ewig lang und ist langweilig«, erwiderte ich. »Also habe ich mir nie die Mühe gemacht.«

»Dann lass uns das spielen«, schlug er vor.

Ich schmunzelte. »Also spielen wir ein Spiel, das du schon gespielt hast, aber ich noch nicht?«

»Hey, gönn mir doch auch mal was«, sagte er. »Ich muss dich mal in irgendwas schlagen.«

»Warum kannst du nicht einfach zugeben, dass ich bei Brettspielen besser bin als du?«, fragte ich. »Dafür kannst du besser kochen als ich.«

»Baby, ganz Manhattan kann besser kochen als du.«

Wieder versetzte ich ihm einen Klaps. »Wenn du so weitermachst, kannst du das mit dem Blasen vergessen.«

Sofort wurde er reumütig. »Tut mir leid, ich nehm es zurück.«

»Das dachte ich mir.«

Ein Klopfen an der Tür unterbrach unsere Unterhaltung.

»Erwartest du Besuch?«

»Nein. Vielleicht ist es der Pizzabote.«

»Warum sollte es der Pizzabote sein?«, fragte er.

»Ich bestelle so oft Pizza, dass sie vielleicht einfach angenommen haben, dass ich eine will«, meinte ich mit einem Schulterzucken.

Er lachte, dann folgte er mir zur Tür.

Ich spähte durch den Türspion und hätte fast meinen Wein fallen lassen. »Es ist mein Dad«, formte ich lautlos mit den Lippen.

Beide seiner Augenbrauen schnellten hoch. »Wirklich?«, flüsterte er lautlos zurück.

Ich nickte.

Er starrte auf die Tür und dann wieder zurück zu mir. »Willst du, dass ich mit ihm rede?«, fragte er.

Ich wusste nicht, was ich tun wollte.

Dad klopfte erneut. »Ich habe gerade eben noch Stimmen gehört.«

Warum schlichen sich die Leute immer dann an mich heran, wenn ich laut war? Ich stellte mein Weinglas ab und öffnete dann die Tür einen Spalt. Kaum sah ich sein Gesicht, kam meine Wut zurück. Ich hatte seit einer Woche nicht mehr an ihn gedacht. Nicht jeden Morgen ins

Büro zu gehen war anfangs merkwürdig gewesen, aber nach der ersten Umstellung verschwendete ich keinen weiteren Gedanken mehr daran. Ich vermisste es nicht, wie Taubendreck unter der Schuhsohle behandelt zu werden.

»Ja?« Was wollte er? Mich verklagen? Die Vorstellung war lächerlich, doch da wir hier von meinem Vater sprachen, war es nicht undenkbar.

Er warf einen kurzen Blick zu Rhett, dann sah er wieder mich an. »Hättest du einen Augenblick Zeit für mich?«

»Ich werde nicht wieder für dich arbeiten«, sagte ich kühl. »Erst wenn die Firma auseinanderbricht und du erkennst, was für einen Nutzen ich für das Unternehmen haben muss, dass dir meine Abwesenheit auffällt. Vergiss es!« Ich machte Anstalten, die Tür wieder zu schließen.

»Aspen.« Seine gebieterische Stimme ließ mich innehalten. »Das ist nicht der Grund, weshalb ich hier bin.«

Ich öffnete die Tür wieder. »Es ist mir egal, warum du hier bist. Alles, was mich interessiert, ist, dass du wieder gehst. Sofort.«

»Bitte«, sagte er ruhig. »Können wir ein Stück spazieren gehen?«

»Ich werde mit dir nirgendwohin gehen.« Er war noch nie zuvor zu meiner Wohnung gekommen. Ich war erstaunt, dass er überhaupt wusste, wo ich wohnte.

»Darf ich dann reinkommen?«

»Nein«, schnauzte ich ihn an. »Rhett und ich sind gerade beschäftigt.«

»Kann ich dann ein anderes Mal vorbeikommen?«, fragte er.

»Komm überhaupt nicht wieder!« Ich schlug ihm die Tür vor der Nase zu. Sobald er außer Sicht war, beruhigte sich mein Blutdruck ein wenig.

Rhett stand stumm da, und ich hatte keine Ahnung, was er dachte.

Dann klopfte Dad erneut. »Aspen, ich will einfach nur reden.«

Ich machte die Tür wieder auf. »Ich wollte jeden Tag mit dir reden, aber du hast nie zugehört. Warum sollte ich dir zuhören?«

Unbehaglich verlagerte er sein Gewicht von einem Fuß auf den anderen, dann schob er die Hände in die Taschen seines Anzugs. »Weil du ein viel besserer Mensch bist als ich. Du hast Mitgefühl und ich nicht. Ich hoffe, ich kann das noch ein letztes Mal ausnutzen.«

Hatte er mir gerade ein Kompliment gemacht? Oder betrachtete er Mitgefühl als Schwäche? »Was ist denn so wichtig?«, fragte ich mit einem Seufzen. »Ist im Büro etwas passiert? Kannst du einen Ordner nicht finden? Was?«

»Nein«, sagte er. »Es hat nichts mit der Arbeit zu tun. Ich will nur mit meiner Tochter reden.« Seine Stimme klang leise und schwach.

Er hatte mich noch nie zuvor seine Tochter genannt. Nur dem Namen nach.

»Darf ich reinkommen?«, fragte er. »Hör mich bitte einfach an! Du brauchst nicht wieder mit mir zu sprechen, wenn du nicht willst. Aber bitte hör mir zu!«

Ich wandte mich zu Rhett und fragte ihn stumm, was ich tun sollte.

Er küsste mich auf die Wange. »Ich werde nach Hause gehen, damit ihr beiden ein wenig ungestört seid. Ruf mich an, wenn ihr fertig seid.«

Ich wollte nicht, dass er ging, aber ich wusste, es wäre nicht angebracht, wenn er bliebe. »Okay.«

Er nickte Dad zu, dann ging er hinaus.

Ich räusperte mich. »Na gut, dann komm rein.«

Er trat ein und sah sich in meiner kleinen Wohnung um. Sie war jämmerlich im Vergleich zu seinem Haus in Connecticut und dem Apartment, das er in der Stadt hatte. In seinen Augen war ich nur eine arme Bettlerin. »Schöne Wohnung.«

»Danke«, sagte ich, obwohl ich wusste, dass er log. Ich verschränkte die Arme vor der Brust und blieb abwartend stehen.

Er schaute sich noch einen weiteren Moment lang um, bevor er sich mir wieder zuwandte. Seine Hände steckten in seinen Hosentaschen, und er wirkte irgendwie fehl am Platz. Sein Anzug kostete mehr als meine gesamte Wohnungseinrichtung.

»Dad?«, drängte ich. Es gab eine Million anderer Dinge, die ich lieber tun wollte, als einen Mann anzustarren, den ich verachtete. Rhett und ich hatten einen wunderbaren Abend gehabt, bis Dad sich entschieden hatte, ihn zu ruinieren. Ich wollte so schnell wie möglich zurück zu dem Mann, den ich liebte.

»Das hier zu sagen fällt mir nicht leicht ... Ich war noch nie besonders gut mit Worten.« Er suchte keinen Augenkontakt. »Deine Mutter war immer besser in solchen Dingen.«

»Sag einfach, was du auf dem Herzen hast.« Ich versuchte

weder ihn zu trösten, noch ihm Hilfe anzubieten. Ich wollte einfach nur, dass er sich beeilte.

»Ich habe das Gefühl, ich schulde dir eine Erklärung«, sagte er leise. »Ich habe deine Mutter im Krankenhaus nicht besucht, weil ... es zu schwer war. Du weißt nicht, wie es ist mit anzusehen, wie die Frau, die du liebst, ihren Verstand verliert. Als ich sie besuchte und sie mich nicht wiedererkannte, konnte ich es nicht mehr ertragen. Deshalb bin ich nicht mehr hingegangen.«

Das war die schlechteste Erklärung, die ich je gehört hatte. »Liebe ist nun mal nicht immer einfach. Du hast deinen Schmerz über ihren gestellt. Was glaubst du, wie sie sich gefühlt hat? Keine Ahnung zu haben, wer jemand ist? In Gesundheit und in Krankheit, schon vergessen? Du hättest da sein sollen und ihr dabei immer wieder sagen sollen, wer du bist, und ihre Hand halten, bis sie einschlief. Nur weil die Dinge schwierig wurden, gab dir das nicht das Recht, ihr den Rücken zu kehren. Alles, was du gerade erklärt hast, ist die Tatsache, dass du ein Feigling bist. Ein beschissener Feigling.« Ich fluchte selten und nie vor meinem Vater, aber ich war zu wütend, um mich zu zügeln.

Er starrte zu Boden. »Ich sage nicht, dass das, was ich getan habe, richtig war. Ich wollte es nur erklären.«

»Nun, Gratulation! Du hast mich dazu gebracht, dich noch mehr zu verachten als vorher.«

Die Augen voller Schmerz sah er mich an, doch ich schüttelte den Kopf. »Du solltest einfach gehen ...«

»Nein«, sagte er sofort. »Ich bin noch nicht fertig.«

Ich seufzte laut, ohne die Tatsache zu verbergen, dass ich äußerst genervt war.

»Der Grund, warum … ich so distanziert zu dir war, ist, dass du genau wie deine Mutter aussiehst. Du hast ihre Augen. Es sind genau die gleichen.«

Ausdruckslos starrte ich ihn an.

»Du erinnerst mich so sehr an sie, und das tut einfach weh. Ich fühle mich schuldig, weil ich nicht für sie da war. Ich fühle mich schuldig, weil ich kein besserer Ehemann war.«

»Und ein beschissener Vater«, fügte ich hinzu. »Also werde ich bestraft wegen deiner Probleme? Was soll daran fair sein?«

»Ich …« Seine Worte verstummten.

»Du hast mich mehr gequält, als man es sich vorstellen kann. Komm nicht hierher und versuche, dein Verhalten zu rechtfertigen. Ich habe Besseres zu tun, als mir einen Haufen belangloser Worte und Lügen anzuhören.«

»Ich will mein Verhalten nicht rechtfertigen«, sagte er mit festerer Stimme. »Nachdem du mir das alles gesagt hast, wurde mir bewusst … wie sehr ich dich verletzt habe. Mir wurde bewusst, wie sehr ich deine Seele zerstört habe. Mir wurde bewusst … wie sehr du mich hasst.«

Und das war ihm neu?

»Die Wahrheit darüber, wer ich als Mensch und als Vater bin, hat mich hart getroffen. Mir fielen all die schrecklichen Dinge ein, die ich zu dir gesagt habe. All die Seitenhiebe, all die verletzenden Sachen, die ich getan habe, und all die Male, in denen ich dich ignoriert habe, als du mich eindeutig brauchtest … All das hallte in meinem Kopf wider. Anstatt deine Partei zu ergreifen, wenn ich es sollte, habe ich mich selbst an die erste Stelle gestellt. Ich habe mich nur für mich selbst interessiert, nicht für meine Tochter, die schön, klug und wunderbar ist. Wie du es so lange mit mir ausgehalten hast, ist mir unbegreiflich.«

Das war das Letzte, was ich von ihm zu hören erwartet hatte. Nicht nur, dass er seine Fehler eingestanden hatte, er wirkte auch noch reumütig. Er hatte tatsächlich zugegeben, dass sein Verhalten falsch gewesen war. Es war das erste Mal, dass so etwas vorkam.

»Als du sagtest, dass du dir wünschst, ich wäre tot –« Er verstummte lange. »Da wurde mir klar, wie sehr ich versagt habe. Und als ich begriff, dass ich es dir nicht verdenken kann, so zu empfinden ... wusste ich, dass ich nicht nur ein schrecklicher Vater, sondern ein schrecklicher Mensch bin.«

Ich stimmte seiner Aussage weder zu, noch bestritt ich sie.

»Mir ist klar, dass es vermutlich zu spät ist, irgendetwas zwischen uns zu retten, und du hast jedes Recht, nicht mehr mit mir sprechen zu wollen, aber ... ich hätte wirklich gern noch eine Chance, dir ein richtiger Vater zu sein. Es ist bedauerlich, dass ich deinen Wert erst begriffen habe, nachdem du fort warst, aber jetzt verstehe ich und weiß ihn zu schätzen. Wenn irgendeine Möglichkeit besteht, mir noch einmal eine Chance zu geben, würde ich dir gern beweisen, dass ich es wiedergutmachen kann.«

Seine Worte klangen noch lange in meinem Kopf nach, nachdem er sie ausgesprochen hatte. »Du bittest um viel. Diese Verletzungen haben nicht erst angefangen, als ich mit dir zusammengearbeitet habe. Es geht schon mein ganzes Leben lang so. Das kannst du nicht einfach auslöschen.«

»Ich versuche nicht, sie auszulöschen«, beteuerte er rasch.

»Ich möchte noch mal neu anfangen und eine neue Beziehung zu dir aufbauen. Ich erwarte nicht, dass du mir vertraust oder mich auch nur magst. Aber vielleicht wirst du das – eines Tages.«

Mir war nicht bewusst gewesen, wie schwer es war, jemandem eine zweite Chance zu geben. Ich war es leid, verletzt und verraten zu werden. Es war Zeit für eine Veränderung. Ich würde nur noch Menschen akzeptieren, die sich aufrichtig um mich sorgten.

»Ich weiß, dass das keine einfache Bitte ist«, sagte er leise.

Ich begegnete seinem Blick, sagte jedoch nichts.

»Ich bin außerdem gekommen, um dir etwas zu geben. Ich hoffe, du wirst es annehmen.«

Blumen und Pralinen würden das hier nicht wieder in Ordnung bringen.

»Ich bin schon viel zu lange in der Firma, und ich mache meine Aufgabe, sie zu leiten, verdammt schlecht. Alles, was du über mich gesagt hast, ist wahr. Ich bin ein selbstsüchtiger Mann, der sich mehr für seine persönlichen Interessen als für andere Menschen interessiert. Du dagegen bist völlig anders. Also biete ich dir den Posten der Geschäftsführung an – wenn du ihn immer noch willst.«

Ich erstarrte bei seinen Worten, unfähig zu glauben, dass er sie gerade ausgesprochen hatte. Ich hatte jahrelang für das hier gearbeitet, und nun bot er es mir an, obwohl ich keinen respektablen Mann geheiratet oder etwas Bemerkenswertes erreicht hatte.

»Ich werde mich zurückziehen und Golf spielen – also im Großen und Ganzen das, was ich ohnehin bereits tue. Es ist Zeit für mich zurückzutreten. Um ehrlich zu sein, interessiere ich mich eigentlich gar nicht mehr für das Unternehmen, und das hast du vermutlich bereits bemerkt.«

Ich warf ihm einen argwöhnischen Blick zu, während ich mich fragte, ob sein Angebot einen Haken hatte. »Ich bin nicht verheiratet und habe das in nächster Zukunft auch nicht vor.«

»Dein Privatleben ist für den Job unerheblich. Mach, was du willst, Aspen.«

»Ist dir dein Image nicht mehr wichtig?«, fragte ich, da ich es nicht glauben konnte.

»Nein. Ich will nur, dass du glücklich bist.«

Ich fragte mich, wie ernst er es meinte. Die Menschen sagten oft etwas und nahmen es dann wieder zurück, wenn sich die Umstände veränderten. »Rhett und ich sind wahnsinnig verliebt ineinander, aber so hat es zwischen uns nicht angefangen. Er ist ein Escort, den ich engagiert habe, um meinen Freund zu spielen, damit du mir die Firma übergibst. Irgendwann im Lauf der Zeit werden die Leute das herausfinden, und das wird dein Image ruinieren.«

Dad schaute zu Boden, eindeutig überrascht von dem, was ich gesagt hatte. »Du hast jemanden engagiert, um deinen Freund zu spielen?«

»Ich war verzweifelt«, gestand ich. »Ich war es leid, wegen John von dir niedergemacht zu werden.«

Er nickte. »Ich habe dich sehr tief verletzt, nicht wahr?«

Die Frage klang rhetorisch, deshalb antwortete ich nicht.

»Aspen, das spielt keine Rolle. Falls die Wahrheit ans Licht kommt, dann kommt sie eben ans Licht. Tu, was du willst, und sei glücklich. Die Meinung von Leuten, die du nicht einmal kennst, ist nicht von Bedeutung.«

Ich konnte meine Überraschung nicht verbergen. Ich hatte angenommen, dass es alles verändern würde, sobald ich die Wahrheit über Rhett gestand. »Wirklich?«

»Ja, wirklich«, antwortete er. »Du bist es, die in diesem Büro sein muss, Aspen, nicht ich. Ich hoffe, du nimmst mein Angebot an.«

»Sind daran Bedingungen geknüpft?«

»Nein. Ich bitte im Gegenzug um nichts – außer um eine zweite Chance.«

Schweigend wog ich sein Angebot ab.

»Bitte, nimm es an, Aspen! Du hast es verdient.«

»Falls ich es annehmen sollte, heißt das nicht, dass ich dir je verzeihen werde.«

»Das verstehe ich. Solche Dinge brauchen Zeit.«

Die Firma zu übernehmen war genau das, was ich wollte. Ich empfand Leidenschaft dafür, und sie lag mir am Herzen. Sie bedeutete mir etwas. Es war nicht einfach nur ein Job. Es war mehr als das. »Dann nehme ich an.«

Der Anflug eines Lächelns stahl sich auf seine Lippen. »Das ist wunderbar. Ich bin froh darüber.«

Ich schaute zu Boden, da ich nicht sicher war, was ich tun sollte.

»Also ... Wenn du nicht beschäftigt bist, möchtest du dann vielleicht ein Eis essen gehen?« Seine Stimme klang zögerlich.

Ich suchte seinen Blick und starrte ihn schockiert an. Ich hatte ihm gesagt, dass es mich verletzte, dass er nie Zeit mit mir verbrachte, mich nie zu einem Eis einlud. Und er hatte sich daran erinnert. Das allein war schon ein guter Anfang. »Sicher.«

»Und lade Rhett auch ein«, sagte er. »Ich würde ihn gern besser kennenlernen.«

Zum ersten Mal in meinem Leben lächelte ich ihn an. »Okay.«

***

Mit einem Hauch von Belustigung starrte Dad auf meinen Monstereisbecher. »Den isst du ganz alleine?«

»Und sie isst ihn auch noch schneller als ich meinen.« Rhett stupste mich spielerisch in die Seite.

Ich stieß meinen Löffel in seinen Becher und schaufelte mir die Eiscreme in den Mund.

Rhett schaute meinen Dad an und schüttelte den Kopf. »Sie ist eine kleine Diebin und eine Schummlerin.«

»Eine Schummlerin?«, fragte Dad.

»Jedes Mal, wenn wir Schiffe versenken spielen, macht sie mich nass«, erklärte Rhett. »Ich glaube, sie hat da einen Trick im Ärmel.«

»Ist dir je die Möglichkeit in den Sinn gekommen, dass du vielleicht einfach nur schlecht bist?«, fragte ich.

Wieder stieß er mich in die Seite. »Du hast Glück, dass du süß bist.«

»Und du hast Glück, dass ich dich liebe.«

Ich stahl mir einen weiteren Löffel voll Eiscreme, worauf er mich anknurrte.

Dad beobachtete unser Geplänkel. »Die Sache ist ernst zwischen euch, nicht wahr?« In seiner Stimme lag keine Enttäuschung.

»Sehr ernst«, antwortete Rhett, während er mich ansah.

»Genau genommen habe ich sie gebeten, bei mir einzuziehen.«

»Ich habe zwar eingewilligt, aber jetzt bin ich mir gerade nicht mehr so sicher.« Ich warf ihm einen verschmitzten Blick zu.

»Der einzige Grund, warum ich es dir angeboten habe, ist der, damit ich endlich all deine Geheimnisse lüften kann«, erwiderte Rhett. »Ich werde deinem ungewöhnlichen Spieltalent auf den Grund gehen.«

»Viel Glück damit«, sagte ich ironisch.

»Nun, Rhett«, schaltete Dad sich wieder ein, »Sie sind also ein Escort?«

Ich hatte geahnt, dass das irgendwann zur Sprache kommen würde.

»Ja«, antwortete Rhett selbstbewusst. »Ich habe die Firma vor Jahren gegründet. Ich begleite Männer und Frauen –«

»Männer?«, fragte ich.

»Ja«, sagte er schlicht. »Und?«

»Das wusste ich gar nicht«, meinte ich mit einem Schulterzucken.

Rhett wandte sich wieder meinem Vater zu. »Ich spiele den Freund, erlaube dabei aber nur Händchenhalten oder einen Arm um die Taille. Es ist kein Küssen oder irgendetwas Intimeres erlaubt. Ich mag meinen Job, und Aspen macht es nichts aus.«

»Stimmt«, bestätigte ich. »Aber wenn irgendwelche Frauen auf falsche Gedanken kommen, dann schlage ich sie k. o.«

»Das würde ich zu gern sehen«, sagte Rhett mit einem Lächeln.

Ich tat so, als würde ich jemandem die Augen auskratzen.

Dad starrte uns verdutzt an. »Solange ihr glücklich seid, bin ich es auch.«

Er gab sich wirklich Mühe.

»Die Tatsache, dass Sie Ihr eigenes Unternehmen gegründet haben, ist beeindruckend«, fuhr er fort.

»Danke«, erwiderte Rhett. »Es gefällt mir, mein eigener Chef zu sein.«

»Ist es lukrativ?«, wollte Dad wissen.

»Dad.« Ich warf ihm einen verärgerten Blick zu.

»Tut mir leid.« Kapitulierend hob er die Hände. »Ich entschuldige mich. Ich wollte nicht unhöflich sein.«

»Schon okay«, erwiderte Rhett. »Jeder Vater möchte wissen, ob seine Tochter gut versorgt ist. Um Ihre Frage zu beantworten, ich verdiene sehr gut und mache kluge Investitionen, damit es Aspen an nichts fehlen wird. Ich bin keineswegs schwerreich, aber ich bin mehr als zufrieden mit meinem Einkommen.«

Dad nickte. »Das ist sehr beeindruckend. Meinen Glückwunsch!«

»Danke!«, sagte Rhett.

»Du verdienst viel mehr als ich«, lachte ich.

»Jetzt nicht mehr«, wandte Dad ein. »Jetzt bist du eine sehr wohlhabende Frau.«

»Ooh …« Rhett beugte sich zu mir. »Dann bin ich jetzt dein Gigolo.«

»Das bist du, nicht wahr?« Ich schnappte mir seine Kirsche und aß sie.

»Aber du kannst immer meine Kirschen haben«, sagte er.

Dad beobachtete uns weiter. »Ihr beiden erinnert mich an meine verstorbene Frau und mich. Wir gingen immer sehr verspielt miteinander um. Schon vom ersten Augenblick an wussten wir einfach, dass es für immer sein würde.«

Dad sprach nie über Mom, selbst als sie noch gelebt hatte.

Rhett nickte. »Ich denke, ich kann für Aspen sprechen, wenn ich sage, dass wir genauso empfinden.«

»Tun wir das?«, fragte ich mit einem Lächeln.

»Hätte ich dich sonst gebeten, bei mir einzuziehen, wenn ich anders denken würde?«

»Nein, wahrscheinlich nicht.«

»Du bist meine zukünftige Frau«, sagte er. »Ich weiß es einfach.«

Mein Herz schmolz dahin, als ich ihn ansah. Als ich ihn in jenem Café zum ersten Mal gesehen hatte, hätte ich nie damit gerechnet, dass sich daraus eine so intensive Liebesgeschichte entwickeln würde. Ich hatte angenommen, dass ein umwerfender Mann wie er nie eine so durchschnittliche Frau wie mich wollen könnte. Und ich hatte nie erwartet, dass sich unsere Seelen auf so tiefe Weise miteinander verbinden würden. Mir war, als würde ich Rhett schon mein ganzes Leben lang kennen, als wäre er auch Teil meiner Vergangenheit, selbst wenn ich mich nicht daran erinnern konnte.

Dad senkte den Blick. »Aspen, es tut mir leid, dass ich dir John aufgedrängt habe. Jetzt fühle ich mich noch schlechter.«

Ich wandte mich ihm zu und sah Reue in seinen Augen. »Es ist okay, Dad. Ich verzeihe dir.«

Seine Lippen hoben sich zu einem Lächeln. »Wirklich?«

»Ja.«

Rhett legte seinen Arm um meine Schultern und zog mich eng an sich. »Auf den Neuanfang!« Er hob seinen Eisbecher und stieß zuerst mit meinem und dann mit Dads Becher an.

Ich hob meinen ebenfalls, um den Becher meines Vaters anzutippen. »Auf den Neuanfang!«